Alexandra Guggenheim
Das Mönchsopfer

PIPER

Zu diesem Buch

Spätsommer 1709: Im Benediktinerkloster Rheinau verschwindet nach dem Frühgebet ein Mönch. Wenig später wird der Ordensmann im Gebüsch neben der Kapelle tot aufgefunden. Francesco Antonio Giorgioli, ein Tessiner Maler, der die Fresken im Kircheninneren gestaltet, wundert sich über das plötzliche Ende des kraftstrotzenden Klosterbruders. Da weiht der Abt ihn in die Umstände des Todes ein: Pater Basilius wurde vergiftet. Um einen Skandal und Sanktionen aus Rom zu vermeiden, betraut der Klostervorsteher den Maler damit, schnell den Mörder zu finden – ein äußerst schwieriger Auftrag, wie sich bald herausstellt. Doch Giorgioli hat noch ganz andere Sorgen, denn sein Sohn rebelliert gegen den strengen Vater. Und dann ist da noch die schöne, junge Wirtin Johanna, die ihn beharrlich umgarnt. Kann der strenggläubige Maler der Versuchung widerstehen?

Alexandra Guggenheim ist promovierte Kunsthistorikerin und wuchs im Rheinland auf. Sie war wissenschaftliche Mitarbeiterin an der Universität zu Köln und lebt heute als freie Autorin in der Nähe von Hamburg. Zuletzt erschien von ihr »Die Malerin von Delft«.

Alexandra Guggenheim

Das Mönchsopfer

Historischer Roman

Piper München Zürich

Mehr über unsere Autoren und Bücher:
www.piper.de

Von Alexandra Guggenheim liegen bei Piper vor:
Die Malerin von Delft
Das Mönchsopfer

Originalausgabe
September 2010

Umschlagkonzept: semper smile, München
Umschlaggestaltung: Hauptmann & Kompanie, Zürich
Umschlagabbildung: Getty Images
Abbildung Seite 7: Dokumentationsstelle Rheinau
Autorenfoto: Uschi Tisson
Satz: Kösel, Krugzell
Papier: Munken Print von Arctic Paper Munkedals AB, Schweden
Druck und Bindung: CPI – Clausen & Bosse, Leck
Printed in Germany ISBN 978-3-492-25766-4

Für Andreas und Pauline

Klosterinsel Rheinau, Kupferradierung von David Herrliberger um 1750.

PERSONEN

IM KLOSTER RHEINAU:

Abt Gerold II. Zurlauben: Abt des Klosters Rheinau
Bruder Anton: Laienbruder, Pförtner
Bruder Gabriel: Laienbruder, Gärtner
Frater Gallus: Novize
Frater Johann: Novize
Frater Martin: Novize
Pater Agatho: Bibliothekar
Pater Anselm: Subprior
Pater Basilius: Sakristan
Pater Bonifatius: Rhetorikprofessor, Novizenmeister
Pater Desiderius: Archivar, Sekretär des Abtes
Pater Konrad: Chorleiter, Dirigent
Pater Meinrad: Kustos
Pater Mauritius: Pfarrer in Rheinau
Pater Plazidus: Küchenmeister
Pater Rupertus: Krankenmeister
Pater Wolferad: Prior

Abt Adalbert III. Defuns: Abt des Klosters Disentis

HANDWERKER, BEDIENSTETE UND BÜRGER IN RHEINAU UND SCHAFFHAUSEN:

Johann Christoph Albrecht: Orgelbauer
Franz Beer: Baumeister bei der Erweiterung des Rheinauer Konventes
Francesco Antonio Giorgioli: Tessiner Freskenmaler
Giovan Pietro Giorgioli: Sohn des Francesco Antonio, Malergehilfe
Anna Griesser: Gold- und Farbenlieferantin aus Schaffhausen
Elisabeth Hafner: Bettlerin
Balthasar Muntelin: Bankier aus Sankt Gallen
Josef Oschwald: Pförtner im Dienst der Stadt Rheinau
Franz Schmuzer: Stuckateur aus Wessobrunn
Vorarbeiter Beers, Handwerker, Kornhändler, Marktbeschicker, Marktbesucher, Stallknecht, Wein- und Gemüselieferanten

IM GASTHAUS *ZUR LINDE:*

Johanna Binder: Inhaberin des Gasthauses *Zur Linde*
Matthias Erb: ehemaliger Schuster
Sebastian Kempf: Glaser
Johann Lützenkirchen: Chronist aus Köln
Fridolin und Gertrud Moser: Brauteltern, Krämersleute
Sophia Moser: Braut, Krämerstochter
Judith Schmetterer: Magd im Gasthaus *Zur Linde*
Bäcker, Dachdecker, Fischer, Kartenspieler, Nachtwächter, Schmied, zahnloser alter Mann und seine Frau, Wirtshausgäste

PROLOG

Sei gegrüßt, lieber Freund,
die heutigen Zeilen schreibe ich Dir im Vertrauen, und ich ersuche Dich, diesen Brief, nachdem Du ihn gelesen hast, dem Feuer zu übergeben. Weitaus lieber jedoch säße ich in diesem Augenblick mit Dir im Schatten eines Olivenbaums in meinem Garten und würde Dir von Angesicht zu Angesicht von all den sinnverwirrenden Begebenheiten erzählen, die mein Inneres seit Tagen aufwühlen. Noch immer erzittern meine Lenden bei dem Gedanken an die Stunden vollendeten Genusses. Ach, diese unvergleichlichen Momente werden für immer in mein Gedächtnis eingebrannt sein.

Bei unserer letzten Begegnung auf den Stufen des Hephaistostempels erzähltest Du von Studien, die Deine Konzentration so sehr beanspruchten, dass Du künftig alles vermeiden wolltest, was den ungehinderten Fluss Deiner Gedanken stören könnte. Weswegen Du die Absicht äußertest, Dich auf Dein Landgut nach Korinth zurückzuziehen.

So will ich Dir mit diesem Bericht einen Eindruck von dem Bacchanal übermitteln und Dich gleichzeitig wissen lassen, dass ich freudig dem Tag entgegensehe, an dem Deine Forschungen abgeschlossen sind und wir unseren Dialog fortsetzen können. Möge die Nachwelt uns an den

Worten messen, die wir in die Öffentlichkeit tragen, und an dem Erkenntnisvermögen, zu dem wir unsere Schüler anspornen. Hingegen nicht an Bekenntnissen, die einzig für das Herz eines Freundes und Vertrauten bestimmt sind.

Du erinnerst Dich sicher, dass wir beide vor geraumer Zeit eine Einladung zu einem Gastmahl im Haus unseres gemeinsamen Bekannten D. erhielten. Am Tag der Feier hattest Du Dich auf einer Reise befunden, weswegen Du der Einladung des Freundes nicht folgen konntest und ich zu meinem Bedauern auf Deine Begleitung verzichten musste.

An jenem Abend also lagen wir im Festsaal seines neu erworbenen Hauses, in der Nähe des Artemisheiligtums, zu Tisch. Die Wände mit farbenprächtigen Mosaiken verziert, wie sie nur meisterliche Handwerker zustande bringen. In der Mitte sanft plätschernde Brunnen und Marmorsäulen, um die sich Blumen rankten. Zunächst wurden der Gesellschaft die köstlichsten Speisen aufgetragen, mit Gewürzen und Aromen, wie ich sie nie zuvor gekostet hatte. Lamm und Ziege aus dem Lehmofen in einer Teigkruste, Meeresfisch in Safransauce, Käse aus Schafsmilch mit wilden Kräutern vom Peloponnes. Du musst wissen, D. hat einen neuen Koch, einen jungen Syrer, der es auf eindrucksvolle Weise versteht, den Geschmackssinn zu reizen und in wahres Entzücken zu versetzen. Der kretische Wein mundete vorzüglich, ein Sänger unterhielt uns mit heiteren Liedern und entlockte seiner Leier inbrünstige Laute. Kurzum, wir waren in fröhlichster Stimmung, als der Hausherr sich erhob und einen ungewöhnlichen Vorschlag machte.

Jeder der Anwesenden solle einen Diskurs halten über die Mysterien der Liebe, die höchsten Weihen der Lust. Hernach würden unsere Worte auf die Probe gestellt werden. Nach anfänglichem Raunen meldete sich unser schwerhöriger Kollege X. als erster Redner zu Wort. Er sprach sehr überlegt und weise. Seit langer Zeit sei das Liebesverlan-

gen zueinander den Menschen eingepflanzt, versuche die Natur, aus zweien eins zu machen. Eros verleihe den Liebenden ein Geschenk: die Tüchtigkeit. Wer wahrhaft liebe, strebe danach, sein Bestes zu geben. Um der Geliebten oder dem Geliebten zu gefallen.

Das Verlangen und Trachten nach Ganzheit seien der Ursprung der Liebe, fuhr der große, dickbäuchige M. fort. Die Liebe strebe nach Unsterblichkeit, sei stetig auf der Suche nach der Schönheit des Geistes und der Schönheit des Körpers. Wo beides zusammentreffe, da fühle der Mann sich vollkommen. Zu verurteilen sei hingegen derjenige, der den Körper mehr liebe als die Seele, denn der Körper werde verwelken. Wer jedoch eine aufrichtige Natur liebe, der sei mit etwas Unvergänglichem verschmolzen.

Es sprachen weiterhin der hagere, glatzköpfige H. und sein jüngerer Bruder A. sowie der Hausherr selbst, und jeder von ihnen glänzte durch meisterhafte Rhetorik. Als Letzter war ich an der Reihe, und ich setzte meinen ganzen Eifer daran, mich von meinen Vorrednern zu unterscheiden, ja, die Schlüssigkeit ihrer Annahmen und Gegenbehauptungen noch zu übertrumpfen. Nicht von Natur aus sei der Mensch zu Ehe und Kinderzeugung gezwungen, sondern durch das Gesetz, bekundete ich und erntete von den einen Zustimmung, von den anderen Widerspruch. Somit seien Lust und Eheband voneinander zu trennen, da das eine nicht notwendigerweise in dem anderen gefunden werden könne. Oftmals sei die Verbindung zweier Menschen nur am Anfang glücklich, wandle sich mit der Zeit in Gleichgültigkeit, manchmal sogar in Hass. Die Begierde jedoch überstehe alle Stürme.

Nachdem ich geendet hatte, herrschte für einen Augenblick Schweigen, bevor von allen Seiten Beifall aufbrandete. Sodann klatschte der Hausherr in die Hände. Sechs junge Sklavinnen betraten den Saal, um Hals, Handgelenke und Fesseln fein ziselierte Goldreifen und in Schleier gehüllt, die nichts verbargen, sondern die makellosen Körper wie ein Lufthauch umschmeichelten. Voller Anmut bogen sie ihre Glieder zu den Klängen der Harfe, ihr unschuldiges Lächeln, ihre lockenden Gebärden ließen unsere Herzen höher schlagen. Dann traten die bezaubernden Wesen an unsere Lager heran und nahmen neben uns Platz. Meine Gesellschafterin war ein zierliches Geschöpf mit langem schwarzem Haar und sanft geschwungenen, verführerischen Lippen. Sie nahm von dem Wein und den Nüssen und steckte mir Trauben in den Mund. Ich fühlte ihren Atem an meinem Hals, spürte die Zartheit ihrer jungen, frischen Haut. Mit raschen Griffen löste sie mein Gewand, bis ich nackt vor ihr lag. Als ich mich umsah, entdeckte ich, dass meinen Freunden das Gleiche mit den übrigen Frauen widerfahren war.

Ich schlang meine Arme um die Taille der jungen Frau und zog sie zu mir heran, ließ sie aufsitzen und das jähe Verlangen meines Körpers stillen. Sanfte Klänge und berauschende Düfte bemächtigten sich meiner Sinne, unsere Körper schienen zu schweben. Ihre Hände und Schenkel waren eine grenzenlose Liebkosung. Und, beim Zeus, meine Lanze zeigte sich standhaft und kampfbereit. Sodann wechselten die Frauen das Lager und wandten sich dem Nächsten zu, begannen ihr erregendes Spiel von Neuem, weckten Leidenschaft, spendeten Lust. Alsdann hielten sie für einen Augenblick inne, gönnten sich und uns eine Pause der Erfrischung und Erholung, bevor das Feuer des Begehrens in uns abermals aufflackerte und sie ihren Reigen fortsetzten. Es gab keine Zeit und keinen Raum, nur Umarmungen, Seufzer und rauschhafte Hingabe.

Sechsmal flog ich bis hinauf zum Olymp, wünschte, für immer dort oben zu bleiben und nie mehr zur Erde zurückzukehren. Es war, als würden sich meine Worte, die ich kurz zuvor als Gedankenspiel, als philosophischen Diskurs, vorgetragen hatte, in Lebensfunken verwandeln. Jeder meiner anwesenden Freunde empfand an diesem Abend dasselbe, wie sie mir später versicherten.

Doch ist eine solche Hingabe statthaft, ist sie tugendhaft?, höre ich Dich fragen. Auch wenn ich weiß, dass Du lieber der Askese frönst, hoffe ich, da wir uns schon so lange kennen und so viel miteinander geredet haben, dass Du meine Gefühle verstehst. Zumal Du mein Schüler und dreißig Jahre jünger bist. Dennoch will ich in Deinen Augen keineswegs als leichtfertiger, lüsterner Greis erscheinen, dessen Urteilsvermögen durch Klänge und Gerüche getrübt war. Ich muss gestehen, dass ich in diesem Punkt eitel bin.

Lass mich Dir mein Handeln folgendermaßen erklären: Wie Du weißt, habe ich eine Frau und drei Söhne. Doch was hat das mit Liebe oder Wollust zu tun? Unsere Verbindung kam aus Vernunftgründen zustande. Meine Ehefrau stammt aus einer Familie von Hirten und wollte einen Mann von Rang und Namen an ihrer Seite. Und ich wünschte mir Nachkommen, die meine Anlagen trügen und in denen ich auch nach meinem Tod weiterleben würde. Manche sagen mir, meine Frau sei schön, denen stimme ich zu. Und sie ist jung, auch das ist richtig. Aber ich sage Dir, schön ist nur ihr Äußeres, in ihrem Innern herrscht tiefste Finsternis.

Erinnerst Du Dich, wie sie mich einmal mitten in einem Disput von der Agora holte und nach Hause zerrte, weil sie der Ansicht war, dass ich durch meine Diskussionsrunden, die ich kostenlos an die Jugend verteile, die Familie vernachlässige? Nie hat sie danach gefragt, warum ich so handle, meine Beweggründe sind ihr gleichgültig. Diese Frau ist zänkisch und rechthaberisch und versteht es, nicht nur die Dienerschaft, sondern auch unsere Kinder auf ihre Seite zu ziehen. Sie maßregelt mich in der Öffentlichkeit, macht mich zum Gespött der Leute. Zwar ist sie meine Frau, doch ich begehre sie nicht. Weder labt sie meine Seele noch beflügelt sie meinen Geist. Ich bin ihrer schon lange überdrüssig.

Dagegen sind mir die köstlichen Wonnen des nämlichen Abends dergestalt gegenwärtig, dass es mich drängt, sie für Dich aufzuzeichnen. Wobei ich Dich bitte, mir meine Unbeholfenheit als Maler nachzusehen. Ich kann allerdings nicht verhehlen, dass ich einen gewissen Gefallen daran finde, nicht nur mit Buchstaben, sondern auch mit Linien und Schraffuren Dir einen Eindruck von den mannigfaltigen Vereinigungen zu vermitteln. Auch muss ich erwähnen, dass ich seither einige Traktate verfasst habe, die ich zu meinen besten zähle. Erkenne dich selbst, so sagt es das Orakel. In jenen Stunden habe ich in Tiefen meiner Seele geschaut, die ich zuvor noch nicht gesehen habe. Dennoch bin ich keineswegs erschrocken. Jeder Mensch sollte danach trachten, den vielfältigen Sinn seines Daseins zu begreifen und nach Höherem zu streben. Womöglich führt uns die Wollust allein auf den Weg zur Glückseligkeit.

Alsdann will ich Dich nicht länger von Deinen Studien abhalten. Vielleicht ist es uns vergönnt, sofern Du bereit bist, Deine Sprödigkeit außer Acht zu lassen, einmal gemeinsam eine solche Beglückung zu erfahren, wie ich sie Dir soeben geschildert habe. Und ich gestehe es freiheraus, zumal meine Erdenzeit nicht mehr lange dauern wird: Ich will mehr, noch viel mehr solcher Genüsse erleben, bevor Thanatos mich in die Unterwelt holen wird.

Zum Abschluss, mein lieber Freund, fühl Dich herzlich umarmt und sei meiner aufrichtigen Zuneigung versichert.

Leb wohl.

ERSTES BUCH

Der Himmel spannte sich hell und klar über der Insel inmitten des friedvoll dahingleitenden Flusses. Eine milde Augustsonne tauchte das Städtchen in ein golden schimmerndes Licht. Mit weit ausgreifenden Schritten hastete ein hochgewachsener Mann über die Untere Steig und näherte sich dem Tor, das den Klosterbereich von der diesseitigen Welt trennte.

Der Torwächter hatte die Gestalt bereits vom Fenster seiner Loge aus näher kommen sehen. Seit mehr als dreißig Jahren versah Josef Oschwald seinen Dienst im Auftrag der Gemeinde, war sich dabei stets der besonderen Bedeutung seines Amtes bewusst. Denn er war es, der die Besucher sowie sämtliche An- und Ablieferungen zwischen Klosterökonomie und der Stadt zu prüfen und zu protokollieren hatte.

Der Pförtner schlug das Registrierbuch auf, setzte seine braune Filzkappe auf und öffnete umständlich und mit feierlicher Miene den quietschenden Torflügel.

»Gruessech. Welch ein herrlicher Tag, nicht wahr? Gerade recht, um das Getreide einzuholen. Gegen Abend wird es ein Gewitter geben. Seit dem Aufstehen spüre ich so ein Ziehen in meiner Hüfte ... Ja, ja, immer schon früh auf den Beinen, der Herr Maler, immer fleißig.«

Der Mann durchmaß den Tordurchgang, ohne seine Schritte zu verlangsamen. Mit einer beiläufigen Handbewegung gab er den Gruß zurück. Vor ihm breitete sich der Klosterplatz aus, von allen Seiten umgeben von weiß verputzten Gebäuden mit rotbraunen Schindeldächern, in denen die verschiedensten Handwerke ausgeübt wurden. Zusammen mit einem Obst- und Gemüsegarten bildeten sie das Ökonomieareal des Stiftes. Getreu der Vorgabe ihres Ordensgründers, des Heiligen Benedikt von Nursia, demzufolge die Mönchsgemeinschaft in ihrem abgeschlossenen Bezirk alles zum Leben Notwendige vorfinden solle. An das Logenhäuschen des Torwächters schloss sich die Küferei an. Im Obergeschoss lagen Schlafstätten für Handwerker und Gesellen. Linker Hand dehnte sich die Kellerei aus, dahinter erhob sich ein separates Gästehaus mit Unterkünften für auswärtige Besucher.

Der Eilende passierte zu seiner Rechten die Lagerhäuser mit der mächtigen Getreidescheune, hinter der sich die Stallungen anschlossen. Ein Pferd mit einer Blesse auf der braunen Nase streckte den Kopf aus einem der offen stehenden Fenster, stellte die Ohren auf und blickte der hageren Gestalt neugierig hinterher. Der Klang rhythmischer Hammerschläge erfüllte den gepflasterten Innenhof, den jäh ein lautes Geklirr unterbrach. In der Küferei heulte jemand auf, es folgten eine Schimpftirade und das Geräusch einer schallenden Ohrfeige. Ein Lehrling humpelte aus der Werkstatt zu einem Regenfass, tauchte fluchend einen Fuß hinein.

Der Mann schien von dem Vorfall nichts bemerkt zu haben. Zielstrebig schritt er weiter, den Oberkörper leicht nach vorn gebeugt und mit eingezogenen Schultern, so als geniere er sich seiner langen, knochigen Glieder. Die störrisch in alle Richtungen strebenden Haare waren im Nacken durch ein straff gezogenes Lederband gefügig gemacht worden.

Inmitten des klösterlichen Platzes stolzierte ein Hahn auf und ab, ließ sein Gefieder in der Sonne bunt schillern. Plötzlich gewahrte der Vogel, wie unter einer Mistkarre eine Henne nach Futter pickte. Der Gockel lief auf die Henne zu. Aufgeregt gackernd versuchte sie zu entkommen. Mit einem weiten Satz sprang er ihr auf den Rücken und schlug ein paar Mal mit den Flügeln, um das Gleichgewicht zu halten. Die Henne knickte mit den Füßen ein und blieb, vom Gewicht ihres Bezwingers niedergedrückt, am Boden liegen. Der Hahn brach in ein weithin vernehmbares Krähen aus.

Den Blick starr nach vorn gerichtet, setzte der Mann seinen Fuß auf die Brücke, die mit ihren vier steinernen Bogen den Wasserlauf überspannte. Die Einwohner nannten diesen Teil des Flusses zwischen dem schweizerischen Städtchen Rheinau und dem nördlichen Inselufer den Kleinen Rhein. Im Unterschied zum Rhein, der die Grenze zwischen dem südlichen Inselufer und dem schwäbischen Festland bildete. Der Mann ließ die beiden noch verwaisten Holzstände hinter sich, an denen Fischer vormittags ihren frischen Fang zum Kauf anboten. Zuerst dem Küchenmeister des Klosters, der das Vorrecht auf die besten Stücke hatte, und danach den Rest den Bürgern. Eine mannshohe Skulptur des Heiligen Christophorus überwachte das Geschehen.

Am Ende der Brücke befand sich ein weiteres Tor; doch diesmal blieb dem Mann die Pforte verschlossen. Ungeduldig betätigte er den Türklopfer, trat von einem Fuß auf den anderen, klopfte erneut, diesmal energischer und lauter. Sein durch die Zähne gepresstes Fluchen galt dem klösterlichen Pförtner. Er befand darüber, wer hier, an der unmittelbaren Schwelle zur Abtei, passieren durfte, wer zuvor eine schriftliche Eingabe machen musste oder wer abgewiesen wurde.

Schließlich wurde eine Klappe in der hölzernen Türlaibung heruntergelassen, ein Schwall Wacholderschnaps waberte dem Mann entgegen. Unwillkürlich trat er einen

Schritt zurück. Ein Paar rot unterlaufener Augen musterte ihn vorwurfsvoll schräg von unten, dann öffnete sich ein Spalt zwischen den beiden Torflügeln, und er trat über die Schwelle in den inneren Stiftsbereich.

Bruder Anton Meyer, ein stämmiger kleiner Mann mit grauem Stoppelhaar und Spitzbart, ließ mit der einen Hand den schweren Eisenriegel ins Schloss fallen, die andere hielt er in den Falten seines Gewandes verborgen.

»Was seid Ihr für ein ungeduldiger Mensch, Meister Giorgioli. Euretwegen musste ich meine Frühandacht unterbrechen. Außerdem wollen meine Beine in letzter Zeit nicht mehr so recht. Ich bin schließlich einer der Ältesten hier im Konvent. Ihr solltet mehr Rücksicht üben.«

Francesco Antonio Giorgioli schien von dieser Ermahnung nur wenig beeindruckt zu sein, deutete dennoch wie zur Entschuldigung ein Kopfnicken an. Im Weitergehen gewahrte er aus den Augenwinkeln, wie der Pförtner eine Flasche aus dem Gewand zog und an die Lippen setzte. Giorgioli wandte sich nach links und schritt an einem flachen, rechteckigen Gebäude vorbei, aus dessen Schornstein weißer Rauch in den blauen Morgenhimmel aufstieg. Der Bäcker und seine beiden Gesellen waren schon seit geraumer Zeit bei der Arbeit. Ein von Norden aufkommender Windhauch blies den verführerischen Duft von frischem Backwerk über den Inselhof bis hin zum Mühlenbau am Südwestufer der Insel, an welchem der Hauptarm des Rheins vorbeifloss und mit seiner Kraft ein halbes Dutzend Wasserräder in Bewegung hielt.

Noch war alles ruhig auf dem Inselhof. Doch schon in weniger als einer halben Stunde würde sich hier eine Vielzahl von Handwerkern in ihren behelfsmäßig errichteten Bauhütten einfinden und mit ihren Gewerken beginnen. Steinbauer, Zimmerleute, Glaser, Maurerballiere, Schlosser und Dachdecker. Der Konventbereich war im Lauf der Zeit durch die wachsende Anzahl der Mönche zu klein geworden und hatte eine Erweiterung erforderlich gemacht. Fünf Jahre, seit 1704, hatte man allein für den Ausbau der Klosterkirche benötigt, deren feierliche Einweihung für das kommende Jahr vorgesehen war.

Giorgioli folgte der efeuumrankten Mauer, die das gesamte Eiland schützend umfasste. Zu seiner Rechten erstreckte sich das prächtige Gotteshaus. Ein Gerüst umgab den noch unvollständigen Nordturm. Er ging weiter nach Osten, gelangte durch einen schmalen Durchgang in den Spitzgarten, der dem Kloster als Obst- und Kräutergarten diente, und erreichte schließlich das Ende der Insel, deren Aussehen an die Spitze einer Lanze erinnerte. Von Büschen und Bäumen halb verborgen, tauchte vor ihm die Magdalenenkapelle auf. Der hoch aufstrebende Glockenturm mit dem filigranen Kreuz hatte nahezu die gleiche Höhe wie der Unterbau selbst.

Die Kapelle war sein Lieblingsplatz für die Augenblicke der Muße und der inneren Einkehr. Jeden Morgen, bevor er mit seiner Arbeit begann, kam Giorgioli zum Gebet hierher, manchmal auch noch ein weiteres Mal tagsüber, sofern die Kapelle nicht für eine Messfeier von den Mönchen genutzt wurde. Er liebte die Stille und Abgeschiedenheit, das Gefühl, diesen Andachtsort für sich allein zu haben und Zwiesprache zu halten mit dem Allmächtigen.

Er betrat die Kirche und sank vor dem Altar der Heiligen Magdalena auf die Knie. Da spürte er einen stechenden Schmerz im Rücken und verzog das Gesicht. Er ballte eine Hand zur Faust, rieb mit den Knöcheln über die peinigende Stelle. Gleißendes Sonnenlicht brach durch die wabenförmigen Fensterscheiben und übersäte den Chorraum mit kreisförmigen Lichtpunkten. Giorgiolis Blick schweifte zu den Seitenaltären, die den beiden Heiligen Benedikt und Niklaus von Flüe gewidmet waren, wanderte weiter über die Blätterranken an den Wänden bis hinauf zum Deckengewölbe, zu den Leidenswerkzeugen Christi.

Giorgioli schloss die Augen und begann zu beten, das Vaterunser im Wechsel mit dem Ave-Maria, jeweils zehn Mal. Daran schlossen sich die Fürbitten an. »O Herr, allmächtiger Gott, ich bitte dich inständig, lass meiner Frau Jacoba sowie meinen acht Kindern Gesundheit und Wohlergehen zuteil werden. Ferner ersuche ich dich, gib mir, deinem untertänigen Diener, die Kraft, das große Werk zu vollenden, das ich begonnen habe, um deinen Namen zu rühmen wie auch den der seligen Frau, die dich einst geboren hat. Gepriesen seist du, o Herr, in Ewigkeit. Amen.«

In diesem Sommer war ihm die Arbeit schwerer gefallen als in den Jahren zuvor. Er zählte mittlerweile dreiundfünfzig Jahre und spürte die Last des Älterwerdens, manchmal sogar jeden einzelnen seiner Knochen, die sich nach einem Tag in gekrümmter Haltung bleiern anfühlten und nach Ausruhen verlangten, während sein Geist nach wie vor rege war und die Hand stetig antrieb, den Pinsel zu führen.

Der Auftrag der Rheinauer Benediktinermönche verlangte die Schaffung von zehn großen Deckenbildern im Hauptschiff und im Querhaus der Klosterkirche sowie von zwölf kleineren in den beiden Seitenschiffen und in der Vorhalle. Seit dem Osterfest im vergangenen Jahr hatte er zum Lob der Heiligen Mutter Maria Szenen aus ihrem und dem Leben ihres göttlichen Sohnes ersonnen. Hatte, jeweils zwischen April und September auf einem Holzgerüst unter der Kirchenkuppel stehend, in der Hocke oder auch auf den Knien, Pigmente auf den feuchten Putz aufgetragen. An trüben Tagen, an denen das Tageslicht die Kuppel nur wenig erhellte, musste er zusätzlich Kerzenleuchter aufstellen. Nicht von ungefähr galt die Freskomalerei als die schwierigste aller Malkünste. Denn diese Arbeit glich einem Wettlauf gegen die Zeit. Man musste schnell sein und alles beim ersten Mal richtig machen. Sobald der Kalk getrocknet war und die Farben sich dauerhaft mit dem Untergrund verbunden hatten, war keine Korrektur mehr möglich.

Sein Sohn hatte ihm beim Reiben der Farben und bei den Vorzeichnungen Hilfestellung geleistet, Giovan Pietro, mit zweiundzwanzig Jahren der zweitälteste der Brüder. Ein Geselle mittlerweile, den er, der Vater, persönlich ausgebildet hatte. Vier Wochen Zeit bleiben ihm von nun an noch, bis Mitte September, dann musste die Arbeit an den Rheinauer Fresken abgeschlossen sein. Anschließend wollten sie beide nach Hause aufbrechen, ins Tessin, wo seine Frau Jacoba und die jüngeren Kinder auf die Heimkehrer warteten.

Ein Lichtstrahl traf seine Wange, und Francesco Antonio Giorgioli überkam eine eigenartige Unruhe. Obwohl er sich sonst nach einem Morgengebet erfrischt und gestärkt für sein Tagewerk fühlte, blieb diesmal die ersehnte innere Ruhe aus. Er trat hinaus ins Freie und blinzelte in die Sonne, atmete mehrmals tief ein und aus.

Sein Blick schweifte nach rechts über den Fluss hinweg zu den Feldern der gegenüberliegenden Landzunge, auf denen das reife Getreide sich golden im morgendlichen Sonnenlicht wiegte. An einem Gehöft in der Unterstadt, am Heidehof, wurde ein Dach eingedeckt. Die Kommandos der Handwerker schallten bis zu ihm herüber. Sein eigenes Haus in Meride fiel ihm ein, in dem schon sein Vater und sein Großvater zur Welt gekommen waren. Die Rahmen der blind gewordenen Fenster waren undicht, der Fußboden in der Küche hatte sich gesenkt, und der Stall für die Schafe und Ziegen musste ebenfalls ausgebessert werden. Kosten, die einen großen Teil seines Lohnes verschlingen würden. Giorgioli seufzte leise.

Doch sofern seine Frau das Geld, das er ihr geschickt hatte, sorgsam verwaltete, würde die Familie ohne große

Einschränkungen über den Winter kommen. Bis er im nächsten Frühjahr sich erneut auf den Weg machen würde, um irgendwo im Süden Deutschlands oder in den Schweizer Kantonen ein weiteres Gotteshaus auszumalen. Wozu ihm allerdings noch ein Auftrag fehlte. Um wie viel zuversichtlicher würde er abreisen können, wenn er einen neuen Kontrakt in der Tasche hätte …

Das Leben eines Wandermalers eignete sich nicht dazu, Reichtümer zu erwerben. Außerdem war die Konkurrenz groß. Wenn Giorgioli jedoch sein Bestes gab und die Mönche sich zufrieden mit seiner Arbeit zeigten, dann durfte er darauf hoffen, dass Abt Gerold II. von Rheinau ihm ein Empfehlungsschreiben für einen künftigen Auftraggeber ausstellte. Mit einem solch einflussreichen Mann als Fürsprecher wäre sein Auskommen gesichert, zumindest für ein weiteres Jahr.

Vom Südturm der Klosterkirche verkündete das Glockengeläut die achte Stunde des Tages. Francesco Antonio Giorgioli verharrte noch für einen Augenblick unter dem Wetterdach, das den Eingang der Magdalenenkapelle beschützte. Plötzlich fühlte er sich vom Duft einer Kletterrose angezogen, die neben dem dunklen Holzportal emporrankte. Er steckte die Nase in die weißgelben Blütenblätter und sog ihren süßlichen Duft ein. Dann nahm er sein Skizzenbuch aus der Gürteltasche und fertigte einige Zeichnungen an.

Er wollte gerade weitergehen, da stellte er fest, dass zu seiner Linken die schwere Eichenpforte in einem der vier Rundtürme innerhalb der Mauerumfriedung offen stand. Vielleicht hatte der Wind in der vergangenen Nacht daran gerüttelt und das rostige Eisenschloss war aufgesprungen, überlegte Giorgioli und ging hinüber, um nach dem Rechten zu sehen. Dabei wäre er beinahe über einen schwarzen Gegenstand am Boden gestolpert. Es war eine Sandale, wie sie die Mönche im benachbarten Kloster trugen. Der Maler bückte sich und hob den Schuh auf. Feuchte Erde und Grashalme klebten an der Sohle, ein Riemen war abgerissen und baumelte lose herunter.

Giorgiolis Blicke suchten die Böschung ab, die zum Rhein hinunterführte, und er gewahrte in geringer Entfernung ein Paar menschlicher Füße unter einem mächtigen Wacholderstrauch.

Sie waren groß und schmutzig und voller Schrunden. Dicke gelbliche Hornhaut überzog die Sohlen, schälte sich an Fersen und Ballen ab. Vorsichtig trat Giorgioli näher und stieß mit dem Schuh gegen einen der Füße. Als er gerade die Hand hob, um sich zu bekreuzigen, vernahm er aufgeregte Stimmen hinter sich. Er wandte den Kopf und entdeckte eine Gruppe von Mönchen mit wehenden Kutten auf sich zueilen.

»Meister Giorgioli, habt Ihr eine Ahnung, wo Pater Basilius sein könnte?« Frater Martin, ein junger Novize, winkte ihm aufgeregt schon von Weitem zu. »Wir haben ihn seit den Laudes nicht mehr gesehen.«

Giorgioli deutete stumm auf die Böschung. Die Mönche drängten sich unter dem Torbogen und starrten fassungslos zu dem Wacholderstrauch hinüber. Ein Aufschrei war zu hören, gefolgt von erregtem Stimmengewirr. Mit vereinten Kräften zogen die Mönche den leblosen Körper des Sakristans unter dem Busch hervor. Durch die ruckartige Bewegung rutschte die Kutte des Paters nach oben und ermöglichte einen ungehinderten Blick auf einen Körperteil, den ein Ordensmann nicht nur mit Sorgfalt vor der Öffentlichkeit, sondern auch vor sich selbst zu verbergen hatte. Einer der Brüder bückte sich hastig und bedeckte die unschickliche Blöße.

Pater Basilius war ein ebenso großer wie massiger Mann. Wie eine Kugel erhob sich sein Bauch über der Körpermitte. Der Kopf mit dem schwarzbraunen Haarkranz hing schlaff zur Seite. Die Gesichtszüge wirkten verzerrt, Mund und Augen waren weit aufgerissen. Es sah aus, als hätte den Pater etwas erschreckt. Zutiefst erschreckt. Giorgioli beugte sich hinunter und schlug links und rechts gegen die kalten, feisten Wangen. Aufs Höchste besorgt zog er seine Taschenuhr aus der Wamstasche und hielt sie vor den Mund des leblos Daliegenden. Er zählte bis zwanzig, dann prüfte er den blank polierten Deckel, den kein noch so schwacher Atemhauch trübte, richtete sich auf und bekreuzigte sich. Frater Martin, der Novize, schüttelte ungläubig den Kopf, hob einen Arm des Paters und ließ ihn wieder los. Der Arm sank kraftlos zu Boden. Ein Schrei zerriss die Stille, die Mönche sanken auf die Knie und beteten.

»Demütig bitten wir dich, allmächtiger Gott, nimm unseren geliebten Bruder auf in dein Reich und gib seiner armen Seele die ewige Ruhe. Lass ihm und allen Heiligen das ewige Licht leuchten fortan und in Ewigkeit. Amen.«

Giorgioli zog ein Tuch aus seinem Ärmel, wischte sich über die Augen und schnäuzte sich. Dann warf er einen letzten Blick auf den leblosen Körper und prägte sich dessen Anblick sorgfältig ein. Er fürchtete sich nicht vor dem Tod, hatte auch schon etliche Leichname zu Gesicht bekommen. Die seiner alten Eltern und zweier Onkel, tote Bettler am Straßenrand oder Nachbarn. Aber diesmal war irgendetwas anders, ohne dass er genau hätte sagen können, was es war.

Schließlich wandte er sich brüsk ab und ging hinüber zum Inselhof. Ein leichter Schwindel befiel ihn, ebenso ein Gefühl des Unbehagens in der Magengegend. Er lehnte sich gegen den Brunnen mit der Marienfigur, der sich inmitten des Platzes befand. Als er die Hand in die Jackentasche steckte, fühlte er etwas Hartes. Es war ein Stück trockenes

Brot, das von der Abendmahlzeit übrig geblieben war. Er biss hinein, kaute langsam darauf herum. Vielleicht hätte er in der Frühe doch etwas zu sich nehmen sollen, wie ihm die Wirtin angeraten hatte, anstatt bis zum Mittag zu warten. Aber Essen bedeutete für ihn nicht mehr als eine üble Notwendigkeit, die zudem Zeit kostete.

Der eben noch menschenleere Inselhof hatte sich mittlerweile in einen Ort der Geschäftigkeit verwandelt. Überall in den Bauhütten sah man Handwerker. Ein Kutscher ließ sein Fuhrwerk mit lautem Schnalzen neben dem Turmgerüst anhalten, Arbeiter luden Steine ab und stapelten sie in Reihen vor der Kirchenfassade. Zwei Männer transportierten eine Glasscheibe in den ausgebreiteten Armen und stapften seitwärts die Stufen zum Hauptportal hoch. In diesem Augenblick stolperte ihnen ein Zimmerer mit einer Leiter über der Schulter entgegen und wäre beinahe mit ihnen zusammengestoßen.

»Kruzifix, noch einmal! Du Tölpel! Hast wohl keine Augen im Kopf, hä?«, schrie einer der Glaser.

»Hüte deine Zunge, mein Freund! Wir befinden uns auf geweihtem Boden. Fluchen kannst du, wenn du zu Hause bei deiner Alten bist«, lautete die rüde Antwort.

In diesem Augenblick kam ein Mann das Turmgerüst heruntergeklettert. Er war mittelgroß und schlank; ein sorgsam gestutzter pechschwarzer Schnauzbart zierte seine Oberlippe. Die Kleidung aus edlen Seidenstoffen und die glänzend polierten Schuhe zeugten von vornehmer Eleganz, waren jedoch eher für einen sonntäglichen Kirchgang als für die Besichtigung eines Bauplatzes geeignet. Er klopfte sich den Staub aus der Jacke, lüftete seinen federverzierten Hut und tupfte sich die Stirn mit einem Taschentuch ab.

»Ja, hat man so etwas schon erlebt?«, rief er zornig und mit schriller Stimme. »Die östliche Seitenwand vom Nordturm steht schief. Ich habe es sofort bemerkt, schon als ich die ersten Sprossen der Leiter hinaufgestiegen war. Und dann erdreisten sich diese Taugenichtse von Maurern noch zu fragen: ›Ist alles im Lot, Meister Beer?‹ Gar nichts ist im Lot – ich habe es überprüft. Mehr als drei Grad Abweichung! Jetzt müssen sie die Partie abreißen und neu errichten. Wofür bezahle ich diese Nichtsnutze eigentlich? Bestimmt haben sie ihren Wochenlohn zu den Weibern nach Schaffhausen getragen und bis zum Umfallen gesoffen. Daher können sie heute wohl keine Horizontale mehr von einer Vertikalen unterscheiden.«

Seine Stimme überschlug sich. Das Gesicht lief rot an, der Adamsapfel über dem Hemdkragen trat kugelig hervor. Einige der Balliere stießen sich unauffällig in die Seite und grinsten hinter vorgehaltener Hand. Einen derartigen Gefühlsausbruch schienen sie nicht zum ersten Mal zu erleben. Franz Beer, der Baumeister, fuchtelte mit dem Taschentuch in der Luft herum und rang nach Luft. »Wo steckt der Maurermeister? Auf der Stelle soll er herkommen und mir erklären, warum er seine Gehilfen nicht besser beaufsichtigt. Wenn das so weitergeht, werkeln wir noch in drei Jahren auf dieser Baustelle herum.«

Der Vorarbeiter, ein schmaler, drahtiger Mann mit jungenhaften Gesichtszügen, trat auf den wütenden Beer zu und legte ihm begütigend die Hand auf den Arm. »Der Mann ist auf dem Weg nach Marthalen, um Nachschub an Sandsteinen zu ordern. Ihr selbst habt ihn damit beauftragt.« Er versuchte ein aufmunterndes Lächeln. »Es gibt gute Nachrichten, Meister. Alles läuft nach Plan. Seit Mai sind wir nicht einen einzigen Tag in Verzug.« Nach einem Moment des Zögerns reichte er seinem Meister eine lederne Mappe mit Dokumenten. »Allerdings ... die Holzlieferung für das Turmgebälk wird sich verzögern. Der Händler besteht darauf, zuerst das Geld für die vorherige Sendung zu bekommen. Und die Zinngießer verlangen mehr Lohn wegen der beiden zusätzlichen Fensterlote in der Sakristei. Sie waren im ursprünglichen Plan nicht vorgesehen.«

»Was sagt Ihr dazu, Kollege Maler?« Der Baumeister wandte sich an Giorgioli, der an einen Leiterwagen gelehnt dastand und ganz in Gedanken versunken war. »Muss ich mir solch eine Anmaßung überhaupt anhören?«

Francesco Antonio Giorgioli schluckte einen letzten Brotbissen hinunter, räusperte sich und suchte nach Worten, die einerseits Einfühlungsvermögen ausdrücken, andererseits Beer aber auch nicht noch mehr aufbringen sollten. »Nun denn, Ihr habt die Hauptverantwortung für das Baugeschehen, und folglich müsst Ihr Euch auf Eure Geschäftspartner verlassen können. Anderseits muss man auch die kleinen Leute verstehen. Es ist nicht immer leicht für sie, über die Runden zu kommen.«

»Verstehen ... Schröpfen wollen sie mich! Ausnehmen wie eine Gans. Aber irgendwann werden sie sich mit ihrer Geldgier selbst zugrunde richten. Früher, da waren die Menschen bescheidener, demütiger. Ich frage Euch: Wo bleiben heutzutage die eidgenössische Schaffenslust und Frömmigkeit? Die Welt ist wahrhaft schlecht geworden.«

»Sicher habt Ihr recht, wenn man es vielleicht auch nicht so rigoros sehen sollte ... Allerdings drängt es mich, von einem jüngsten Ereignis zu berichten, das uns alle daran gemahnt, uns in Bescheidenheit und Demut zu üben, denn es hätte jeden von uns treffen können. Einer der Patres ist nämlich ...«

»Undankbares Pack! Die Kerle sollten froh sein, dass sie Arbeit haben. Überdies eine Arbeit, die der Verherrlichung Gottes dient. Noch in Hunderten von Jahren werden die Menschen an diesen Ort pilgern und das Ergebnis bewundern.« Unbeirrt von Giorgiolis Worten setzte der Baumeister sein Klagelied fort. »Diese Halsabschneider werden keinen Auftrag mehr von mir bekommen, und sei er auch noch so klein. Ich suche mir andere Leute ... Schwaben oder meinetwegen auch Bayern.«

»Ihr müsst so verfahren, wie Ihr es für richtig haltet, lieber Beer. Aber stellt Euch vor, was ich soeben am Ufer nahe der Kapelle entdeckt habe. Pater Basilius, der Sakristan, ist ...«

Doch bevor Giorgioli seinen Satz zu Ende führen konnte, verwickelte der Vorarbeiter den Baumeister in eine Diskussion und schritt mit ihm Richtung Mühlenbau davon. Giorgioli machte eine resignierte Handbewegung und nahm mit großen Schritten die Stufen zum Hauptportal der Klosterkirche.

Im Kircheninneren war es kühl; in der Luft schwebte der Geruch von Säure, Farben und frischem Holz. Obwohl das Gotteshaus eine Baustelle war, die große Orgel, Altäre und ein Großteil des Chorgestühls noch fehlten, war bereits etwas von der himmlischen Macht zu erahnen, die diesen Raum einmal erfüllen würde. An der Decke erstrahlte in hellen, klaren Farben sein Werk. Das Werk des Tessiner Freskenmalers Francesco Antonio Giorgioli. Fast dreitausend Quadratfuß* würden es einmal sein; nur noch ein gutes Dutzend fehlte ihm bis zur Vollendung.

Giorgioli duckte sich und zwängte sich unter Holzgerüsten und -leitern hindurch. Hoch über seinem Kopf brachten die Stuckateurgehilfen vorgefertigte Gipselemente an Wänden und Pilastern an, fügten sie zu kunstvollen Formen wie Fruchtgirlanden oder Lorbeerranken zusammen. Er öffnete

* = 270 Quadratmeter

die Tür zur Sakristei, an deren Wänden zahlreiche Schränke und Truhen standen. Darin bewahrten die Mönche die kostbaren Requisiten auf, die sie für die feierliche Liturgie benötigten: von Nonnen in monatelanger Arbeit bestickte Messgewänder, vergoldete Weinkelche, mit Edelsteinen verzierte Monstranzen, silberne Kerzenleuchter und kostbar illustrierte Messbücher. Zur Rechten führte eine weitere, behelfsmäßig eingesetzte Tür in eine hölzerne Bauhütte. Sie war eigens für ihn und die Stuckateure als Materiallager während der Bauzeit errichtet worden. In mannshohen Regalen türmten sich Gipsformen und -abdrücke, Nägel, Kellen, Flaschen mit Nussöl und Wein, Farbpigmente, Paletten und Pinsel verschiedenster Größe und Dicke.

Ein mittelgroßer, athletischer Mann mit wachen, vergnügten Augen war gerade dabei, zwei Gipsfässer aufeinanderzustapeln, als er Giorgioli kommen hörte.

»Gott zum Gruße, verehrtester Kollege, wie ist das heutige Befinden?« Franz Schmuzer, der Stuckateur, hob bei Giorgiolis Anblick die Brauen und spitzte die Lippen. »Doch halt, entdecke ich da einen Anflug von Melancholie, der deine hehre Stirn umwölkt? Sag an, Francesco, warum ist mir so, als sei deine Miene heute noch finsterer als gewöhnlich? Habe ich womöglich vergessen, mich zu rasieren? Findet die Farbe meines neuen Wamses keine Gnade vor dem gestrengen Auge des Malers? Was mich allerdings untröstlich stimmen würde.«

Giorgioli warf dem jungen Stuckateur einen missbilligenden Blick zu. »Hast du noch nicht gehört, was Pater Basilius widerfahren ist?«

»Irgendjemand äußerte vorhin, er sei verschwunden.« Schmuzer lächelte vielsagend. »Weißt du, was ich vermute? Der Sakristan ist bestimmt heimlich in die Speisekammer geschlichen – und wurde dort eingeschlossen. Wobei ich nicht an ein Versehen glaube. Der Küchenmeister wollte vermutlich seinem allzu gefräßigen Mitbruder eine Lektion erteilen.«

»Wenn dem nur so wäre ... Es ist viel schlimmer. Ich habe den Sakristan vorhin gefunden. Er lag im Gebüsch neben der Magdalenenkapelle – und er war tot.« Giorgioli zog Jacke und Wams aus, drehte beide Kleidungsstücke auf links und faltete sie sorgfältig zusammen. Dann legte er sie in dem Regal auf den obersten Boden und deckte sie mit einigen vergilbten Blättern Zeitungspapier ab, die er eigens für diesen Zweck dort deponiert hatte.

Der Stuckateur blinzelte ungläubig und kratzte sich hinter dem Ohr. »Seltsam ... Basilius strotzte doch nur so vor Kraft und Lebendigkeit, war immer guter Laune. Vorausgesetzt, er hatte genug zu essen und zu trinken bekommen. Wie alt mag er gewesen sein? Dreißig, zweiunddreißig? Zu jung jedenfalls, um Gevatter Tod Gefolgschaft zu leisten. Tja, wie pflegte mein Großvater immer zu sagen: Gottes Wege sind unergründlich.«

»Seltsam, das ist das richtige Wort«, murmelte Giorgioli kopfschüttelnd. »Möge der Herr seiner Seele gnädig sein.« Er streifte einen Kittel über Hose und Hemd und griff nach einem breitkrempigen Hut aus geflochtenem Florentiner Stroh, wie ihn die Bauern in seiner Heimat seit jeher auf den Feldern benutzten. Er hatte es sich zur Gewohnheit gemacht, bei der Arbeit eine Kopfbedeckung zu tragen, um seine Augen vor herabtropfenden Farbsprenkeln zu schützen.

Franz Schmuzer lud vorsichtig gipserne Kelchblätter und Rosenblüten in eine Schubkarre und wechselte in eine andere Tonlage, sprach voller Eifer. »Der Untergrund ist schon vorbereitet, Francesco. Ich habe Pater Plazidus den besten Tischwein abgeschwatzt und noch ein paar Löffel Nussöl aus der Steiermark dazugerührt. Und ich sage dir in aller Bescheidenheit: Herausgekommen ist der geschmeidigste Putz, den du nördlich der Alpen auftreiben kannst. Du wirst deine wahre Freude haben und gar nicht mehr mit dem Malen aufhören wollen.«

Giorgioli nickte beiläufig und schlüpfte in ein Paar ausgetretener Schuhe, die über und über mit Farb- und Gipssprenkeln bedeckt waren. Er ließ den Stuckateur mit seiner Karre vorangehen und schritt durch die gesamte Länge des Hauptschiffes bis in die Vorhalle, hinter der das Eingangstor lag. Eine ausgetretene steile Holztreppe führte auf die Empore des nördlichen Seitenschiffes hinauf. Da hörte er plötzlich ein polterndes Geräusch und blickte in die Tiefe. Einem der Stuckateurgehilfen war der Hammer aus der Hand gerutscht und auf den Steinfußboden gefallen. In das Kichern der anderen Gesellen mischte sich die mahnende Stimme Franz Schmuzers.

Francesco Antonio Giorgioli kletterte eine wackelige Leiter hinauf und stand nunmehr auf einem Holzpodest, das über der Empore zwischen zwei Pilastern eingespannt war. Wenn er seinen Arm ausstreckte, reichte dieser bis an die Gewölbedecke heran. Oftmals hatte er seinem Schöpfer gedankt, dass er schwindelfrei war. Denn andernfalls wäre ihm der Beruf des Freskenmalers verwehrt gewesen. Ein Freund aus Jugendtagen hatte deswegen die Ölmalerei gewählt, weil er diese zu ebener Erde und vor einer Staffelei im Atelier ausüben konnte.

Die Kreuzigung Christi im sechsten Joch war sein vorletztes Fresko und bis auf eine Fläche von drei mal vier Ellen fertig. Keine andere Szene hatte ihm mehr Überlegung abverlangt. Immer wieder hatte er seine Pläne verworfen. Angesichts der Bedeutung des Geschehens kamen sie ihm nicht erhaben genug vor. Vor dem Schlafengehen las er die fragliche Stelle bei den vier Evangelisten nach. Er träumte von Diagonalen, Fluchtlinien und Farbpigmenten.

Giovan Pietro war es schließlich, sein Sohn, der ihm die Richtung wies. Sie hatten miteinander diskutiert, lange und heftig. »Ich würde am liebsten etwas Neuartiges versuchen«, hatte der Junge voller Tatendrang vorgeschlagen, »etwas, das die Menschen so noch nicht gesehen haben. Sie müssen tief in ihrem Innern berührt werden. Wenn man immer nur das Vertraute vorfindet, wird es irgendwann langweilig, und man wendet sich ab.«

Giorgioli hatte den Einwand umgehend als töricht und unbedacht abgetan. Schließlich war er seit Jahrzehnten im Geschäft und wusste genau, was die Auftraggeber und Kirchgänger sehen wollten. Doch je länger er darüber nachdachte, desto zwingender und folgerichtiger erschien ihm die Sichtweise des Sohnes.

Er selbst erklärte im Nachhinein allerdings, der rettende Einfall sei ihm des Nachts im Traum gekommen. Der Junge war erst zweiundzwanzig und hatte die Meisterprüfung noch vor sich. Er sollte nicht zum Übermut verleitet werden.

Auf allen ihm bekannten Kreuzigungsdarstellungen waren drei aufrecht nebeneinanderstehende Kreuze auf dem Gipfel des Berges Golgatha zu sehen. Diese Ausführung wollte Giorgioli übertreffen und die Betrachter zu Zuschauern eines tragischen Geschehens machen, wie in einem Theaterstück. Er stellte sich vor, was sich damals in Wirklichkeit abgespielt haben mochte, und überlegte, wie er die Aufmerksamkeit des Publikums am besten fesseln könne. Und so wählte er den Augenblick, in dem Jesus und die beiden Räuber ans Kreuz geschlagen wurden. Auf der bloßen Erde liegend, über ihren Köpfen die Schergen, die mit ihren Hämmern Nägel in das blasse Fleisch schlugen. Ihnen zu Füßen die Soldaten, die ungerührt von dem Geschehen rings um das Unterkleid des Gottessohnes würfelten. Die ganze Häme und Grausamkeit der Häscher wollte er zeigen sowie als Kontrapunkte den Schmerz Christi und das Leid der Gottesmutter.

Er, Francesco Antonio Giorgioli, wollte in dieser erbarmungswürdigsten Szene des gesamtem Freskenzyklus menschliche Gefühle mit einer solchen Wucht und Dramatik sichtbar machen, wie sie zuvor nur einer darzustellen vermocht hatte. Michelangelo, dessen Werk großartiger war als alles, was er jemals gesehen hatte, und dem man nicht umsonst den Beinamen »der Göttliche« gegeben hatte. Wenn Giorgioli in den Lebenserinnerungen und Schriften dieses Genies las, fand er an manchen trüben Tagen ebenso viel Trost und Kraft darin wie in den Worten der Heiligen Schrift.

»Nun, wie lautet aus berufenem Mund das Urteil zu diesem einzigartigen Malgrund?«, vernahm er hinter sich eine heitere Stimme. Schmuzer war unbemerkt die Leiter heraufgeklettert, setzte sich auf die Kante des Podestes und ließ die Beine baumeln. Der Stuckateur hatte die Angewohnheit, seinen Malerkollegen hin und wieder in den Arbeitspausen zu besuchen und sich den Fortgang der Fresken anzusehen. Daraus wiederum entwickelte er Anregungen für seine eigene Arbeit, die einsetzte, wenn ein Freskenbild fertig war. Dann schuf der Stuckmeister aus Laub- und Blumenkränzen das schmückende Dekor, das zwei wichtige Aufgaben zu erfüllen hatte: einen Rahmen für die Malerei zu schaffen und gleichzeitig die Architektur zu betonen.

»Ich habe nichts daran auszusetzen.« Ohne den Kopf zu wenden, tupfte Giorgioli einen dunklen Schatten in die Ärmelfalten der Marienfigur, tauchte den Pinsel erneut in die Farbe und fuhr damit über die Konturen des Rocksaumes.

»Tatsächlich? Gibt es sonst noch etwas Sachdienliches anzumerken?«

Francesco Antonio Giorgioli zuckte mit den Schultern.

»Wie schön.« Spöttisch verzog Schmuzer das Gesicht. »Dann danke ich dir vielmals für dieses überschwängliche Lob. Du verstehst es wirklich, andere zu ermutigen.«

Unter der Hutkrempe blickte Giorgioli flüchtig zu seinem Kollegen hinüber. »Was willst du hören, Franz? Du siehst doch, ich arbeite.« Er mischte neues Blau an und verteilte es großzügig über das Gewand der Gottesmutter, griff zu einem feineren Pinsel und tupfte ihr einen Hauch Rot auf die Wangen.

»Entschuldige die Nachfrage. Ich wollte keineswegs deine Kreise stören. Wir Bayern sind offensichtlich etwas impulsiver als ihr Tessiner. Arrivederci, collega. Stets zu Diensten.« Schmuzer machte sich an den Abstieg. »Holzkopf, depperter«, grummelte er enttäuscht in sich hinein.

Giorgioli richtete seine Aufmerksamkeit auf die Gestalt des auf dem Kreuz liegenden Christus, auf seine Zehen, die sich in jenem Augenblick vor Schmerz krümmten, als der Nagel in den Fußspann eindrang. Nach einer Weile hatte der Maler alles um sich herum vergessen, war eingetaucht in eine andere Zeit, wähnte sich an einem anderen Ort. Wurde zu einem Beobachter dessen, was er gerade malte.

Das Dachreiterglöckchen auf dem Konventgebäude läutete, und die Schar der Ordensleute hielt Einzug in den bereits fertiggestellten Mönchschor. Der Abt hatte verfügt, dass zur Mittagsstunde die heilige Messe an diesem Ort abgehalten werde, damit die Brüder sich an das neue Gotteshaus gewöhnten und es mit ihren Gesängen erfüllten. Die übrigen Stundengebete wurden in der alten Kirche am Westufer der Insel abgehalten. Giorgioli lauschte den kräftigen, klangvollen Stimmen der Mönche. Wie von selbst glitt seine Hand über den Malgrund.

Im Chor wurde es plötzlich still. Die Klosterbrüder waren verschwunden. Erschrocken legte Giorgioli Pinsel und Palette ab, eilte zu seiner Bauhütte, tauschte den verschmierten

Malerkittel gegen seine Jacke aus und hastete hinüber zum südlichen Kreuzgang, an den das Refektorium anschloss. Ihm war die Ehre zuteil geworden, gemeinsam mit den Ordensbrüdern zu speisen, und er durfte daher nicht zu spät kommen. Viel lieber hätte er allerdings wie sein Sohn mit den Handwerkern und Arbeitsleuten im Speisesaal des Gästehauses gegessen. Die Mahlzeiten dort waren kürzer, da sie sich nicht durch das Vorlesen von Psalmen in die Länge zogen. Und folglich wäre er schneller wieder an seinem Arbeitsplatz auf dem Podest unter dem Kirchendach gewesen.

Andererseits fühlte er sich geschmeichelt, bewies ihm die bevorzugte Behandlung doch die Wertschätzung der Mönche seiner Arbeit gegenüber. Zwei Mahlzeiten hatte man ihm per Vertrag zugesichert. Doch er hatte sich ausbedungen, nur zu Mittag im Konvent zu speisen. Morgens trank er in seinem Gasthaus lediglich einen Becher Kräutertee, und am späteren Nachmittag, wenn im Kloster die Vesper eingenommen wurde, herrschten meist die besten Lichtverhältnisse zum Malen. Er mochte sich daher nicht von dem strengen Tagesrhythmus der Mönche abhängig machen. Weswegen ihm gestattet wurde, in dem Wirtshaus, in dem er logierte, zu Abend zu essen.

Am Eingang zum Refektorium befand sich ein kleiner Vorraum, in dem die Ordensbrüder sich vor jedem Essen die Hände wuschen. Der Circator, der auch für das Einhalten des Schweigegebotes und der Nachtruhe zuständig war, wachte darüber, dass sich alle an diese Vorschrift hielten und sie gewissenhaft ausführten. Denn das Händewaschen gehörte zu den insgesamt dreiundsiebzig Regeln, nach denen die Benediktiner ihren Alltag ausrichteten.

Giorgioli erreichte als Letzter die Gruppe der Wartenden. Vor ihm drängten sich einige Jungen, kaum älter als zwölf Jahre alt, die als Oblaten in der angeschlossenen Klosterschule auf ihr künftiges Leben als Ordensbrüder vorbereitet wurden. Sie stießen sich mit den Ellenbogen an, zogen Grimassen und tuschelten. Als ihr Novizenmeister den Zeigefinger erhob, verstummten sie augenblicklich. Denn in allen Räumen der Klausur, mit Ausnahme des Kapitelsaals und des Aufenthaltsraumes, durften nur Gebete gesprochen werden. So verlangte es eine weitere Regel des heiligen Benedikt. Mit gesenktem Kopf und aufeinandergepressten Lippen stellten die Jungen sich nebeneinander auf und warteten, bis sie an die Reihe kamen.

Francesco Antonio Giorgioli trat an das Waschbecken, dessen Form einer Muschelschale ähnelte, und wusch sich die Hände so lange unter dem Fließwasser, bis kein einziger Farbrest mehr zu sehen war. Ein Küchendiener reichte ihm ein Handtuch zum Abtrocknen. Im Speisesaal ging Giorgioli auf den kleineren von zwei Tischen zu. Wände und Decken des Refektoriums waren mit dunklem Eichenholz vertäfelt und verliehen dem Raum etwas Weihevolles. Die kunstvollen Schnitzereien belegten, dass hier Könner ihres Faches am Werk gewesen waren.

Für die Sitzordnung gab es eine strenge Vorschrift. Am Kopfende der längeren Tafel, nahe den Fenstern, hatte der Abt seinen Platz, daneben sein Stellvertreter, der Prior. Es folgten Subprior, Cellerar, Bibliothekar, Archivar, Circator sowie die übrigen Patres und Fratres gemäß der Dauer ihrer Zugehörigkeit zum Orden. Am zweiten Tisch saßen die Laienbrüder, Novizen und Oblaten sowie diejenigen Handwerksmeister, denen man eine Sonderstellung eingeräumt hatte. Dazu zählten neben Giorgioli auch der Stuckmeister Schmuzer, der Baumeister Franz Beer sowie der Orgelbauer.

Erst wenn der Letzte Platz genommen hatte, durften die Küchenjungen die Speisen hereintragen. Zuerst wurde der Abt bedient, dann die Patres an seiner Tafel, und danach war der zweite Tisch an der Reihe. Die Stühle waren so ausgerichtet, dass sich nirgendwo zwei Personen gegenübersaßen. So fiel es leichter, bei Tisch das Schweigegebot einzuhalten. Giorgioli war es nur recht, wenn er beim Essen nicht auf das Geschwätz anderer achten musste und auch niemand eine Antwort von ihm erwartete.

Doch die Stille an der Mittagstafel dieses Tages war eine andere als gewöhnlich. Statt der üblichen heiteren Gelassenheit und Vorfreude auf eine schmackhafte Mahlzeit, die eine höchst willkommene Unterbrechung des starren Tagesablaufes darstellte, breitete sich Trübsinn aus. Die Mienen der Brüder wirkten ernst, einige sahen sich verstohlen nach dem leeren Platz um, an dem am Abend zuvor noch Pater Basilius gesessen hatte.

Pater Konrad, der Chorleiter und Dirigent, hatte für diese Woche die Aufgabe des Vorlesers übernommen. Er trat in die Mitte des Saales, erhob die Stimme und sprach das Tischgebet. »Gütiger Vater, du lässt Gras wachsen für das Vieh, auch Pflanzen für den Menschen, die er anbaut, damit er Brot gewinnt von der Erde und Wein, der das Herz des Menschen erfreut. Herr, wir preisen dich und bitten dich, segne diese unsere Gaben. Amen.«

Giorgioli sah Erleichterung in den Gesichtern der neben ihm sitzenden Oblaten, als endlich die dampfende Gemüsesuppe aufgetragen wurde. Eilig füllten sie ihre Teller und löffelten drauflos. Ihm selbst genügte eine kleine Portion. Einige der Patres am Nebentisch verzichteten sogar völlig auf das Essen und tranken nur Wasser, vermischt mit etwas Wein. Sie hatten einen freiwilligen Fastentag eingelegt. Die Klosterschüler verständigten sich untereinander mit Handzeichen, um sich Brot oder ein Schälchen frischer Kräuter anreichen zu lassen. Sobald sie aber Anstalten machten, sich über das Notwendige hinaus Fingerzeige zu geben, traf sie ein strafender Blick des Novizenmeisters. Ein allseitiges lautes Schmatzen zeigte an, dass ihnen die Suppe mundete.

Giorgioli selbst kannte keine besonderen Vorlieben beim Essen; er war mit allem zufrieden, was man ihm vorsetzte.

Nach der Suppe trug der Vorleser einen Psalm Davids vor und erflehte Gottes Beistand, alle Brüder vor der Sünde zu bewahren. Küchenjungen räumten die leeren Terrinen beiseite, andere tischten riesige Schüsseln mit Salat auf, die Giorgiolis Aufmerksamkeit erregten. Zwar verspürte er keinerlei Neugierde auf den Geschmack des Gerichtes, doch das geübte Malerauge hatte sofort den farblichen Reiz in der Kombination aus grünen Lattichblättern, roten Radieschenscheiben und weißen Gänseblümchen erkannt. Franz Beer, der ihm schräg gegenübersaß, nahm einen Löffel zur Probe, verzog das Gesicht und spülte hastig mit großen Schlucken Wein nach.

Giorgioli lauschte den Worten des Paters. Er liebte diese frommen Verse, die mit machtvoller, andächtiger Stimme vorgetragen wurden. Schon als kleiner Junge hatte er sich die ganze Woche über auf den Sonntagsgottesdienst gefreut. Dann saß er mit seinen Eltern und den jüngeren Geschwistern in der vordersten Bankreihe von San Silvestro, der Dorfkirche von Meride, betrachtete die Bilder der Heiligen hoch oben in der Kuppel und fühlte, wie eine überirdische Kraft ihn erfüllte. Damals ahnte er noch nicht, dass Jahrzehnte später Fresken von seiner Hand die Wände dieser Kirche schmücken sollten.

»Du Herr, lässt meine Leuchte erstrahlen, mein Gott macht meine Finsternis hell. Mit dir erstürme ich Wälle, mit meinem Gott überspringe ich Mauern.«

Lautlos sprach er die Worte mit, die der Pater aufsagte. Selbst nach Jahren noch kannte Giorgioli zahlreiche Passagen der hundertfünfzig Psalmen auswendig. Während Schüsseln mit Lachs und Lauchgemüse hereingetragen wurden, schreckte ein unerwartetes Poltern die Tischrunde auf. Einer der Fratres war mit seinem Stuhl hintenübergekippt und blieb reglos in dieser Stellung am Boden liegen. Der an seiner Rückseite sitzende Krankenmeister, ein gedrungener, kleiner Mönch mit kahlem Schädel und Buckel, erhob sich ohne Eile von seinem Sitz, griff nach einer Wasserkaraffe und goss den Inhalt auf das Gesicht des Mitbruders. Dann zog er ein Fläschchen aus seiner Kutte und hielt es dem Liegenden unter die Nase.

Langsam kam Frater Gallus, ein etwa siebzehn Jahre alter, hochgewachsener Novize, wieder zu sich. Bleich und zitternd rappelte er sich auf, schüttelte heftig den Kopf, als sein Helfer ihn stützen und nach draußen führen wollte, und setzte sich wieder an seinen Platz. Ohnmachtsanfälle kamen im Kloster häufiger vor, meist dann, wenn ein Mönch zu streng und zu lange fastete. Aber vielleicht war diesmal der Schmerz um den verstorbenen Sakristan der Grund, mutmaßte Giorgioli. Er erinnerte sich, die beiden Mönche einige Male in der freien Zeit zwischen den Stundengebeten Sext und Non in angeregter, freundschaftlicher Unterhaltung im Kreuzgang gesehen zu haben.

Nach dem Hauptgericht rezitierte der Vorleser einen weiteren Abschnitt aus der Heiligen Schrift. Und obwohl mittlerweile alle gesättigt waren, kam eine spürbare Unruhe bei den Jüngsten auf. Sie konnten das Ende der Lesung kaum erwarten, denn nunmehr folgte der Nachtisch, der Höhepunkt einer jeden Mahlzeit. Ihre Augen leuchteten auf, als die Küchendiener Kirschpfannkuchen hereinbrachten. Franz Schmuzer hatte im Nu seine Nachspeise vertilgt und starrte sehnsüchtig auf den noch unangetasteten Pfannkuchen seines Nachbarn. Auf ein Nicken Giorgiolis hin zog er den Teller zu sich herüber und ließ sich augenzwinkernd auch die zweite Portion schmecken.

Draußen auf dem Inselhof hatten sich Gruppen von Handwerkern und Arbeitern vor dem Marienbrunnen versammelt. Sie waren seit einer Weile mit dem Mittagsmahl im Gästehaus fertig und diskutierten nun laut und lebhaft miteinander.

»He, Giorgioli, komm einmal her! Wir haben gehört, dass du den Klosterbruder gefunden hast«, rief ihm ein kahlköpfiger Zimmermann zu und winkte ihn heran.

»Aber viel Zeit hab ich nicht, ich muss wieder an die Arbeit, bevor der Putz trocken wird«, entgegnete Giorgioli und gesellte sich widerstrebend zu den Männern.

»Nur ein paar Minuten«, forderte der Zimmermann und zog Giorgioli in die Runde. »Endlich tut sich etwas in diesem verschlafenen Nest. Los, erzähl schon!«

»Da gibt es nicht viel zu erzählen. Ich war wie jeden Morgen in der Magdalenenkapelle beim Beten. Als ich danach zur Klosterkirche hinübergehen wollte, fiel mir auf, dass eins der Tore in der Mauer offen stand. Ich sah nach – und entdeckte Pater Basilius im Gebüsch.«

»Hat er noch geatmet? Die Augen bewegt oder mit den Gliedern gezuckt?«, wollte ein junger Ballier wissen und knetete vor Aufregung seine Hände.

Giorgioli schüttelte den Kopf.

»Tja, selbst vor einem kräftigen jungen Mann macht der Tod nicht halt. Wenn der Schnitter eine Menschenseele haben will, dann durchdringt er auch die Mauern einer Abtei«, meinte einer der Arbeiter nachdenklich.

»Dreißig Jahre … Der hatte das Leben noch vor sich. Wenn ich da an meine Zeit zurückdenke … Ein schmucker Junggeselle war ich in jenem Alter – und trinkfest obendrein.« Der Zimmermann lächelte melancholisch und strich sich mit der Hand über den kahlen Schädel.

»Viel mehr als Beten, Essen und Schlafen hätte der gute Basilius ohnehin nicht zuwege gebracht. Denn das, was du unter Leben verstehst, darf ein Ordensbruder mit Sicherheit nicht tun«, wandte ein Glaser ein, machte anzügliche Handzeichen in Höhe der Hüften und verzog den Mund zu einem vielsagenden Grinsen.

»War Basilius nicht sogar ein Verwandter des Abtes? Der Sohn seines Neffen väterlicherseits aus Zug?«, wollte ein großer, massiger Bleigießer mit einer sichelförmigen Narbe auf der Stirn wissen.

»War er«, bestätigte ein Stuckateurgeselle. »Ich weiß das, weil mein Bruder der Barbier des besagten Neffen ist.«

»Bestimmt geht jetzt das Gerangel um die Amtsnachfolge des toten Bruders los«, mutmaßte der Maurer. »Sakristan ist doch ein angenehmer Posten. Man lässt die Monstranzen und Weinkelche von den Klosterschülern polieren, legt Lavendelsäckchen in den Schränken aus, damit die prunkvollen Priestergewänder nicht von Motten zerfressen werden, kümmert sich um den Blumenschmuck und die Altarkerzen – und lässt ansonsten den lieben Gott einen guten Mann sein. So behaglich hätte ich es auch gern.«

»Wenn wir noch länger herumstehen und schwatzen, gibt es Ärger mit dem Baumeister. Er kam mir heute besonders reizbar vor«, mahnte der Glaser, und die Männer kehrten murrend an ihre Arbeit zurück.

Als Giorgioli die Stufen zum Kirchenportal hinaufsteigen wollte, stellte sich ihm ein junger Dachdecker in den Weg.

»He, Maler, ich bin neu hier. Hab heute meinen ersten Tag auf der Baustelle. Stimmt es, dass du im Gasthof *Zur Linde* wohnst?«

»Sehr richtig.«

»Und warum nicht in der Küferei oder im Gästehaus wie die anderen Handwerker?«

»Man wollte einem Meister wie mir nicht zumuten, mit einer Horde ungehobelter Gehilfen wie in einem Hühnerstall zusammengepfercht zu hausen«, antwortete Giorgioli trotzig. »Was dagegen?«

»Nun reg dich nicht gleich auf! Ich stell die Rechtmäßigkeit deiner Unterkunft ja gar nicht infrage. Ich frag bloß, weil … es wird so viel von der Wirtin erzählt, von dieser Johanna. Sie muss eine außergewöhnliche Frau sein.«

»Sie ist Witwe, soviel ich weiß. Was soll daran Besonderes sein? Und jetzt entschuldige mich. Ich habe zu tun.« Giorgioli kehrte seinem Gegenüber den Rücken zu.

»So warte doch! Ich will nur wissen, ob sie wirklich so schön ist, wie alle behaupten. Die Männer hier im Ort scheinen verrückt nach ihr zu sein.«

»Zumindest ist die Wirtin eine ehrbare Frau. Und was heißt schön? Um so etwas kümmere ich mich nicht. Sieh sie dir selbst an. Und stiehl mir nicht länger die Zeit.«

Der Dachdecker konnte sich vor Lachen kaum halten und prustete laut los. »Großartig. Du bist wirklich ein Spaßvogel, Maler. Wie war doch gleich dein Name? Schoschol … Schorschel … ach was, den kann ich mir doch nie merken. Aber ich werde deinen Vorschlag aufgreifen und mir selbst eine Meinung bilden.

Demnächst komme ich auf ein Bier im Wirtshaus vorbei. Könnte ja sein, dass die Wirtin mir gefällt – und sie zufällig jemanden braucht, der ihr gelegentlich einen Nagel in die Wand schlägt. Ich bin ein sehr geschickter – Handwerker«, grinste er, schnippte mit den Fingern und verschwand im Innern der Kirche.

»Meister Giorgioli, endlich! Ich habe schon nach Euch gesucht.« Frater Martin, der Novize, dem Giorgioli am Morgen nach dem Auffinden des toten Basilius begegnet war, hatte in der Sakristei auf ihn gewartet. »Der hochwürdige

Vater Abt verlangt Euch zu sprechen. Er erwartet Euch in seinem Empfangszimmer.«

Giorgioli seufzte leise. Diese Anordnung kam für ihn in einem denkbar ungünstigen Augenblick. An einem warmen Tag wie diesem blieben ihm zum Arbeiten nur wenige Stunden, bevor der Putz zu trocken wurde. Und eine Unterredung mit dem Abt würde ihn wertvolle Zeit kosten. Mit der Darstellung der Kreuzigung wollte er an diesem Tag fertig werden. Somit blieben ihm noch knapp vier Wochen, um das letzte Fresko zu vollenden, die Himmelfahrtsszene. Für diese musste er obendrein noch die Vorzeichnungen anfertigen.

Missmutig folgte er dem jungen Mönch in jenen Teil des Klausurbereichs, in dem die Behausungen der Ordensbrüder lagen und den er bisher noch nie betreten hatte. Über eine breite Steintreppe mit ausgetretenen Stufen gelangten die beiden in das erste Stockwerk des Konventgebäudes. Sie kamen an mehr als einem Dutzend Zellen vorbei, hinter deren geschlossenen Türen sich die Mönche zur Mittagsruhe zurückgezogen hatten, sofern sie nicht einen Gedankenaustausch mit ihren Mitbrüdern im Kreuzgarten bevorzugten oder in der Bibliothek Studien betrieben. Am Ende eines langen Korridors begann der Trakt, in dem die Wohnung sowie das Empfangszimmer des Abtes lagen. Frater Martin klopfte an eine Tür, steckte kurz den Kopf hinein und hieß Giorgioli eintreten.

Sonnenlicht durchflutete den großzügig bemessenen Raum. Durch fast mannshohe Fenster blickte Giorgioli auf die Wipfel von Nadel- und Laubbäumen in unterschiedlichsten Grünfärbungen. Sie gehörten schon zu der schwäbischen Landzunge am jenseitigen Rheinufer. Vor der breiten Fensterfront thronte Abt Gerold II. Zurlauben in einem Sessel aus dunkelrotem Samt. Er saß an seinem prunkvollen Schreibtisch, dessen Füße wie Löwentatzen geschnitzt waren. Die kräftige, gebogene Nase erinnerte an einen Adlerschnabel und verlieh dem Gesicht etwas Aristokratisches, aber auch Herrisches, Abweisendes. Hoheitsvoll streckte der Abt die Hand aus und machte das Zeichen des Segnens. »Dominus vobiscum.«

»Et cum spiritu sancto.« Giorgioli senkte den Kopf und gewahrte aus den Augenwinkeln holzvertäfelte Wände, Heiligenfiguren in Nischen, erlesene Intarsienschränke und dicke Teppiche mit orientalischen Mustern. Der Abt wies seinen Besucher an, Platz zu nehmen. Giorgioli ließ sich auf einem schmucklosen Holzstuhl mit Armlehnen nieder und bemerkte an der Wand hinter dem Schreibtisch ein Bildnis des amtierenden Papstes Clemens XI. sowie ein Porträt Abt Gerolds II. Beide Bilder im Dreiviertelprofil und von höchster handwerklicher Qualität, wie Giorgioli fachmännisch feststellte. Dem Pinselstrich nach von ein und demselben Maler, wahrscheinlich einem Italiener. Der Abt rückte die Kette mit dem goldziselierten Kreuz auf der Brust gerade und richtete den Blick in eine unbestimmte Ferne.

»Heute ist ein Tag der Trauer und des Leides. Der frühe Tod unseres Bruders Pater Basilius hat uns alle tief erschüttert. Wir beugen uns dem Willen unseres Vaters, des allmächtigen Gottes. Doch während der Leib des Verstorbenen in der Kapelle aufgebahrt ruht, ist seine Seele bereits heimgekehrt zu seinem und unser aller Schöpfer.«

Der Abt faltete die knochigen, altersfleckigen Hände und schloss für einen Moment die Augen. Nach einem tiefen Seufzer wechselte er in eine freundschaftliche Tonlage. »Ihr wisst, Meister Giorgioli, wie sehr ich Eure Arbeit schätze. Ich erinnere mich noch gern daran, wie wir im vorletzten Herbst gemeinsam das Bildprogramm für unsere wundervolle Klosterkirche entwickelt haben. Seither habe ich Euch als einen zuverlässigen, gottesfürchtigen Mann erlebt. Wobei Letzteres eine Grundvoraussetzung für einen solch erhabenen Auftrag ist. Aus den genannten Gründen bitte ich Euch, ein letztes Bildnis unseres dahingegangenen Mitbruders anzufertigen. Eines Leblosen zwar, doch in der Gestalt eines Lebendigen. Damit wir Pater Basilius so in Erinnerung behalten, wie er war: ein Mönch in der Blüte seines Lebens.«

Giorgioli presste die Lippen aufeinander und stieß einen stummen Fluch aus. Durch diesen zusätzlichen Aufschub würden ihm sicherlich zwei weitere Stunden verloren gehen. Wann sollte er an diesem Nachmittag überhaupt noch Zeit finden, an der Kreuzigungsszene weiterzumalen? Dennoch bemühte er sich um einen demutsvollen Ton. »Hochwürdiger Vater Abt, ich danke Euch für diese ehrenvolle Aufgabe. Für ein Ölbild, auch wenn ich mit dieser Technik durchaus vertraut bin, fehlt es mir allerdings an Material. Es ließe sich auch nicht so rasch herbeischaffen. Wenn Ihr einverstanden seid, so schlage ich eine Zeichnung in farbiger Kreide vor.«

Gerold II. nickte. »Der Verstorbene ist bereits im Mönchschor der Felix-und-Regula-Kirche aufgebahrt, wo Pater Meinrad, der Kustos, eine Andacht zu Ehren des Toten halten wird. Ich werde ihn bitten, dafür zu sorgen, dass Ihr bis zum Beginn der Vesper ungestört Eure Arbeit tun könnt. Übrigens, man berichtete mir, dass Ihr es wart, der unseren verstorbenen Bruder fand.«

Jählings hatte Giorgioli das Bild wieder vor Augen, sah den toten Mönch zu seinen Füßen liegen. »So ist es, und ich muss gestehen, auch ich bin bestürzt über diesen Verlust. Der Verstorbene war nur wenige Jahre älter als mein Sohn – und um so vieles jünger als ich selbst.«

Und plötzlich schob sich etwas in seine Erinnerung, eine Kleinigkeit nur, die ihm bis zu diesem Moment wieder entfallen war und ihn nunmehr in eine gewisse Ratlosigkeit versetzte. Er überlegte, ob es angebracht war, dieses Detail überhaupt zu erwähnen. Doch schließlich war der Abt ein gebildeter Mann, ein Geistlicher, dem die unterschiedlichen Gemütsbewegungen der Menschen vertraut waren. Sicherlich würde Gerold II. Verständnis haben für das seltsame Unbehagen, das ihn so unerwartet übermannte.

»Erlaubt mir, hochwürdiger Vater Abt, von einer Beobachtung zu sprechen, die ich vorhin gemacht habe und die mich im Nachhinein … wie soll ich sagen … befremdet. Denn als ich am Morgen den Toten fand und mich zu ihm hinunterbeugte, da bemerkte ich … « Er zeichnete mit dem Finger die Linie an seinem Hals nach. » … vom Mundwinkel bis zu der Stelle, wo die Kutte beginnt, ein Rinnsal, eine Spur, die mich an … an getrockneten blutigen Speichel erinnerte. «

»Seid um Himmels willen still! «, entfuhr es dem Abt. Mit einer Behändigkeit, die Giorgioli dem alten Mann nicht zugetraut hätte, sprang dieser aus seinem Sessel auf. Er legte einen Finger auf die Lippen und blickte sich ängstlich nach allen Seiten um, als befürchte er, die Worte des Malers könnten durch die dicken Mauern nach draußen dringen.

Erschrocken zog Giorgioli die Schultern ein und schlug die Augen nieder. Was hatte diese unerwartet heftige Reaktion zu bedeuten? Der Abt lauschte in die Stille hinein, hieß mit einer schroffen Handbewegung Giorgioli, seinen Stuhl näher heranrücken, und setzte sich wieder an seinen Schreibtisch.

Gerold II. beugte den Oberkörper vor und presste die Laute zwischen den Zähnen hervor. »Davon hättet Ihr niemals sprechen dürfen … Ich hatte gehofft, Euch sei entgangen, was Ihr gesehen habt. Ihr seid ein Maler, Giorgioli, habt eine scharfe Beobachtungsgabe. Im Gegensatz zu meinen Mitbrüdern, die völlig arglos sind. Zum Glück, wie ich sagen muss, denn Verwirrung wäre ein Schaden für ihre Seelen. Ihr zwingt mich nunmehr, etwas zu offenbaren, das ich für immer in meinem Innern verschließen wollte, denn … Pater Basilius ist keines natürlichen Todes gestorben.«

Giorgioli straffte die Schultern und richtete sich kerzengerade auf. Erst nach und nach begriff er, was der Abt ihm offenbart hatte, fühlte, dass sein Missbehagen keiner Einbildung, sondern einem berechtigten Grund entsprungen war. Er nickte, ohne jedoch zu verstehen.

»Als die Brüder den Leichnam in den Kapitelsaal brachten, erteilte ich dem Toten meinen Segen. Danach wollte ich seine Lippen mit einigen Tropfen Weihwasser benetzen und unseren Herrn um Vergebung bitten für alle etwaigen sündhaften Worte, die jemals seinem Mund entsprungen waren.« Der Abt wandte den Kopf zur Seite, um sich zu vergewissern, dass niemand hinter dem schweren Samtvorhang am Fenster stand und das Gespräch belauschte. Fahrig glättete er die Ärmel seiner Kutte, zeichnete mit zittrigem Finger unsichtbare Linien auf die glänzend polierte Schreibtischplatte und fuhr im Flüsterton fort. »Auch mir fiel sogleich das blutige Rinnsal auf. Ich schickte meine Mitbrüder fort, sagte, ich wolle für einen Moment allein mit meiner Trauer sein und Abschied nehmen von einem geliebten Verwandten. Basilius ist … war mein Großneffe. Ich nahm ein Tuch, tränkte es mit Wasser und reinigte dem Toten Kinn und Mund. Dabei bemerkte ich, dass in seiner Mundhöhle die Schleimhäute bläulich verfärbt und geschwollen waren, ebenso die Zunge. Ein untrügliches Zeichen für die Einnahme von Pflanzengift, wie ich aufgrund langjähriger und gründlicher Studien der Botanik weiß.«

Giorgioli runzelte die Stirn und ließ die Worte des Abtes in sich nachwirken. »Dann war es also … ein Tod von eigener Hand?«, fragte er erschrocken und musste an Silvio denken, bei dem er als Kind nach der Schule viele Stunden in dessen Werkstatt verbracht hatte. Eines Tages, als die Kräfte und das Augenlicht des alten Mannes nachließen und man ihn ins Armenhaus stecken wollte, war der Uhrmacher nach einer Marienandacht auf den Kirchturm gestiegen und hatte sich in die Tiefe gestürzt. »Wie furchtbar! Ein junger Mensch legt Hand an sich selbst, obwohl er im Schoß und unter dem Schutz der Kirche ein Leben ganz ohne die drückenden Sorgen des Alltags führen kann. Denn es sind doch meist die elenden, verzweifelten Menschen, die einen solchen Weg wählen. Was mag ihn zu dieser Tat getrieben haben, hochwürdigster Vater?«

»Ihr seid auf dem falschen Weg, Meister Giorgioli. Dass der Pater den Stoff freiwillig zu sich genommen hat, halte ich für ausgeschlossen«, entgegnete der Abt bestimmt, legte die gespreizten Fingerspitzen aneinander und betrachtete sie ausgiebig. »Ich kannte Basilius gut. Er war viel zu sehr dem Leben und – das lässt sich leider nicht leugnen – den kulinarischen Genüssen zugeneigt, um zu solch einer Tat fähig zu sein.«

»Ich verstehe nicht recht, was Ihr damit sagen wollt.«

»Ich will gar nichts sagen. Doch unglücklicherweise habt Ihr zu viel gesehen, könntet womöglich durch Nachdenken von allein auf die Lösung kommen und diese unbedacht in der Öffentlichkeit äußern... Aus den zuvor genannten Gründen gibt es nur eine Schlussfolgerung: Der Sakristan starb keines natürlichen Todes – Pater Basilius wurde ermordet.«

Giorgioli erschrak, heftete seine Blicke Hilfe suchend auf das Papstporträt, als könne er dort eine Antwort für das soeben Vernommene, Unfassbare finden. Etwas in ihm sträubte sich, den Worten des Abtes Glauben zu schenken. Waren denn nicht Klöster und Kirchen geweihte Orte, wo Hungrige Almosen, Verfolgte Schutz und Kranke Beistand empfingen? Wo Bildung und Kunst gepflegt, Armut, Keuschheit und Demut gelebt wurden? Und ausgerechnet hier, unter den Augen des Allmächtigen, sollte ein derartiges Verbrechen geschehen sein? Allerdings sah der Abt nicht aus, als hätte er eine solche Behauptung erfunden.

Abt Gerold II. erhob sich, verschränkte die Hände hinter dem Rücken und schritt zwischen den Fenstern und seinem Schreibtisch auf und ab.

»Versuchen wir eine Rekonstruktion des Geschehens. Basilius verschwand zwischen dem Ende der Laudes und dem Beginn der Prim, also zwischen halb fünf und sechs Uhr morgens. Zu dieser frühen Tageszeit ist der Zugang zum Klosterbereich noch abgesperrt. Die Ersten, die die Pforte bei Bruder Anton Meyer passieren, sind die Bäcker. Ihr Dienst beginnt um halb sieben. Danach kommen die Küchenjungen und gegen acht Uhr die Handwerker und Bauarbeiter.«

Die Erwähnung der Handwerker lenkte Giorgiolis Gedanken in eine andere Richtung. Seine Erschütterung über das soeben Gehörte verwandelte sich in Verärgerung. Er musste plötzlich an seine noch unfertige Kreuzigungsszene denken und daran, dass ein toter Klosterbruder, wie auch immer er in diesen Zustand gelangt sein mochte, ihn davon abhielt, seine Arbeit zu Ende zu führen.

In weniger als einem Monat mussten die Fresken vollendet sein. Er hatte Frederico, seinem jüngsten Bruder, bei der Abreise versprochen, rechtzeitig in die Heimat zurückzukehren und bei der Weinlese und dem anschließenden Keltern zu helfen. Als Gegenleistung dafür, dass dieser sich während der Monate seiner Abwesenheit um Giorgiolis Ehefrau Jacoba und die noch halbwüchsigen Kinder kümmerte. Außerdem mussten die Reparaturen am Haus rechtzeitig in Auftrag gegeben werden, damit sie noch vor Einbruch des Winters beendet wären.

»...folglich kommt als Mörder nur einer der Mönche infrage«, drang wie von fern die Stimme des Abtes an sein Ohr.

Giorgioli presste die Lippen aufeinander. Zweifellos war es erschütternd, dass hier ein Mord geschehen war und dass der Abt einen seiner Mitbrüder verdächtigte. Doch auch ein Maler hatte seine Sorgen, und Giorgioli verspürte wenig Neigung, sich zusätzlich mit derartig folgenschweren Gedanken zu befassen. Er hörte kaum zu, mochte sich jedoch seine Unaufmerksamkeit nicht anmerken lassen. »Aber… wer sollte denn einen Mann Gottes umbringen?«, wandte er ein, um Anteilnahme vorzutäuschen und seinem Auftraggeber gegenüber nicht unhöflich zu erscheinen.

»Eine in der Tat beunruhigende Frage, die ich mir vom ersten Augenblick an auch gestellt habe.« Abt Gerold II. vergaß seine anfängliche Vorsicht und erhob die Stimme. »Beunruhigend deshalb, weil Basilius, wie ich schon erwähnte, mein Großneffe war. Der Sohn des Sohnes meines ältesten Bruders. Wir Zurlaubens sind eine Familie, die es von Generation zu Generation immer weiter gebracht hat. Meinen zweiten Bruder, Abt Plazidus, kennt Ihr bereits durch Eure Tätigkeit in der Klosterkirche von Muri. Der dritte ist Inhaber des zweitgrößten Schweizer Bankhauses. Eine meiner Schwestern ist mit einem italienischen Herzog verheiratet… Das gefällt vielen nicht, sie sind eifersüchtig, missgünstig. Was also…« Der Abt legte eine Pause ein, schien sich der vollen Aufmerksamkeit Giorgiolis vergewissern zu wollen. »…wenn der Anschlag in Wirklichkeit mir galt? Weil mir jemand meine Stellung neidet?«

»Hochwürdiger Vater Abt, das halte ich für ausgeschlossen.« Giorgioli zwang sich, den befremdlichen Äußerungen des Abtes keine weitere Bedeutung beizumessen. Er wollte sich keinesfalls in die innerklösterlichen Auseinandersetzungen hineinziehen lassen. Zwar konnte er die Offenheit des Abtes als persönlichen Vertrauensbeweis ansehen, aber er musste die ihm verbleibende Zeit nutzen und durfte sich nicht von seiner Malerei ablenken lassen.

Giorgioli überlegte, wie er das Gespräch zu einem schnellen Ende bringen könnte. »Ich bin sicher, die Rheinauer Gerichtsbarkeit wird alles daransetzen, den Schuldigen so rasch wie möglich zu finden und zu bestrafen.«

»Gerichtsbarkeit!? Um Himmels willen!«, rief Gerold II. aus und hielt sich gleich darauf erschrocken die Hand vor den Mund. Mit gedämpfter, beschwörender Stimme sprach er weiter. »Würde irgendetwas an die Öffentlichkeit gelangen, müsste ich, der ich für meinen untadeligen Ruf bekannt bin, mit einer Rüge der apostolischen Visitatoren rechnen. Der Landvogt würde sich einschalten und im Kloster Untersuchungen durchführen. Ausgerechnet ein Reformierter aus Zürich, dem unsere Abtei schon seit Längerem ein Dorn im Auge ist. Nur zu gern würde er unsere angestammten Rechte beschneiden und uns den Steuerhahn zudrehen. Das könnte diesem Ehrgeizling so passen!«

Giorgioli saß ratlos da und zuckte mit den Schultern. Das Leben hinter Klostermauern schien verworrener zu sein, als er bisher angenommen hatte. Er war entschlossen, sich diese Querelen keinesfalls zu Herzen zu nehmen. Was hatte er mit klösterlichen Streitigkeiten zu tun?

Abt Gerold II. trat neben seinen Schreibtisch, faltete die Hände wie zum Gebet und blinzelte zur Decke. »Und schließlich ... womöglich hat unser gütiger Gott den Plan, dass ich künftig nicht nur als Abt über Rheinau herrsche, sondern auch als Fürst, wie es mir nach altem, überliefertem Recht zustünde ...« Ein versonnener Ausdruck trat auf sein Gesicht. Er lächelte, formte mit den Lippen lautlose Worte, und seine wässrig blauen Augen wurden feucht.

Als Giorgioli husten musste und sich mit der Hand auf die Brust schlug, hob Gerold vorwurfsvoll die Brauen. »Ein Abt ist manchmal sehr einsam, Giorgioli. Niemandem aus seiner Umgebung kann er vollends vertrauen, nicht einmal seinen Mitbrüdern. Zu groß ist die Gefahr, dass es Verbindungen gibt, Täuschungen, die von denen da draußen gesteuert werden. Ich weiß es nur zu gut: Der menschliche Geist ist schwach – selbst der frommer Mönche.«

Giorgioli rutschte unruhig auf seinem Stuhl hin und her. Dann holte er tief Luft, steckte eine Hand in die Jackentasche und ballte sie zur Faust. »Ihr besitzt einen unübertrefflichen Scharfsinn, hochwürdigster Vater, und nicht umsonst bekleidet Ihr dieses hohe Amt. Ich schätze mich glücklich, einem Mann wie Euch mit meinem bescheidenen Können zu Diensten zu sein. Heute Morgen begann ich, letzte Hand an die Kreuzigungsszene zu legen. Wenn ich den von Euch aufgestellten Zeitplan einhalten soll, dann muss ich umgehend zurück an ...«

»Mein lieber Giorgioli«, setzte der Abt unerschütterlich seinen Gedankengang fort, legte den Kopf schief und kniff die Augen zusammen, »ich sehe in Euch einen aufrechten und ehrlichen Menschen. Wie, meint Ihr, sollte verfahren werden, wenn irgendwo auf der Welt ein Verbrechen geschieht?«

Giorgioli konnte den Ärger, der in ihm aufstieg, nur mit Mühe unterdrücken. Er kam sich vor wie ein Gefangener im Empfangszimmer des Abtes. Was hatte er nur getan, dass er auf eine solch harte Geduldsprobe gestellt wurde? Er zwang sich zu einer unverfänglichen Antwort. »Gott gab uns Menschen die Zehn Gebote, damit wir eine Richtschnur für unser Handeln haben. Wenn etwas Böses geschieht, dann muss es geahndet werden.«

»Ich sehe, ich habe mich nicht in Euch getäuscht. Und somit wird es Euch nicht überraschen, wenn ich Euch einen weiteren Auftrag erteile. Ich hoffe, Ihr werdet ihn mit ebensolchem Eifer ausführen wie Eure Deckengemälde.«

Giorgioli schob seine Hüften einige Male vor und wieder zurück. Das lange Sitzen auf dem unbequemen Stuhl machte seinem Rücken zu schaffen. Er war müde und missgestimmt.

»Ihr dachtet sicher an ein weiteres Porträt, hochwürdiger Vater Abt.«

»Ich dachte zugegebenermaßen an etwas anderes ... Bevor Ihr durch diese Tür kamt, wussten nur zwei Personen, dass Pater Basilius keines natürlichen Todes starb: derjenige, der die Tat beging – und ich. Doch jetzt seid auch Ihr ein Mitwisser. Und habt infolgedessen die Pflicht, mir zu helfen. Ich fordere Euch also auf, Francesco Antonio Giorgioli: Findet den Mörder!«

Giorgioli saß wie erstarrt, hoffte inständig, sich verhört zu haben. Doch als er die erwartungsvolle Miene des Abtes sah, fühlte er sich der Verzweiflung nahe. »Hochwürdigster Vater Abt ... ich bin ein einfacher Tessiner Freskenmaler. Wie soll ausgerechnet ich, der ich nichts außer Proportion, Komposition und Farblehre studiert habe, einen Mörder überführen?«

»Ich bin sicher, Euch wird etwas einfallen. So wie Ihr auch beim Malen Fantasie entwickeln müsst. Habt Ihr, als wir über den Fortgang Eurer Fresken sprachen, nicht einmal erwähnt, Euer Vorbild sei Michelangelo Buonarotti? Nun, ist dieser Mann jemals vor einer großen Herausforderung zurückgeschreckt?«

In sich zusammengesunken saß Giorgioli da, spürte das Rauschen in den Ohren. Nein, in keinem Augenblick seines Lebens hatte Michelangelo aufgegeben. Aber bei diesem Genie ging es stets um die Kunst – und nicht um die Aufklärung eines Verbrechens. Giorgioli schalt sich einen Esel, weil er das blutige Rinnsal am Hals des toten Mönches erwähnt hatte. Wäre er doch nur still gewesen, dann hätte er in Ruhe die Soldaten, die um das Kleid Jesu würfelten, zu Ende malen können.

Ihm war heiß geworden. Die Nachmittagssonne brannte erbarmungslos durch die Fenster. Er zog ein Taschentuch hervor und tupfte sich die schweißnasse Stirn ab. Kein einziges Argument fiel ihm ein, das er den Worten des Abtes hätte entgegensetzen können. Dieser lehnte sich in seinem Sessel zurück, kräuselte die schmalen Lippen.

»Bedenkt zudem, lieber Meister, Michelangelo war zeit seines Lebens unverheiratet. Ihr dagegen habt eine Familie und müsst viele Mäuler stopfen. Wie viele Kinder habt Ihr? Waren es nicht sieben oder gar acht? Übrigens erhielt ich kürzlich ein Schreiben meines Mitbruders Abt Adalbert dem Dritten aus Disentis. Er berichtete mir von seinem Plan, das Innere seiner Abteikirche mit Fresken ausmalen zu lassen, ähnlich unserem Gotteshaus.« Der Abt unterbrach seine Rede und prüfte aus zusammengekniffenen Augen, ob seine Worte bei seinem Gegenüber Wirkung zeigten. »Mein Bruder fragte an, ob ich ihm einen zuverlässigen, dienstwilligen Maler empfehlen könne ... Nun, Adalbert vertraut meinem Urteil. Ein Wort von mir genügt, und der nächste große Auftrag ist Euch sicher.«

Auf einen Fingerzeig des Abtes hin stand Giorgioli auf. Die Knie zitterten ihm, die Konturen des Zimmers verschwammen ihm vor den Augen. Gerold II. machte die Geste des Segnens und deutete zur Tür.

»Wenn Ihr mich jetzt entschuldigen wollt! Ich muss in meiner Funktion als Visitator der schweizerischen Benediktinerkongregation einen Bericht über meinen letzten Besuch im Kloster Einsiedeln schreiben. Und zu niemandem ein Wort, hört Ihr, Giorgioli? Was wir besprochen haben, bleibt unter uns und wird niemals über diese Klostermauern hinausdringen.«

Als Giorgioli auf den Stufen vor dem Kirchenportal stand, blickte er zum Himmel hinauf, als könne er dort ein Zeichen dafür erkennen, dass sich für ihn alles zum Guten wenden werde. Von Norden her zogen Wolken auf. Über dem Inselhof lag wie eine Glocke feuchtwarme Luft, in die sich der Geruch von frisch gehobeltem Holz mischte. Der Magen drückte ihn, der Kopf schmerzte, er fühlte sich elend. Einige Arbeiter zogen pfeifend mit ihren Schubkarren und Leitern an ihm vorüber.

»He, Giorgioli«, rief ihm jemand zu und setzte seine Karre ab, »du siehst verdammt blass aus! Ist dir der Fisch von der Mittagstafel nicht bekommen? Ich bin ja auch der Meinung, sie sollten mal etwas anderes auf den Tisch bringen als immer nur diesen billigen Lachs. Forelle zum Beispiel oder Karpfen. Da läuft mir gleich das Wasser im Munde zusammen ... Mein Bruder, der arbeitet als Tischler in Koblenz. Und sein Dienstherr hat es ihm schriftlich gegeben, dass die Gesellen nicht öfter als dreimal die Woche Lachs bekommen.«

»Sieh du lieber zu, dass du die Steine wegschaffst, anstatt dich über das Essen zu beklagen«, rügte ihn ein älterer Kollege und lud Sand in seine Schubkarre. »Ich jedenfalls bin froh, dass ich jeden Mittag eine warme Mahlzeit bekomme und reichlich satt werde.«

Ein junger Mann trat aus dem Gästehaus, das zwischen Abtei und Mühle lag und zusammen mit diesen Gebäuden die südliche Umfassung des Inselhofes bildete. Im oberen Stockwerk des Gebäudes befanden sich die Zimmer für Übernachtungsbesucher, unten die Küche und der Speisesaal, in dem die Bediensteten des Klosters sowie die Arbeiter und Handwerker dreimal am Tag ihre Mahlzeiten einnahmen. Der Junge hieß Giovan Pietro Giorgioli. Man hatte den Malergesellen hier in einem Gemeinschaftsschlafsaal einquartiert. Im Gegensatz zu seinem Vater Francesco Antonio, dem als Meister eine bessere Unterkunft im Ort zustand.

Giovan Pietro war mittelgroß und schlank, die weizenblonden Locken reichten ihm bis zum Nacken. Sein Gang wirkte zielstrebig und fest, doch in seinem Gesicht mit den vielen Sommersprossen um die Nase lag etwas Scheues, Verletzliches. Wegen der Hitze hatte er die oberen Knöpfe seines Hemdes geöffnet. Er lächelte ein stilles Lächeln, das feine Grübchen auf den Wangen hinterließ.

»Ciao, Vater. Hast du schon von Pater Basilius gehört? Ich habe es zuerst gar nicht glauben wollen. Er war doch noch jung und wirkte so fröhlich und so stark, hatte für jeden ein freundliches Wort…«

»Wir müssen uns dem Willen unseres Schöpfers beugen«, entgegnete Giorgioli.

»Frater Martin hat mir erzählt, dass der hochwürdige Vater Abt dich rufen ließ. Wollte er mit dir über einen neuen Auftrag sprechen?«

»Nein, davon war nicht die Rede«, gab Giorgioli vor und schlug gereizt nach einem rot-schwarz gestreiften Insekt, das seinen Ärmel entlangkroch »Aber was soll diese Frage? Abt Gerold der Zweite ist kein Mann, der sich zu Dingen äußert, die noch nicht spruchreif sind. Er weiß am besten, wann der rechte Zeitpunkt ist, ein solches Thema anzuschneiden.«

Giovan Pietro kniff die Augen zusammen und blinzelte zu einer Schwalbe hinauf, die ihm dicht über den Kopf hinwegflog und unter dem Wetterdach des südlichen Kirchturmes verschwand. Er nahm eine abgewetzte Ledertasche von der Schulter und öffnete den Verschluss.

»Hier, Vater, deine Bestellung… zehn dicke, zehn mittlere und sechs dünne Pinsel. Außerdem grüne und weiße Erde, Zinnober und Kasslerbraun. Die alte Frau Griesser lässt dich herzlich grüßen.«

»Lass sehen… Das sind doch zu wenig dünne Pinsel! Ich habe ausdrücklich gesagt: von jeder Sorte zehn. Und dann hast du das Tirolisch Berggrün vergessen. Soll etwa das Gewand Maria Magdalenas wie vertrocknetes Moos aussehen? Und dieses fahle Kasslerbraun… Umbra solltest du mitbringen, bestes Pigment aus Zypern. Kannst du denn nicht einmal das tun, was man dir aufträgt?«

»Aber Vater, ich habe genau aufgeschrieben, was du gesagt hast. Hier, ich habe noch den Zettel...«

»Dein Zettel kümmert mich nicht! Du hast wieder nicht aufgepasst, als ich mit dir geredet habe. Kannst du mir sagen, wie du bei so viel Nachlässigkeit die Meisterprüfung bestehen willst?«

Giovan Pietro fuhr sich mit der Hand durch die Haare. Seine Lider über den braunen Augen flatterten, er starrte auf seine Schuhe, biss sich auf die Lippen. »Glaub mir doch, Vater, ich habe aufgepasst...«

»Das kannst du mir nicht weismachen... Na, großartig, jetzt wird mir nichts anderes übrig bleiben, als morgen selbst nach Schaffhausen zu gehen und Farben und Pinsel dazuzukaufen. Einen ganzen Vormittag meiner kostbaren Zeit werde ich opfern müssen, weil mein Herr Sohn es nicht für nötig hält, im entscheidenden Moment die Ohren aufzusperren.«

Verärgert drehte Giorgioli sich um und stürmte auf die Felix-und-Regula-Kirche zu, wo der tote Klosterbruder aufgebahrt lag. Doch dann fiel ihm ein, dass er Papier und Kreide vergessen hatte, und kehrte um. Vor dem Portal stand noch immer Giovan Pietro. Mit gesenktem Kopf und einem zerknüllten Zettel in der herabhängenden Hand. Giorgioli würdigte den Sohn keines Blickes, hastete an ihm vorbei durch das südliche Seitenschiff und betrat seinen hölzernen Verschlag in der Sakristei. Dort durchwühlte er die Regale nach Skizzenpapier und Stiften, während das Dachreiterglöckchen auf dem benachbarten Konventgebäude die Mönche zur Non rief, dem Gebet zur neunten Stunde nach Sonnenaufgang.

Als er auf dem Rückweg erneut das Hauptportal passierte, war Giovan Pietro verschwunden. Er musste bei seinem Sohn härter durchgreifen, ermahnte sich Giorgioli. Der Junge schien noch längst nicht die nötige Reife für seinen Beruf zu haben.

Die Mönche hatten Pater Basilius' Leichnam vor dem Hauptaltar der Felix-und-Regula-Kirche aufgebahrt. Dieses schlicht ausgestattete kleine Gotteshaus am Westende der Insel war mehr als fünfhundertvierzig Jahre alt. Der Sarg wurde ringsum flankiert von mannshohen Kerzenleuchtern. Das Fußende schmückte ein Strauß aus Weizenähren, Mohn- und Kornblumen. Francesco Antonio Giorgioli beugte ein Knie und bekreuzigte sich. Dann umrundete er den schlichten Fichtensarg und prüfte die Lichtverhältnisse. Schließlich entschied er sich für eine Ansicht der linken Seite, auch deshalb, weil der Verstorbene auf der rechten Wange ein eitriges Furunkel hatte, das die Darstellung beeinträchtigt hätte. Die Gesichtszüge des Toten wirkten glatter als am Morgen. Der Ausdruck des Schreckens war mildem Gleichmut gewichen.

Giorgioli nahm ein in braunes Leder gebundenes Brevier vom Lesepult und legte an seiner Stelle einen Stapel mit feinstem Büttenpapier dort ab. Richtete seine Aufmerksamkeit auf die buschigen Augenbrauen des Paters, auf die leicht schiefe, zu kurz geratene Nase, die fleischigen, wulstigen Lippen, auf die Bartstoppeln, den Kontrast zwischen dem scharf abgegrenzten dunklen Haarkranz und der wächsernen Blässe der Gesichtshaut. Dann begann er zu zeichnen.

Wie immer, wenn er einen Stift oder einen Pinsel in der Hand hielt, versank Giorgioli schon nach kurzer Zeit in einen traumähnlichen Zustand. Er vergaß Ort und Zeit, wie von selbst glitt die Hand über das Papier. Um ihn herum war alles still. Nur das Schaben des Kreidestiftes war zu hören. Als er mit dem Brustbild des Sakristans fertig war, drehte er das Skizzenblatt um neunzig Grad und überprüfte sein Werk. Der Pater erschien im Profil und blickte aus dem Bild heraus, die Hände im frommen Gebet gefaltet. Giorgioli atmete auf. Zumindest dieser zusätzliche Auftrag des Abtes war erfüllt.

Da hörte er ein Geräusch, als wenn ein Schlüsselbund zu Boden gefallen sei, und zuckte zusammen. Er sah, wie eine schwarze Kutte mit hochgeschlagener Kapuze blitzartig hinter einem der Pfeiler verschwand. »Wer ist da?«, rief er in den Kirchenraum hinein, doch er erhielt keine Antwort. Er eilte hinüber zum Seitenschiff, vernahm das Klacken von Ledersohlen auf dem steinernen Fußboden, dann schloss sich die Tür, hinter der eine Treppe zum Kirchturm hinaufführte.

Giorgioli drückte die Klinke herunter, doch die Tür war verschlossen. Er kehrte in den Chor zurück und mühte sich, einen harmlosen, plausiblen Grund für diesen eigenartigen Vorfall zu finden. Hatte sich jemand in die Kirche geschlichen, weil er für sich allein von dem toten Bruder Abschied nehmen wollte, und sich dabei durch das Herabfallen des Schlüssels vorzeitig verraten? Oder ... wollte der Mörder zu seinem Opfer zurückkehren und Abbitte leisten?

Der Maler fühlte Schweißperlen auf der Stirn, zwang sich zu einem Lächeln. Welch ein Narr bin ich doch!, sagte er sich. Ich bin überarbeitet, habe in den letzten Wochen zu wenig geschlafen. Und daher sehe ich bereits Gespenster. Seit mehr als zwanzig Jahren bin ich den Sommer über von zu Hause fort, male Kirchen und Klöster aus, Jahr für Jahr an einem anderen Ort. Jetzt fordert das Alter seinen Tribut. Allzu lange werde ich nicht mehr umherziehen können. Es wird Zeit, dass ich nach Hause komme, beruhigte er sich und legte die Kreidestifte in ein Holzkästchen zurück.

Jemand näherte sich mit eiligen Schritten. Erleichtert stellte Giorgioli fest, dass es Frater Martin war. Er freute sich in diesem Moment sogar, den höflichen jungen Novizen zu sehen, dessen frische Gesichtshaut mit den roten Wangen eine Herkunft vom Land verriet.

»Pater Meinrad lässt fragen, wie lange Ihr noch für Eure Zeichnung benötigt, Meister Giorgioli. Der Kustos möchte den Vespergottesdienst vorbereiten.«

»Ich bin fertig, Frater Martin, und will den Chor gerade verlassen. Bitte, überreicht dem Abt diese Zeichnung.«

Der Novize warf einen anerkennenden Blick auf das Blatt Papier und eilte davon. Giorgioli kniete noch eine Weile vor dem Altar, der die Reliquien der beiden Zürcher Stadtheiligen Felix und Regula barg. Er betete, Gott möge ihm die Kraft geben, den heiklen Auftrag des Abtes zu erfüllen. Zum Glück hatte er noch knappe vier Wochen Zeit. Am Abend, wenn er alleine in seiner Kammer säße, wollte er darüber nachdenken, wie er am geschicktesten vorgehen sollte.

Dann verließ er das Gotteshaus und ging hinaus auf den Inselhof. Als er den Marienbrunnen in der Mitte des Platzes erreicht hatte, wandte er sich intuitiv um und blickte zum Kirchturm der Felix-und-Regula-Kirche hinauf. Hinter dem Fenster in Höhe des Glockenstuhls stand reglos ein Mensch. Von ferne erinnerte er an Frater Gallus, den jungen Mönch, der beim Mittagessen ohnmächtig geworden war. Im nächsten Augenblick war die Gestalt verschwunden.

Francesco Antonio Giorgioli stand auf seinem Podest, reckte den Arm und trug eine Schicht Ocker auf. Doch die Farbe wollte sich nicht mit dem Malgrund verbinden. Der Putz war zu trocken geworden. An diesem höchst ungewöhnlichen Tag hatte er nicht einmal die Hälfte dessen gemeistert, was er sonst schaffte. Enttäuscht wollte er den Pinsel in die Tiefe schleudern, als er plötzlich innehielt, in seinen Kittel griff und ein abgegriffenes Buch herauszog. Er blätterte durch die Seiten, suchte mit dem Finger nach der richtigen Stelle. Als er sie gefunden hatte, formte er mit den Lippen leise die Worte, die das größte Malergenie seines Jahrhunderts der Nachwelt hinterlassen hatte. *Es ist nützlich, wenn man zuverlässig arbeiten kann. Ein guter Künstler sollte nie Ungeduld die Überhand gewinnen lassen über sein Empfinden für das Hauptziel seiner Kunst, die Vollendung. Unverzeihlich ist schlechte Arbeit.*

Ja, Michelangelo hatte recht, und so beschloss Giorgioli, nicht länger mit seinem Schicksal zu hadern. Er nahm Hammer und Meißel und schlug den unangetasteten weißlich grauen Malgrund bis zur Unterkante des Unterkleides Jesu ab. Am nächsten Morgen würde er in aller Frühe nach Schaffhausen aufbrechen. Somit könnte er gegen Mittag wieder zurück sein. Am Nachmittag wollte er der Totenmesse für Pater Basilius beiwohnen und die Mönche dabei genauestens beobachten. Womöglich würde ihm an ihrer Art der Trauer etwas Ungewöhnliches oder Verdächtiges auffallen.

Er riss ein Blatt aus seinem Skizzenheft und schrieb eine Nachricht an Franz Schmuzer: Er möge am nächsten Tag um zwölf Uhr und keineswegs früher an fraglicher Stelle frischen Malgrund auftragen. Für den übernächsten Tag solle er im siebten Joch ein Podest errichten und dort für die Himmelfahrtsszene genau so viel Putz anwerfen, wie er für eine Giornata – ein Tagewerk – benötige.

Eine weitere Meldung verfasste er an seinen Sohn und gab ihm Anweisung, die Darstellung der Kreuzigung gemäß der Vorzeichnung zu beenden und sorgfältigst darauf zu achten, der Farbe nicht zu viel Wasser beizumischen. Danach solle er sämtliche Pinsel reinigen und der Größe nach ordnen, außerdem rote und ockerfarbene Pigmente reiben, das Pulver in Tonschalen füllen und sorgfältig verschließen. Beide

Anweisungen übergab er dem klösterlichen Pfortenbruder Anton Meyer mit der Bitte, sie den Empfängern am nächsten Morgen beim Passieren des Tores auszuhändigen.

Die ersten Regentropfen fielen, als Giorgioli den Klosterplatz überquerte. Vor der Scheune gingen einige tönerne Blumentöpfe mit Pelargonien zu Bruch, als eine Windbö sie umwarf. Staub wirbelte auf und flog dem Maler ins Gesicht, der Himmel färbte sich schwarz. Von den Ställen her war aufgeregtes Wiehern zu hören. Josef Oschwald, der Torwächter, winkte Giorgioli zu sich in sein Logenhäuschen.

Kaum hatte dieser sich in Sicherheit gebracht, da tauchte ein Blitz die Umgebung in grelles Licht. Bei einem heftigen Donnerschlag fuhren die beiden Männer erschrocken zusammen. Prasselnder Regen setzte ein, der innerhalb von Sekunden den gesamten Klosterplatz überschwemmte. Der Torwächter öffnete ein Fenster. Giorgioli atmete die von Blütenduft durchdrungene, feuchte Luft ein und betrachtete das Naturschauspiel. Nach einer halben Stunde war das Unwetter weitergezogen.

Kurz bevor Giorgioli seine Herberge in der Oberstadt erreicht hatte, wandte er sich noch einmal um und warf einen Blick zurück auf die Klosterinsel. Über den beiden Kirchtürmen der Marienkirche wölbte sich ein Regenbogen.

Er eilte über die Straße zu seinem Gasthof. Eine rötlich gemusterte Katze lag zusammengerollt auf der Fußmatte im Eingang und blinzelte ihn verschlafen an. Er holte mit dem Fuß aus, und die Katze stob fauchend davon.

»Oh, der Meister persönlich! Welche Ehre. Ich hoffe, Ihr wart zufrieden mit dem gestrigen Einkauf Eures Sohnes. Ein höflicher und wohlerzogener junger Mann, wie ich bemerken möchte. Einen solchen Jüngling findet man heutzutage nur selten. Ihr könnt Euch nicht vorstellen, mit welch ungehobelten Kunden ich es manchmal zu tun habe. Aber er sieht Euch so gar nicht ähnlich ... Er kommt wohl mehr nach seiner Mutter, nicht wahr?«

Anna Griesser rückte ihre blütenweiße Spitzenhaube gerade und fuhr sich mit der Zunge über die schmalen Lippen, hinter denen eine Reihe fauliger Zähne und Zahnstümpfe zu erkennen war. Sie legte eine Hand hinter das Ohr und wandte den Kopf seitwärts, um ihr Gegenüber besser verstehen zu können.

»Nun ja, er hat Ähnlichkeit mit meiner verstorbenen Frau«, murmelte Giorgioli vor sich hin.

»Ach, Ihr seid Witwer, das wusste ich gar nicht. Aber man hat ja auch viel zu selten die Zeit, miteinander zu plaudern ... Mein seliger Niklas ist in diesem Sommer seit achtunddreißig Jahren tot. Und ich habe nie wieder einen anderen Mann angeschaut, das müsst Ihr mir glauben. Habe mich immer nur um unser Geschäft gekümmert. Arbeit hilft über manchen Kummer hinweg. Kinder haben wir leider keine gehabt ... Nicht dass Ihr denkt, ich bin neugierig ... aber sprach nicht Euer Sohn von einer kleinen Schwester, die kürzlich das Laufen gelernt hat und die er sehr vermisst? Dann müsste er doch fast zwanzig Jahre älter sein.«

Giorgioli ließ die Blicke über deckenhohe Regale schweifen, die gefüllt waren mit Holzkästen, Ton- und Glasgefäßen, alle mit schnörkeligen Buchstaben in brauner Tinte beschriftet. Darin lagerten die verschiedensten Pigmente aus Italien, dem Orient, aus Südamerika. Einfache, erschwingliche Erden in verschiedenen Schattierungen und auch seltene, kostspielige wie Türkis und Lapislazuli. Am liebsten hätte er sie alle einzeln in die Hand genommen, ihr Gewicht gespürt und die Farben im Licht geprüft. Und nicht auf die schwatzhafte Ladeninhaberin geachtet, der er höchst unwillig und nur aus Gründen der Höflichkeit antwortete.

»Als meine Frau starb, waren die Kinder noch klein. Sie brauchten eine neue Mutter. Ich habe ein zweites Mal geheiratet …«

»Jetzt verstehe ich, und Eure neue Frau hat Euch ebenfalls Kinder geschenkt … Ihr seid zu beneiden, Meister Giorgioli. Das Schicksal hat es gut mit Euch gemeint. Und wie wunderbar, wenn ein Sohn in die Fußstapfen seines Vaters tritt. Habt Ihr den Jungen selbst ausgebildet? Er sprach voller Stolz und Hochachtung von Euch. Mein Neffe, der jüngste Sohn der Schwester meines verstorbenen Mannes aus Winterthur, will Bildhauer werden. Aber ob er damit eine Familie ernähren kann? Ich habe ihm gesagt, er soll lieber Drechsler lernen und dann …«

»Ich brauche noch Farben«, unterbrach Giorgioli den Redefluss der Geschäftsfrau. »Und zwar Tirolisch Berggrün und Umbra aus Zypern, das Beste, das Ihr habt.«

Anna Griesser wandte sich um und setzte den Fuß auf eine Leiter, die an einem der Regale lehnte. »Aber warum soll ich alte Frau eigentlich selbst dort hinaufklettern?«, fiel ihr plötzlich ein, und sie winkte Giorgioli zu sich heran. »Ihr seid ein hochgewachsener Mann. Hier, auf dem obersten Brett links das Zedernholzkästchen, darin findet Ihr das Grün, und gleich daneben in dem braunen Tontopf befindet sich Umbra.«

Sie wog die Pigmente ab und trug die Zahlen in ihr Rechnungsbuch ein. »Und«, fragte sie unter dem gerüschten Rand ihrer weißen Spitzenhaube hervor, »war sonst mit der Lieferung alles in Ordnung?«

»Es fehlten ein paar dünne Pinsel. Aber ich will weichere als die, die mein Sohn gestern mitbrachte.«

Anna Griesser zog eine Schublade hinter der Ladentheke heraus. In unterschiedlichen Fächern sortiert, lagen darin Pinsel in allen Größen und Formen. »Also, werter Meister, alle meine Pinsel sind aus bestem Marderhaar gefertigt.

Minderwertige Ware findet Ihr bei mir nicht. Ich glaube kaum, dass Ihr zwischen den Pinseln von gestern und diesen einen Unterschied feststellen werdet.«

Francesco Antonio Giorgioli griff in die Schublade, fuhr sachte mit der Fingerspitze die Borsten entlang. »Das merkt man doch sofort«, brummte er. »Diese sind viel weicher. Ich nehme noch sechs davon.«

Schulterzuckend schlug die Ladeninhaberin die Pinsel in altes Zeitungspapier ein und blickte an Giorgioli vorbei zur Ladentür. »Ach, da ist sie wieder! Und ich dachte schon, sie habe die Stadt verlassen«, murmelte sie unvermittelt.

»Wer?« Giorgioli verstaute die Malutensilien in seiner Gürteltasche und wandte flüchtig den Kopf.

»Ein junges Mädchen, eine Bettlerin. Seit Tagen schon stromert sie durch die Straßen. Sie sucht ihren Vater, heißt es. Ich glaube allerdings, sie ist nicht ganz richtig im Kopf. Ach, bevor ich es vergesse... Hier ist die Rechnung für die letzten drei Lieferungen. Gebt sie dem ehrenwerten Herrn Abt und richtet ihm aus, dass ich innerhalb von acht Tagen mein Geld haben will. Wenn man diesen Klerikern nicht auf die Füße tritt, glauben die nämlich, sie könnten mit ihren Zahlungen warten bis zum Jüngsten Tag.«

Giorgioli zwängte sich durch das Menschengewirr in den engen Gassen der Stadt, überquerte den Marktplatz, ging vorbei an den Brotlauben der Bäcker und den Schlachtbänken der Metzger. Es roch nach Schmalzgebäck und gesottenem Fleisch. Eine Gruppe von Zuschauern hatte sich um ein Podest versammelt. Darauf stand breitbeinig ein pockennarbiger Bader in einem langen grauen Mantel und mit einem hohen spitzen Hut. Mit lautstarker Stimme pries er Pulver und Salben gegen Runzeln, Warzen und Männerschwäche an, verschränkte dabei Daumen und Zeigefinger in der Luft und gab wunderliche Schnalzlaute von sich.

Dann wandte sich der Heilkünstler einem alten Mann zu, der neben ihm auf einem Stuhl saß und sich mit schmerzverzerrtem Gesicht die rechte Wange hielt. Der Bader nahm eine Zange, riss mit der einen Hand dem Alten den Mund auf, stieß mit der anderen die Zange hinein und hielt wenig später den gezogenen Zahn mit triumphierender Geste hoch. Der Alte jaulte auf, und die Zuschauer lachten und applaudierten.

Einige Frauen mit offenem Haar und gänzlich ohne Kopfbedeckung schlenderten mit wiegenden Hüften vor dem Zunfthaus der Gerber auf und ab. Sie trugen weit ausgeschnittene Mieder und Röcke, unter denen bunt bestickte Strümpfe hervorblitzten. Ein paar Männer pfiffen ihnen laut und gellend hinterher, andere ließen sich in eine Diskussion verwickeln und verschwanden daraufhin lachend mit den Frauen in einer der Seitengassen.

Giorgioli ging vorbei an Verkaufsständen, hinter denen Kaufleute aus der Umgebung ihre Waren feilboten. Frisch geerntetes Obst und Gemüse, Kleider, Hausrat, lebendes Federvieh, wobei jeder Händler versuchte, den anderen an Lautstärke zu übertreffen. An einem Stand mit Äpfeln blieb er für eine Weile stehen, weil ihn der Farbenreichtum der Früchte in seinen Bann zog. Er zog sein Skizzenbuch aus der Tasche und machte sich Notizen, während um ihn herum die Menschen vorüberschlenderten.

Ganz Schaffhausen schien sich zu dieser Stunde auf dem Marktplatz versammelt zu haben. Junge Mägde mit Einkaufskörben, Männer mit voll beladenen Handkarren, Eierträgerinnen, in vornehmes Schwarz gekleidete Honoratioren. Immer wieder musste Giorgioli Pferdefuhrwerken ausweichen, die über das holprige Pflaster rollten. Eine Kinderschar narrte die Passanten, indem sie ein Seil zwischen zwei Marktständen ausspannte. Ein alter Mann wäre beinahe zu Fall gekommen, stieß wilde Flüche aus und drohte den Bengeln mit seinem Stock. Johlend rannten die Kinder davon, stießen dabei einem Ratsherrn den Hut vom Kopf und bewarfen sich gegenseitig mit fauligen Tomaten.

Francesco Antonio Giorgioli erinnerte sich daran, dass er ähnliche Szenen schon einmal erlebt hatte, vor langer Zeit in Rom. In dieser lauten und lebhaften Stadt hatte er für drei Jahre gewohnt und gearbeitet, seine ersten Schritte als Maler getan. Hatte die Bilder der großen Renaissancekünstler kennengelernt. Giotto, Ucello, Ghirlandaio, Raffael, Mantegna, Botticelli und die vielen anderen. Doch als er zum ersten Mal in der Sixtinischen Kapelle gestanden und zu den Fresken Michelangelos an die Decke emporgeschaut hatte, war er überwältigt worden von der Macht der Farben und der kraftvollen Lebendigkeit der Figuren. Kaum vorstellbar, dass ein einziger Mensch dieses Wunderwerk geschaffen hatte. Ihm war zumute gewesen, als hätte ihn ein Blitz getroffen. Über dreißig Jahre war das inzwischen her …

Wenn ein Maler müde wird und geistige Erneuerung braucht, sollte er eine Pause einlegen und einen unbekannten Ort aufsuchen, fiel ihm ein Ratschlag Michelangelos ein. Giorgioli sog die vielen neuen Eindrücke in sich ein, genoss das Gedränge und die Geräusche der Stadt, die einen so nachdrücklichen Gegensatz zu der Eintönigkeit und Stille der Klosterinsel boten.

Mit gemäßigtem Schritt näherte er sich dem Unterstadttor. Plötzlich spürte er eine sanfte Berührung am Arm. Ein junges Mädchen in zerschlissener bräunlicher Kleidung stand vor ihm. Das kupferfarbene Haar trug sie in Zöpfen, die sie hochgesteckt hatte. Ein Zopf hatte sich gelöst und hing über dem Ohr herab. Sie mochte etwa zwanzig Jahre alt sein. Ihre grauen Lederschuhe waren viel zu groß und zeigten Löcher an den Zehen. Eng um die Schultern hatte sie ein schwarzes Tuch mit Fransen geknotet. Sie sah zart und zerbrechlich aus. Unter zusammengewachsenen rötlichen Brauen stachen aus dem blassen Gesicht kindhafte dunkle Augen hervor, die Giorgioli eindringlich und fragend musterten. Dann schüttelte sie traurig den Kopf und tauchte in der Menschenmenge unter.

»Meine lieben Mitbrüder, werte Bürger von Rheinau. Wir haben uns heute versammelt, um Abschied zu nehmen von Pater Basilius Vettiger aus Zug. Viel zu früh hat unser geliebter Bruder seine irdische Heimat verlassen und ist heimgekehrt in die Ewigkeit, in das Reich seines allmächtigen Schöpfers ...«, erklang die weiche, melodische Stimme Pater Wolferads, des Priors, durch das Kirchenschiff.

Francesco Antonio Giorgioli saß allein in der letzten Bankreihe und verfolgte gespannt das Geschehen während der feierlichen Totenmesse. Vielleicht würde sich jemand unter den Trauernden durch sein Verhalten verdächtig machen. Jemand, der dem Verstorbenen nicht wohlgesinnt gewesen und froh war, dass dieser nun in einem Sarg ruhte. Ganz vorn im Chor hatten sich die Patres, Fratres, Novizen sowie die weltlichen Brüder des Konvents versammelt. Und im Hauptschiff saßen die Rheinauer Bürger aus der Unterstadt, zu deren Pfarrbezirk die Felix-und-Regula-Kirche gehörte.

Gekommen waren hauptsächlich die Alten, da die jungen Männer am frühen Nachmittag noch arbeiteten und ihre Frauen mit der Beaufsichtigung der Kinder oder dem Haushalt beschäftigt waren. Die Rheinauerinnen hatten ihre besten Sonntagskleider und blütenweiße, frisch gestärkte Schürzen und Hauben angelegt. Mit gefalteten Händen und gesenkten Köpfen lauschten sie andächtig den Worten des jungen Priors. Einige Männer hatten ihre Plätze so gewählt, dass sie neben einem der Pfeiler saßen, an den sie sich anlehnen und unauffällig ein Nickerchen halten konnten. Giorgioli richtete sein Augenmerk auf die Ordensleute. Wenn die Vermutung des Abtes zutraf, dann hatte einer der Mönche etwas mit dem Tod des Paters zu tun. Er zählte die schwarzen Kutten durch. Eine zu wenig. Er zählte ein zweites Mal.

»... Gott, dir ist es eigen, allzeit Erbarmen zu üben. Wir bitten dich flehentlich für die Seele deines gehorsamen Dieners Basilius. Überlass sie nicht der Macht des Feindes, befiehl deinen heiligen Engeln, dass sie sich ihrer annehmen und ins Himmelreich geleiten ...«

Einer der Novizen fehlte, Frater Gallus! Aber – hatte dies etwas zu bedeuten? Es kam häufiger vor, dass die Mönche nicht in vollständiger Zahl zum Stundengebet oder zur heiligen Messe erschienen. Wenn jemand auf Reisen oder krank war. Doch war es tatsächlich dieser Frater gewesen, der sich am Tag zuvor zu dem aufgebahrten Toten hatte schleichen wollen und den Giorgioli später auf dem Glockenturm gesehen hatte? Es gab mehrere Mönche, die eine ähnlich schlanke, hochgewachsene Gestalt hatten. Fünf insgesamt. Zudem schienen Basilius und Gallus sich gut verstanden zu haben, was wiederum den Novizen als Mörder ausschloss.

»... auf dich hat diese Seele gehofft, an dich inbrünstig geglaubt. Lass sie nicht die Strafen der Hölle erdulden, sondern mit den Seligen die ewigen Freuden teilen«, fuhr Pater Wolferad fort. In der Stimme des Priors lag etwas Mitreißendes und Fröhliches zugleich. Wohingegen manchen anderen Ordensbrüdern die Worte mechanisch über die Lippen kamen, ihre Gedanken aber eigene Wege zu gehen schienen, stellte Giorgioli fest. Als die Mönche das *Dies irae* anstimmten, die Hymne vom Jüngsten Gericht, spürte er eine Gänsehaut, und auch die Menschen vor ihm in den Kirchenbänken knieten ergriffen nieder.

»… erlöse, o Herr, die Seelen aller Verstorbenen von jeder Fessel der Sünde. Komme ihnen mit Deiner Gnade zu Hilfe, dass sie dem rächenden Gericht entgehen und sich freuen in der Seligkeit des ewigen Lichtes…«

Draußen vor dem Portal standen die Rheinauer Spalier. Die sechs kräftigsten Mönche trugen den Sarg mit dem verstorbenen Bruder aus der Kirche und luden ihn auf einen bereitstehenden Karren. Dann zog der Trauerzug hinüber zum Konvent, wo das Begräbnis auf dem kleinen Mönchsfriedhof innerhalb des Kreuzgartens stattfinden sollte. Als Letzte folgten dem Sarg Pater Wolferad, der Prior sowie Pater Desiderius, der Archivar, der auch das Amt des Abtssekretärs ausübte. Sie gingen so dicht nebeneinander, dass ihre Schultern sich berührten. Giorgioli bemerkte, wie der Prior dem Archivar etwas zusteckte, das wie ein Stück Papier aussah, und sich dann an die Spitze des Trauerzuges begab. Pater Desiderius ließ den Gegenstand rasch in seiner Kutte verschwinden.

Giorgioli lehnte sich an den Stamm einer Kastanie und nahm sein Skizzenbuch zur Hand. Die Gläubigen mochten annehmen, er zeichne irgendein augenfälliges Motiv. In Wahrheit schrieb er seine Beobachtungen nieder, ohne zu wissen, ob sie ihm einmal nützen würden.

»Es war so bewegend«, schluchzte eine alte Frau mit weißen Haaren und wischte sich mit dem Schürzenzipfel die Augen. »Unser Prior hat eine wunderbare Stimme. Sie dringt einem geradewegs ins Herz. Aber ist das nicht ein Jammer, dass ein so gut aussehender Mann Pater wird? Also, wenn ich vierzig Jahre jünger wäre… Mit seinem dunklen Haar und den tiefblauen Augen könnte er mir wohl gefallen. Ich will lieber nicht an den griesgrämigen Schmerbauch mit den krummen Beinen und der Glatze denken, der bei mir daheim in der Stube hockt ... «

» Ich kann dich so gut verstehen, meine Liebe ... Jedenfalls ist es herrlich, wenn sich einmal etwas Außergewöhnliches ereignet, noch dazu mitten in der Woche. Ich hätte mir sonst den ganzen Tag die Nörgeleien meines Mannes anhören müssen. Dass ich das Mittagessen versalzen hätte und er sich außerdem beim Schultheiß über den neuen Nachbarn beschweren würde, weil der seine Kinder in unserem Garten spielen lässt und die seine Blumen zertreten ... Von mir aus könnte es viel öfter eine Seelenmesse geben «, meinte eine andere, ebenfalls ergraute Rheinauerin und hakte sich vergnügt bei ihrer Freundin unter. » Komm, wir gehen jetzt ins Wirtshaus und trinken einen Schluck auf unsere Gesundheit und ein langes Leben – wenn wir Glück haben – als Witwe. «

Am Nachmittag unterbrach Giorgioli seine Arbeit und suchte den Kreuzgarten auf, wo sein Sohn auf einer Leiter stand und eine Sonnenuhr auf die Fassade des Konventgebäudes malte. Eine Weile schaute er Giovan Pietro zu, wie er mit Hingabe die Farben anmischte und sorgfältig auftrug.

» Du solltest weniger Umbra unter das Gelb mischen. Oder willst du eine Sonnenfinsternis malen? «, rief er dem Sohn zu und beeilte sich, wieder sein Podest zu erklimmen.

Francesco Antonio Giorgioli eilte die Untere Steig hinauf. Vor einem der älteren Häuser mit windschiefem Dach und rostroten Fensterläden fegte ein junges Mädchen den Gehsteig. Unter ihrem roten Kopftuch lugten schwarze Locken hervor. Sie summte vor sich hin, hatte Giorgioli gar nicht kommen hören und wich erst im letzten Augenblick aus. Verlegen warf sie ihm ein entschuldigendes Lächeln zu und machte einen Knicks. Giorgioli wandte sich in Höhe der Buckstraße nach links, wo ein schmaler Pfad in die Oberstadt hinaufführte. Vorbei an Weinhängen, über denen weit sichtbar die Bergkirche thronte, deren Schutzpatron der heilige Nikolaus war.

Das Gasthaus *Zur Linde* tauchte auf der Anhöhe vor ihm auf, seine Herberge seit dem Tag seiner Ankunft im April. Ein gelb getünchter Bau mit roten Dachpfannen und grünen Fensterläden, der sich von den Nachbarhäusern durch üppig blühende Kletterrosen unterschied. Links neben dem Eingang stand ein Lindenbaum, dessen Baumkrone das Hausdach überragte.

Im Jahr zuvor hatte der alte, mittlerweile verstorbene Sekretär des Abtes ihn zusammen mit den drei anderen Handwerksmeistern Beer, Schmuzer und Albrecht im *Salmen* an der Zollbrücke untergebracht, es allerdings versäumt, auch für dieses Jahr über einen Zeitraum von mehr als fünf Monaten ein Zimmer für Giorgioli zu reservieren. Doch die neue Unterkunft gefiel ihm sogar noch besser. Von der Bergkirche aus hatte er einen großartigen Blick auf die mitten im Strom liegende Insel, hatte den Konventbereich mit der Klosterkirche im Blick, in deren Innerem sein Werk Tag für Tag deutlichere Gestalt annahm.

In der Wirtsstube waren die Stimmen und das Lachen der Gäste zu hören, doch Giorgioli verspürte weder Hunger noch war ihm nach belanglosen Gesprächen mit Fremden zumute. Er stieg die Treppe in den ersten Stock hinauf. Seine Kammer befand sich am Ende eines schmalen Flures. Diese vier Wände waren ihm über die Monate zu einem Zuhause geworden. Rechts hinter der Tür befand sich ein Bett, das immerhin so lang war, dass er sich darin ausstrecken konnte. Die Farbe der Bettvorhänge erinnerte an Kornblumen und wiederholte sich in den Samtvorhängen am Fenster, die bis zum Boden reichten.

Auf einer Kommode zwischen Bett und Fenster standen eine Waschschüssel, eine Kanne mit Wasser sowie eine Karaffe mit Wein. In der Truhe an der gegenüberliegenden Wand lagerten seine Kleidung und einige Zeichenmaterialien. Der Tisch am Fenster, aus dem gleichen honigfarbenen Nussbaumholz gefertigt wie die anderen Möbel, war sein Lieblingsplatz. Hier saß er vor dem Schlafengehen oft noch stundenlang im Schein einer Ölleuchte, las, schrieb Briefe oder fertigte Skizzen für seine Fresken an.

Giorgioli sank auf seinen Armlehnstuhl, stützte die Ellbogen auf der Tischplatte ab und ließ den Kopf in die Hände sinken. Er fühlte sich kraftlos. Das lag jedoch keineswegs an dem Fußmarsch nach Schaffhausen und zurück. Er wanderte gern und war, da er stets zügig ausschritt, nicht länger als drei Stunden unterwegs gewesen. Seufzend fragte er sich, was er getan hatte, dass das Schicksal ihm eine Prüfung auferlegte, die weitaus schwieriger zu bestehen war als alles, was er bisher mit dem Pinsel geschaffen hatte. Im Geheimen einen Mord aufzuklären. Er war ein Mann, der nicht gern daherredete, sondern lieber arbeitete. Der sich auf den Holzbrettern unter der Kirchenkuppel, nahe den von ihm geschaffenen Figuren, wohler fühlte als in der Gesellschaft lebender Menschen.

Mit fahrigen Händen griff er zu der Weinkaraffe, schenkte sich ein Glas ein und trank in hastigen Zügen. Diesen Wein konnte man in der Gaststube der *Linde* nicht bestellen. Ein französischer Roter, der mehrere Jahre im Eichenfass gelagert hatte. Johanna Binder, die Wirtin, hatte ihn einmal ein Glas kosten lassen und gefragt, wie ihm der Trunk schmecke. Giorgioli hatte geantwortet, er habe noch nie einen besseren Wein getrunken. Seither fand er jeden Abend bei seiner Heimkehr eine volle Karaffe vor.

Die Turmuhr der Bergkirche schräg gegenüber schlug die achte Abendstunde. Es war noch zu früh zum Schlafengehen. Er nahm die Bibel zur Hand, die er vor mehr als drei Jahrzehnten von seinen Eltern zur Hochzeit mit seiner ersten Frau Margherita Roncati geschenkt bekommen hatte. Er schlug sie auf und suchte im Neuen Testament nach den Berichten der Evangelisten über die Himmelfahrt Jesu. Sein letztes Fresko sollte diese Begebenheit darstellen, doch ihm fehlte ein zündender Einfall, wie er die Szene gestalten sollte.

Matthäus und Johannes beendeten beide ihre Heilsbotschaften mit der Auferstehung. Markus und Lukas sprachen in knappen Worten davon, dass Jesus zum Himmel emporgehoben worden sei. Giorgioli las weiter in der Apostelgeschichte und fand dort ebenfalls keine ausführlichere Schilderung des außergewöhnlichen Ereignisses. Er schloss die Augen und versuchte, sich das Geschehen vorzustellen. Sah irgendwann in verschwommenen Farben die undeutlichen Umrisse von Personen. Er holte sein Skizzenbuch und begann zu zeichnen. Als es dämmerte, zündete er zwei zusätzliche Ölleuchten an, stellte sie auf die Fensterbretter und arbeitete weiter.

»Betrüger! Hurensohn! Deine Karten waren gezinkt! Gib mir mein Geld zurück, oder ich schlage dir den Schädel ein!«, ertönte eine Männerstimme unter dem Fenster, gefolgt von dem Geräusch von zerreißendem Stoff.

»Wirst du wohl loslassen! Nachtwächter, hierher, zu Hilfe!«, keuchte eine andere Stimme.

»Pah, der hört dich nicht. Der liegt längst volltrunken zu Hause in seinem Bett«, höhnte der erste Mann.

Giorgioli sprang hoch und riss erbost das Fenster auf. »Ruhe da unten! Wisst ihr nicht, wie spät es ist? Prügelt euch von mir aus morgen weiter.«

»Komm du nur runter! Du bist gleich auch noch dran«, kam prompt die Drohung. Ein zweistimmiges Röcheln war zu vernehmen, der klatschende Ton von Maulschellen.

Etwas Metallenes fiel zu Boden, vermutlich eine Milchkanne oder ein Regenfass, und rollte klappernd über das Straßenpflaster.

Giorgioli griff zur Wasserkanne, hielt sie aus dem Fenster und schüttete den Inhalt über den Tobenden aus.

»Der Teufel soll dich holen!«, schallte es wütend von unten zu ihm herauf. Ein paar Flüche noch, dann kehrte Ruhe ein. Giorgioli setzte sich wieder an den Tisch. Mit einem Mal war er hellwach, mochte den Zeichenstift noch nicht aus der Hand legen. Er trat an die Kommode, holte einige großformatige Kartons heraus, die aus mehreren zusammengeklebten Bogen bestanden, und breitete sie auf der Tischplatte aus. Über die soeben fertiggestellte Skizze zeichnete er ein Gitternetz und übertrug danach die Figuren proportional auf ein jeweils größeres Stück Karton. In genau dem Maßstab, wie er ihn für das Deckengemälde benötigte. Immer neue Bogen fügte er hinzu, er arbeitete wie im Rausch. Erst tief in der Nacht löschte er das Licht und ging zu Bett.

Als Giorgioli am nächsten Morgen aufwachte, fühlte er sich erholt und gestärkt, obwohl er nur wenige Stunden geschlafen hatte. Unten in der Gaststube trank er an seinem angestammten Platz einen Kräutertee, den die *Linden*-Wirtin für ihn zubereitet hatte, und machte sich auf den Weg zur Klosterinsel. Unter dem Arm hielt er zu einer Rolle zusammengebunden die Vorzeichnungen für die Himmelfahrtsszene.

»Gruessech, heute wieder so früh auf den Beinen ... Wie kommt es, dass ich Euch gestern nicht gesehen habe? Obwohl Ihr doch seit Monaten jeden Tag hier vorbeikommt, ausgenommen am Tag des Herrn, natürlich. Ich habe schon zu meiner Frau gesagt, der Herr Maler, der ist womöglich krank geworden.« Der Torwächter tauchte eine Gänsefeder in ein Tintenfass und notierte in seinem Registrierbuch Datum, Uhrzeit und den Namen des Passanten.

»Ich hatte in Schaffhausen zu tun.« Giorgioli wandte sich in Richtung Klosterplatz. Ein Pferd in den Stallungen wieherte freudig, übertönte, was Josef Oschwald ihm dringend hinterherrufen musste.

»Ein schönes Städtchen, dieses Schaffhausen, nicht wahr? Und am schönsten sind die Weiber dort. Tja, wenn ein Mann so lange von zu Hause fort ist, dann pressiert es ihm manchmal...« Grinsend blickte der Torwächter Giorgioli hinterher, als dieser über die Brücke zur Insel hastete, während der offene Rock bei jedem Schritt flatterte.

Nach dem Morgengebet in der Magdalenenkapelle suchte Giorgioli seine Bauhütte auf. Dort wechselte er seine Kleidung gegen Kittel und Hut und legte die Werkzeuge und Materialien, die er im Lauf des Tages benötigen würde, in eine Holzkiste. Das Kircheninnere hallte wider von den Hammerschlägen der Stuckateurgesellen, die gipserne Ornamente mit Nägeln an die Pilaster hefteten und aus Akanthuszweigen kunstvolle Gebilde schufen. Sie erinnerten an einen Blumenstrauß und wurden von einem Schleifenband zusammengehalten. Giorgioli musste unter einer Leiter hindurchgehen, auf der hoch droben Franz Schmuzer eine Rosenblüte aus freier Hand gestaltete. Der Stuckateur machte durch einen Pfiff auf sich aufmerksam und wies auf das siebte Joch im nördlichen Kirchenschiff. Mit Blicken und Handzeichen erklärte er seinem Malerkollegen, dass alles wunschgemäß vorbereitet sei.

Giorgioli stieg die Treppe zur Empore hoch und kletterte die Leiter hinauf zum sechsten Joch, zur Kreuzigungsszene. Behutsam tastete er den Malgrund ab. Nicht die geringste Unebenheit war zu spüren. Er kniff die Augen zusammen und prüfte die Stelle unterhalb des Gewandes Jesu, die sein Sohn am Vortag hatte zu Ende malen sollen. Putz und Farbauftrag passten sich exakt ihrer Umgebung an, nichts ließ darauf schließen, dass hier etwas ausgebessert worden war. Allerdings hätte Giovan Pietro auch mit herber väterlicher Kritik rechnen müssen, wenn das Ergebnis ein anderes gewesen wäre.

Somit konnte Giorgioli letzte Ergänzungen *al secco* hinzufügen, also auf dem trockenen Putz. Er nahm einen dünnen Pinsel und betonte an einigen Stellen Hintergrund und Himmel mit Ultramarinblau. Tupfte hier und da einen Hauch Gold auf die Gewänder, um dem Ganzen ein glänzenderes und reicheres Aussehen zu verleihen. Die vorletzte Szene seines Freskenzyklus war vollendet.

»Guten Morgen, Vater. Hast du dir schon die Kreuzigung angesehen? Bist du zufrieden mit meiner Arbeit?«

Giovan Pietro war unbemerkt auf das Podest heraufgestiegen und stellte sich erwartungsvoll neben seinen Vater.

»Hm, ich wüsste gern zuerst von dir, ob du es bist«, kam die Gegenfrage.

»Nun ja, ich glaube, ich habe mein Bestes gegeben. Und trotzdem ... nein, ich bin nicht zufrieden, weil ... versetz dich einmal in meine Lage, Vater. Du lässt mich Farben reiben und anmischen, die Pinsel soll ich in Ordnung halten, ich muss die Umrisse in deinen Vorzeichnungen stechen ... das sind Handlangerarbeiten für einen kleinen Lehrling ... Dabei habe ich so viele Einfälle. Ich will eigene Entwürfe anfertigen, und vor allem – ich will malen. Ganze Szenen malen und nicht nur solches Flickwerk wie gestern.«

»Das Flickwerk verbitte ich mir. Im Übrigen kannst du schon einmal mit dem Vorstechen anfangen. In der Bauhütte liegen auf dem Regal oben rechts einige Zeichnungen für die Himmelfahrt. Und was du danach tun oder lassen wirst, entscheide immer noch ich.«

Giovan Pietro senkte den Kopf, presste die Lippen zusammen und kletterte wortlos die Leiter hinunter.

»Und mach die Löcher nicht wieder so klein wie beim letzten Mal!«, rief Giorgioli ihm hinterher. »Ich musste jeden Punkt mit einer Lupe auf dem Putz suchen.«

Er begab sich hinüber ins siebte Joch. Schmuzer hatte in der Zwischenzeit auch dort ein Holzpodest errichtet, das auf den Gesimsen zweier Wandpfeiler ruhte, und mehrere Schichten frischen Putz auf dem Gewölbe aufgetragen. Der Stuckateur kannte mittlerweile das Arbeitstempo seines Malerkollegen und wusste genau, wie viel Malgrund dieser für ein Tagewerk benötigte. Giorgioli atmete den säuerlichen Geruch des feuchten Kalks ein, spürte wieder dieses eigenartige Vibrieren in seinem Innern, das ihn immer dann befiel, wenn er etwas Neues begann.

Doch bevor er den Pinsel in die Hand nehmen konnte, waren einige Vorarbeiten nötig. Einen der Kartons, die er in der Nacht vorbereitet hatte, breitete er auf den Bodenbrettern aus. Er zeigte die Figur Annas, der Mutter Marias, die neben der Gottesmutter stehen sollte und die er auch schon in der Kreuzigungsszene dargestellt hatte. Giorgioli ließ sich auf einem Knie nieder und verzog das Gesicht. Er verlagerte das Gewicht weiter nach vorn und rieb sich die schmerzende Stelle im Rücken. Dann nahm er eine Aale aus der Holzkiste und prüfte mit der Fingerkuppe, ob sie scharf genug war. Mit der Spitze stach er unzählige kleine Löcher in die Umrisse der Figur, alle im gleichen Abstand. Er hatte diese Arbeit schon so viele Male getan, dass seine Hand wie von selbst ihren Rhythmus fand.

Nachdem er sich ächzend aus seiner gebückten Stellung erhoben hatte, hielt er mit der einen Hand die Zeichnung an die Decke, lehnte sich mit der Schulter dagegen und drückte mit der anderen Hand einen Beutel mit Kohlestaub gegen die durchstochenen Linien. Als er den Karton entfernte, waren auf dem Putz schwärzliche Punkte zu sehen, die die Konturen der Figur bildeten. Anschließend nahm er einen dünnen Pinsel, tauchte ihn in ockerfarbene Erde und verband die Punkte miteinander zu Linien.

Nunmehr folgte ein weiterer, nicht minder wichtiger Teil seiner Vorbereitungen. Die Auswahl der Pigmente musste mit äußerster Sorgfalt erfolgen. Nahm er die falschen, konnte dies gravierende Folgen haben. Die Farben konnten zu blass oder zu kräftig erscheinen und die beabsichtigte Wirkung verfehlen. Entscheidend war hierbei nicht, wie das Auge des Malers sie auf wenige Handbreit Entfernung wahrnahm, sondern wie sie in der Distanz von den Gläubigen unten im Kirchenschiff empfunden wurden. Das richtige Maß zu wahren, dazu bedurfte es jahrelanger Erfahrung.

Glücklicherweise hatten die Mönche ihm für die Auswahl der Farben keinerlei finanzielle Beschränkungen auferlegt. Erdpigmente wie grüner oder brauner Farbstoff waren billig, weil sie im benachbarten Italien gewonnen wurden. Andere, wie Ultramarinblau, waren so teuer wie Gold und mussten aus Afghanistan importiert werden. Er hatte beim Abschluss seines Vertrages mit dem Kloster vereinbart, dass er jedes Pigment verwenden durfte, das er für zweckdienlich hielt.

Er prüfte die verschiedenen Grün- und Blautöne, die er nebeneinander aufgereiht hatte, rührte eine Mischung aus Wasser und Tirolisch Berggrün an und fügte eine Messerspitze blaue Smalte hinzu. Die Luft würde dafür sorgen, dass der kalkige Malgrund mit Kohlensäure gesättigt wurde und eine feine Schicht entstand, die die Pigmente umschloss und dauerhaft mit dem Untergrund verband. So würde seine Malerei überdauern. Jahre, Jahrzehnte, Jahrhunderte. Während er den farbfeuchten Pinsel über den Malgrund gleiten ließ und sich nach und nach das Gewand Annas erahnen ließ, fühlte er sich mit einem Mal schwerelos und frei. Der Schmerz im Rücken war verflogen, der Kopf ohne jeden trüben Gedanken.

Ein knarrendes Geräusch riss ihn aus seiner Konzentration.

»Ist es gestattet, den geschätzten Kollegen in einer Phase höchster Kreativität zu unterbrechen und zu fragen, ob alles zum Besten steht?«, hörte er Schmuzers muntere Stimme. Giorgioli legte Pinsel und Palette ab und senkte das Kinn auf die Brust, ließ den Kopf nach links und rechts pendeln, kreiste vorwärts und rückwärts mit den Schultern.

»Ich wollte ohnehin gerade eine Pause machen. Mein Nacken ist ganz steif geworden.«

»Tja, wenn man so herzlich willkommen geheißen wird ... Übrigens, ich habe deinen Sohn gestern beobachtet. Der Junge hat Talent. Du solltest ihm größere Aufgaben übertragen. Warum willst du immer alles allein machen? Giovan Pietro könnte dich doch unterstützen. Und sein Selbstbewusstsein würde auch gefördert.«

»Er soll nicht übermütig werden. Giovan Pietro ist wie ein junges Pferd, das man im Zaum halten muss. Es schadet ihm nichts, wenn er die Aufgaben eines Gehilfen gewissenhaft erfüllt. Das fördert auch, und zwar die Disziplin.«

»Gut, dass ich dich nicht als Lehrer gehabt habe.« Schmuzer klopfte Giorgioli auf die Schulter. »Nichts für ungut, Francesco, aber warum bildest du deinen Sprössling eigentlich selbst aus und schickst ihn nicht zu einem anderen Meister?«

»Wozu? Auf diese Weise spare ich das Lehrgeld.«

»Gut, wenn man es von diesem Standpunkt aus betrachtet ... Aber meinst du nicht, dass du mit dem Jungen etwas zu streng bist? Er ist erwachsen. Andere in seinem Alter ...«

»Was verstehst du denn von Erziehung? Hast du etwa Kinder?«, fragte Giorgioli scharf.

Schmuzer tat, als hätte er den Tadel nicht gehört, und antwortete leichthin. »Noch nicht. Doch wer weiß ... ich habe nämlich ein Mädchen in Marthalen kennengelernt –

mit einer Figur ... Ich sage dir, dagegen sind deine Madonnen und Heiligen unförmige Mehlsäcke. Sofern mir dieser kühne Vergleich gestattet ist ... Aber du musst zumindest zugeben, dass dein Junior ein untrügliches Gespür für Farben hat. Sieh nur, wie geschickt er Hose und Schuhe des linken Soldaten an die übrige Kleidung angepasst hat ... «

»Ich hätte die Töne etwas heller gewählt.«

»Verflixt und zugenäht, das ist ja wirklich nicht zum Aushalten! Du mit deiner ewigen Mäkelei. Wenn ich dein Sohn wäre ... « Franz Schmuzer drehte sich brüsk um, kletterte die Leiter hinunter und verschwand brummelnd von der Empore. »Miesmacher, elender.«

Als Giorgioli am Nachmittag Pinsel und Palette aus der Hand legte, fiel ihm jäh der zweite Auftrag ein, den Abt Gerold ihm im Geheimen erteilt hatte und an den er den ganzen Tag über keinen einzigen Gedanken verschwendet hatte. Doch wie sollte er malen und gleichzeitig einem Mörder nachspüren? Er hatte noch dreieinhalb Wochen Zeit, beruhigte er sich. Bis dahin konnte noch viel geschehen.

Schon auf der Straße hörte man aus den offenen Fenstern Lachen und Gläserklirren. Die Gaststube der *Linde* war zu dieser frühen Abendstunde gut besucht, die Luft eine Mischung aus Qualm, Branntwein und Bier.

Giorgioli betrat das Wirtshaus und setzte sich an seinen Stammplatz, einen kleinen runden Tisch nahe der Theke. An einem der größeren Nachbartische saß eine Gruppe von Männern, die schweigend Pfeife rauchten und ihre Spielkarten über die Tischplatte fliegen ließen. Ein halbwüchsiger Junge kauerte versonnen in einer Ecke und spielte auf seiner Maultrommel.

»Habt ihr schon gehört, in Jestetten ist die Rinderseuche ausgebrochen«, verkündete ein zahnloser alter Mann in einem ledernen Wams und leerte in einem einzigen Zug sein randvoll gefülltes Schnapsglas. »Bei meiner Tochter auf dem Hof geben die Kühe schon seit Tagen keine Milch mehr. Sie haben dicke Blasen im Maul und an den Klauen. Einige Tiere sind auch schon verendet. Gebe Gott, dass die Krankheit drüben bleibt und nicht über den Rhein bis zu uns herüberkommt. He, Johanna, noch einen Wacholder für mich! Einen doppelten. Oder bring mir lieber gleich zwei!«

»Eine Rinderseuche wäre vermutlich das Einzige, bei dem das Kloster keinen Brückenzoll erheben würde«, meinte sein Nachbar mit einem höhnischen Lachen. Sofort ereiferten sich die übrigen Gäste. Alle redeten durcheinander und gestikulierten lebhaft.

»Diese Ordensbrüder lassen sich immer wieder neue Gemeinheiten einfallen, um uns kleine Leute zu schröpfen. Jetzt dürfen wir auch noch für die Brückenwache zahlen. Tag und Nacht soll einer aufpassen, damit nicht etwa ein Schmuggler oder ein altes Weib mit einem toten Hasen unter dem Rock unbemerkt über die Grenze geht. Da könnten den Mönchen ja ein paar Gulden entgehen.«

»Halsabschneider sind das! Alle zusammen. Man sollte sie dahin schicken, wo der Pfeffer wächst. Nein, lieber zum Teufel. Da sind sie besser aufgehoben.«

»Halt, nicht so heftig … Jedenfalls kann ich von Glück sagen, dass es das Kloster gibt. Täten mir die Ordensleute nicht regelmäßig meine Brote und Kuchen abnehmen, hätte ich als Bäcker in unserem Städtchen kein Auskommen. Hier backt doch jeder selbst. Aber dass man uns vorschreibt, welche Farben unsere Kleider und Hüte haben sollen und an welchen Tagen und zu welcher Uhrzeit wir bei Hochzeiten oder Taufen tanzen dürfen – das geht mir doch zu weit.«

Johanna Binder, die Wirtin, kam mit einem Tablett an den

Tisch. Wie immer, wenn sie auftauchte, strichen die Männer instinktiv ihr Wams glatt oder fuhren sich durchs Haar. Einige bekamen glänzende Augen.

»Sehr zum Wohl. Hat einer der Herrschaften noch einen Wunsch?« Während sie sich mit einem feinen Lächeln vorbeugte und die Gläser auf dem Tisch abstellte, erhob sich der zahnlose Alte eine Handbreit von seinem Sitz und spähte ihr in den Ausschnitt. Johanna tat, als hätte sie diese Taktlosigkeit nicht bemerkt.

»Da frage ich doch lieber andersherum: Habt Ihr einen Wunsch, schöne Wirtin? Mag sein, dass ich ihn Euch erfüllen kann. Ich bin erst seit einigen Tagen hier, deswegen kennt Ihr mich nicht. Doch vielleicht möchtet Ihr Euch einmal von meinen besonderen Fähigkeiten überzeugen.« Es war der junge Dachdecker, der Giorgioli am Tag, an dem Pater Basilius verschwunden war, vor der Marienkirche angesprochen hatte. Er zog seinen Hemdsärmel hoch, winkelte den Arm an und ließ seine Oberarmmuskeln spielen. »Greift nur zu, schöne Frau! Und ich habe sogar noch mehr zu bieten«, raunte er Johanna mit einem Augenzwinkern zu.

»Wo kommst du eigentlich her, du Angeber, hä? Bist kaum in der Stadt und plusterst dich auf wie ein Pfau!«, schimpfte einer der Kartenspieler, ein schielender junger Mann mit pockennarbigem Gesicht, wandte sich um und hielt dem Dachdecker die geballte Faust unter das Kinn.

»Aus Benken. Und wenn du meinst, dass du mir drohen kannst, dann zeige ich dir sogleich, wie ich mit Großmäulern umgehe ...«

Mit einer raschen Bewegung schob Johanna ihr Tablett zwischen die beiden Streithähne. Ihre Stimme war sanft und bestimmt zugleich. »Hört auf, oder prügelt euch meinetwegen draußen. Im Übrigen bin ich wunschlos glücklich, starker Mann aus Benken. Ich habe drei Burschen für die Arbeit in den Weinbergen und in der Kellerei, und jeder von ihnen ist mindestens so kräftig wie Ihr. Ihr solltet Eure besonderen Fähigkeiten an anderer Stelle einsetzen. Also, wem darf ich noch etwas zu trinken bringen?«

Der Dachdecker zog eine Grimasse und bestellte ein Bier und einen Trester. Der Zahnlose kippte die beiden Wacholder hinunter und orderte mit einem Fingerschnippen frischen Nachschub. Er tippte dem Dachdecker auf die Schulter und grinste breit. »Bei der beißt du dir die Zähne aus, Freundchen. Die lässt keinen an sich ran. Schade, dass ich nicht ein paar Tage jünger bin, ich würde es trotzdem versuchen.«

»Für mich noch ein dunkles Bier, Johanna«, forderte ein dicklicher Mann mit rötlichem Gesicht und zerzaustem Kinnbart. Dann wandte er sich an seine Nachbarn, die ihre Spielkarten in der Hand auffächerten. »Wisst ihr schon, was mir passiert ist? Letzte Woche haben mir die Pfaffen einfach weniger Geld für meinen Lachs gegeben. Der Cellerar meinte, die Fische seien zu klein, da könne er nicht den vollen Preis zahlen. Ich war schon beim Obervogt und habe mich beschwert. Wenn ich nicht ab morgen den vereinbarten Lohn bekomme, dann gehe ich vor Gericht.«

»Glaub nur nicht, dass du gegen das Kloster etwas ausrichtest, mein Freund. Ich kann mich jedenfalls nicht daran erinnern, dass in den letzten sechzig Jahren einer von uns Bürgern einen Prozess gegen diese Schwarzkuttenträger gewonnen hätte«, gab der älteste der Kartenspieler zu bedenken.

»Wie denn auch?«, schimpfte der Zahnlose und schlug mit der Faust so heftig auf die Tischplatte, dass die Gläser tanzten. »Weil nämlich die eidgenössischen Richter bestochen sind. Es würde mich nicht wundern, wenn man später einmal entdeckt, dass diese oberpeniblen Benediktiner die Summen für Schmiergelder sogar in ihren Rechnungsbüchern vermerkt haben.«

»Damit würden diese Scheinheiligkeiten sich allerdings selbst ein Armutszeugnis ausstellen«, höhnte ein älterer Spieler mit Augenklappe und mischte mit fliegenden Fingern die Karten für eine neue Runde.

Giorgioli, der bisher gleichgültig dagesessen und seinen Wein getrunken hatte, merkte plötzlich auf. Er kannte mittlerweile die Klagen der Rheinauer zu Genüge, wusste, dass kaum einer von ihnen gut auf ihr Kloster zu sprechen war ... Hatten etwa die Bürger etwas mit Pater Basilius' Tod zu tun? Gerold II. war gewiss ein kluger Mann. Aber vielleicht irrte der Abt, wenn er annahm, dass einer aus den eigenen Reihen der Mörder sein musste. Anderseits, was sollte einen Mönch, der sich einem Leben in Frieden und Frömmigkeit verschrieben hatte, dazu veranlassen, einen seiner Mitbrüder umzubringen? War das nicht ein Widerspruch in sich?

Hingegen schienen etliche Rheinauer Bürger ihre ganz persönlichen Gründe zu haben, sich am Kloster zu rächen ... Dann hätte der Abt allerdings in einem anderen Punkt recht gehabt, dass nämlich der Anschlag in Wirklichkeit ihm gegolten hatte. Was, wenn Basilius nur durch ein Versehen – eine Verwechselung etwa – gestorben war? Oder aber jemand hatte Gerold II. warnen wollen, und Basilius war nur das erste Opfer gewesen, dem weitere folgen würden ... Verwirrt von derlei Gedankenspielen, nahm Giorgioli sein Glas und setzte sich zu den Kartenspielern an den Tisch.

»Ihr Zürcher Eidgenossen scheint eine merkwürdige Administration zu haben. Was habt ihr überhaupt mit dem Kloster zu tun? Ihr seid doch freie Bürger ...«

»Wir sollen frei sein? Pah, wie Leibeigene werden wir behandelt! Der Abt und seine Konsorten führen sich auf wie Herrscher von Gottes Gnaden. Berufen sich auf irgendein verstaubtes Dokument, nach dem die Stadt angeblich dem Kloster gehört. Ich sage ausdrücklich: angeblich! Denn das wäre nicht die erste und einzige Urkunde, die gefälscht wurde. Und was unsere Rechte angeht ... davon bekommen wir in Rheinau herzlich wenig zu spüren. Erzähl doch mal von dir, Maler! Habt ihr da unten im Tessin auch so viel Ärger mit der Obrigkeit?«, fragte der dickliche Fischer und steckte sich eine Pfeife an.

»Ich weiß nicht«, gab Giorgioli zu. »Um solche Dinge habe ich mich nie geschert. Ich bin auch einen Großteil des Jahres unterwegs. Eigentlich kümmere ich mich nur um meine Arbeit und meine Familie.«

»Dann darfst du dir trotzdem einmal anhören, was uns so wütend macht. Wir zahlen nämlich haufenweise Abgaben: auf Fischerei, auf Jagd, Holz, Getreide, Obst und Gemüse ... eigentlich auf alles. Würde mich nicht wundern, wenn wir demnächst auch noch für jeden Gang zur Latrine zur Kasse gebeten werden.«

»Genau wie im alten Rom. Geld stinkt nicht. Hat das nicht sogar einer von ihren Königen oder Kaisern gesagt?«, fragte der schielende Kartenspieler mit den Pockennarben und rümpfte verächtlich die Nase.

Der Zahnlose hatte sich mittlerweile so ereifert, dass er gar nicht merkte, wie der Junge mit der Maultrommel sich von hinten an den Tisch heranschlich. Der nutzte die Unaufmerksamkeit des Alten aus, indem er langsam eine Hand vorstreckte, nach dem Schnapsglas griff und es leer trank. Als der Zahnlose den Streich bemerkte, holte er mit der Hand zum Schlag aus, doch der Junge duckte sich blitzschnell und verschwand lachend durch die Tür, unbeirrt von den Schmährufen, die ihm die Gäste hinterherschickten.

Johanna Binder trat an den Tisch und brachte neben den bestellten Getränken für alle ein Glas Holunderbrand. »Hier, die Runde geht aufs Haus. Aber nun langweilt Meister Giorgioli nicht länger mit euren Geschichten. Er hat einen anstrengenden Tag hinter sich. Bestimmt gehen ihm ganz andere Dinge durch den Kopf.«

»Hoho, wie überaus rücksichtsvoll, Johanna, und dann noch einem Auswärtigen gegenüber! Dieser Tessiner Pinselschwinger ist in deinen Augen wohl etwas Besseres, wie?«, geiferte ein glatzköpfiger Kartenspieler mit einem Ring im Ohr und warf Giorgioli einen abschätzigen Blick zu.

»Du solltest dich schämen, Sebastian Kempf. Ich hätte dich für klüger gehalten. Seit einigen Jahren, seitdem das Kloster erweitert wird, leben bei uns Menschen aus Bayern, Schwaben, dem Elsass, aus Württemberg, dem Tessin... So wie du ein Rheinauer Glasexperte bist, sind auch sie Spezialisten. Keiner zählt mehr oder weniger als der andere, gleichgültig, woher er kommt. Und jetzt Schluss mit solchen Kindereien!«

Johannas Wangen hatten sich gerötet. Sie strich sich eine Haarsträhne aus dem Gesicht und steckte sie hinter das Ohr. »Ich habe allerdings eine Bitte an Meister Giorgioli. Könntet Ihr wohl für mich beim Gärtner in der Abtei einige Kräuter besorgen? Hier ist die Liste. Bruder Gabriel weiß Bescheid. Ich habe schon mit ihm gesprochen.«

Giorgioli nahm den Briefbogen an sich. Die Zeilen waren in großzügiger, rhythmischer Handschrift verfasst. Jeder Buchstabe erinnerte in seiner präzisen Ausführung an die Handschriften in kostbaren alten Evangeliaren. Ungewöhnlich war außerdem die Farbe der Tinte. Ein tiefes, dunkles Violett, als sei Heidelbeerextrakt untergemischt. Giorgioli nickte, faltete das Papier und steckte es in die Tasche seines Wamses. In diesem Moment bemerkte er, dass die Tinte von derselben Farbe war wie Johannas Mieder. Der smaragdgrüne Rock bildete hierzu einen eigenwilligen Kontrast. Und trotzdem erzeugte beides eine Harmonie und Ausgewogenheit, hatte einen Reiz, der sein Malerauge faszinierte. Seltsam, dass ihm das zuvor nicht aufgefallen war. Vielleicht sollte er diese Farben für eine seiner Figuren in der Himmelfahrtsszene übernehmen, etwa bei der Kleidung der Maria Magdalena, sinnierte er.

»Und warum hast du nicht einen von uns gefragt, Johanna? Ich jedenfalls würde dir auf der Stelle alles besorgen, was du verlangst«, beklagte sich Sebastian Kempf, der glatzköpfige Glaser, mit vorwurfsvoller Stimme.

»Das habe ich sogar getan«, erinnerte Johanna ihren Gast in gelassenem Tonfall und mit überlegenem Lächeln. »Weißt du noch, als ich dich vor drei Wochen gebeten habe, mir Arnikatinktur und getrockneten Fenchel aus der Klosterapotheke mitzubringen? Und – habe ich meine Bestellung jemals erhalten?«

Der Glaser zog den Kopf zwischen die Schultern und drehte verlegen sein leeres Bierglas in der Hand. »Na ja, man kann doch mal etwas vergessen, wenn man so viel zu tun hat wie unsereins …«

Ein Poltern riss die Gäste aus ihren Gesprächen. In der Tür stand bebend eine gebeugte kleine Frau, ganz in Schwarz gekleidet. Unter ihrer Haube lugten dünne weiße Strähnen hervor. Mit der rechten Hand stützte sie sich auf einen Stock. »Wo steckt dieser Trunkenbold?«, keifte sie. Der zahnlose Alte versuchte augenblicklich, sich hinter dem Rücken seines Nachbarn zu verkriechen, doch die Frau hatte ihn bereits entdeckt. Sie humpelte zum Tisch ihres Ehemannes und zog ihn mit einer Kraft, die man der hageren Gestalt nicht zugetraut hätte, von der Bank hoch.

»Dachte ich es mir doch. Dieser Kerl säuft und säuft … und ich kann zusehen, wie ich mit dem wenigen Haushaltsgeld auskomme. Und schuld daran bist nur du, Johanna Binder!«

Drohend richtete sie den Stock gegen die Wirtin, die erschrocken einen Schritt zurücktrat. »Beruhige dich, Maria! Dein Mann hat den ganzen Abend fröhlich und zufrieden hier gesessen und das eine oder andere Glas getrunken. Und zwar freiwillig. Ich habe ihn keineswegs dazu gezwungen.«

»Dass ich nicht lache! Freiwillig ... du verdrehst doch allen Kerlen den Kopf und machst sie betrunken, damit du ihnen umso leichter das Geld aus der Tasche ziehen kannst. Vermutlich mischst du ihnen einen deiner Kräutertees unter, die ihnen die Sinne verwirren. Und diese scheußlichen bunten Sachen, die du immer trägst. Eine Haube hast du wohl nicht in der Wäschetruhe, wie? Nein, so kleidet sich keine anständige Rheinauerin. Pfui!«

»Es handelt sich um Farben, wie sie in der Natur vorkommen, gute Frau. In Früchten wie Brombeeren oder Holunder und in der Farbe von saftigen Sommerweiden. Wenn ich die Wahl hätte, so würde ich lieber die Wirtin malen als Euch«, hörte Giorgioli jemanden sagen und stellte im selben Moment erschrocken fest, dass es seine eigene Stimme war.

»Auch noch verteidigen wollt Ihr sie, hä? Diese Frau ist eine Hexe, sage ich Euch. Warum ist sie nicht da geblieben, wo sie herkommt? Im Elsass, weit weg von hier. Ihr armer Mann würde sich im Grabe rumdrehen, wenn er sehen täte, was sie aus seinem Wirtshaus gemacht hat. Einen Sündenpfuhl! Außerdem darf eine Frau überhaupt keine Gastwirtschaft führen. Ich werde dich anzeigen, du Giftschlange! Dann kommst du ins Gefängnis!«

»Nun ist es genug, Maria! Du weißt ganz genau, dass Johanna die *Linde* im Auftrag ihres Schwagers führt und alles seine Ordnung hat. Wenn du nicht willst, dass dein Mann ins Gasthaus geht, dann musst du ihn eben zu Hause anbinden. Und jetzt lass uns in Ruhe weitertrinken!« Der glatzköpfige Kartenspieler erhob sich und schob die beiden Alten unerbittlich vor sich her bis zur Tür. Der Zahnlose drehte sich noch einmal um, verbeugte sich und warf Johanna eine Kusshand zu.

Als Giorgioli kurze Zeit später in seiner Kammer saß, zeichnete er aus dem Gedächtnis einige Porträts von den Wirtshausgästen und notierte sich dazu, was die Betreffenden über ihren Verdruss mit den Ordensbrüdern erzählt hatten. Während sein Kreidestift über das Papier kratzte, kam ihm der Gedanke, dass womöglich einer der Mönche von einem geprellten Rheinauer bestochen worden war, an dem Abt Rache zu üben. Dabei war es dann zu der verhängnisvollen Verwechslung gekommen, die Pater Basilius das Leben gekostet hatte.

Allerdings – waren solch edelmütige Menschen wie Mönche überhaupt bestechlich? War es nicht ebenso gut vorstellbar, dass der Sakristan aus Versehen etwas Giftiges gegessen oder getrunken hatte? Je mehr Giorgioli über den Fall nachdachte, desto mehr Schwierigkeiten taten sich auf. Aber er hatte noch etliche Tage Zeit. Vielleicht sollte er sich erst einmal ausschlafen und alles Weitere am nächsten Tag bedenken. Gähnend legte Giorgioli den Stift aus der Hand, löschte die Öllampe und ging zu Bett.

Nach dem Mittagsmahl schlenderte Francesco Antonio Giorgioli in den Spitzgarten, der sich zwischen dem Konventgebäude und der Magdalenenkapelle befand. Die Sonne brannte heiß auf die Klosterinsel herab. Ein Besuch beim Gärtner kam ihm zu diesem Zeitpunkt höchst gelegen. Er wollte den Mönch in ein Gespräch verwickeln und ihm womöglich einige Äußerungen über Gifte entlocken. Bruder Gabriel Weininger, ein rundlicher kleiner Mann mit wallendem rotem Bart, der ihm bis zur Brust reichte, lag auf den Knien vor einem Salatbeet und zupfte Unkraut. Als er Schritte hinter sich hörte, wandte er sich um und blinzelte Giorgioli unter seinem großen runden Strohhut entgegen.

»Der Herr sei mit Euch, Meister Giorgioli. Wenn Ihr Euch ausruhen und ein Nickerchen machen möchtet, nehmt auf der Bank unter dem Kirschbaum Platz. Es geht doch nichts über eine kurze Kontemplation in Gottes freier Natur, noch dazu bei diesem herrlichen Sommerwetter. Umso leichter fällt einem hinterher die Arbeit.«

»Danke, Bruder Gabriel, aber ich brauche keine Pause. Ich erhole mich am besten beim Malen. Die Lindenwirtin schickt mich zu Euch. Sie bat mich, ihr einige Kräuter aus Eurem Garten mitzubringen.«

»Ja, ich habe bereits alles vorbereitet. Eine bemerkenswerte Frau, diese Johanna Binder … Ich freue mich immer, wenn ich sie in der Stadt treffe und wir miteinander fachsimpeln. Sie weiß viel über Kräuter. Ich glaube, sie hat früher in einer Klosterschule Botanikunterricht gehabt. Irgendwo im Elsass. Ihre Tante ist dort Äbtissin. Wartet, ich hole Euch den Korb.« Der Gärtner wollte aufstehen, doch ein plötzlicher Schmerz zwang ihn, in der Hocke zu verharren. Er stützte die Hände in die Hüften und erhob sich ächzend. »Ach, es ist schon ein Kreuz mit dem Kreuz.«

»Mir geht es wie Euch. Manchmal fühle ich hier ein Stechen … oder hier …« Giorgioli wies mit dem Finger zuerst auf seine Lendenwirbel, dann auf den Nacken. »… und ich weiß nicht, wie ich gehen, stehen oder sitzen soll. Früher habe ich nie etwas gespürt, doch in letzter Zeit …«

Bruder Gabriel wischte sich die erdverschmierten Hände an seiner Schürze ab und seufzte mit einem leisen Lächeln. »Wir kommen beide in die Jahre, Meister Giorgioli. Ihr arbeitet den ganzen Tag über Kopf, manchmal wohl auch in der Hocke, und ich kauere stundenlang auf den Knien, beuge meinen Rücken. Mittlerweile wollen die Knochen nicht mehr so wie früher.«

»Diese Salatköpfe haben wirklich eine außergewöhnliche Form, werter Bruder. Sie sehen aus wie gefüllte Rosen oder

Päonien. Wenn Ihr gestattet, würde ich gern ein paar Skizzen anfertigen.« Giorgioli zückte Stift und Heft und begann zu zeichnen. Bruder Gabriel schaute ihm lächelnd über die Schulter.

»Die Schönheit und Vielgestaltigkeit der Natur sind das Werk Gottes. Schaut Euch diese Rose an, Meister Giorgioli, eine *centifolia majalis*. Sie ist seit dem siebzehnten Jahrhundert bekannt. Die Blütenblätter gleichen Purpur, und ihr Inneres erinnert an Safranfäden. Ist sie nicht wunderschön? Eine remontierende Sorte übrigens, sie blüht in diesem Jahr schon zum zweiten Mal. Ich habe Lavendel danebengepflanzt, denn sein Geruch hält die Blattläuse fern.«

»Ähnlich wie in der Malerei spielen Farben auch in der Natur eine besondere Rolle. Sie machen den Charakter eines Gartens aus. Das Rot der Blüten zum Beispiel symbolisiert das Blut Christi bei der Kreuzigung und die Liebe der Gottesmutter zu ihrem Sohn …«

»O ja, die Natur weiß in vielfältiger Weise Maria zu preisen. Sie ist die Schutzheilige unserer Klosterkirche. Der blau blühende Rosmarin hat dieselbe Farbe wie der Mantel der Gottesmutter und steht für Treue und Beständigkeit. Seht Ihr die Gänseblümchen zu Euren Füßen? Ihre strahlend weißen Blüten symbolisieren die Reinheit und Unschuld derjenigen, die als Jungfrau ihren Sohn gebar. Die Blütenblätter schließen sich am Abend und bei Regen, um das Innere zu schützen. So wie eine Mutter ihr Kind schützt. Deswegen nennen wir sie auch Marienblümchen.«

»Maler und Gärtner können scheinbar noch viel voneinander lernen …« Giorgioli ging um das Beet herum, stellte sich auf den breiten Mittelweg, um den weitere Rabatten wie ein Schachbrett lagen, und drehte sich langsam einmal im Kreis herum. »Mir scheint, Ihr habt den Garten nach einem strengen Regelkanon angelegt, Bruder Gabriel. Fast wie bei einem Kirchengrundriss.«

»Genauso ist es. Der Hortus ist ein Ort, der Arbeit und Andacht miteinander verbindet. Dort hinten im Obstgarten, an der östlichen Klostermauer, wachsen Apfelbäume. Sie symbolisieren das Werden und Vergehen auf Erden sowie die Hoffnung auf das irdische Paradies. Deswegen steht auch im Kreuzgang des Mönchsfriedhofes ein Apfelbaum. Im Gemüsegarten drüben auf dem Festland überwiegt die Arbeit des Gärtners. Dort gedeihen Pflanzen, die für die Küche bestimmt sind. Und in dem Beet neben den Rosen findet Ihr Pflanzen, die sowohl Würz- als auch Heilkraft haben.«

Giorgioli zückte ein Taschentuch und wischte sich den Schweiß von der Stirn. Kein Windhauch war zu spüren, nur sengende Hitze. Vom Ufer her erklang das Zirpen von Grillen. Am liebsten wäre er wieder in das kühle Kircheninnere gegangen, doch er durfte den Gesprächsfaden noch nicht abreißen lassen. »Wenn es Eure Zeit erlaubt, so würde ich gern aus Eurem fachkundigen Mund etwas über die Wirksamkeit dieser Gewächse erfahren.«

Bruder Gabriel lächelte geschmeichelt und nahm seinen Hut ab, um sich frische Luft zuzufächeln. Dann führte er Giorgioli zu einem Beet, das von einem Flechtzaun umgeben war. Auf drei Schichten Erde, die sich nach oben verjüngten, wuchsen die verschiedensten Pflanzen. Einige von ihnen unterschieden sich in Giorgiolis Augen kaum von dem Unkraut, das der Mönch aus dem Salatbeet entfernt hatte.

»Hier arbeite ich am liebsten«, bekannte Bruder Gabriel. »Ein Hochbeet zu errichten bedeutet zwar viel Arbeit, aber die Anstrengung wird belohnt. Die Sonne erwärmt die Erde und die zarten Wurzeln nicht nur von oben, sondern auch von der Seite. Deswegen wachsen bei uns Kräuter, die sonst nur südlich der Alpen zu finden sind.«

»Ihr müsst viele Jahre darauf verwendet haben, so viel Wissen zu erwerben.«

»So wie auch Ihr, um das Malerhandwerk zu erlernen… Doch Arbeit ist nicht nur Last. Arbeit schafft den Lebensunterhalt, verhindert Müßiggang und ist ein Mittel gegen Laster, wie uns der heilige Benedikt in seinen Schriften lehrt. Die Natur schenkt uns Nahrung und ist gleichzeitig eine Lehrerin. Sie verrät uns große und kleine Geheimnisse. Wir Menschen haben die Aufgabe, die Welt zu erforschen und Gottes Lob zu singen.«

Während Giorgioli mit dem Zeichnen innehielt und eine kugelförmige violette Schnittlauchblüte betrachtete, zuckte er plötzlich zusammen. Dann bemerkte er eine weißliche Schwellung am Daumen. Gerade wollte er sich die schmerzende Stelle mit der anderen Hand kratzen, als Bruder Gabriel ihn zurückhielt. Der Mönch zupfte rasch ein langes, schmales Blatt von einer Pflanze ab und zerrieb es zwischen Daumen und Zeigefinger. »Das ist nur ein Wespenstich. Hier, nehmt dieses Blatt vom Spitzwegerich und presst es auf die Einstichstelle. Ihr werdet bald Erleichterung verspüren.«

Giorgioli tat wie empfohlen und musste unvermutet lächeln. »Mir fällt gerade ein… Wenn ich als kleiner Junge hingefallen war und mir die Knie aufgeschlagen hatte, legte mir meine Großmutter gestampfte Weißkohlblätter auf die Wunde. Wenn sie mich dann in den Arm nahm und mir etwas vorsang, vergaß ich meine Schmerzen fast schon wieder.«

Bruder Gabriel nickte eifrig. »Eine kluge Frau, Eure Großmutter. Bestimmt kannte sie noch weitere Wirkungsweisen dieses Gemüses. Ungekochter Kohl hilft gegen trübe Augen und ist nützlich für die Verdauung. Bei Fieber isst man Kohl, der zusammen mit Schmalz und Rosenöl gekocht wurde. Und bei geschwollener Milz soll man Kohl verzehren, dem ein Spritzer Essig zugesetzt wurde. So gibt es unzählige Pflanzen, die unserer Gesundheit dienen: Kamille gegen Magendrücken und Ohrenschmerzen; Zwiebelsaft gegen Husten; Lauch, in Honig eingestampft und aufgelegt, heilt Geschwüre. Und wer mit Salbeitee gurgelt, lindert Bronchitis und Asthma ...«

»Demnach müssten die Menschen in den Klöstern besonders gesund leben, weil sie von all diesen Heilmitteln reichlich zur Verfügung haben«, meinte Giorgioli und löste vorsichtig das Spitzwegerichblatt. Der Juckreiz hatte nachgelassen, die Schwellung war nahezu verschwunden.

»*Ob ein Stoff heilend oder giftig wirkt, hängt von der Dosis ab*, wusste schon Paracelsus, ein Arzt und Zeitgenosse Martin Luthers. Nehmt nur einmal den Roten Fingerhut, der im Wald auf Lichtungen wächst. Der Pflanzensud hilft bei Herzproblemen. Aber nur ein Tröpfchen zu viel, und der Kranke überlebt den Heilungsversuch nicht.«

»Wie furchtbar«, antwortete Giorgioli und verspürte eine eigenartige Unruhe in seinem Inneren. Die nächsten Worte wählte er langsam und bedächtig. »Somit wäre es also möglich, dass jemand, der die gegenteilige Wirkungsweise dieser Pflanzen nicht kennt, diese einem anderen in bester Absicht verabreicht ... und damit ein Unglück heraufbeschwört.«

»So etwas mag durchaus vorkommen, wenn ein Kranker sich allzu leichtfertig in die Hände eines selbst ernannten Wunderheilers begibt und nicht weiß, dass er es mit einem Quacksalber zu tun hat. Aber ein so erfahrener Infirmarius wie beispielsweise unser Mitbruder Rupertus kennt die Dosierung sehr genau. Da er um die Gefährlichkeit dieser Arzneien weiß, hält er alle Gifte unter Verschluss. In einem Spezialschrank in seinem Dienstzimmer. Nur er, der Abt und ich haben hierfür einen Schlüssel.«

»Ist eine derartige Vorsichtsmaßnahme denn überhaupt nötig?« Giorgioli merkte, wie sein Herz schneller schlug, und bemühte sich um einen harmlosen Tonfall. »Denn es scheint mir doch ausgeschlossen, dass einer der Ordensbrüder jemals eins dieser Gifte missbrauchen und gegen einen anderen Menschen verwenden würde. Wo sonst findet man so viel Aufrichtigkeit und Frömmigkeit wie in einem Kloster?«

Bruder Gabriel kratzte sich am Kopf und setzte seinen Hut wieder auf. Er schien unschlüssig, ob er Giorgioli etwas entgegnen sollte. Schließlich räusperte er sich und suchte vorsichtig nach Worten. »Nun denn, was Ihr sagt, ist ... natürlich richtig, und dennoch ... auch bei Mönchen kommt es gelegentlich vor, dass der eine dem anderen die Stellung neidet. Oder jemand fühlt sich zurückgesetzt, weil er glaubt, der Abt begünstige einen anderen Bruder ungerechtfertigterweise. So etwas kann der Beginn von Intrigen sein, von gegenseitigen Demütigungen und Täuschungen. Dann verschwinden plötzlich Sandalen, und der Bestohlene muss zur Strafe eine Woche Küchendienst leisten, weil er nicht besser auf seine Kleidung aufgepasst hat. Oder die frisch verfassten Seiten einer wissenschaftlichen Abhandlung bestehen nur noch aus einem Häufchen Papierschnipsel – oder sie verschwinden gänzlich ...«

Einer plötzlichen Eingebung folgend, richtete Giorgioli seine Aufmerksamkeit auf den Gärtner und begann ihn zu zeichnen. Auf diese Weise hoffte er, ihn zum Weiterreden zu veranlassen. Bruder Gabriel rückte den Hut gerade und stellte sich seitlich in Positur, streckte das Kinn und den kugeligen Bauch vor.

»Ist es recht so? ... Wo war ich stehen geblieben? Wir Mönche haben uns dazu verpflichtet, ein Leben in Brüderlichkeit und Nächstenliebe zu führen, jedoch ...« Der Gärtner warf einen Blick auf die Kirchturmuhr und unterbrach sich hastig. »O weh! Gleich drei Uhr ... ich muss mich beeilen, damit ich nicht zu spät zum Nachmittagsgebet komme. Die Non hält heute Pater Agatho, unser frömmster und eifrigster Mitbruder. Er lässt jeden Regelverstoß streng ahnden. Schnell, Meister Giorgioli, Ihr müsst noch die Bestellung für Eure Wirtin mitnehmen!«

Nachdenklich folgte Giorgioli dem Bruder zum Gartenhaus. War demnach das Leben hinter Klostermauern nicht anders und nicht besser als außerhalb? Oder war Bruder Gabriel ein Zweifler und Schwarzseher, einer, dem der Blick für das Edle und Erhabene abhandengekommen war? Dem widersprach allerdings, dass der Gärtner sich sehr wohl an den Schönheiten der Natur zu erfreuen wusste…

Bruder Gabriel reichte Giorgioli einen geflochtenen Einkaufskorb, der das Aroma getrockneter Kräuter verströmte.

»Richtet Eurer Wirtin meinen besten Gruß aus. Ich habe heute Morgen Äpfel geerntet und ihr den größten und schönsten als Geschenk dazugelegt.«

Francesco Antonio Giorgioli schritt über den schmalen Pfad hinauf in die Oberstadt. Vor einem Haus mit verwitterten gelben Schlagläden saß ein alter Mann auf einer Bank und rauchte Pfeife. Seitdem Giorgioli ihn einmal in dieser Haltung skizziert hatte, schwenkte der Alte jedes Mal den Hut, wenn der Maler an seiner Tür vorbeikam. An diesem Tag war Giorgioli so sehr in seine Gedanken versunken, dass er den stummen Gruß nicht bemerkte.

Kurz vor der Bergkirche blieb er stehen, blickte über die Weinberge zu seinen Füßen hinweg zur Insel hinüber. Welche Rätsel verbargen sich hinter den weiß getünchten Mauern der Abtei? Bruder Gabriel hatte von drei Mönchen gesprochen, die einen Schlüssel zum Arzneischrank besaßen. Der Abt, der Gärtner selbst und der Infirmarius. Der Abt schied von vornherein als Mörder aus. Sonst hätte er Giorgioli gegenüber niemals vom gewaltsamen Tod des

Sakristans gesprochen und ihn auch nicht mit der Aufklärung des Falles beauftragt ... Und der Gärtner hätte wohl kaum so offen über den Aufbewahrungsort von Giften gesprochen, wenn er seinen Mitbruder Basilius umgebracht hätte ... Blieb noch Pater Rupertus, dem die Krankenabteilung unterstand. Für ihn wäre es ein Leichtes gewesen, Basilius einen vergifteten Trank zu verabreichen. Giorgioli atmete auf: Er konnte einen ersten Erfolg bei seinen Ermittlungen verzeichnen. Denn es gab zwei Unschuldsbeweise – und einen verdächtigen Mönch. Mit dem heutigen Tag war er der Lösung des Falles schon einen bedeutenden Schritt nähergekommen.

Ein Roter Milan zog seine Bahn über dem Weinberg, flog hinab ins Tal und wieder hinauf, bis er lautlos und zum Greifen nahe an ihm vorbeischwebte. Giorgioli bewunderte das seidig schimmernde Gefieder, sah, wie der Vogel seine Schwanzfedern aufstellte und in einem weiten Linksbogen weitersegelte. Dann schoss der Greifvogel pfeilschnell nach unten, landete zielsicher zwischen den Rebstöcken, um sich wieder hinaufzuschwingen und seinen majestätischen Flug fortzusetzen.

»Ich danke Euch für die Mühe, Meister Giorgioli. Jetzt habe ich wieder Nachschub für meine Kräutertees. Wie hat Euch der Trank heute Morgen geschmeckt? Ich habe dazu Fenchel, Anis, Kamille, Pfefferminze und Zitronenmelisse verwendet. Diese Mischung hat eine anregende und belebende Wirkung.«

»Ich ... ich habe nicht darauf geachtet, Signora Binder. Bruder Gabriel hat mir viel über Kräuter und ihre Symbolik erzählt. Demnächst werde ich beim Teetrinken aufmerksamer sein.«

Johanna lachte leise, als sie den Apfel im Korb entdeckte, rieb ihn am Ärmel ab und biss hinein.

»Somit habe ich meine Pflicht als Bote erfüllt und kann mich nun meinen Vorzeichnungen widmen«, befand Giorgioli und schickte sich an, die Treppe zu seiner Kammer hinaufzusteigen. Als er seinen Fuß auf die erste Stufe gesetzt hatte, hielt er inne und griff sich mit der Hand in den Nacken.

»Eure Muskeln sind vom vielen Arbeiten ganz und gar verspannt. Dagegen müsst Ihr etwas unternehmen.«

»Meint Ihr, wenn ich einen von Euren Tees trinke, verschwinden meine Nackenschmerzen?«

»Nein, ich weiß etwas Besseres. Geht schon einmal hinauf in Eure Stube.«

Johanna verschwand in der Küche und kehrte gleich darauf mit einem Küchentuch zurück. »Was ist denn? Ihr steht ja immer noch hier herum. Kommt mit!«

Ohne dass Giorgioli recht wusste, wie ihm geschah, befand er sich plötzlich in seiner Kammer und lag rücklings auf den Holzdielen. Sein Kopf ruhte bequem auf dem Küchentuch. Johanna kniete hinter ihm, hielt die Enden des Tuches fest und zog diese langsam von links nach rechts.

»Schließt die Augen und gebt Euch ganz der Bewegung hin. Atmet ruhig und denkt an nichts.«

Ganz sachte schaukelte Johanna seinen Kopf hin und her. Giorgioli roch den Duft von Zitronenmelisse, der aus ihren Kleidern aufstieg, sah sich selbst wie der Milan durch die Lüfte schweben über die Weinberge und die Klosterinsel hinweg bis zu dem Wäldchen am jenseitigen Rheinufer, fühlte sich schwerelos und frei.

»Hat der Bruder Gärtner mit Euch auch über Äpfel und ihre Bedeutung gesprochen?«, drang wie aus der Ferne Johannas Stimme an sein Ohr. Noch halb benommen stand er auf und setzte sich auf seinen Stuhl, sah zu ihr hinüber, wie sie im Türrahmen stand. Sie trug einen purpurfarbenen Rock und ein safranfarbenes Mieder. Es waren die Farben der Rose, die Bruder Gabriel ihm am Mittag gezeigt hatte.

»Der Apfel steht für die Liebe und die weibliche Schönheit. Will ein Mann eine Frau gewinnen, so schenkt er ihr einen Apfel. Nimmt die Frau den Apfel an, kann er auf ihre Zuneigung hoffen«, erklärte sie mit ernster Miene.

Giorgioli starrte die Wirtin verständnislos an, vernahm den Klang ihres warmen, unbekümmerten Lachens.

»Sagt, Meister Giorgioli, wollte mir mit diesem Geschenk Bruder Gabriel etwas anvertrauen – oder der Überbringer der Frucht?«

Der Maler zuckte hilflos mit den Schultern und antwortete mit Schweigen. Als Johanna gegangen war, riss er das Fenster weit auf und atmete die milde frühabendliche Luft ein. Ihm war heiß geworden. Er zog Hemd und Wams aus, tauchte das Tuch, das die Wirtin zurückgelassen hatte, in die Waschschüssel und rieb sich Gesicht, Arme und Oberkörper damit ab. Dann stellte er sich vor das offene Fenster und wartete, bis die sanft vorüberstreichende Luft seine Haut getrocknet hatte.

An Francesco Antonio Giorgioli,
Maler aus Meride, derzeitig in
Rheinau bei Zürich wohnhaft

Mein lieber Mann, ich hoffe, diese Zeilen werden Dich vor Deiner Abreise erreichen. Man weiß nie, wieviele Wochen ein Brief unterwegs ist. Heute Morgen bin ich zu Deinem Bruder Frederico gegangen. Er schreibt an meiner Stelle diese Worte auf, wie wir beide es vereinbart haben.

Die Familie hat lange auf eine Nachricht von Dir warten müssen. Doch eigentlich ist es nicht recht, dass ich dies erwähne. Bestimmt musst Du immer nur malen und bist am Abend müde und hast keine Zeit, uns von Dir zu berichten. Ich danke unserem Herrgott, dass er mir einen so fleißigen und aufrichtigen Mann an die Seite gestellt hat, der nie an sich, sondern immer nur an seine Schutzbefohlenen denkt und deswegen so lange Zeit im Jahr unterwegs ist. Vor sechs Wochen hattest Du uns eine Summe Geld geschickt. Es war wohl die Anzahlung für Deine Al-fresco-*Bilder bei den frommen Benediktinermönchen in Rheinau. Natürlich werde ich sorgfältig mit jedem Gulden umgehen und keinen einzigen davon verschwenden. Daran hättest Du mich nicht erinnern müssen, weil ich doch weiß, wie hart Du dafür gearbeitet hast. Und ich habe auch alle Rechnungen aufbewahrt, damit Du sie nach Deiner Rückkehr prüfen kannst. Ich habe getan, wie Du mir aufgetragen hast, und einen Teil des Geldes als Sparpfennig bei dem Advokaten Alfonso Oldelli hinterlegt.*

Nunmehr sollst Du erfahren, was sich seit Deiner Abreise ereignet hat. Maria, unsere hübsche kleine Tochter, wird Dir immer ähnlicher. Du müsstest sie sehen, wie sie mit den Großen auf dem Hof herumtollt und von den Stufen vor dem Haus springt und die Hühner aufscheucht und wie sie dabei jauchzt. Roberta fragt oft nach Giovan Pietro. Sie vermisst ihren großen Bruder und hat für ihn einen Baum gemalt, den ich Dir in den Umschlag lege. Auch Silvio macht große Fortschritte. Er ist sehr fleißig in der Schule und der Beste in der Klasse. Aber der Junge hat oft einen schlimmen Husten und sieht so bleich aus und mag auch nur wenig essen. Ich war mit ihm bei der Kräuterfrau, und die hat ihm etwas gemischt und auch Rinde dazugegeben, und von allem musste ich ihm jeden Tag fünf Tassen Aufguss kochen. Aber weil es nicht besser geworden ist mit dem Husten, bin ich mit ihm nach Rica San Vitale zu einem Bader gegangen, und der hat gesagt, der Junge soll keine Zwiebeln essen und auch nichts Scharfes, und hat ihm eine Salbe gemacht für die Brust. Aber Du brauchst Dir keine Gedanken machen wegen der Kosten. Ich erledige jetzt Näharbeiten für ein paar Leute hier im Dorf, die sind alt und können nicht mehr gut sehen, und so verdiene ich ein wenig dazu und muss von niemandem etwas leihen zwischen zwei Sendungen Geld von Dir.

Am Freitag haben sie Lorenzo beerdigt, den alten Schafhirten. Er war eines Morgens einfach nicht mehr aufgestanden. Das dritte Kind der Manzonis ist auch gestorben, der kleine Arnolfo war nur einen Monat alt. Wir beide wissen, wie schrecklich es ist, wenn man ein Kind zu Grabe trägt. Dreimal haben wir es erlebt. Hier im Dorf haben wir einen neuen Bürgermeister, Du kennst ihn, es ist der Schuster Giovanni Piombo. Im letzten Monat hat der Blitz eingeschlagen in die Scheune der Albertis. Wir alle haben beim Löschen geholfen, aber sie ist trotzdem abgebrannt. Giulia Lippi hat geheiratet, sie ist nach Monza gezogen. Der jüngste Sohn der Morantes ist zu einem Jahr Gefängnis verurteilt worden, weil er mit betrunkenem Kopf dem Schneider Paolo im Streit einen Arm gebrochen hat, weswegen der Schneider mehrere Wochen lang nicht arbeiten konnte. Wir hatten in diesem Sommer warmes Wetter, keinen Hagel und auch keine Pflanzenkrankheiten. Es wird eine gute Weinernte werden, und das Getreide steht auch gut.

Ich schließe Dich jeden Abend in mein Nachtgebet ein und auch Deinen Sohn Giovan Pietro. Sei nicht allzu streng mit dem Jungen. Er hat ein sanftes Gemüt und braucht eine weiche Hand. Eines Tages wird er ein großer Maler sein, so wie sein berühmter Vater, auf den wir alle stolz sind und von dem wir in der Familie oft erzählen und im Dorf auch. Eine letzte Nachricht habe ich noch an Dich, die ich mir bis zum Schluss aufgehoben habe. So Gott will, werden wir zu Weihnachten ein gesundes, kräftiges Kind in den Armen halten. Und jetzt sei von uns allen gegrüßt und umarmt. Du sollst wissen, dass wir mit jedem Tag Eure Heimkehr mehr herbeisehnen.

Aufgeschrieben nach den Worten der Jacoba Vassalli, Frau des Francesco Antonio Giorgioli, von Frederico Giorgioli, Weinbauer, am 21. Juli 1709 in Meride, Tessin

ZWEITES BUCH

Francesco Antonio Giorgioli wanderte durch das Kirchenschiff, blieb für einen Moment stehen und blickte zur Decke hinauf. Dort, unter dem Kirchendach, erstrahlte sein Werk, die Arbeit von zwei Sommern, und sie war nahezu vollendet. Auf einer Fläche von beinahe dreitausend Quadratfuß hatte er mehr als hundert Figuren geschaffen, allein sechzig im Vierungsfresko über dem Mönchschor. Landschaft und Umgebung spielten nur eine Nebenrolle, der Mensch stand im Mittelpunkt des Geschehens. Als Einzelfigur oder als Gruppe, in möglichst abwechslungsreichen Stellungen und Gebärden. Heilige, Gläubige, Häretiker, Skeptiker, Irrende, Suchende.

Er hatte zunächst an einen Schlagschatten des Fensterkreuzes geglaubt, entstanden durch das Sonnenlicht, das von hoch oben durch die Kuppel hereinfiel. Giorgioli ging ein paar Schritte vor und wieder zurück, trat zur Seite, doch der eigenartige Fleck in der Dornenkrönungsszene wollte nicht weichen.

Ahnungsvoll stürmte er die Treppe zur Empore hinauf, nahm zwei Stufen auf einmal. Er stellte sich unmittelbar unter das fünfte Joch, legte den Kopf weit in den Nacken und musste sich eingestehen, dass es keine Täuschung gewesen war. Am unteren Bildrand, in der Mitte, direkt unterhalb der Füße des Gottessohnes, war eine feuchte Stelle im Putz. Der Untergrund wölbte sich in handtellergroßen Blasen – ein untrügliches Zeichen für Schimmel! Er stellte die Kiste mit den Malutensilien ab und hastete eilends hinunter, durch die Sakristei in den Kreuzgarten, wo sein Sohn Giovan Pietro mit einer Sonnenuhr an der Fassade des Konventgebäudes beschäftigt war.

»Du kommst auf der Stelle mit mir! Ich verlange eine Erklärung!«, rief Giorgioli in einer Lautstärke, bei der einige Mönche, die sich in reger, aber dennoch gedämpfter Diskussion über die leibhaftige Aufnahme Marias in den Himmel befanden, heftig zusammenzuckten.

Zaghaft kletterte Giovan Pietro die Leiter herunter. »Was ist geschehen, Vater, so sag doch etwas!«

Doch anstelle einer Antwort packte Giorgioli seinen Sohn am Ärmel und zog ihn hinter sich her, zerrte ihn quer durch die Sakristei und durch die ganze Länge des Kirchenschiffes bis auf die Empore hinauf. Die Stuckateursgesellen hielten in ihrer Arbeit inne und sahen den beiden kopfschüttelnd hinterher. Einer der Männer zuckte mit den Schultern und tippte sich an die Stirn.

»Kannst du mir sagen, was das ist?« Drohend stieß Giorgioli den Zeigefinger in die Luft und deutete auf die Szene der Dornenkrönung.

Giovan Pietro wurde bleich. »Schimmel ... aber wie ist das möglich? Das Wetter in den letzten Wochen war warm, es hat nur wenig geregnet, der Putz hatte genügend Zeit auszutrocknen ...«

»Habe ich etwa gesagt, dass es am Putz liegt? Diese Partie hast du gemalt. Und wenn sich genau dort Blasen bilden, dann deshalb, weil du die Farben falsch angemischt hast.«

»Aber Vater, bestimmt nicht! Ich habe braune Erde und Zinnober genommen, wie du mir aufgetragen hattest. Und nur wenig Umbra für die Konturen. Die Mischungen waren genau richtig, auf keinen Fall zu feucht.«

»Offensichtlich doch, oder willst du etwa behaupten, dass ich für den Schimmel verantwortlich bin?« Giorgioli setzte sich auf den Boden, zog die Beine an und ließ den Kopf auf die Knie sinken. Er seufzte und stöhnte leise auf. »Womit habe ich das nur verdient? Mein Sohn, den ich selbst mit unendlicher Geduld und Mühe unterrichtet habe, hat nach jahrelanger Lehrzeit immer noch nicht begriffen, wie Wasserfarben gemischt und auf einen Malgrund aufgetragen werden.«

»Und ob ich Bescheid weiß! Du hast es bei der Kreuzigung doch selbst gesehen. Zumindest hattest du daran nichts auszusetzen.« Giovan Pietro lehnte sich gegen die Brüstung und starrte seinen Vater voller Verzweiflung an. Seine Stimme klang brüchig und rau. »Vater, bitte, ich bin mir keiner Schuld bewusst ...«

»Das glaube ich dir aufs Wort. Du merkst nicht einmal, wenn du etwas falsch machst. Da siehst du, welch ein Hohlkopf du bist ... Aber es ist meine Schuld. Ich war zu nachsichtig mit dir, hätte härter durchgreifen müssen ...«

»Warum muss immer ich als Sündenbock herhalten? Nichts kann ich dir recht machen, gar nichts ... Sogar die Farben, die ich reibe, sind dir einmal zu grob, dann wieder zu fein. Du behandelst mich wie einen Gesellen im ersten Lehrjahr.« Giovan Pietro schniefte und wischte sich die Nase am Ärmel ab. »Und wie soll ich irgendwann vor der Gilde meine Meisterprüfung bestehen, wenn ich bis dahin keine einzige größere Szene selbstständig geplant, geschweige denn gemalt habe? Sondern nur so lächerliche Kleinigkeiten wie eine Sonnenuhr oder ein Kreuz auf einer Kirchenfassade ... und ein paar Gewänder in deinen Fresken.«

»Kleinigkeiten? Lächerlich? Ich erwarte mehr Achtung vor der Erhabenheit derartiger Motive! Geh, Giovan Pietro, geh! Ich will dich heute nicht mehr sehen. Du machst es deinem Vater wirklich nicht leicht…«

Giorgioli trat ein Stück zurück, lehnte den Rücken gegen die steinerne Balustrade und schloss die Augen. Das Ausbessern der Dornenkrönungsszene würde ihn mindestens einen Tag zusätzlich kosten, bei der Himmelfahrt fehlten ihm noch zwei Drittel, und das alles musste er innerhalb von weniger als drei Wochen bewältigen… Ganz abgesehen davon, dass er nur einen unbewiesenen Verdacht, aber noch keinen konkreten Plan hatte, wie er den Mörder des Sakristans ausfindig machen sollte…

»Sei gegrüßt, o Meister des Pinsels und der formvollendeten Linie! Täusche ich mich, oder eilte dein Sohn soeben tränenfeuchten Auges an mir vorüber? Hat der Junge etwa Liebeskummer?«

Giorgioli musste nicht erst die Augen öffnen, um zu wissen, dass Franz Schmuzer gekommen war. Wortlos und ohne seine Haltung zu verändern, wies er mit vorwurfsvoller Geste zur Decke.

»Mich deucht, du möchtest mir etwas mitteilen, mein Freund. Stumm zwar und mit gesenkten Lidern… Der Herr steh mir bei – Schimmel! Tss, jetzt verstehe ich, warum du da unten so sauertöpfisch herumhockst… So etwas hätte nicht passieren dürfen. Nicht mir. Das heißt… ja, jetzt erinnere ich mich… die *Giornata* habe nicht ich angeworfen, sondern mein erster Geselle. Ich musste an diesem Morgen eine Lieferung Gips entgegennehmen… Aber ich will mich nicht herausreden, denn die Verantwortung trage ich. Und so kann ich nur sagen: Es tut mir leid.«

Giorgioli saß weiterhin unbeweglich da, als wären die Worte Schmuzers gar nicht bis zu ihm vorgedrungen.

»Möchtest du noch länger in der Pose eines großen Denkers auf dem Bodenbrettern verweilen, oder nimmst du meine Entschuldigung an?«

»Was sagst du da?« Giorgioli rappelte sich auf und klopfte sich den Staub aus dem Malerkittel. Vom Mönchschor herüber ertönte ein durchdringendes Pfeifen, das sogar die Ohren eines unmusikalischen Menschen beleidigte.

»Wenn du mir für einen winzigen Augenblick deine geschätzte Aufmerksamkeit schenken würdest … Also, um es kurz zu machen: Der Malgrund ist falsch angemischt worden, deswegen hat sich Schimmel gebildet. Das nehme ich auf meine Kappe. Ich schlage Folgendes vor: Meine Gesellen werden dir in Windeseile ein neues Podest bauen, du schlägst den Putz ab, ich persönlich werfe ihn neu an, und zwar diesmal *lege artis* – nach den Regeln der Kunst –, und dein begabter Sohn, der ohnehin unterfordert ist und mehr Selbstbestätigung braucht, ergänzt die Fehlstelle. Du kannst dich in Ruhe um die letzte Szene kümmern und brauchst an deinem Zeitplan nicht das Geringste zu ändern. Nun, was sagst du dazu?« Der Stuckateur stand breitbeinig da, die Arme vor der Brust verschränkt, und wirkte äußerst zufrieden.

Giorgioli musste sich eingestehen, dass Giovan Pietro offenbar nichts mit der Schlappe zu tun hatte, wie er zunächst angenommen hatte. Trotzdem – der Junge brauchte nichts davon zu erfahren. Er sollte ruhig das Gefühl haben, dass sein Vater streng über seine Arbeit wachte und er sich anstrengen musste. Das würde seinen Ehrgeiz anstacheln und ihn zu größeren Leistungen antreiben.

»Wer wann was malt, entscheide immer noch ich«, brummte Giorgioli und schlurfte hinüber zum siebten Joch, zur Himmelfahrtsszene.

»Vermaledeiter Sturkopf, nun sei nicht immer so verbohrt, Francesco … Ich will dir überhaupt nicht hineinreden, was Giovan Pietro angeht. Aber schließlich hab ich auch Gesellen in seinem Alter und mach mir so meine Gedanken. Lass dem Jungen mehr Freiraum, vertrau ihm.

Nicht, dass sich das Blatt irgendwann gegen dich wendet. Sag mir, hast du dich gut mit deinem Vater verstanden? War er stolz auf dich?«

Giorgioli fiel die Kiste mit den Malutensilien aus der Hand, der Inhalt verteilte sich auf den Steinfliesen. Schmuzer beugte sich hinunter und half beim Einsammeln. Mit zusammengekniffenen Lippen beeilte Giorgioli sich, die Leiter hinaufzuklettern.

»Was ist, kommst du heute Abend mit nach Jestetten in den *Goldenen Adler?*«, rief Schmuzer zu ihm hoch. »Du bist eingeladen. Als kleine Wiedergutmachung. Ich habe da nämlich ein Mädchen kennengelernt, mit einer Figur … wie eine griechische Göttin.«

»Keine Zeit … muss noch etwas nachlesen«, presste Giorgioli zwischen den Lippen hervor und begann mit dem Anmischen der Farben für die Wolke, auf der Jesus in den Himmel aufsteigen sollte.

»Hornochse, engstirniger«, grummelte Schmuzer. Er steckte die Hände in die Hosentaschen und schlenderte leise pfeifend davon.

Zittrig führte Giorgioli den Pinsel über den Malgrund. Je mehr das Gewölk Gestalt annahm, desto ruhiger und sicherer wurde er. Ein schriller Pfeifton riss ihn aus seinen Gedanken. Es folgten weitere Töne in einer unrhythmischen, misstönenden Abfolge. Giorgioli verließ sein Podest und lief bis ans Ende der Empore. Dort beugte er sich über die Balustrade und sah unter sich den Orgelbauer Johann Christoph Albrecht, der die kleine Orgel im Mönchschor erprobte.

»He, wie lange dauert das denn noch, bis Ihr Eure Pfeifen da unten endlich gestimmt habt? Bei dieser Katzenmusik kann doch kein Mensch arbeiten!«, brüllte er hinunter.

»Regt Euch nicht auf!«, tönte es zurück, »meine Arbeit besteht aus Tönen und Eure aus Farben. Und jetzt nehmt Euren Pinsel und lasst mich in Ruhe.«

»Ich kann mich so aber nicht konzentrieren.«

»Dann hört weg oder stopft Euch die Ohren zu!«

Wutschnaubend kehrte Giorgioli auf sein Podest zurück, doch wie sehr er sich auch bemühte, es gelang ihm kein einziger zufriedenstellender Pinselstrich. Schließlich stürzte er in die Sakristei und nahm sich eine heruntergebrannte Altarkerze, erwärmte sie über einer Flamme und steckte sich das weiche Wachs in die Ohren. Alle störenden Geräusche waren verbannt, und er konnte in Ruhe sein Tagewerk beenden.

Am Abend, als Giorgioli in seinem Bett lag, holte er Michelangelos Lebenserinnerungen hervor und blätterte in dem Buch. Er erinnerte sich an eine Stelle, die er vor längerer Zeit einmal gelesen hatte. Sogar dieser bedeutende Maler hatte mit Schimmel zu kämpfen gehabt. Es war in der Sixtinischen Kapelle gewesen, bei der Darstellung der Sintflut. Das gesamte Fresko hatte er abschlagen und neu anfertigen müssen. Eine Arbeit von Monaten. Aber Michelangelo hatte nicht aufgegeben, sondern für seine Sache gekämpft – und gesiegt. Von diesem Gedanken getröstet, schlief Giorgioli ein.

Als Francesco Antonio Giorgioli sich der Umfriedung des Ökonomieareals näherte, stellte er schon von Weitem fest, dass das Tor offen stand. Er schritt an der leeren Loge des Torwächters vorbei und betrat den Klosterplatz. Vor der Scheune hatte ein Fuhrwerk haltgemacht. Zwei Männer luden Kartoffeln ab. Doch bevor die Säcke ins Innere verfrachtet werden konnten, mussten sie gewogen werden. Josef Oschwald stand neben einer großen Balkenwaage und notierte peinlich genau das Gewicht und die Anzahl der Säcke.

Die beiden Rappen, die die Hälse nach einem Büschel Heu vor ihren Hufen ausstreckten, erregten Giorgiolis Aufmerksamkeit. Es waren schöne, kräftige Tiere mit glänzendem Fell und langer Mähne. Pferde waren sein erstes Motiv gewesen, als er mit acht Jahren zu zeichnen begonnen hatte. Sein Onkel hatte einen Fuchs besessen, mit dem er im Frühjahr den Pflug über die Felder gezogen hatte. Als kleiner Junge hatte Giorgioli manchmal neben dem Onkel auf dem Kutschbock sitzen und die Zügel halten dürfen. Dann hatte er davon geträumt, in die Ferne zu reiten und fremde Länder und Städte kennenzulernen. Giorgioli zückte Skizzenbuch und Kreidestift und begann zu zeichnen.

»Von dieser Ladung könnte sich eine Familie über Monate ernähren. Möchte wissen, wo in der Bibel steht, dass Bürger derartig geschröpft werden dürfen. Und von allem bekommen diese Brüder immer nur das Beste. Stellt euch vor, es gäbe kein Kloster bei uns ... Wir könnten leben wie im Paradies«, fantasierte der jüngere der Fuhrleute.

»Und was könnte ich dann tun? Ich glaube kaum, dass einer von euch eine geeignete Beschäftigung für mich hätte. Ohne das Kloster müsste ich nämlich zusehen, wie ich meine Familie ernähre«, entgegnete Josef Oschwald und rechnete mit gekrauster Stirn und unter Zuhilfenahme der Finger die Zahlenreihen zusammen.

»Am meisten ärgert es mich, dass diese Kleriker zwar nach außen fromm tun, aber im Innern Scheinheilige sind. *Bete und arbeite*, nach dieser Regel des Heiligen Benedikt sollen die Mönche leben. Gut und schön, aber was tun sie? Sie übernehmen das Gebet – und arbeiten muss das Volk«, entgegnete sein älterer Kollege, ein hagerer kleiner Mann mit gebeugtem Rücken, und schulterte einen Kartoffelsack.

»Und selbst das Beten lassen sie sich bezahlen«, schimpfte der junge Fuhrmann und wischte sich mit dem Ärmel den Schweiß von der Stirn. »Ich lasse für meine verstorbenen

Eltern alljährlich eine Seelenmesse lesen. Und ich sage euch, ich muss dafür ein hübsches Sümmchen berappen. Was meint ihr, was da im Lauf der Zeit bei denen im Klingelbeutel zusammenkommt!«

»Mir sind die Klagen Eurer Mitbürger über das Kloster nicht neu. Manchmal denke ich allerdings, die Umstände werden schlimmer dargestellt, als sie in Wirklichkeit sind«, entgegnete Giorgioli und suchte in seiner Gürteltasche nach einem noch unverbrauchten Kreidestift. »Diese frommen Männer leben in Armut, sie selbst besitzen nichts. Von dem Geld, das sie einnehmen, tun sie Gutes für die Bevölkerung. Sie bauen neue Klöster oder verteilen Almosen an Kranke und Bettler …«

»Jetzt nimm du die Schwarzkutten auch noch in Schutz … Während unsereins froh ist, wenn er überhaupt ein Dach über dem Kopf hat, lassen die ihre Gotteshäuser in Paläste verwandeln. Nun ja, ihr erzkatholischen Römer …«

»Ich komme aus dem Tessin«, stellte Giorgioli klar.

»… ihr katholischen Tessiner, die ihr fast schon vor den Toren Roms wohnt, kennt eben nichts anderes. Aber geh einmal bei uns in eine reformierte Kirche, Maler. Da findest du keine Marmorsäulen, Prunkgemälde oder vergoldete Altäre. Gott lässt sich nämlich auch bescheidener verehren.«

»Beeilt Euch!«, mahnte der Torwächter. »Ich erwarte heute Morgen noch weitere Lieferungen. Und nachher muss ich zum Cellerar, weil der für den letzten Monat die Bücher prüfen will. Aber bei mir hat er in all den Jahren nicht die geringste Unregelmäßigkeit gefunden, das könnt ihr mir glauben.«

In diesem Augenblick preschte ein weiteres Fuhrwerk in den Hof. Als das Pferd an den beiden Rappen vorbeizog, scheute es und brach aus. Eine Hühnerschar, die zwischen den Pflastersteinen nach Essbarem gepickt hatte, brachte sich gackernd in Sicherheit. Der Kutscher zog die Zügel an und brachte mit lauten Hohorufen sein Gefährt erst kurz vor der Brücke über den Kleinen Rhein zum Stehen. In diesem Moment löste sich der Riegel der Ladeklappe, unzählige weiße und rote Kohlköpfe rollten über das Pflaster und kullerten unaufhaltsam auf die Uferböschung zu. Schreiend sprang der Gemüsebauer vom Kutschbock, und die ersten Kohlköpfe plumpsten ins Wasser. Giorgioli und die beiden Fuhrleute eilten ihm zu Hilfe, sammelten die Köpfe ein und luden sie wieder auf den Wagen.

Während Giorgioli an der Himmelfahrtsszene malte, ergänzte sein Sohn Giovan Pietro im Joch nebenan die Partien in der vom Schimmel beschädigten Dornenkrönung. Die Christusfigur war vollendet, und Giorgioli begann mit der Figurengruppe, die sich unterhalb der Wolke befand, auf der der Gottessohn mit der Geste des Segnens in den Himmel aufstieg. Die Menschen auf der Erde sollten ihm nachschauen, staunend, ungläubig, ergriffen.

Mit gerunzelter Stirn sann Giorgioli über die abschätzigen Worte der Fuhrleute nach. Konnten die Menschen im Städtchen derartig verbittert sein, dass sie zu einem Mord in der Lage waren? Falls ja, warum ausgerechnet an einem Mönch, der gern aß und trank und sich des Lebens freute? Und sich damit in nichts von den meisten weltlichen Bewohnern unterschied. Nein, die Rheinauer fanden zwar manchmal starke Worte, aber für ein derartiges Verbrechen wären sie wohl doch zu feige gewesen. Oder aber auch zu klug. Er musste seine Ermittlungen mit größerem Eifer betreiben und mehr über die Mönche herausfinden. Allen voran über Bruder Rupertus, den Infirmarius, der die Hauptverantwortung für den Schlüssel zum Giftschrank besaß. Doch bevor Giorgioli mit der Fahndung nach einem Motiv begann, hatte er sich um seine Malerei zu kümmern. Alles Weitere würde sich mit der Hilfe des Allmächtigen schon aufklären.

Mit dem Läuten zur Sext, der sechsten Stunde nach Sonnenaufgang, zogen die Klosterbrüder in den Chor ein. Giorgioli lauschte ihren getragenen, monotonen Chorälen, hörte ihre innigen Gebete. So leise wie möglich stieg er von seinem Gerüst hinunter und schlich sich die Empore entlang bis zu der Stelle, wo der Mönchschor begann. Vorsichtig beugte er sich über das Geländer und spähte in die Tiefe. Da das Gestühl noch nicht fertig war, standen alle Mönche in Reihen und mit gefalteten Händen im Chor. Vorn die Patres und Fratres, erkennbar an ihren kahl geschorenen Hinterköpfen, die wie handtellergroße Mondscheiben leuchteten, dahinter die Laienbrüder mit vollständigem Haarwuchs und Bärten.

Einer der Mönche jedoch lag ein Stück weit hinter dem Chor auf dem Boden des Kirchenschiffes, mit dem Gesicht nach unten und die Arme weit ausgebreitet, sodass sein Körper der Form eines Kreuzes glich. Giorgioli konnte nicht erkennen, um welchen Ordensbruder es sich handelte, auch wusste er nicht, was dieses eigenartige Verhalten zu bedeuten hatte. Eine Weile beobachtete er von seiner hohen Warte aus die Szenerie, ein Inbild von Andacht und Friedfertigkeit.

Als das Stundengebet beendet war, begaben sich die Mönche zum Mittagessen ins Refektorium. Giorgioli sah ihnen mit prüfenden Blicken hinterher. Gab es einen, der rascher oder langsamer ausschritt als die anderen? Wich einer seinem Mitbruder aus oder tuschelte gar verbotenerweise mit diesem? Sein besonderes Augenmerk galt jenen, die als Letzte hinausgingen. Unter ihnen Pater Rupertus, dessen gedrungene, bucklige Gestalt besonders hervorstach. Doch Giorgioli konnte nichts Ungewöhnliches feststellen.

Giovan Pietro hatte mittlerweile seine Arbeit unterbrochen, um mit den anderen Handwerkern im Speisesaal des Gästehauses zu essen. Eilig legte Giorgioli Malerkittel und Hut ab und ließ beides achtlos unter der Himmelfahrtsszene zu Boden fallen. Dann hastete er die Treppe hinunter und eilte durch das Kirchenschiff, um nicht zu spät zum Essen zu erscheinen. Dabei blieb er mit dem Ärmel an einer Leiter der Stuckateure hängen. Er hörte das Geräusch von reißendem Stoff und entdeckte ein dreieckiges großes Loch in seinem Hemd. Leise fluchend betrat er als Letzter den Speisesaal. Beim Essen kam ihm jedoch der Gedanke, dass sein zerrissenes Hemd eine günstige Gelegenheit bot, ein unverfängliches Gespräch mit den Mönchen zu führen.

Die Zeit nach der Mittagsspeisung diente den Klosterbrüdern zur Erholung. Einige zogen sich in ihre Zellen zurück und gönnten sich einen Mittagsschlaf, andere trafen sich im Kreuzgang, um miteinander über theologische Fragen zu diskutieren, oder suchten die Bibliothek auf, um zu lesen oder selbst gelehrte Abhandlungen zu verfassen. Giorgioli durchquerte den Kapitelsaal und gelangte in den Kleider- und Waschraum. Er war erstaunt, so viele Mönche an diesem Ort anzutreffen. Sie schienen in bester Stimmung, redeten laut und ungezwungen und waren mit den verschiedensten Tätigkeiten beschäftigt. Einige putzten ihre Sandalen, andere scherten sich gegenseitig die Bartstoppeln, wieder andere nahmen ein Fußbad. Es roch nach Seife und Kräutern.

»Verzeiht, ehrwürdige Väter und Brüder, wenn ich unangekündigt in dieser Runde erscheine! Mir ist ein Missgeschick passiert.« Giorgioli streckte den Arm aus, an dem ein Stofflappen herunterhing. Einige Novizen stießen sich gegenseitig mit dem Ellbogen an und kicherten.

»Euch kann geholfen werden, Meister Giorgioli«, verkündete Pater Plazidus, der Küchenmeister. Der groß gewachsene, kräftige Mönch hatte die Ärmel hochgekrempelt und war gerade im Begriff, eine Tunika auf einem Waschbrett zu schrubben. »Frater Martin ist der Geschickteste im Umgang mit Nadel und Faden. Er wird den Riss flicken. Nehmt einstweilen auf der Bank dort drüben Platz.«

Giorgioli setzte sich und musterte die gegenüberliegende, weiß getünchte Wand, an der in einer Reihe, Haken neben Haken, schwarze Kutten hingen. Sie waren auf links gedreht und zeigten im Nacken, an jenen Stellen, wo die Kapuzen ansetzten, weiße Stoffstreifen. Einer dieser Streifen trug den eingestickten Namenszug des verstorbenen Paters. Bruder Gabriel, der frisch gewaschene Küchentücher zusammenfaltete und auf einen Stapel legte, bemerkte Giorgiolis betroffenen Blick.

»Wir werden das Schildchen heraustrennen und ein neues mit einem anderen Namen einnähen. Die Kutte ist kaum getragen, es wäre schade um den schönen Stoff.«

»Ich wüsste nicht, wer von uns in diese Kutte hineinpassen sollte. Sie ist doch viel zu groß. Ich habe unserem Bruder oft ins Gewissen geredet, er solle sich beim Essen und Trinken mäßigen. Und auch an die *mensura cibi* unseres Ordensgründers habe ich ihn erinnert. ... *doch muss vor allem die Unmäßigkeit vermieden werden, und nie darf der Mönch bis zur Übersättigung essen* ... So steht es im neununddreißigsten Regelkapitel des heiligen Benedikt. Aber Basilius hielt die Ohren verschlossen. Ich habe ihn sogar im Verdacht, dass er einige Male die Speisekammer plünderte«, klagte der Küchenmeister.

»Ihr tadelt ihn zu Unrecht, Bruder Plazidus«, entgegnete der Gärtner in mildem Ton. »Dass er so gern und so viel gegessen hat, ist ein Beleg für Eure außergewöhnliche Kochkunst. Gönnen wir dem Verstorbenen nachträglich jeden

Bissen, den er mit Genuss in seinem viel zu kurzen Leben zu sich genommen hat.«

Der Novize kam mit dem Nähzeug und setzte sich zu Giorgioli auf die Bank. »Ich komme oft hierher«, plauderte Frater Martin drauflos, »hier geht es immer lustig zu, und beten müssen wir auch nicht.«

Mit der freien Hand wies Giorgioli auf die Wand mit der Hakenleiste und beobachtete dabei aufmerksam das Gesicht des Novizen. »Die Kutte dort drüben hat mich an Pater Basilius erinnert. Sein Tod hat mich sehr bewegt. Ihr habt einen aufrechten und gottgefälligen Mitbruder verloren.«

Der Novize nickte und wischte sich eine Träne aus dem Augenwinkel. »Es war ein schrecklicher Anblick, wie er unter dem Wacholderstrauch tot dalag ... Basilius war immer fröhlich, wir haben viel miteinander gelacht ... Natürlich nur in den Stunden, da wir uns nicht an das Schweigegebot halten mussten«, fügte er eilig hinzu und blickte sich vorsichtig um, ob ihn einer seiner Mitbrüder wegen dieser Äußerung hätte tadeln können.

»Der Pater wirkte so stattlich und kraftvoll. Aber vielleicht litt er an einer schlimmen Krankheit.«

»Nein, das glaube ich nicht. Jedenfalls suchte er nur ein einziges Mal den Infirmarius auf – nachdem er sich einen Finger in der Tür seiner Zelle gequetscht hatte und die Wunde zu eitern begann.«

Die Worte des Novizen bestätigten einmal mehr Giorgiolis Verdacht gegen Pater Rupertus, den Krankenmeister. Er wagte einen Vorstoß. »Welch tragischer Umstand, dass der Sakristan außerhalb des Konventgebäudes starb! Wäre der Krankenmeister in der Nähe gewesen, hätte er Pater Basilius ganz sicher helfen können.«

»Aber nein.« Traurig schüttelte der Novize den Kopf. »Pater Rupertus musste zwei Tage vor dem schrecklichen

Ereignis ins Kloster Einsiedeln reisen, um dem Infirmarius dort ein Geschwür am Bein zu entfernen. Er kam gerade noch rechtzeitig zur Trauerfeier unseres verstorbenen Bruders zurück.«

Giorgioli nickte und war mit sich zufrieden. Er konnte einen weiteren Erfolg verzeichnen. Zwar hatte er sich in seinem anfänglichen Argwohn geirrt. Doch immerhin wusste er nunmehr, dass Pater Rupertus der dritte, über jeden Verdacht erhabene Mönch war – neben dem Abt und dem Gärtner.

»Sagt, Frater Martin, ich sah heute zufällig, dass einer Eurer Mitbrüder nicht am Hochamt im Chor teilnahm, sondern sich außerhalb Eurer Gruppe befand.«

»Das war Frater Johann. Er hat mehrmals das Stundengebet verpasst, weil er auf der Insel umhergezogen war, um zu zeichnen. Außerdem ist er zum Infirmarius gegangen und hat sich krankgemeldet, weil ...« Die folgenden Worte waren nur ein Flüstern, denn sie waren nicht für die Ohren von Pater Plazidus bestimmt. »... weil der Küchenmeister von ihm verlangte, ihm beim Ausnehmen von Hühnern zu helfen. Johann liebt Tiere über alles und weigerte sich ... Deswegen hat der Abt ihn bestraft. Unser Bruder ist für drei Tage aus der Gemeinschaft ausgeschlossen und darf nicht an den gemeinsamen Mahlzeiten und Gebeten teilnehmen. So verlangt es die vierundzwanzigste Regel des Heiligen Benedikt.«

»Euer Abt ist ein strenger und gerechter Vater. Wie ich ein solcher auch für meine Kinder sein will. Die Strafe wird Euren Mitbruder zu einem besseren Mönch machen«, erklärte Giorgioli fest und überzeugt.

Frater Martin fädelte einen neuen Faden ein. Seine Wangen glühten. Hin und wieder kam seine Zungenspitze zwischen den Zähnen zum Vorschein. »Aber der Abt straft nicht immer selbst. Manchmal erteilt er auch einem Pater den Auftrag, einen Mitbruder zu züchtigen, damit er ihn Demut lehrt. Ich erinnere mich… vor ein paar Wochen stellte unser seliger Sakristan bei einem nächtlichen Kontrollgang fest, dass sich Frater Gallus nicht in seiner Zelle aufhielt. Das Fenster war nur angelehnt. Pater Basilius legte sich auf die Lauer und wartete, bis Gallus durch das Fenster hereinkletterte und sich klammheimlich ins Bett legen wollte.«

Frater Martin zuckte mit einem kurzen Aufschrei zusammen, saugte am Finger und fuhr mit dem Erzählen fort. »Basilius stellte ihn zur Rede, aber Gallus wollte nicht preisgeben, wo er gewesen war. Am nächsten Morgen berichtete Basilius der Mönchsgemeinschaft den Fall. Er musste dies tun, denn Fehltritte zu melden dient dem Wohl des Sünders. Unser hochwürdigster Vater trug ihm sodann auf, Frater Gallus zwanzigmal mit der Rute auf die nackten Fußsohlen zu schlagen.«

Jetzt war es Giorgioli, der zusammenzuckte. Er erinnerte sich an die merkwürdige Begegnung in der Felix-und-Regula-Kirche, als er den aufgebahrten Basilius zeichnete. Jemand war vor ihm geflohen und hatte die Tür zum Turm abgeschlossen. Und dann hatte er später eine Gestalt gesehen, die ihn an Frater Gallus erinnert hatte…

Ein Schauer lief ihm über den Rücken. Nur mit Mühe gelang es ihm, den ausgestreckten Arm ruhig zu halten. Plötzlich hatte er greifbar vor sich, worauf er seit Tagen wartete: einen Verdächtigen, der ein handfestes Motiv besaß, den Sakristan umzubringen. Frater Gallus. Aus Rache wegen einer erlittenen Demütigung. Giorgioli atmete tief durch, zwang sich zu ruhigem und logischem Denken. Demnach war der Anschlag nicht gegen den Abt gerichtet gewesen, sondern hatte gezielt einem Mitbruder gegolten. Giorgioli stellte sich vor, wie Frater Gallus den Schlüssel zum Arzneischrank stahl und das Gift heimlich entwendete. Danach rührte er die Substanz in ein Glas Wein, das für den Sakristan bereitstand, und überließ ihn seinem Schicksal…

Ja, genau so konnte es gewesen sein. Giorgioli fühlte sich seinem Ziel so nahe wie nie. Aber er durfte nicht voreilig handeln, ermahnte er sich, sondern musste erst noch Beweise gegen den Verdächtigen sammeln. Schließlich wollte er niemanden fälschlich beschuldigen. Das hätte ihm der Abt nie verziehen.

»Fertig!«, hörte er Frater Martins Stimme und bewunderte die feine Naht, die nahezu unsichtbar in den Falten seines Hemdes verschwand. »Und solltet Ihr einmal einen Knopf verlieren oder einen Stoff zum Ausbessern haben, dürft Ihr gern wiederkommen.«

Als er am Nachmittag sein Tagewerk beendet hatte, kletterte Giorgioli auf das Podest im Nachbarjoch, wo Giovan Pietro noch an der Dornenkrönungsszene arbeitete. Giorgioli kniff die Augen zusammen, konnte keinen Mangel feststellen. Er meinte sogar, einen besonderen Glanz in den Partien zu erkennen, die sein Sohn ergänzt hatte. Aber das mochte an der Beleuchtung liegen oder daran, dass der Putz an dieser Stelle noch Feuchtigkeit in sich barg, wohingegen der Rest des Freskos seit Wochen trocken war.

Ängstlich blickte Giovan Pietro zu seinem Vater hinüber, zog den Kopf zwischen die Schultern, als erwarte er Prügel. »Soll ich etwas verbessern, Vater?«

Giorgioli schüttelte den Kopf und stieg wortlos die Leiter hinunter.

In der Nacht hatte Francesco Antonio Giorgioli schlecht geschlafen. Er hatte von der Himmelfahrtsszene geträumt, war immer wieder aufgewacht und fühlte sich am Morgen wie erschlagen. Um sich abzulenken, holte er die Skizzenbücher hervor, die er während seines Aufenthaltes in Rheinau gefüllt hatte, und durchblätterte die Seiten. Doch er fand nicht, wonach er suchte. Ein junges Mädchen, das die Reinheit und Anmut einer Maria Magdalena besaß.

Hastig trank er seinen Morgentee, in dem frische Minzeblätter schwammen. Also hatte seine Wirtin wieder neue Kräuter bei Bruder Gabriel bestellt. Wen mochte sie diesmal mit dem Botengang betraut haben? Schließlich hatten Frauen auf der Klosterinsel keinen Zutritt.

Eventuell hatte der Gärtner auch Aufträge im Ort zu erledigen gehabt und sie dort getroffen, überlegte Giorgioli. Gleichzeitig schalt er sich für derart unwichtige Gedanken. Als er das Gasthaus verließ, sah er von Weitem, wie Johanna im Garten Betttücher aufhängte. In weichen, sanften Farben, wie er sie harmonischer auf der Palette nicht hätte mischen können.

Giorgioli schritt die Straße zur Mittelstadt hinunter. Er erwiderte den Gruß des alten Mannes, der pfeiferauchend vor seinem Haus saß und den Hut schwenkte. Jählings blieb er stehen. Es war Mittwoch. An diesem Tag fand der wöchentliche Kornmarkt statt. Vielleicht würde er in den Gassen des Städtchens jungen Frauen oder Mägden begegnen, deren Aussehen ihn für die Figur der Maria Magdalena inspirieren würde.

Er wandte sich nach links, wo die Ochsengasse begann. Am Gässlibrunnen hatten sich einige Frauen zum Wasserholen versammelt. Sie steckten die Köpfe zusammen, lachten und scherzten. Als Giorgioli sich ihnen näherten, verstummten ihre Gespräche. Bereits aus der Ferne hatte er erkannt, dass sich hier kein passendes Modell bot. Die Frauen waren entweder zu groß, zu dick oder zu alt. Er ging auf die andere Straßenseite und schenkte ihnen ein flüchtiges Kopfnicken, das sie mit herausforderndem Blick und spöttischem Lächeln beantworteten.

Ein kleiner Junge hatte sich unbemerkt an den Brunnenrand geschlichen und hielt die Hände zu einer Muschel geformt ins Wasser. Plötzlich riss er die Arme hoch, spritzte die Frauen nass und wiederholte dies noch einige Male mit blitzschnellen Bewegungen. Kreischend sprangen die Frauen zur Seite, doch noch ehe sie ihm ihre Schimpftiraden entgegenschleudern konnten, war der Schlingel bereits zwischen den Häusern verschwunden.

Giorgioli ging die Gasse hinunter und gelangte ans Rheinufer. Schon von Weitem hörte er das Rumpeln der Pferdekarren, die die hölzerne Zollbrücke passierten. Die beladenen Fuhrwerke kamen von Norden, aus Schwaben, die leeren fuhren in umgekehrter Richtung zurück. Mittelpunkt des Marktes war das Gast- und Kaufhaus *Salmen*, ein erst wenige Jahre alter, prächtiger Bau mit lachsfarbenem Putz und dunkelgrünen Schlagläden, in dem sich außerdem eine Metzgerei und eine Bäckerei befanden. Vor den beiden Kornhäusern waren vier Männer damit beschäftigt, Getreidesäcke abzuladen, zu wiegen und in die Speicher zu tragen. In vornehmes Schwarz gekleidete Rheinauer Händler feilschten mit den Deutschen um die Preise und versuchten, sich gegenseitig an Lautstärke zu übertreffen. Rheinau diente ihnen lediglich als Zwischenlager; das Getreide würden die Händler zwei Tage später zum Kornmarkt nach Zürich bringen.

»Ich will lieber nicht daran denken, wie viel Zoll wir für unser heutiges Geschäft zahlen müssen … Die Pfaffen machen sich auf unsere Kosten ein schönes Leben und lassen den lieben Gott einen guten Mann sein. Wisst ihr was? Wir sollten uns zusammentun und die Steuern einfach aussetzen. Und sei es nur für eine Woche … Dann kann Abt Gerold, dieser Oberfrömmler, einmal zusehen, woher er sein Geld bekommt«, schlug einer der Händler vor, und die anderen pflichteten ihm bei.

Giorgioli näherte sich den Stallungen und wäre beinahe in einen Haufen Pferdeäpfel getreten, konnte gerade noch rechtzeitig ausweichen. Da entdeckte er vor den Stallungen eine Silhouette, die ihm vertraut vorkam. Ein junges Mädchen mit einem eng um die Schultern geknoteten schwarzen Tuch stand vor einem der offen stehenden Fenster und streichelte einem Pferd über die Stirn. Eine Geste der Anmut und Unschuld, die ihn berührte.

Er zog sein Skizzenbuch hervor und erkannte in diesem Augenblick die junge Frau wieder, der er auf dem Markt in Schaffhausen begegnet war. Mit den Fingerspitzen berührte sie sachte die Nüstern des Tieres, schmiegte eine Wange gegen seine Nase und lächelte auf so innige und entrückte Weise, dass Giorgioli betete, sie möge noch eine Weile so verharren, damit er diesen einzigartigen Moment mit dem Stift festhalten konnte.

»Ich grüße Euch. Ihr seid vermutlich Maler«, vernahm er eine helle und klare Stimme. Er blickte auf und sah sich einem schnauzbärtigen, in schwarze Seide gekleideten jungen Mann gegenüber, der mit höflichem Lächeln den Hut lüftete.

Giorgioli nickte stumm und ließ seine Hand über das Papier fliegen. Der Fremde hielt den Kopf schräg und warf einen anerkennenden Blick auf die Skizze. »Großartig, nur wenige Striche, und trotzdem ist die Lebendigkeit der Szene zu spüren. Darf ich mich bekannt machen? Mein Name ist Balthasar Muntelin, ich stamme aus Sankt Gallen und bin Bankier. Ich bin heute hierhergekommen, um ... sagen wir es einmal so ... um Geschäfte zu machen.«

Ohne das Mädchen aus den Augen zu lassen, nickte Giorgioli ein weiteres Mal, ließ sich von seinem Gegenüber in seinem Tun aber nicht stören. Schließlich steckte er den Stift in die Wamstasche und klappte das Skizzenbuch zu. Balthasar Muntelin legte ihm die Hand auf den Arm.

»Wartet! Vielleicht können auch wir beide ins Geschäft kommen. Es trifft sich gut, dass ich Euch begegnet bin, denn ich möchte meiner Braut gern ein Porträt von mir schenken. Ich muss für eine Weile nach Spanien reisen, und sie soll mich in angenehmer Erinnerung behalten. Falls es Eure Zeit erlaubt, so bitte ich Euch, eine Zeichnung von mir anzufertigen. Und verratet mir doch, wer Ihr seid!«

»Francesco Antonio Giorgioli.«

»Ein Italiener, vermutlich?«

»Ich stamme aus Meride.«

»Aus dem Tessin ... Meine Schwester ist mit einem italienischen Diplomaten verheiratet. Sie wohnt ganz in der Nähe, in Como. Eine zauberhafte Gegend mit Weinbergen und Olivengärten. Und die hervorragende Küche – bellissimo! Die Menschen dort empfinde ich als besonders freundlich und aufgeschlossen ...«

»Wie möchtet Ihr dargestellt werden? Brustbild, Dreiviertelporträt, von vorn, von der Seite, mit Hut, barhäuptig ...«, unterbrach Giorgioli den jungen Mann, denn es drängte ihn, an seiner Himmelfahrt weiterzumalen. Anderseits mochte er ungern auf die unerwartete Zusatzeinnahme verzichten.

Der Bankier schaute sich nach allen Seiten um. »Am liebsten dort drüben auf der Bank. Die Hängeweide links daneben ergibt eine dekorative Umrandung. Und im Hintergrund sollte noch der Wald auf der gegenüberliegenden Rheinseite zu erkennen sein ... Ja, dieses Motiv wird meiner Braut sicherlich gefallen.«

Sie wechselten die Straßenseite. Balthasar Muntelin nahm auf der Bank Platz, schlug die Beine übereinander und breitete die Arme auf der Rückenlehne aus. Er zog seinen Hut schräg, sodass die Hälfte des Gesichts verschattet war. »Ich frage mich, was einen Maler aus dem Süden unseres Landes in dieses Städtchen verschlägt«, begehrte der Bankier zu wissen.

»Ich male die Fresken in der Klosterkirche.«

»Richtig, die Benediktinerabtei wird erweitert. Man erzählte mir davon. Nun, offen gestanden, das wäre nichts für mich.«

»Ein Geschäftsmann muss nicht malen können. Dafür ist unsereins zuständig.«

»Verzeiht, ich habe mich missverständlich ausgedrückt. Ich wollte sagen, dass Kleriker nicht unbedingt zu der Klientel gehören, die ich bevorzuge. Sie sind mir etwas zu – doppelzüngig.«

»Ich habe in den letzten Jahren überwiegend in Klöstern gearbeitet, und ich muss sagen, ich ziehe gottesfürchtige Mönche allemal selbstgerechten Adligen oder eitlen Bürgern vor«, entgegnete Giorgioli missmutig. Er ärgerte sich, dass er das Angebot des Fremden leichtfertig angenommen hatte. Nunmehr musste er sich auch noch törichte Phrasen anhören, anstatt mit seiner eigentlichen, viel wichtigeren Arbeit voranzukommen.

»Bitte entschuldigt, ich wollte Eure Gefühle nicht verletzen. Aber ich erwähnte es nicht ohne Grund. Nehmt einmal die junge Frau, die ihr soeben porträtiert habt... ein armes Ding. Ich würde sie als Opfer der Kirche bezeichnen.«

»Was ist mir ihr?«, brummte Giorgioli ungnädig und vertiefte sich in die Darstellung der überhängenden Weidenzweige.

»Ihr Name ist Elisabeth. Ich kenne sie. Nein, nicht persönlich, aber ich weiß von ihrem Schicksal. Ihre Mutter war eine enge Freundin meiner Großcousine und stammte aus einer der ersten Familien in Sankt Gallen. Nun, vor etwa zwanzig Jahren verliebte sich Flurina Hafner, so hieß die Mutter des bedauernswerten Mädchens, unsterblich in einen jungen Mann, der ihre Liebe leidenschaftlich erwiderte. Die beiden fassten den Plan, zu heiraten und nach Frankreich zu ziehen. Was weiter nicht ungewöhnlich gewesen wäre. Allerdings war dieser Mann ein Pater aus dem dortigen Benediktinerkloster ... Wenn Ihr Euch einen Augenblick gedulden würdet, ich muss die Beine ausschütteln. Sie sind ganz schwer geworden.«

Balthasar Muntelin stand auf und ging einige Male um die Bank herum, machte drei Kniebeugen und setzte sich wieder. »Wo war ich stehen geblieben? Ach ja, Flurina war plötzlich guter Hoffnung, und damit nahm das Unheil seinen Lauf. Nach der Geburt der kleinen Elisabeth wurde Flurina von der Familie verstoßen und zu Verwandten nach England geschickt. Dort starb sie kurze Zeit später an den Folgen eines Fieberanfalls. Das Kind kam zu Pflegeeltern aufs Land, und der Pater wurde von seinem Abt strafversetzt. Man erzählt sich, er habe in irgendeiner abgelegenen, unbedeutenden Abtei Unterschlupf gefunden.«

»Wollt Ihr damit etwa sagen, die junge Frau dort drüben hat einen Mönch zum Vater? Das ist völlig ausgeschlossen, Ordensbrüder geloben bei der Aufnahme in ein Kloster Gehorsam, Armut, und ehelose Keuschheit ... So viel habe ich mittlerweile von den Benediktinern gelernt. Ganz sicher liegt hier eine Verwechslung vor. Oder es handelt sich um üble Nachrede«, erwiderte Giorgioli fest und bestimmt.

»Glaubt es, oder glaubt es nicht ... Jedenfalls sind die Pflegeeltern dieses Mädchens vor einem halben Jahr kurz hintereinander gestorben, und die Ärmste wandert jetzt von Ort zu Ort und sucht nach ihrem Vater.«

Giorgioli schüttelte den Kopf. Die Geschichte kam ihm zu absonderlich vor, um wahr zu sein. Aber hatte er in letzter Zeit nicht auch von anderen Merkwürdigkeiten gehört? Mit schwungvoller Bewegung setzte er seine Signatur unter die fertige Zeichnung und trennte die Seite sorgfältig aus dem Buch heraus. »Wenn Ihr mich entschuldigen wollt, werter Herr. Ich muss dringend zu meinen Fresken, bevor mir der Putz austrocknet.«

»Eure Zeichnung gefällt mir, Meister Giorgioli. Ich werde für das Bild einen goldenen Rahmen besorgen, und dann wird meine Braut mich jeden Tag vor Augen haben. Ach, wir haben uns noch gar nicht über das Honorar unterhalten. Ich hoffe, die Summe ist angemessen.«

Balthasar Muntelin zog einen Lederbeutel aus der Tasche, zählte ein paar Münzen ab und überreichte sie Giorgioli. Dann lüftete er den Hut und entschwand in Richtung Zollbrücke.

Giorgioli ließ das blank polierte Gold in der Sonne glänzen. Es war weitaus mehr, als er jemals gefordert hätte. Als er sich zum Gehen umwandte, fiel sein Blick auf das Gasthaus *Salmen*. Die junge Frau lehnte mit dem Rücken an einer Mauerecke und blickte gedankenverloren zum Himmel hinauf. Unwissentlich und ohne zuvor gefragt worden zu sein, hatte sie ihm Modell gestanden, hatte seiner Maria Magdalena ein Gesicht gegeben. Folglich war er ihr etwas schuldig. Er ging hinüber zum Gasthaus und reichte ihr eine Münze. In ihren Augen lag erst Angst, dann ungläubiges Staunen. Sie griff nach seiner Hand und wollte sie an die Lippen pressen, doch Giorgioli entzog sich ihr und eilte davon.

Immer wenn Francesco Antonio Giorgioli die Klosterpforte durchschritt, fühlte er sich als anderer, besserer Mensch. Alles Hässliche blieb draußen, hier fühlte er sich Gott nahe. An diesem Tag freute er sich besonders auf das Besteigen seines Holzpodestes. Er konnte es kaum erwarten, die Gestalt der Maria Magdalena auf den Putz zu bannen. Er schritt an dem halbhohen Turm zur Linken vorüber, einer Ruine, der die Bedeckung fehlte und deren Ziegelmauern von Efeu überwuchert waren. Zwei Eichelhäher saßen in der fensterlosen Öffnung, zeterten laut und stritten sich um einen Tannenzapfen. Giorgioli klatschte in die Hände, die Vögel flogen auf und verschwanden hinter dem nördlichen Kirchturm. Irgendetwas machte ihn neugierig, zog ihn zu dem zerbröckelnden Bauwerk hin, an dem er seit Monaten Tag für Tag achtlos vorübergeeilt war.

Er meinte sich zu erinnern, dass einer der Patres einmal von einem Gefängnisturm gesprochen hatte. Wobei er sich nicht mehr entsinnen konnte, ob dort Bedienstete des Klosters oder Bürger aus der Stadt eingesperrt worden waren. Er stellte sich auf die Zehen und blickte durch das Fenster. Und plötzlich befiel ihn eine eigenartige Unruhe. Es wäre ein Leichtes gewesen, an einem Strick oder mithilfe einer Leiter ins Innere zu gelangen und sich dort zu verstecken. Um dann in einem geeigneten Moment im Schutz der Dunkelheit – jemandem aufzulauern! Zwar schrieb der Pfortenbruder jeden auf, der die Insel betrat und sie auch wieder verließ. Und ihm wäre aufgefallen, wenn jemand sich am Abend nicht bei ihm abgemeldet hätte. Sofern Bruder Anton nüchtern war und einen halbwegs klaren Kopf hatte …

Der Mörder des Sakristans konnte folglich doch jemand aus der Bevölkerung gewesen sein … Diese Spur durfte er nicht völlig aus den Augen verlieren. Denn obwohl Frater Gallus, der junge Novize, ein überzeugendes Motiv gehabt hätte, gefiel Giorgioli die Vorstellung nicht, dass ein Ordensbruder – und mochte es auch nur ein zukünftiger sein – einen Mitbruder umgebracht haben sollte. Es hätte viel wahrscheinlicher einer von den Handwerkern oder sonstigen Bediensteten sein können, die auf dem Ökonomieareal untergebracht waren.

Jeder, der in der Küferei oder in den Gastzimmern über den Weinkellern schlief, hätte unbemerkt den Kleinen Rhein mit einem Boot überqueren, sich im Turm verstecken und dem Ordensmann auflauern können. Einerseits. Doch anderseits … welchen Anlass hätte Pater Basilius haben sollen, den Klausurbereich kurz vor Sonnenaufgang zu verlassen und sich mit seinem Mörder zu treffen? Giorgioli zupfte sich am Ohrläppchen. Seine eben noch so vergnügte Stimmung war jäh verflogen. Jede neue Vermutung führte zu neuen Fragen. Auf die er keine Antwort wusste…

In wenigen Tagen würden seine Fresken vollendet sein, und noch immer wusste er nicht, von welchen Einkünften er im kommenden Jahr seine Familie ernähren sollte. Zumal seine Frau wieder ein Kind erwartete und er damit ein weiteres Mäulchen zu stopfen hätte… Was, wenn er den letzten Pinselstrich getan hatte, die Kutsche auf ihn und seinen Sohn wartete, er dem Abt aber keinen Mörder nennen konnte? Und Gerold II. ihm ein Empfehlungsschreiben versagte? Seinen Aufenthalt in Rheinau konnte er unter keinen Umständen verlängern. Im nächsten Monat würde die Weinlese beginnen, und er hatte seinem Bruder fest versprochen, bei der Ernte zu helfen.

Missgestimmt betrat er die Kapelle und verrichtete sein Morgengebet, diesmal kürzer als gewöhnlich, und eilte zu seiner Bauhütte, um sich umzuziehen.

Nachdem er die Fortschritte seines Sohnes an der Dornenkrönungsszene überprüft hatte, widmete er sich dem eigenen Tagewerk. Mit dunklem Ultramarin formte er die Umrisse der Maria Magdalena auf dem Malgrund, holte mit dem Arm weit aus, malte sich nach und nach den ganzen Groll von der Seele.

»Bravo, Francesco! Du verstehst es, deinen Figuren eine Seele einzuhauchen. Jedenfalls den Frauen, die mir im Übrigen weitaus besser gefallen als deine etwas zu blass geratenen Männer. Sofern mir diese Bemerkung gestattet ist.«

Giorgioli zuckte zusammen. Dabei geriet die Palette in die Schräge, etwas Farbe tropfte auf die Holzbretter und hinterließ einen blauen Fleck. »Franz, warum musst du mir einen solchen Schrecken einjagen?«

»Und ich dachte schon, deine Reaktion sei Ausdruck tief empfundener Freude darüber, mich zu sehen. Bitte untertänigst um Vergebung. Beim nächsten Mal klopfe ich vorher an.« Franz Schmuzer legte mit gespielter Zerknirschung eine Hand auf die Brust und senkte den Kopf. Dabei fiel sein Blick auf das Skizzenbuch. »Oho, diese überaus liebliche Maid entspringt gar nicht deiner überschäumenden Fantasie, wie ich zunächst vermutete, es gibt sie tatsächlich! Sag an, wer ist die Holde? Verrätst du mir, wo ich sie treffen kann?« Er beugte sich hinunter, hob das Skizzenbuch auf und stieß einen leisen Pfiff aus.

»Was schnüffelst du da herum? Wühle ich zwischen deinen Dekoren und Gipsformen? ... Sie ist irgendeine Bettlerin. Ich habe sie heute auf dem Kornmarkt getroffen.«

»Bettlerin ... Diese Frau ist eine Königin, eine Göttin, in einfaches Linnen gekleidet. Diese edle Nase, dieser Rosenmund, der süße Wonnen verspricht ...«

Giorgioli mischte unter das Grün ein wenig blaue Smalte für Mieder und Rocksaum, trug die Farben auf und wartete darauf, dass der Stuckateur endlich fortging. »Was kümmert dich überhaupt eine dahergelaufene Bittstellerin? Hast du denn nur Frauen im Kopf? Außerdem dachte ich, du hättest ein Mädchen in Marthalen. Oder war es in Jestetten?«, fragte er gereizt und jagte den Pinsel über den Putz.

»Ach, Francesco, mein Freund, das war einmal. Vor langer, langer Zeit. Es ist mindestens eine Woche her. Außerdem, was soll ich tun? Ich bin ein Mann von gewinnender Wesensart. Die Frauen mögen mich.«

»Ich finde, du führst einen recht – sprunghaften Lebenswandel. Hast du nie etwas von Treue gehört?«

»Erstens bin ich nicht verheiratet. Und zweitens: Natürlich bin ich treu. Jeder Frau bin ich treu – zumindest so lange, bis ich eine neue habe. Arrivederci, collega, gehab dich wohl.«

Franz Schmuzer machte sich an den Abstieg. »Moralapostel, selbst ernannter«, murmelte er vor sich hin und stieg die Leiter hinunter.

Mattes Tageslicht fiel durch den schmalen Schlitz zwischen den Fensterläden, kroch über die blank gescheuerten, abgetretenen Holzdielen hinauf zu den weißen Laken. Schlaftrunken massierte Giorgioli mit den Fingerspitzen die schmerzenden Schläfen. Die Finger fühlten sich eigenartig pelzig an. Ächzend stand er auf und öffnete die hölzernen Blenden. Kühle Luft umfing ihn, der Himmel zeigte sich wolkenverhangen und grau. Er hielt eine Hand vor die Augen, zwinkerte in das fahle Licht. Die Bergkirche erschien verschwommen und wie von einem zarten Schleier umhüllt. Doch was war das? Lehnte da nicht jemand an der Kirchenmauer und spähte zum Gasthof herüber? Die Gestalt hatte Ähnlichkeit mit Giovan Pietro, seinem Sohn. Giorgioli rieb sich die Augen und blinzelte. Aber da war niemand.

Er trat einen Schritt zurück und hielt sich an der Stuhllehne fest. Ihm war schwindelig, seine Beine kribbelten. Zugleich verspürte er das Gefühl, sich übergeben zu müssen. Irgendetwas stimmt nicht mit mir, ich werde krank, befürchtete er. Aber ich darf nicht krank werden. Nicht jetzt.

Unter großer Anstrengung wusch er sich, kleidete sich an und stieg die Treppe hinunter in die Diele. In die Gaststube gehen mochte er nicht. Allein der Gedanke an seinen allmorgendlichen Tee verursachte ihm neue Übelkeit. Er taumelte über die Straße, stützte sich an der Umfassungsmauer der Bergkirche ab. In diesem Zustand konnte er nicht arbeiten. Nicht auf dem Podest, das ohne Geländer meterhoch über dem Kirchenboden schwebte.

Er erinnerte sich, am Vortag bei seinem Ausflug zum Kornmarkt das Ladenschild eines Baders gesehen zu haben.

Auf dem Weg zum Salmenviertel in Höhe der Rheinhalde. Noch nie hatte er die Hilfe eines Heilkünstlers in Anspruch nehmen müssen. Es gab in Meride auch keinen. Manchmal kamen Wanderärzte vorbei, die ihre Dienste auf dem Marktplatz anboten, Knochen richteten, Geschwüre schnitten, Zähne brachen oder Hühneraugen ausstachen.

Schließlich stand er vor einem windschiefen Häuschen, von dessen einstmals ockerfarbener Fassade der Putz abblätterte. Ein brauner Hund mit zotteligem Fell lag träge neben dem Eingang, hob nur kurz den Kopf, als er Giorgioli kommen hörte, und döste weiter.

Die Tür öffnete sich, und eine junge Frau mit einem kleinen Jungen an der Hand kam ihm entgegen. Das Kind trug einen Verband um den Kopf und schrie aus Leibeskräften. Die Frau sah blass und übernächtigt aus, ihre Augen waren gerötet.

Giorgioli trat in die Diele und nahm auf einer Holzbank Platz. Die Luft in dem Raum schien aus einer Mischung aus Eiter, Tabak und Schnaps zu bestehen. Die Wände waren bestückt mit orientalischen Teppichen, bronzenen Schilden und Wasserpfeifen, die an Haken hingen. Der Bader, ein quirliger Mann in einem dunkelblauen Kaftan und mit einem grüngelben Turban, befand sich gerade im Gespräch mit einem alten Mann. Dieser griff in seine zerschlissene Jacke und zog eine Flasche mit einer gelblich trüben Flüssigkeit hervor. Der Bader nahm die Flasche, schüttelte sie und hielt sie prüfend gegen das Licht. Dann holte er verschiedene emaillierte Tiegel aus einem Regal und füllte aus jedem einige Körnchen, die wie getrocknete Pflanzensamen aussahen, in ein Leinensäckchen ab.

»Lasst Euch von Eurer Frau einen Sud daraus köcheln und trinkt dreimal täglich eine Tasse davon. Und esst keine scharf gewürzten Speisen. Wenn es nicht besser wird, kommt in einer Woche wieder.«

Der Alte murmelte Worte des Dankes und legte ein Kistchen mit frischen Eiern auf den Tisch. Umständlich griff er nach seinem Stock und humpelte hinaus.

»Und nun zu Euch«, wandte sich der drahtige kleine Mann mit dem geflochtenen langen Kinnbart an Giorgioli. »Womit kann ich dienen? Haare schneiden, Bart rasieren, das durch die Franzosenkrankheit geschwollene Organ mit Tinkturen entseuchen ...?«

Giorgioli würgte ein paar Mal und hielt sich die Hände vor den Magen. »Mir ist übel, alles kommt mir verschwommen vor, in meinem Kopf ist ein Hämmern ...«

»So, so, dann steht einmal auf und haltet Euch gerade. Geht langsam bis zur Tür und wieder zurück. Jetzt stellt Euch auf ein Bein ... und jetzt auf das andere ... Tja, das sieht nicht gut aus. Setzt Euch wieder hin und schaut mich an. Die Pupillen sind erweitert ... Eure Zunge bitte.«

Giorgioli fühlte, wie ihm ein Schauer über den Rücken lief. Fröstelnd wischte er sich den Schweiß von der Stirn. »Gebt mir etwas, das ganz schnell wirkt. Ich muss in die Kirche ... meine Fresken ...«

»Aha, dann seid Ihr also der Maler aus dem Tessin. Man erzählte mir von Euch. Die Klosterkirche soll ja an der Decke recht ... bunt sein ... Nun, hoffen wir, dass es sich nur um einen vorübergehenden Schwächeanfall infolge des Wetterumschwungs handelt und nicht um eine langwierige Erkrankung. Und seid Ihr sicher, dass Ihr Euch nichts bei einem dieser Frauenzimmer in Schaffhausen eingefangen habt?«

Empört sprang Giorgioli auf, musste sich aber sofort wieder setzen, weil ihn erneute Übelkeit befiel. »Was erlaubt Ihr Euch? Ich bin verheiratet und habe acht Kinder.«

Entschuldigend hob der Bader die Hände. »Schon gut, schon gut. Die Ehe ist nämlich für manch einen beileibe kein Grund, sich nicht ... Doch lassen wir das. Ich werde Euch drei Wurzeln mitgeben, von denen Ihr jeden Tag eine kaut. Es handelt sich um eine Gattung, die aus China stammt und deren Wirksamkeit bereits seit der Zeit der Jinkaiser bekannt ist. Außerdem ein Öl, das Ihr Euch auf die Stirn reibt, sobald Ihr Schwindel verspürt. Ihr dürft nichts Fettes oder Süßes essen, am besten nur ein wenig Suppe, damit Euch der Magen nicht schwer wird und Ihr ins Ungleichgewicht geratet. Trinkt viel, aber keinen Wein. Sollte Euer Zustand nicht besser werden, kommt am vierten Tag noch einmal wieder.«

Giorgioli zählte ein paar Münzen ab und verließ zitternd die Stube des Baders. Auf dem Weg zur Insel klarte der Himmel auf. Er blieb stehen und hielt das Gesicht in die Sonne, so lange, bis die Strahlen auch sein Inneres erreicht zu haben schienen. Vor dem alten Haus mit den rostroten Schlagläden kam ihm das junge Mädchen mit dem Kopftuch entgegen. Sie trug einen leeren Wassereimer unter dem Arm und summte leise vor sich hin. Giorgioli hastete an ihr vorbei. Sie lächelte ihm zu, machte einen Knicks und ging zum Gässlibrunnen.

In der einen Hand hielt er den Pinsel, in der anderen die Wurzel, auf der er kaute. Ab und zu hielt er inne und tupfte sich ein paar Tropfen Öl auf die Stirn, vermied aber jeden Blick in die Tiefe, um nicht erneut von Schwindel befallen zu werden. Zumindest konnte er arbeiten, und das allein zählte. Nach der Mittagsmahlzeit überkam ihn eine ungewohnte Müdigkeit. Giorgioli beschloss, sich ans Ufer des Kleinen Rheins zu setzen und eine Weile zu dösen.

Auf dem Wasser war eine Schwanenfamilie mit ihren Jungen unterwegs. Ab und zu machten sie halt, tauchten kopfüber ins Wasser, hielten ihre Bürzel in die Luft und verharrten eine ganze Weile in dieser Stellung. Dann zogen sie weiter, die Eltern vornweg, die halbwüchsigen Schwäne mit ihrem bräunlichen Gefieder wie aufgereiht hinterdrein. Ein Blesshuhn schwamm zwischen einem Schilfbüschel hindurch, reckte den Hals und stieß ein schrilles Fiepen aus. Giorgioli legte sich ins Gras, schob den Strohhut über das Gesicht und schlief ein.

Etwas rempelte ihm gegen den Fuß, und er schreckte auf.

»Verzeiht, Meister Giorgioli, ich habe nicht aufgepasst, wohin ich trete. Darf ich mich zu Euch setzen?«

Es war Frater Johann, der Novize, der einige Tage zuvor während der Heiligen Messe zur Strafe außerhalb des Kirchenchores auf dem Boden hatte liegen müssen. Der Frater hatte krause dunkelblonde Locken, bernsteinfarbene Augen und ein schalkhaftes Lächeln. Ohne sein Mönchshabit, das ihm um den mageren Körper schlotterte, hätte man ihn für einen Bauernjungen halten können, der zu allerlei Streichen aufgelegt war. Der Novize hockte sich ins Gras und breitete einen Skizzenblock aus. »Pater Wolferad, unser Prior, hat mir erlaubt, die Klausur zu verlassen und bis zum nächsten Stundengebet Wasservögel zu zeichnen. Ich sehe ihnen gern zu, wie sie ihr Gefieder putzen oder gründeln. Als kleiner Junge habe ich mit meinen Brüdern oftmals an einem Teich gespielt. Da haben sogar Reiher gebrütet.«

Einer der erwachsenen Schwäne war zurückgekehrt. Frater Johann nahm das Tier in Augenschein und begann zu zeichnen. Seine Hand war unsicher, mehrmals begann er von vorn. Seufzend kaute er an dem hölzernen Stifthalter, in der ein Stück ockerfarbene Kreide steckte, und blickte erwartungsvoll zu Giorgioli auf. »Schwäne sind so schwierig zu zeichnen. Wollt Ihr mir zeigen, wie ich es anstellen muss?«

Giorgioli nahm den Stift und zeichnete mit nur wenigen Linien einen Schwanenkörper, den langen Hals, Kopf und

Schnabel. Ein paar weitere Strichelungen, und das Gefieder war fertig. Frater Johann sah ihm andächtig über die Schulter. Dann legte er den Finger auf die Lippen und griff augenzwinkernd in seine Kutte. Er holte einige trockene Brotstückchen hervor und warf sie ins Wasser. Der Schwan machte einen langen Hals und schnappte nach dem Brot. Ein Entenpaar hatte sogleich die Leckerbissen entdeckt und beeilte sich, ebenfalls den einen oder anderen Happen zu erwischen. Der Novize holte weitere Brotstücke aus der Kutte, und sofort kamen auch vom gegenüberliegenden Ufer Enten laut quakend angeflogen und stritten um die dicksten Brocken. Ein Haubentaucher, der mit seinen beiden Jungen auf dem Rücken neugierig aus dem Schilf auftauchte, wurde lautstark und mit heftigem Flügelschlagen in die Flucht getrieben.

Der Novize lachte laut auf und klatschte in die Hände. In diesem Augenblick wirkte er wie ein gewöhnlicher, ausgelassener Junge von fünfzehn Jahren.

»Wo wart Ihr früher zu Hause, Frater Johann?« Giorgioli begann auf einem neuen Blatt mit der Zeichnung einer Ente, die mit langem Hals, ausgebreiteten Flügeln und vorgestreckten Füßen im Begriff war, auf der glatten Wasseroberfläche zu landen.

»In Winterthur.«

»Seid Ihr gern hier?«

Der Novize dachte eine Weile nach. Sein eben noch so fröhliches Gesicht wurde traurig. »Manchmal weine ich im Schlaf, weil ich meine Familie nicht mehr sehen darf. Wir waren zu Hause ... zwölf Kinder, und es ist gut, dass ich ... hier bin. Jetzt haben meine Eltern einen Esser weniger«, berichtete er stockend und schluckte schwer. »Im Winter ist meine Novizenzeit zu Ende. Dann lege ich meine zeitlichen Gelübde ab und werde ein richtiger Mönch. Ich durfte mir sogar schon einen neuen Namen aussuchen, einen Kirchennamen. Aber ich will nicht nur Frater bleiben. Ich will mich tüchtig anstrengen und alles tun, was man mir aufträgt, und mich nie beklagen.« Er blickte in den wolkenlosen Himmel, zwinkerte eine Träne weg und lächelte tapfer. »In vier oder fünf Jahren möchte ich meine ewige Profess ablegen und Pater werden und die heilige Messe lesen dürfen. Und vielleicht werde ich eines Tages sogar Abt. Meine Eltern und Geschwister sollen stolz auf mich sein.«

»Ihr erwähntet vorhin Pater Wolferad. Wieso musstet Ihr um die Erlaubnis zu zeichnen ihn fragen und nicht den Abt?«

»Unser hochwürdigster Vater ist für einige Tage verreist. Er macht eine Visitation im Kloster Engelberg, und Pater Wolferad, der Prior, vertritt ihn einstweilen. Darüber bin ich froh, denn unser Abt ist sehr streng. Er hält mich für einen Weichling und hätte mir diesen Ausflug gewiss nicht gestattet.«

Giorgioli hielt inne und spürte sein Herz schneller schlagen. Jetzt galt es, behutsam zu sein und die Worte vorsichtig zu wählen. »Wen achten Eurer Meinung nach die Brüder mehr? Abt Gerold oder den Prior?«

»Ich weiß nicht...« Frater Johann legte die Stirn in Falten und knabberte an den Fingernägeln. »Viele der Brüder haben vor Abt Gerold Angst, weil er so gebieterisch ist. Die sind mehr für den Prior. Aber andere halten den Prior für zu freigeistig, und die sind dann für den Abt. Dabei wäre Pater Wolferad damals beinahe selbst Abt geworden, wenn nicht....«

»Was sagt Ihr da?« Giorgioli legte den Stift zur Seite und hielt den Atem an.

»Seht nur da vorn, der Reiher! Er hat einen Fisch gefangen. Oh, der zappelt aber ganz wild im Schnabel... Der Ärmste, hoffentlich kann er entkommen... Könnt Ihr mir einen Reiher zeichnen? Bitte, Meister Giorgioli!«

»Ihr wolltet doch von Pater Wolferad erzählen. Was geschah damals?«

»Nichts ... Habt Ihr gesehen? Der Fisch ist zurück ins Wasser geplumpst ... Ach so, es ist schon einige Jahre her. Ich weiß es von Pater Bonifatius, unserem Novizenmeister. Bei der letzten Abtswahl gab es zwei Kandidaten, Pater Gerold und Pater Wolferad. Ihr wisst ja, wer gewonnen hat. Der Novizenmeister erzählt manchmal, dass der Prior neidisch und missgünstig ist und gegen unseren hochwürdigsten Vater Ränke schmiedet. Aber ich weiß nicht, ob das wirklich stimmt. Bonifatius mag den Prior nicht, aber er versteht sich gut mit dem Abt. Malt Ihr mir noch einen Reiher?«

Giorgioli übersah das erwartungsvolle Gesicht des Novizen und stand eilig auf. »Es tut mir leid, Frater Johann, aber die Pflicht ruft. Ich muss wieder zu meinen Fresken.«

An diesem Tag kam er mit seiner Arbeit zügig voran. Während er den Pinsel leicht und sicher führte, hing Giorgioli seinen Gedanken nach. *Was also, wenn der Anschlag in Wirklichkeit mir galt? Weil mir jemand meine Stellung neidet?* Die Worte des Abtes fielen ihm wieder ein. Dann hatte Gerold II. mit seiner Vermutung doch recht, und Giorgioli hätte ihm einen Mitbruder nennen können, der gern selbst das höchste Amt im Kloster übernommen hätte. Pater Wolferad, der Prior. Sein eigener Stellvertreter. Nunmehr gab es zwei Hauptverdächtige: Frater Gallus, der entwürdigende Stockhiebe hatte hinnehmen müssen, und den Prior. Giorgioli atmete auf. Mit meinen Nachforschungen bin ich der Lösung des Falles demnach ziemlich nahe, ermunterte er sich selbst. Jetzt galt es mit etwas Geschick herauszufinden, wer von den beiden Mönchen die Tat begangen hatte.

Die geheimnisvolle chinesische Kauwurzel und das Öl des Baders hatten ihre Wirkung getan. Nach nur einem Tag waren Schwindel und Kopfschmerzen verflogen. Nur das flaue Gefühl in der Magengegend war geblieben. Entgegen seiner sonstigen Gepflogenheit nahm Giorgioli an diesem Morgen einen Zwieback zu sich, den die Wirtin ihm wie gewohnt in einem blumenverzierten Porzellanschälchen zu seiner Kanne Tee serviert hatte.

Die rot-weiße Katze strich ihm um die Beine, rieb den Kopf an seiner Schuhspitze. Giorgioli mochte keine Katzen, seitdem ihm als kleinem Jungen eine, die er aus einem Waschzuber hatte retten wollen, die Arme übel zerkratzt hatte. Wäre Johanna nicht gewesen, hätte er dem Tier am liebsten einen Tritt versetzt.

»Es freut mich, dass Euch der Zwieback schmeckt. Ich habe ihn nach einem alten französischen Klosterrezept gebacken.«

Johanna Binder war an seinen Tisch getreten. Sie trug ein Mieder, dessen Farbe an Malvenblüten, und einen Rock, der an den Nachthimmel erinnerte. Sie setzte sich auf einen Stuhl ihm gegenüber, dabei streifte der Stoff seine Hand.

»Meine jüngsten Kinder essen gerne Zwieback, am liebsten mit Honig.«

Sie hob die Katze auf den Schoß, streichelte gedankenverloren das seidige Fell. »Ich wünschte mir immer Kinder ... Aber das Schicksal hat sie mir nicht vergönnt.« Ihre Stimme wurde leise und klang wehmütig.

»Ich habe acht ...« Giorgioli fühlte ihren versonnenen Blick auf sich ruhen.

Überstürzt stand er auf und eilte ins Freie, in Richtung der Insel. Kurz vor dem Linksbogen, den die Unterste Steig machte, bevor sie auf das Ökonomieareal zulief, bemerkte er eine Gestalt, die offenbar auf jemanden wartete. Beim Näherkommen erkannte er die Bettlerin vom Vortag, von deren traurigem Schicksal ihm der Sankt Gallener Bankier erzählt hatte. Die junge Frau trat auf ihn zu. In ihren Augen lag etwas Unsicheres, Flehentliches. Mit zitternder Hand streckte sie ihm einen Zettel entgegen.

Ich suche Benedikt Schweizer. Bringt mich zu ihm!, entzifferte Giorgioli die krakeligen, nach links geneigten Buchstaben.

»Ihr fragt den Falschen, Signorina, ich stamme nicht von hier und habe diesen Namen auch nie gehört.«

Die junge Frau legte die Fingerspitzen auf den Mund und schüttelte den Kopf.

»Ihr ... Ihr könnt nicht sprechen?«

Ihrer Kehle entrang sich ein krächzender, unverständlicher Laut.

»Was wollt Ihr von diesem Mann?«

Mit den Fingern formte sie fünf Buchstaben.

»Ihr sucht ... Euren Vater?«

Sie nickte und deutete auf das Blatt Papier. Sollte dieser Teil der Geschichte, die ihm der Bankier erzählt hatte, tatsächlich stimmen? Doch was hatte er mit den Familienangelegenheiten einer fremden Bettlerin zu tun? Er hatte eigene Sorgen.

»Ich glaube kaum, dass ich Euch helfen kann. Außerdem muss ich dringend zu meinen Fresken.«

Die junge Frau schien zu frieren. Sie knotete ihr Schultertuch noch enger. Mit dem Kinn wies sie zur Insel hinüber, formte erneut die Buchstaben und nickte eifrig.

»Wollt Ihr mir sagen, dass Euer Vater dort drüben arbeitet?«

Sie legte den Kopf schräg und hob die Schultern. Dann faltete sie die Hände wie zum Gebet und kniete vor Giorgioli auf der Straße nieder.

Erschrocken griff er nach ihrem Arm und richtete sie auf. »Bitte nicht. Was, wenn uns jemand hier sieht? Also gut, kommt morgen früh wieder hierher. Vielleicht bringe ich bis dahin etwas in Erfahrung.«

Giorgioli sah Franz Beer mit weiten Schritten den Inselhof passieren, über den ein vielstimmiges Hämmern, Sägen und Klopfen schallte. Der Baumeister trug einen Anzug aus feinster Atlasseide und einen Hut mit breiter Krempe nach der neuesten französischen Mode. Er war in ein Schriftstück vertieft und achtete nicht auf den Weg. Dabei wäre er fast über einen Maurer gestolpert, der sich vor den Stufen zum Nordturm hingehockt hatte, um einen Haufen Steine in Form zu schlagen.

»Kannst du nicht aufpassen, wo du dich niederlässt, du Tölpel? Ich hätte mir den Hals brechen können.« Da entdeckte er den Maler. »Ah, der Meister Giorgioli! Ihr könnt von Glück sagen, dass Ihr allein schafft und nicht auf solche Stümper wie diesen angewiesen seid. Ihr werdet bald abreisen, wohingegen ich meine Zeit weiter mit Nichtsnutzen und Ignoranten vergeuden muss. Soll ich Euch sagen, was ich entdeckt habe, als ich gestern Vormittag die Arbeiten der Spengler kontrolliert habe …«

»Euer Ruhm wird auf ewig mit dieser Abtei verknüpft sein, Meister Beer … Und da Ihr gerade von Euren Mitarbeitern sprecht – ist einer darunter, der den Namen Benedikt Schweizer trägt?«

Das Bild der vor ihm knienden Bettlerin ging Giorgioli nicht aus dem Sinn, obwohl er versucht hatte, es aus seiner Fantasie zu verbannen. Ihn beschlich das unbestimmte Gefühl, dass er der jungen Frau zu Dank verpflichtet war. Weil sie ihn zu seiner Figur der Maria Magdalena inspiriert hatte … Gleichwohl hielt er es für unwahrscheinlich, dass ihr Vater tatsächlich ein Mönch war. Ganz sicher lag da eine Verwechslung vor. Gespannt wartete er auf die Antwort des Baumeisters.

»Schweizer … nicht dass ich wüsste. Warum sollte ich mir überhaupt die Namen aller dieser Dümmlinge merken? Aber weil Ihr es seid, schaue ich in meiner Liste nach, die ich zufällig bei mir trage …« Franz Beer fuhr mit dem Finger über die Zeilen. »Hm, dieser Name taucht nicht auf. Warum fragt Ihr nach ihm? Ist etwas mit diesem Mann?«

»Nein, nein. Ein Freund aus meiner Heimat schrieb mir, sein Vetter stehe in Euren Diensten. Ich solle ihm einen Gruß ausrichten«, hörte Giorgioli sich sagen und wunderte sich, wie leicht ihm die Lüge über die Lippen kam. Aber auch mit dieser Erklärung hatte er bei Franz Beer kein Glück.

»Benedikt Schweizer? Nie gehört. Ja, wenn Ihr mich nach einer Frau gefragt hättet …« Der Stuckateur zog seinen Arbeitskittel an und begab sich achselzuckend zu seinen Gesellen, die schon auf die Anweisungen ihres Meisters für ihr Tagewerk warteten.

Giorgioli erklomm das Podest unter dem fünften Joch, wo Giovan Pietro letzte Hand an die Dornenkrönungsszene legte. Hätte er selbst den Pinsel geführt, wäre das Ergebnis nicht besser ausgefallen, musste er sich eingestehen.

»Morgen kannst du an deiner Sonnenuhr weitermalen«, ließ er den Sohn wissen. »Aber sieh zu, dass du rechtzeitig damit fertig wirst. Die Mönche haben noch einen Sonderwunsch. Eine Darstellung der Wundmale Christi über der Tür zum Kapitelsaal. Das kannst du übernehmen – ich habe für solche Nebensächlichkeiten keine Zeit.«

Als Giorgioli am späten Nachmittag müde und mit schmerzendem Rücken seine Bauhütte neben der Sakristei aufsuchen wollte, um den besprenkelten Kittel abzulegen, fiel ihm auf, dass die Partie rings um die Wolke, auf der Jesus in den Himmel aufstieg, kahl und leblos wirkte. Vielleicht sollte er an dieser Stelle ein Detail hinzufügen, das dem Bild mehr Lebendigkeit verlieh. Und plötzlich kamen ihm Szenen voller Bewegung und Hingabe in den Sinn. Er musste sie in einer Bibel gesehen haben. Die farbenprächtigen Darstellungen hatten ihm Wochen zuvor schon einmal in einer Phase der Niedergeschlagenheit Erleuchtung geschenkt.

Pater Agatho war ein hagerer Mann mittleren Alters mit bleichen, eingefallenen Wangen und schütterem Haar. Sein scharf geschnittenes Profil mit der hohen Stirn und der geraden, ebenmäßigen Nase deuteten darauf hin, dass er in jungen Jahren ein gut aussehender Mann gewesen war. Der Bibliothekar verschwand fast vollständig hinter den Bücherstapeln auf seinem Schreibtisch. Verwundert hob er den Kopf und kniff die Augen zusammen. »Meister Giorgioli. Ich habe zu dieser Stunde mit keinem Besucher gerechnet.«

»Ich bitte um Entschuldigung, ehrwürdiger Vater, sollte ich Euch bei Euren Studien gestört haben.«

»Nein, nein, ich ... sagt mir, wie ich Euch helfen kann.«

»Erinnert Ihr Euch an die Bibel, die Ihr mir vor einigen Wochen einmal gezeigt habt? Die mit den wunderbaren Illustrationen? Ich glaube, sie stammte aus Italien. Falls Ihr erlaubt, so möchte ich gern ein zweites Mal einen Blick hineinwerfen. Ich suche nach Anregungen für meine Himmelfahrtsszene.«

Der Bibliothekar stand auf. Seine kalten Augen, die in tiefen Höhlen unter zusammengewachsenen, buschigen Brauen lagen, bekamen einen warmen Glanz. »Und ob ich mich erinnere. Mailand vierzehnhundertsiebenundsechzig. Eine Handschrift, entstanden kurz vor der Eröffnung der ersten italienischen Druckerei. Eine unserer kostbarsten Ausgaben ... Selbstverständlich werde ich sie für Euch aus dem Magazin holen. Die Bibel ist das Buch, das die Welt verändert. Nur darin findet der Mensch die absolute, die reine und unbefleckte Wahrheit. Die Bibel ist wie ein Spiegel, in den der Mensch hineinschaut und durch den Gott zu ihm spricht. Bedenkt, wie viele verderbliche Schriften es auf dieser Welt gibt…« Pater Agatho schnaubte und zog verächtlich die Mundwinkel nach unten.

»Ich stimme Euch zu, ehrwürdiger Vater. Nichts vermag unseren Geist mehr zu beleben als die Worte des Evangeliums.«

»Wenn unsere Novizen das Bibelstudium doch nur etwas ernster nähmen! Stattdessen sitzen sie bei jeder sich bietenden Gelegenheit in der Kleiderkammer und reden um des Redens willen.«

»Es ist gewiss nicht einfach, einen großen Teil des Tages mit verschlossenem Mund zu verbringen.«

»Das Schweigen ist eine innere Haltung. Es macht die Mönche demütig. Beim Rückzug in sich selbst öffnet der Mönch sein Ohr und Herz der Stimme Gottes. Schon in den Büchern der Propheten steht geschrieben: *Bei vielem Reden entgehst du der Sünde nicht*, erklärte Pater Agatho streng und bekreuzigte sich. Dann verschwand er in einem Nebenraum. Über der Tür entdeckte Giorgioli eine Inschrift, die ihm ein Schmunzeln entlockte: *Apotheke für die Seele*.

Er setzte sich an eins der drei Lesepulte am Fenster und blickte sich um. Vor den Wänden erhoben sich dunkle Holzschränke, die bis unter die Decke reichten. Hinter gläsernen Türen reihte sich Buchrücken an Buchrücken in unterschiedlicher Höhe und Dicke und in dunklen, gedämpften Lederfarben. Einige stachen durch goldene Verzierungen hervor. Und doch wirkte alles wie ein harmonisches Ganzes. Dies war ein Ort von eigenartiger Ruhe und Anziehungskraft.

Pater Agatho kam zurück und legte dem Maler die kostbare Handschrift auf ein Pult. Giorgioli bemerkte den Geruch von faulen Eiern, der dem Mund des Paters entströmte. Seine Lippen waren rissig und spröde. Einer der Novizen hatte einmal voller Ehrfurcht erzählt, der Bibliothekar lege von allen Brüdern die meisten freiwilligen Fastentage ein und züchtige sich jeden Abend mit dem Büßergürtel.

»Ihr habt hoffentlich keine Farbreste an den Fingern, oder? Entschuldigt die Frage. Aber es ist unsere Pflicht, diese Preziosen für spätere Generationen aufzubewahren.«

Giorgioli klappte den hölzernen Buchdeckel auf, blätterte behutsam weiter. Auf jeweils einer Seite waren Miniaturen zu sehen, meisterhaft gestaltete Figurenszenen in Blau, Rot und Gold, kunstvoll eingerahmt von Bordüren. Auf der anderen Seite standen, von Hand geschrieben, die Worte der Heiligen Schrift mit besonders hervorgehobenen Buchstaben am Anfang eines jeden Kapitels. »Ich danke Euch, dass Ihr mir einen Einblick in dieses Wunderwerk gewährt. Und jene unzähligen Bücher, von denen Ihr umgeben seid ... Sicherlich habt Ihr von allen Mönchen den schönsten Arbeitsplatz hier, in Eurer Seelenapotheke.« Er deutete auf die Inschrift über der Tür zum Magazin.

Pater Agatho blickte wehmütig hinüber zu den schnörkeligen Buchstaben. »Man könnte diesen Ort nicht treffender beschreiben. Dieselben Worte könnt Ihr übrigens auch über dem Eingang der Klosterbibliothek in Sankt Gallen finden. Der größten und schönsten nördlich der Alpen. Wenn Ihr wüsstet, welche Schätze dort in den Archiven verwahrt werden ... jahrhundertealte Schriften, die seit ihrem Entstehen niemand mehr in die Hand genommen hat. Jungfräulich lagern sie in Schränken und Truhen, bergen in sich den Zauber der Vergangenheit, warten auf ihren Erwecker. Sie entstanden nahe, ganz nahe der Zeit, als Gottes Sohn auf Erden wandelte und uns Menschen beglückte ...«

»Ihr wart schon einmal in dieser Bibliothek?«

Jäh wandte Pater Agatho dem Maler den Rücken zu und trat an seinen Schreibtisch. Noch bevor er sich niedersetzen konnte, kam Frater Gallus herein. Der Novize erbleichte, als er Giorgioli erblickte. Erst schien es, als wolle er umkehren. Doch dann straffte er die Schultern und reckte das Kinn vor. »Ehrwürdiger Pater Agatho, der hochwürdige Vater Abt bittet Euch zu sich.«

Hastig fuhr sich der Bibliothekar mit einer Hand über den schütteren rötlichen Haarkranz. »Hat unser hochwürdigster Vater gesagt, wann er mich zu sehen wünscht? Vielleicht muss es nicht sofort sein und hat Zeit bis nach der Vesper. Ich würde mich gern noch um unseren Besucher und seine Wünsche kümmern.«

»Er erwartet Euch umgehend im Kapitelsaal.« Angestrengt vermied es Frater Gallus, Giorgioli in die Augen zu sehen.

Der Bibliothekar zögerte, bevor er dem Novizen schließlich folgte. »Ihr könnt die Bibel, nachdem Ihr fertig seid, auf dem Pult liegen lassen, Meister Giorgioli. Ich bringe sie später ins Magazin zurück.«

Giorgioli spürte das feste, geglättete Pergament unter den Fingerkuppen und tauchte ein in eine Welt klarer, leuchtender Farben und ungekünstelter, ergreifender Bilder. Schließlich fand er die Darstellung der Himmelfahrt und wusste plötzlich, auf welche Weise er seine Szene vervollständigen würde. Mit einem Licht, das von oben herabfallend das Haupt Jesu erleuchtete und zugleich die Anwesenheit Gottvaters verkündete.

Als Giorgioli sich erhob, fühlte er sich seltsam beschwingt. Pater Agatho war noch immer nicht zurück. Der Maler öffnete die Tür der Bibliothek und lauschte in den Flur hinaus. Alles war still.

Er wandte sich wieder um und ließ die Blicke über die Reihen unzähliger, kostbar gestalteter Buchrücken schweifen. Sie zogen ihn magisch an. Er entdeckte die Schriften der Kirchenväter, Traktate über das Leben von Äbten, Bischöfen und Päpsten und sogar die Abhandlungen des Subpriors,

Pater Anselm Aregger, über das Alte Testament. Doch plötzlich verstörte ein befremdliches Rot sein Malerauge. Auf dem untersten Regal, inmitten einer Reihe bräunlicher Schuber mit neuesten Schriften über astronomische Forschungen, stach ein in dunkelrotes Leder eingefasstes Buch hervor. Offenbar war dieser Band an falscher Stelle eingeordnet worden. War Pater Agatho dieser Irrtum unterlaufen? Aber da alle Mönche Zugang zur Bibliothek hatten und in diesem Raum gelegentlich abendliche Diskussionsrunden stattfanden, hätte es auch jeder andere sein können.

Wie von selbst griffen Giorgiolis Hände nach dem Buch. Die Vorderseite des Einbandes zierte ein goldgeprägter Männerkopf, den er sogleich als Porträt des Sokrates erkannte. Er schlug den Folianten auf und überflog die Seiten, auf denen in lateinischer Sprache vom Leben des griechischen Philosophen dic Rede war. Ergänzt wurden die Worte durch Kupferstiche von Büsten und Gemälden, die Sokrates darstellten.

Als Giorgioli fast bis zum Ende geblättert hatte, ertasteten seine Finger einen Bogen Papier. Es handelte sich um einen Papyrusbogen, der mit seinen Maßen genau zwischen zwei Buchseiten passte. Gebannt starrte der Maler auf den seltsamen Fund. In schwungvoller Handschrift standen dort griechische Buchstaben, die er jedoch nicht zu lesen vermochte. Neugierig nahm er den Papyrus in die Hand. Seine Augen flackerten, und er spürte, wie ihm das Blut in den Kopf stieg. Auf der Rückseite entdeckte er von geschickter Hand angefertigte Zeichnungen, die zwölf Personen zeigten. Alle waren nackt, und die Haltung ihrer Körper zeigte deutlich, dass sie sich auf mannigfaltige Weise dem Liebesspiel hingaben.

Giorgioli erstarrte. Nie hatte er etwas derartig Schamloses, Sündhaftes, Betörendes gesehen. Er kniff die Augen zusammen und riss sie wieder auf, nach Luft ringend und fassungslos. Sechs Szenen waren es, die alle denselben kräftig gebauten Mann zeigten, dessen erschlaffte Konturen einen älteren Menschen andeuteten. Hingegen waren die Frauen allesamt jung und von unterschiedlicher Statur, mit großen schweren oder kleinen spitzen Brüsten, mit offenen oder aufgesteckten Haaren, mit Schmuck um Hals, Handgelenke und Fesseln. Die Frauen schienen den Mann zu locken, sich ihm zu nähern, im Liegen, im Sitzen, im Stehen, von vorn, von hinten. Und er war ihnen willfährig, schrankenlos und stark.

Giorgioli wusste nicht, wie lange er so dagestanden hatte. In seinen Ohren war ein Rauschen, in das sich der Klang der Konventglocke mischte, die zur Vesper rief. Er stellte das Buch zurück an seinen Platz zwischen die Schuber, genau so, wie er es vorgefunden hatte. Benommen taumelte er ins Freie, eilte über den Inselhof zur Pforte. Atemlos hämmerte er mit dem Türklopfer, doch es dauerte eine schiere Ewigkeit, bis Bruder Anton Meyer aus seiner Loge herausschlurfte.

»Ich bin schon da, ich bin schon da! Ihr habt es heute aber eilig, nach Hause zu kommen, Meister Giorgioli … Ja, wo ist denn mein Schlüssel? Eben hatte ich ihn noch in der Hand.«

Der Pfortenbruder suchte in den Falten seines Gewandes nach dem Lederriemen mit dem Schlüssel. Dabei schwankte er nach hinten und nach vorn, stierte mit glasigem Blick vor sich hin. Er versank in einer Wolke aus Schnaps und Bier.

»Diese Frauensperson hat mich durcheinandergebracht, ganz durcheinander … Sie wollte unbedingt zu Pater Agatho. Ich kann doch nicht irgendeine dahergelaufene Bettlerin ins Kloster einlassen, das habe ich ihr auch gesagt. Der Almosenmeister hat ihr Brot, Käse und Obst gebracht, aber sie wollte einfach nicht gehen … Da habe ich zwei Stallknechte vom Festland gerufen und sie wegbringen lassen.

War das eine Aufregung … Und nun weiß ich nicht mehr, wo ich den Schlüssel gelassen habe.«

Von irgendwoher drang der Name des Bibliothekars an Giorgiolis Ohr. »Was erzählt Ihr da? Was war mit Pater Agatho?«

»Nun, dieses Mädchen in den lumpigen Kleidern. Sie wollte ihn unbedingt sehen.«

Giorgiolis Hände suchten Halt am Torpfosten. »Und sie hat wirklich vom Bibliothekar gesprochen?«

»Nein, nein, gesagt hat sie nichts, sie konnte wohl auch nicht sprechen. Sie hatte nur einen Zettel dabei.«

»Und was stand darauf?«

»Hier ist er ja, der Schlüssel! Ich hatte ihn mir um den Hals gehängt, und da ist er unter die Tunika gerutscht. So, nun dürft Ihr endlich gehen … Lasst Euch nur nicht im Wirtshaus abfüllen. So viele Burschen kommen morgens hier an und können kaum geradeaus laufen, weil sie am Abend zuvor zu tief ins Glas geschaut haben. Was mich betrifft … ich selbst rühre ja keinen einzigen Tropfen an.« Erst nach mehreren Versuchen gelang es dem Pfortenbruder, den Schlüssel ins Schloss zu stecken. Giorgioli zupfte ihn am Ärmel.

»Bruder Anton, könnt Ihr Euch daran erinnern, was auf dem Zettel geschrieben stand?«

»Wie … was? Nur ein Name. Eberhard Schweizer. So hieß Pater Agatho früher mit weltlichem Namen.«

Der schmale Weg auf dem Festland führte am Ufer des Kleinen Rheins entlang, vorbei an Stoppelfeldern, auf denen ein Krähenschwarm nach Nahrung pickte. Francesco Antonio Giorgioli rannte, als würde ihn jemand verfolgen. Auf einer Anhöhe verließen ihn die Kräfte. Er stemmte die Hände in die Seiten und rang nach Luft. Erschöpft setzte er sich auf den Boden, zog die Beine an und legte den Kopf zwischen die Knie. Ganz klein und rund machte er sich, wünschte sich irgendwohin, wo es kein Kloster, keine Ordensbrüder und keine Freskenmalereien gab.

Er zitterte und versuchte, Ordnung in das Chaos seiner Gefühle zu bringen. Das Bild des Bibliothekars schob sich in seine Erinnerung, der Ordensbruder mit dem spärlichen kupferfarbenen Haar und den dichten, über der Nasenwurzel zusammengewachsenen Brauen. Die Ähnlichkeit war unverkennbar, Giorgioli hätte es sofort bemerken müssen. Es war tatsächlich alles so, wie es der Bankier aus Sankt Gallen erzählt hatte. Der Vater der jungen stummen Frau, die bettelnd umherzog, war ein Mönch, den man aus einem der angesehensten Klöster nördlich der Alpen verjagt und in die Abgeschiedenheit nach Rheinau verbannt hatte. Ein Mönch mit Namen Pater Agatho, von dem die Mitbrüder nur mit Hochachtung sprachen, dessen unnachgiebige Strenge und rigorose Frömmigkeit aus jedem seiner Worte sprachen. Der die Regeln des heiligen Benedikt lebte wie kein Zweiter.

Um nicht völlig an seinem Verstand zu zweifeln, griff Giorgioli zu seinem Skizzenbuch und begann zu schreiben. Dabei überschlugen sich seine Gedanken. Wenn es möglich war, dass ein Mönch gegen das Gebot der Keuschheit verstieß, und es ebenso stimmte, dass ein Klosterbruder einen Mord beging …, und wenn es weiterhin zutraf, dass unter den Brüdern gelogen, geheuchelt und gefehlt wurde …, wenn sie gewissenlos gegen die Glaubenssätze der Christenheit verstießen, Zwietracht schürten …, dann … ja, dann waren Mönche auch keine besseren Menschen als die anderen.

Doch was bedeuteten demzufolge Begriffe wie Glaube, Hoffnung, Nächstenliebe, Gottesfurcht, Demut, Enthaltsamkeit, Hingebung …? Alle jene Tugenden, die ihn von klein auf gelehrt worden waren. Von seinen Eltern und den gestrengen Lehrern. Galten diese Forderungen nur für den, an dessen Ohr sie gelangten, nicht aber für den, aus dessen Mund sie kamen? Was zählten die Worte des Evangeliums, wenn nicht einmal die Vertreter Gottes auf Erden sie beherzigten? Weil sie womöglich gar nicht daran glaubten, was sie mit solchem Eifer verkündeten? Ja, die Bürger hatten recht mit ihren Vorwürfen und Anklagen. Hinter den Klostermauern gab es nur Schein, Masken und Blendwerk.

Und in diesem Sumpf sollte er nach einem Mörder suchen? Er, ein Maler aus dem Tessin, mehrere Tagesreisen von Rheinau entfernt. Nichts anderem als seiner Kunst verpflichtet. Was hatte er denn mit dem Pharisäertum hier zu schaffen? Er wollte nichts tun als malen, ungestört und in Frieden malen und den ihm zustehenden Lohn für seine Arbeit erhalten. Sollte der Abt den Schuldigen doch selbst finden! Er, Giorgioli, würde zur Not auch ohne ein Empfehlungsschreiben abreisen, sich für das nächste Jahr nach eigenem Gutdünken eine Anstellung suchen und dabei auf seine bisherigen Meriten verweisen.

Er stöhnte auf und presste die Hände gegen die Schläfen. Jäh waren ihm die Zeichnungen auf dem Papyrus wieder eingefallen, anziehend und verstörend zugleich. Aber gab das dort Gezeigte überhaupt die Wirklichkeit wider? Vielleicht hatte jemand dieses Teufelswerk nur ersonnen, um die Menschen zu verwirren und auf die Probe zu stellen. Natürlich, genau das musste die Absicht des unbekannten griechischen Zeichners gewesen sein, und er, Giorgioli, war nur zu verwirrt gewesen, um es gleich zu begreifen.

Ein Eichhörnchen hüpfte an seinen Füßen vorbei, schwang sich auf eine Trauerweide und kletterte flink den Stamm empor. Auf halber Höhe hielt es inne, wandte ihm neugierig den Kopf zu, wartete reglos. Giorgioli holte eine der Wurzeln des Baders aus seiner Jacke und kaute darauf herum, konzentrierte sich ganz auf den bitteren Geschmack auf der Zunge. Er atmete tief durch und wurde allmählich ruhiger. Das Eichhörnchen verschwand eilig in dem dichten Blattwerk der Baumkrone, und er stand auf. In einem weiten Rechtsbogen schritt er weiter am Fluss entlang bis zur Rheinhalde und von da weiter in die Oberstadt.

Stimmengewirr erfüllte die Gaststube. In der Luft lag eine Mischung aus Alkohol, Tabak und Schweiß. Drei Männer hatten sich zu Giorgioli an den Tisch gesetzt und holten ihr Kartenspiel hervor. Giorgioli ließ sich nicht stören und aß einen Teller Käse mit Brot und etwas Butter. Die Wanderung hatte ihn hungrig und durstig gemacht, und er bestellte eine zweite Karaffe Wein. Judith servierte Räucherwürstchen und Bier. Die Dienstmagd war eine blasse junge Frau mit aufgesteckten weizenblonden Zöpfen. Mit linkischen Bewegungen stellte sie die Gläser auf den Tisch. Ein Glas wäre ihr beinahe aus der Hand gerutscht. Einige Tropfen Bier landeten auf der Hose des jüngsten der Kartenspieler. Mit hochrotem Kopf lief sie hinter die Theke und kam mit einem sauberen Lappen zurück, beugte sich zu dem Gast hinunter und wollte schon den Stoff trocken reiben, als sie verlegen innehielt.

»Nun, schönes Kind, bist du etwa meinetwegen so erschrocken?« Der Spieler nahm Judith das Tuch aus der Hand, spreizte die Beine weit auseinander und betupfte sich die Schenkelinnenseiten. Dann packte er die Magd an den Schürzenbändern und versuchte, sie zu sich heranzuziehen. Ungeschickt wehrte sie die plumpen Annäherungsversuche des Gastes ab. Im selben Moment trat Johanna an den Tisch und warf dem Frechling einen zornigen Blick zu. Sofort ließ er von der Magd ab, hob wie zur Entschuldigung die Hände.

»Wie geht es eigentlich deinem Mann, Johanna? Wir wollten doch wieder einmal zusammen ein Pfeifchen rauchen!«, rief ihr vom Nachbartisch ein großer Mann mit kantigen Gesichtszügen und schlohweißem Haar zu.

Johanna trat an den Tisch des Mannes und sprach mit sanfter, mitfühlender Stimme. »Aber Matthias, weißt du's nicht mehr? Franz ist doch vor drei Jahren gestorben.«

»Tatsächlich? Dabei hätte ich schwören können, dass ich ihn gestern noch vor dem Haus zur Stube gesehen habe«, murmelte der Mann verwundert. Er holte einen ledernen Tabakbeutel aus seiner Jacke und legte eine Handvoll würzig duftender Blätter auf die Tischplatte. Mit einem Messer hackte er das getrocknete Kraut klein und stopfte es in seine Pfeife. Jemand reichte ihm eine Kerze, und er zündete die Pfeife an. Matthias Erb, der einstige Schuhmacher aus der Oberstadt, nahm einige tiefe Züge, blies den Rauch in die Luft und lehnte sich zufrieden lächelnd zurück. »Prost, auf die Gesundheit! So jung wie heute kommen wir nicht mehr zusammen!«, rief er und erhob sein Glas in Johannas Richtung. Die anderen Gäste stimmten ein.

Giorgioli machte Judith ein Zeichen und ließ sich eine dritte Karaffe Wein auftischen. Üblicherweise trank er zum Essen nie mehr als zwei Gläser, aber an diesem Abend wusste er nicht, wie er seinen Durst stillen sollte. Am Nachbartisch beobachtete er Johanna, wie sie in ein Gespräch mit dem alten Schuhmacher vertieft war. Sie beugte sich zu ihm hinunter, legte ihm eine Hand auf die Schulter und strich ihm mit der anderen sachte über die faltige Wange.

Giorgioli verschränkte die Hände ineinander und presste sie so fest zusammen, dass die Fingerknöchel weiß hervortraten. Dieselbe zärtliche Geste hatte er heute schon einmal gesehen. Auf einem Bogen Papyrus, dessen Vorderseite mit griechischen Buchstaben versehen war. Nur dass die Frau kein Mieder mit Bluse und auch keinen gebauschten Rock trug, sondern unbekleidet war. Und der Mann ihr die Hände um die Hüften schlang und sie dabei …

»Signora Binder, einen doppelten Wacholder für mich!«, rief Giorgioli heiser und fühlte, wie ihm der Hals eng wurde.

»He, Sebastian, was sitzt du den ganzen Abend so trübsinnig herum? Ich habe gehört, dass du demnächst in den Ehestand trittst. Willst du uns darauf nicht einen ausgeben?«, fragte der dickliche Fischer und klopfte seinem Nachbarn freundschaftlich auf die Schulter.

Sebastian Kempf sank in sich zusammen. »Erinnere mich nur nicht daran! Ich weiß gar nicht, wie ich aus der Sache herauskommen soll.«

»Was heißt hier herauskommen?«, kicherte der Zahnlose. »Du bist schon so lange mit der Sophia zusammen, da wird es langsam Zeit. Bevor sie dir ein anderer wegschnappt.«

»Ach, käme doch jemand und nähme sie an meiner Stelle! Dieses Miststück!«

»Na, na, was sind denn das für Redensarten? Die Tochter eines Krämers ist doch eine gute Partie. Meine Frau hat leider keine erträgliche Mitgift in die Ehe eingebracht. Sonst hätte ich mich längst schon zur Ruhe gesetzt und müsste nicht mehr bei Wind und Wetter mit meinem Boot hinausfahren.« Verständnislos schüttelte der Fischer den Kopf und kratzte sich am stoppeligen Bart.

»Sophia ist ein Miststück«, beharrte der Glaser. »Sie ist nämlich guter Hoffnung, und ich werde den Verdacht nicht los, dass das Balg überhaupt nicht von mir ist. Eigentlich bin ich mir sogar ziemlich sicher. Sie hat hinter meinem Rücken mit diesem Augustin angebandelt, diesem Ölmacher aus Altenburg, der von einem auf den anderen Tag verschwunden ist. Vermutlich weil er wusste, was ihm bevorgestanden hätte … Und plötzlich erinnert sich das Weibsstück daran, dass ich ihr nach der letzten Chilbi – da hatte ich wohl zu tief ins Glas geschaut –, dass ich ihr damals die Ehe versprochen habe. Nun besteht sie darauf, dass wir noch in diesem Monat heiraten.«

Der Fischer stieß einen lauten Pfiff aus. »Tja, ... das sieht schlecht für dich aus, fürchte ich.«

»Was soll ich denn machen?«, fragte Sebastian Kempf kläglich und ließ den kahlen Schädel auf die Brust sinken.

»Da gibt's nur eins: heiraten und das Kind als dein eigen Fleisch und Blut anerkennen. Es sei denn, du kannst beweisen, dass du nicht der Vater bist«, schlug der zahnlose Alte vor, klopfte dem Glaser mitleidig auf die Schulter und flößte ihm einen Kornbrand ein. »Was allerdings schwierig sein dürfte. Aber denk doch an die Erbschaft, die du einmal machen wirst. Die Eltern sind nicht mehr gut beieinander, und Sophia ist ihr einziges Kind ... Ich an deiner Stelle würde nicht lange zögern.«

Am Nachbartisch hatte ein Mann mittleren Alters mit rotbraunem Schlapphut die Unterredung aufmerksam verfolgt und trug eifrig Notizen in ein grünledernes Buch ein.

»He, Kamerad, was schreibst du da die ganze Zeit?«, rief der Fischer dem Fremden zu und sah ihn herausfordernd an. »Bist du vielleicht ein Spion der Benediktiner und arbeitest für das Kloster? Dann sag deinem Abt, diesem doppelzüngigen Betbruder, er soll sich zum Teufel scheren.«

Der Mann hielt inne und legte erschrocken die Hand, die die Feder hielt, auf die Brust. »Aber nein, wo denkt ihr hin? Mein Name ist Jakob Lützenkirchen, und ich stamme aus Köln. Ich schreibe ein Kompendium für Reisende. Und ich habe auch schon einen Titel: *Vollständiges Rhein-Reise-Handbuch enthaltend die ausführlichste Beschreibung der malerischen Umgebung des Rheinstromes von seinen Quellen in den Alpen bis zu seiner Verzweigung in den holländischen Niederungen und seinen Mündungen in die Nordsee, nebst Ausflügen in jedwede interessanten Umgebungen und genauen Angaben über die Sitten und Gebräuche seiner Anrainer.«*

Der Fischer stieß hörbar die Luft aus und grinste spöttisch. »Jetzt hast du uns aber mächtig beeindruckt, Freund Lützenkirchen. Ich wusste gar nicht, dass man mit so etwas sein Geld verdienen kann.«

»Ehrlich gesagt, es ist zunächst nur ein Versuch«, bekannte der Chronist in bescheidendem Ton. »Aber denkt einmal an die Niederländer, die nichts als plattes Land kennen und auch keine Berge, wie wir sie haben. Oder an die Engländer. Sie lieben malerische, pittoreske Ansichten, und in ihre Gärten lassen sie sogar Hügel und künstliche Ruinen einsetzen. Gut, über Geschmack soll man nicht streiten... Aber wenn nur einige Hundertschaften dieser Menschen zu uns kommen und meinen Reiseführer kaufen – selbstverständlich in ihre Landessprache übersetzt –, dann bin ich ein gemachter Mann.«

»Klingt gar nicht so dumm, wie ich zuerst dachte«, mischte sich einer der Kartenspieler ein. »Überlegt einmal, was die Reisenden für die jeweiligen Orte bedeuten würden. Volle Gasthäuser, Einnahmen für Fischer, Bäcker, Fleischer, Winzer, Bootsleute... Wir wären nicht mehr nur auf unser Handwerk angewiesen, sondern könnten zusätzlich an den Fremden verdienen.«

»Am liebsten würde ich meinem Handbuch Bilder mit Ansichten der schönsten Städte und Gegenden hinzufügen, damit die Reisenden sich vorab eine Vorstellung machen können... Zurzeit bin ich von der Flussquelle bis zur Mündung unterwegs und rede mit den Leuten. Lasse mir von großen und kleinen Ereignissen erzählen. Rheinau ist meine zweite Station nach Schaffhausen.«

»So, so, und was möchtest du von uns wissen, Kamerad? Du wirst hoffentlich nur etwas Gefälliges schreiben, damit die Leute nicht an unserem Städtchen vorbeireisen und ihr schönes Geld anderswo lassen. Selbstverständlich bist du unser Gast. Alles, was du getrunken hast, geht auf unsere Rechnung.«

Jakob Lützenkirchen nickte erfreut und ließ sich ein Bier und einen doppelten Obstbrand bringen. »Was ich von euch noch wissen wollte ... Einer erwähnte vorhin das Wort Chilbi ... «

Als hätten sie nur auf dieses Stichwort gewartet, redeten die Gäste augenblicklich durcheinander.

»Ruhe jetzt! So kann unser Freund doch überhaupt nichts verstehen. Matthias ist der Älteste. Er soll anfangen«, schlug der Fischer vor.

Matthias Erb blickte erst ein wenig verwirrt in die Runde, dann legte er seine Pfeife aus der Hand. »Ja, also, das ist so ... Chilbi bedeutet Kirchweihfest. Sie findet eine Woche nach dem Bettag statt. Die Chilbi soll an die Einweihung einer Kirche erinnern. Drei Tage lang wird gefeiert, mit Essen, Trinken, Tanz und Musik ... und die Kinder haben schulfrei.«

»Vor über hundert Jahren hat der Kleine Rat von Zürich die Abschaffung der Kirchweih angeordnet«, ergänzte der Fischer und hob den Finger, um seinen Worten Nachdruck zu verleihen, »und zwar am dreißigsten September sechzehnhunderteins. Ich weiß das deshalb so genau, weil mein Großvater an diesem Tag geboren wurde. Aber du kennst die Rheinauer nicht, Kamerad. Die haben trotzdem gefeiert.«

»So schnell lassen wir uns nicht ins Bockshorn jagen!«, rief der zahnlose Alte, erhob sein Glas und prostete kichernd in die Runde.

Der Chronist schrieb eifrig mit. Mehrmals leerte er zwischendrin sein Glas und ließ sich erneut einschenken. Schließlich steckte er sein Notizbuch ein und tippte sich an den Schlapphut. »Lebt wohl, liebe Leute, und denkt daran: Es kommt, wie es kommt, wie wir Rheinländer sagen.« Singend und mit leichtem Schiefgang machte er sich davon.

Die Kartenspieler setzten ihr Spiel fort, und Giorgioli beobachtete sie schweigend. Doch wie sehr er sich auch anstrengte, anstelle der Tarocksymbole sah er auf den Karten immer nur die Gestalten auf dem Papyrus. Kraftvoll, ungeniert und bezwingend. Er trank, um die teuflischen Bilder zu verscheuchen, aber je mehr er trank, desto klarer und deutlicher erkannte er die Zügellosigkeit der Akteure, ihre Frivolität, ihre Ekstase. Die Figuren bestanden nicht mehr nur aus Umrisslinien, sie nahmen Gestalt an und wurden lebendig, bewegten sich rhythmisch unmittelbar vor seinen Augen, tanzten einen verbotenen, lustvollen Reigen. Ihre Leiber erstrahlten in einem Licht, das von einem sanften Malventon in ein dunkles Nachthimmelsblau wechselte.

Als die Sperrstunde nahte und die Gäste gegangen waren, saß Giorgioli noch immer an seinem Platz und stierte in sein Glas mit Rotwein. Der glühende Farbton der Flüssigkeit erinnerte ihn an die Höllenfeuer in den Gemälden der Alten Meister, die er vor Jahren in Rom studiert hatte. Schließlich stemmte er sich hoch und wankte die Treppe hinauf. Taumelte und torkelte in seine Kammer, wo sein Körper fiel und weich und sicher aufgefangen wurde. Irgendwann spürte er, wie die Spukgestalten entschwanden und seine Qualen sich in Glückseligkeit verwandelten.

Er rekelte sich ausgiebig und gähnte. Ein zarter Duft von Zitronenmelisse stieg ihm in die Nase, ungewohnt und erfrischend. In dieser Nacht hatte Francesco Antonio Giorgioli tief und fest geschlafen. Und er hatte geträumt. Wundervoll geträumt, auch wenn sein Geist sich nicht erinnern konnte. Aber sein Körper hatte einen Nachhall bewahrt. Er schlug die Augen auf. Ein breiter Sonnenstrahl fiel durch die halb geschlossenen Fensterläden, kroch über die blank gescheuerten, abgetretenen Holzdielen hinauf zu den malvenfarbenen Laken.

Giorgioli blinzelte verwirrt. Sollten die Leintücher nicht weiß sein? Er litt wohl noch immer unter den Sinnestäuschungen des Vorabends, als er mit einem Mal lichtdurchflutete Farbspiele zu sehen geglaubt hatte. Vielleicht wurde er krank und musste ein weiteres Mal den Bader aufsuchen. Was seine Arbeit an den Fresken hinauszögern und seine Abreise gefährden würde. Rasch schob er den unangenehmen Gedanken beiseite, denn er fühlte sich auf eine seltsame Art wohlig und leicht.

Schlaftrunken rollte er sich auf die Seite. Richtete sich ruckartig auf und starrte auf lange dunkle Haare, die sich wellenförmig über das Kopfkissen ausbreiteten. Er sah eine vollendet geformte weiße Schulter und eine volle, schwere Brust, die von dem Leintuch nur unvollständig bedeckt wurde, hörte ein gleichförmiges, leises Atmen. Giorgioli blickte sich um und erkannte ein Zimmer, das ihm fremd war, mit einer Kommode neben dem Fenster und einem großen Wandspiegel am Fußende des Bettes, in dem er sich undeutlich wahrnahm.

Aber – wie war er hierhergekommen? Und plötzlich erinnerte er sich an seidige Lippen, die seinen Hals abtasteten, Hände, die geschickt und fordernd sein Wams und seine Hose aufknöpften, an eine kräftige, nachgiebige Taille, die er begierig umfasste und an den erhitzten Leib presste, an Taumel, Aufruhr und Verlangen. Schwindel befiel ihn, sein Herz raste. Vorsichtig schob er das Laken zur Seite und schwang sich auf die Bettkante. In diesem Augenblick erkannte er, dass er nackt war.

Erschrocken deckte er sich wieder zu, blickte angstvoll auf die Schlafende zurück, fürchtete, er könne sie geweckt haben. Da erblickte er auf den Holzdielen verstreut seine Kleidung liegen. Auf der Hose lag zusammengerollt die rot-weiß gestreifte Katze. Schläfrig hob sie den Kopf, und als sie Giorgioli bemerkte, stand sie auf, machte einen Buckel und sprang mit einem Satz auf einen samtbezogenen Stuhl, über dessen Lehne ein Paar bestickter langer Seidenstrümpfe hing. Dort rollte die Katze sich wieder zusammen und schnurrte leise vor sich hin, ließ Giorgioli nicht aus den Augen, der ihr einen feindseligen Blick zuwarf.

Ganz langsam erhob er sich aus dem Bett und zog sich so leise wie möglich an, lauschte angstvoll in die Stille, ob das Atemgeräusch nebenan sich veränderte. Er nahm seine Schuhe in die Hand und schlich auf Strümpfen zur Tür, schloss sie lautlos hinter sich.

Als er draußen die spätsommerliche Morgenluft einatmete, spürte er mit einem Mal, wie ihm die Knie zitterten. Er eilte über die Straße zur Bergkirche. Hinter sich vernahm er das Geräusch eines klappernden Fensterladens. Im Umdrehen sah er eine Frau am Fenster, die die Hand hob und ihm lächelnd zuwinkte. Johanna.

Francesco Antonio Giorgioli betrat die Bergkirche und ließ sich auf eine Kirchenbank sinken. Er drückte die Hände gegen die Schläfen und versuchte, sich über seine Lage Klarheit zu verschaffen. Am Abend hatte er Brot mit Käse gegessen und getrunken, danach war er zu Bett gegangen, irgendwann, zu später Stunde. Und er hatte geträumt. Von tollkühnen, unziemlichen Bildern, die mit einem Mal lebendig wurden. An diesem Morgen war er nackt in einem fremden Bett aufgewacht. Neben einer Frau. Seiner Wirtin.

Was war geschehen in den Stunden der Nacht? Etwas in ihm wusste schon längst die Antwort. Aber sein Verstand weigerte sich, anzuerkennen, was nicht wahr sein konnte. Nicht wahr sein durfte. Dass er gesündigt hatte, schwer gesündigt hatte. Gegen das sechste Gebot verstoßen, die Ehe gebrochen hatte. Dass er ein Verdammter war, dem dereinst am Tag des Jüngsten Gerichts die Hölle drohte.

Er wollte sich das Bild seiner Ehefrau Jacoba ins Gedächtnis rufen, die er liebte, mit der er drei Kinder hatte und die ein viertes erwartete, ebenso wie das Bild seiner ersten, schon vor Jahren verstorbenen Frau Margherita, die ihm fünf Kinder geschenkt hatte. Doch er sah nur ausdruckslose Schemen.

Und dann erschien ein Gesicht mit klaren, lachenden Zügen, umrahmt von kastanienfarbenem Haar, ein Gesicht mit dunkelbraunen Augen und einem dichten Wimpernkranz, mit schmaler Nase und einem vollen, weichen Mund in der Farbe von Erdbeeren. Und er verspürte wieder dieses wunderbare Gefühl unbeschreiblichen Verlangens und grenzenloser Erfüllung.

Giorgioli biss sich auf die Unterlippe, bis er Blut schmeckte. Er schämte sich, schämte sich wegen seiner Schwäche und der Schande, die er auf sich, seine Frau und seine Kinder geladen hatte. Wie sollte er ihnen je wieder unter die Augen treten und mit ihnen unter einem Dach leben? Wie seinem Herrgott das Unerklärliche erklären? Ihm wurde übel, er würgte und griff sich an die Kehle.

Etwas legte sich auf seine Schulter, kraftvoll und schwer. »Verzeiht, mein Sohn, wenn ich Euer Gebet stören sollte. Aber ich hörte Euch stöhnen. Ist Euch nicht wohl?«

Pater Mauritius, der die Wohnstätte der Mönche auf der Insel tagsüber verließ, um in der Bergkirche Pfarrdienste zu leisten, beugte sich zu Giorgioli herunter. Seine klobigen großen Hände standen in eigentümlichem Kontrast zu seinem eher schmalen Körperbau. Er blickte nachdenklich und besorgt drein.

»Ich ... nein, es ist alles in Ordnung. Es ist nur ... ich weiß selbst nicht, was mit mir ist.«

»Der menschliche Geist und die menschliche Seele sind vielerlei Gefährdungen ausgesetzt. Manche davon machen das Herz schwer. Allzu schwer. Würde es Euch erleichtern, wenn ich Euch die Beichte abnähme?«

Giorgioli nickte schwach und erhob sich. Er folgte dem Mönch zu einem mit überreichem Schnitzwerk verzierten Beichtstuhl. Dieser glich einem Schrank mit drei Türen. Pater Mauritius verschwand durch die mittlere Tür. Giorgioli öffnete die linke und kniete auf einer schmalen Bank nieder. Hinter einer vergitterten Öffnung gewahrte er im Halbdunkel den Pater.

»Mein Sohn, beichten heißt so viel wie bekennen, seine Schuld eingestehen. Dabei kommt es auf die ehrliche und ernsthafte Absicht des schuldig Gewordenen an. Sprecht aus und offenbart, was Euch in diesem Augenblick beschwert oder bedrückt.«

Giorgioli setzte zu sprechen an, stockte und stammelte, schüttelte schließlich den Kopf. »Nein, ich ... ich möchte doch nicht die Beichte ablegen.«

Die Stimme des Paters drang flüsternd und eindringlich an sein Ohr. »Natürlich kann ein Mensch versuchen, die Schuld, die ihn belastet, zu leugnen und so zu tun, als sei alles nicht so schlimm. Doch mit Schuld wird der Mensch nicht allein fertig. Sie ist ihm immer auf den Fersen, verfolgt ihn wie ein Schatten. Erst in der Beichte hört der Mensch auf, seiner Schuld zu entfliehen. Denn anstatt sie durch Verschweigen zu vergessen, spricht er vor Gott alles aus.«

Giorgioli räusperte sich mehrmals, stotterte und sprach so leise, dass Pater Mauritius das Ohr ans Gitter drücken musste.

»Ich habe Bilder gesehen ... gezeichnet auf einem Papyrus, der schon sehr alt sein muss. Es waren Bilder von einem

Mann ... und von Frauen. Sie haben Handlungen vorgenommen, die ... die ... gegen das Gesetz der Keuschheit verstoßen, und ... sie waren so abscheulich und gleichzeitig so ... wunderschön. «

Der Ordensbruder seufzte. »Oh, diese arme verirrte Seele ... Dann hat Euch das, was Ihr gesehen habt, also gefallen – obwohl es sündhaft war? «

Giorgioli nickte stumm.

»Ihr erwähnt einen alten Papyrus. Das legt die Vermutung nahe, dass es sich um ein heidnisches Werk handelt und nicht um das eines Christenmenschen. Vergesst die Bilder ganz schnell, tilgt sie aus Eurer Erinnerung, auf dass der Dämon der Versuchung augenblicklich weiche. «

Kraftlos sprach Giorgioli weiter. »Ich habe es versucht. Aber dann wurden die Bilder lebendig, und ich träumte ... von einer Frau, die mit mir auf eine Weise zusammen war wie die Figuren auf dem Papyrus, und auf einmal, da ... «

»Seid Ihr verheiratet, mein Sohn? «

»Ja, seit vielen Jahren. «

»So handelt es sich wahrhaftig um ein schweres Vergehen. Denn auch durch unbeherrschte Neugierde, schamlose Blicke, Gedanken oder Vorstellungen kann ein Mensch die Ehe brechen. «

Giorgioli ließ die Worte in sich nachklingen, spürte, wie ihm das Blut in den Kopf schoss, und umklammerte das Gitter. »Was sagt Ihr da, ehrwürdiger Vater? «

»Ihr müsst wissen ... eine Sünde bedarf nicht notwendigerweise der Ausführung. Allein der Gedanke an eine frevelhafte Tat wiegt so schwer, als hätte man sie bereits begangen. «

» ... der Gedanke wiegt so schwer wie die Tat. Welch eigenartige Vorstellung ... «, murmelte Giorgioli.

»Ich verstehe Euch nicht, Ihr müsst lauter sprechen. Wolltet Ihr noch etwas bekennen, mein Sohn? «

»Nein, nein, ich … ich habe nichts hinzuzufügen.«

»… zur Echtheit der Beichte gehört jedoch auch der feste Wille, das begangene Unrecht nicht noch einmal zu tun«, hörte er Pater Mauritius sagen. Giorgioli fühlte, wie eine schwere Last von ihm genommen wurde. Vielleicht war er doch nicht zur ewigen Verdammnis verurteilt, sondern konnte auf göttliche Nachsicht hoffen, wenn er sich in Zukunft eisern an die Ermahnungen des Paters hielt.

»Ich will Buße tun und gelobe, dass ich nie wieder gegen Gesetze des Herrn verstoßen werde«, krächzte er und schluckte den Kloß hinunter, der ihm im Hals saß.

»Möge der Heilige Geist auf Euch herniederkommen und Euch leiten und stärken, auf dass Ihr künftig der Versuchung widersteht. Solltet Ihr sie dennoch je wieder verspüren, so peitscht und züchtigt Euch und treibt die Dämonen der Lüsternheit aus Eurem Leib. Da Ihr also aus tiefstem Herzen bereut, trage ich Euch auf, als Zeichen der Buße fünfundzwanzig Vaterunser zu beten. Denn der Herr ist gütig und allmächtig. *Welchen ihr die Sünden vergebt, denen sind sie vergeben*, heißt es beim Apostel Johannes.« Pater Mauritius erhob eine Hand und machte das Zeichen des Segnens. »Ergo te absolvo. In nomine patris et filii et spiritus sancti.«

»Amen.«

»So gehet hin in Frieden.«

Als Francesco Antonio Giorgioli das Tor von Bruder Anton Meyer passierte, sah er unter einem Baum neben der Felix-und-Regula-Kirche seinen Sohn mit einem der Klosterschüler sitzen. Die beiden steckten die Köpfe zusammen und waren in ihr Kartenspiel vertieft.

Giorgioli steckte zwei Finger in den Mund und stieß einen schrillen Pfiff aus. Giovan Pietro blickte auf und ließ eilig die Spielkarten in seiner Wamstasche verschwinden. Er legte dem Schüler eine Hand auf die Schulter und sprach beruhigend auf ihn ein. Dann wandte er sich ab und kam auf die Pforte zu, wo sein Vater mit grimmiger Miene auf ihn wartete.

»Guten Morgen, Vater. Hast du nach mir gerufen, weil du heute eine besondere Aufgabe für mich hast?«

»Was hast du da gerade getan?«, fragte Giorgioli drohend und mit donnernder Stimme. »Wie kannst du es wagen, schon am frühen Morgen Müßiggang zu betreiben? Stell dir nur vor, der Abt hätte dich gesehen. Ihm wären berechtigte Zweifel an deiner Arbeitsmoral gekommen. Und welches Licht wirft das auf mich, deinen Vater und Lehrer?«

»Gegen Mittag werde ich mit der Sonnenuhr fertig sein, und bisher habe ich noch keine neuen Anweisungen von dir für das kleine Fresko mit den Wundmalen erhalten. Außerdem hat Sebastian mir leidgetan, ich wollte ihn trösten. Er ist von Pater Bonifatius, seinem Rhetoriklehrer, vor die Tür geschickt worden, weil er sich die Vokabeln nicht merken kann. Dabei will er überhaupt kein Latein lernen, viel lieber würde er komponieren und Opern und Sonaten schreiben. Und zu Hause in Bern bleiben. Aber seine Eltern schicken ihn hierher zur Schule, damit er Geschichte und alte Sprachen lernt und später einmal Pfarrer wird.«

»Und du glaubst, dass mich das beeindruckt? Mein Sohn lungert mit einem faulen Schüler herum und stellt auch noch die Autorität eines Lehrers infrage … Es ist unfassbar! Los, an die Arbeit! Farben reiben und die Vorzeichnungen für die nächsten Tage stechen. Die Sonnenuhr kann bis morgen warten.«

Giovan Pietro steckte die Hände in die Taschen und blickte den Vater herausfordernd an. »Wenn du nicht gerade etwas zu kritisieren hast, dann erteilst du Befehle. Kannst du dir eigentlich vorstellen, wie es ist, einen Vater zu haben, der einen zu etwas drängt, das man am liebsten gar nicht täte?«

»Ich hoffe, du sprichst nur von dem Schüler ... Und was dich anbelangt, was glaubst du eigentlich, warum ich dich zum Freskenmaler ausbilde? Damit du gottgefällige Werke schaffst und für deine Arbeit anständig bezahlt wirst. Für einen Maler in der heutigen Zeit ist der Klerus der einzig zuverlässige Auftraggeber, und er hat Geld, viel Geld sogar. Was man von manchen Kaufleuten nicht behaupten kann. Mehr als einmal musste ich erleben, dass ich ein Porträt malte und der Händler kurze Zeit später in Konkurs geriet. Er konnte das bestellte Bild nicht bezahlen – und ich musste zusehen, wovon ich Miete und Essen bezahlte.« Giorgioli hatte sich in Zorn geredet, hielt aber plötzlich inne. »Solche Enttäuschungen möchte ich dir ersparen«, fügte er stockend hinzu.

»Ich weiß gar nicht, ob ich für den Rest meines Lebens Kirchen ausmalen will.« Über ihnen waren Vogelschreie zu hören, und sie entdeckten einen Gänseschwarm, der in einer Formation gleich einem V vom Ökonomieareal über den Inselhof nach Süden flog. Giovan Pietro schaute ihm nach, lange und sehnsuchtsvoll.

Giorgioli machte eine abwertende Handbewegung. »Es ist überflüssig, dass ich mich aufrege. Du weißt nicht, was du sagst. Lässt dich von einem launischen zwölfjährigen Klosterbengel beeindrucken.«

Giovan Pietro machte dem Schüler, der immer noch im Schatten des Baumes stand und zu ihnen herüberschaute, ein Zeichen. Der Oblate winkte zurück und verschwand im Innern des Gästehauses.

»Wenn du erst einmal deine Meisterprüfung gemacht hast, wirst du für einige Jahre in Rom leben, hörst du?« Francesco Antonio Giorgioli wechselte die Tonlage. Sein

Blick wurde versonnen, er sprach eindringlich und voller Begeisterung. »Dort wirst du die Werke Michelangelos studieren und dir an ihm ein Beispiel nehmen. Du hast Talent, mein Junge, mehr als jeder Schüler, den ich in all den Jahren unterrichtet habe. Streng dich an, und du wirst eines Tages für Bischöfe, Äbte und Kardinäle malen. Ja, vielleicht sogar für den Papst. Du wirst reich und berühmt werden, man wird dich in einem Atemzug mit dem göttlichen Michelangelo nennen ... Das ist deine Bestimmung. Nur deswegen habe ich dich so streng erzogen. Damit du ihm einmal gleichkommst. Verstehst du das denn nicht?«

Giorgioli streckte die Hand aus, wollte sie auf die Schulter des Sohnes legen, doch Giovan Pietro wich zurück. Er starrte seinen Vater ungläubig an und verschränkte die Arme vor der Brust. Dann schlug er den Kragen seiner Jacke hoch, wandte sich schweigend der Bauhütte zu und führte aus, was sein Vater ihm aufgetragen hatte.

Francesco Antonio Giorgioli stand auf dem Holzpodest unter dem siebten Joch, ließ seine Hand die Arbeit tun, wehrte alles Denken, Fühlen und Hören ab. Mit dem Läuten der Vesperglocke legten die Stuckateure, die am nördlichen Seitenschiff Akanthuszweige anbrachten, ihre Werkzeuge aus der Hand und begaben sich in den Feierabend.

»Eh, Francesco, weißt du nicht, wie spät es ist? Willst du die ganze Nacht dort oben verbringen?«, rief Franz Schmuzer ihm von unten zu.

»Was geht dich das an?«, fragte Giorgioli verärgert und drückte den Pinsel so stark auf die Palette, dass der Stiel zerbrach.

»Entschuldige die Nachfrage! Ich habe mir überflüssigerweise um einen Kollegen Gedanken gemacht ... Bleib doch, wo du bist! Griesgram, unerträglicher.«

Giorgioli kniete auf den Dielen vor seinem Bett und betete das Vaterunser. Zehnmal, zwanzigmal, fünfundzwanzigmal. Lautlos formten seine Lippen die Worte, die Gedanken schweiften ab, flogen hinüber in ein irdisches Paradies, das dem himmlischen so fern war, aber dennoch um so vieles köstlicher. Er fühlte samtene Haut auf seiner Haut, das Kitzeln seidiger Haare an seinem Kinn, roch Zitronenmelisse und Lebenslust. Gott hatte ihm dieses eine Mal vergeben, und er durfte nicht noch einmal der Versuchung erliegen, musste als Zeichen seiner Bußfertigkeit alle Lüsternheit aus seinem Leib vertreiben, wie Pater Mauritius es am Morgen bei der Beichte gefordert hatte.

Giorgioli zog Wams und Hemd aus, löste den Gürtel und schlug ihn sich über die Schulter, biss die Zähne zusammen, als das geflochtene harte Leder auf den nackten Rücken traf. Dann nahm er den Gürtel in die andere Hand, hieb auf die noch unverletzte Seite seines Rückens ein, bis auch dieser Teil schmerzte und die Oberfläche glühte und anschwoll. Dann ließ er sich bäuchlings aufs Bett fallen, legte die Stirn auf die gefalteten Hände und betete zitternd weiter.

»Ich gebe zu, dass ich überrascht bin. Nach deinem wortlosen Verschwinden heute Morgen hatte ich nicht damit gerechnet, dich ein zweites Mal bei mir – willkommen heißen zu dürfen.« Johanna Binder wickelte eine ihrer kastanienfarbenen Haarsträhnen um den Finger und fuhr damit spielerisch über Giorgiolis Nase, Lippen und Ohr bis zum Kinn. Mit der anderen Hand griff sie nach dem Laken über seiner Hüfte und wollte es wegziehen, doch er hielt sie blitzschnell am Handgelenk fest. Johanna lachte leise und küsste den Haaransatz an seiner Schläfe, wanderte langsam weiter zur Stirn. »Was bist du für ein komischer Kauz, Antonio.

Du hast hoffentlich nichts dagegen, wenn ich dich so nenne. Mein verstorbener Mann hieß Franz. Francesco klänge in meinen Ohren zu ähnlich.«

Die rot-weiß gestreifte Katze hatte es sich am Fußende bequem gemacht. Johanna streckte einen Fuß unter dem Laken hervor und zeichnete mit den Zehen das Muster ihres Felles nach. Die Katze drehte sich auf die Seite und ließ sich laut schnurrend den Bauch streicheln.

»Vermisst Ihr ... vermisst du manchmal deinen Mann?« Giorgioli rutschte ein wenig zur Seite und setzte sich gerade hin, schüttelte das Kopfkissen auf und stopfte es sich in den Rücken. Er atmete den berauschenden Duft ihres Haars in sich ein, gebot allen Selbstvorwürfen und Zweifeln Einhalt, lebte nur noch für diesen Raum und für diesen Augenblick.

»Nein, so würde ich es nicht nennen. Ich komme sehr gut allein zurecht, sogar besser als zu seinen Lebzeiten. Trotzdem schulde ich ihm Dank.«

»Dank wofür?«

»Dass er mich heiratete.«

Verständnislos zuckte Giorgioli mit den Schultern.

»Meine Eltern ertranken bei einem Bootsunglück auf dem Bodensee, da war ich vier Jahre alt. Ich kann mich kaum an sie erinnern. Meine nächste Verwandte ist eine Tante, die Schwester meines Vaters. Sie lebt als Äbtissin auf dem Odilienberg im Elsass und nahm mich bei sich auf. Du kannst dir gewiss kaum vorstellen, was es für ein Mädchen bedeutet, in einem Kloster aufzuwachsen. Ich kannte keine Liebe und keine Wärme, nur starre Regeln, Verbote und Bestrafungen. Unter den anderen Klosterschülerinnen hatte ich kaum Freundinnen. Ich sehnte den Tag herbei, an dem ich volljährig wurde und selbst über mein Leben bestimmen konnte.«

Johanna rutschte zu Giorgioli unter das Laken und schmiegte den Kopf an seine Brust. »Eines Tages lernte ich

Franz kennen, als er Wein an die Abtei lieferte. Er war zweiunddreißig Jahre älter als ich und beschloss gleich bei unserer ersten Begegnung, mich zu heiraten. Ich sagte Ja, denn ich wollte nur eins: weg aus dem Kloster. Meine Tante erhob zum Glück keine Einwände. Vermutlich war sie sogar froh, mich loszuwerden. Ich war wohl manchmal etwas aufsässig. Wir zogen nach Rheinau, wo mein Mann ursprünglich herstammte. Er hatte dieses Wirtshaus von seinem Onkel geerbt und wollte seinen Lebensabend hier verbringen. Zehn Jahre waren wir verheiratet. Und dann ist er vor drei Jahren plötzlich gestorben. Bei einem Herzanfall.«

»Stimmt es, was die Frau des Zahnlosen neulich gesagt hat, dass Frauen keine Gastwirtschaft führen dürfen?«

»So lauten die Vorschriften. Offiziell wurde das Tavernenrecht dem einzigen Bruder meines Mannes übertragen. Mein Schwager ist Apotheker und lebt seit Jahren in Straßburg. Er kümmert sich nicht darum, was ich hier tue. Deswegen kann ich das Haus und die Weinberge so bewirtschaften, wie ich es möchte.«

Johanna streckte die Hand nach einem Porzellanteller auf dem Nachtschränkchen aus, bot Giorgioli ein Stück Honigkuchen an, doch er schüttelte nur den Kopf. Sie nahm den Kuchen, biss eine Ecke ab und hielt sie der Katze vor die Nase. »Minou, meine Kleine, schau, was ich für dich habe!«

Die Katze reckte den Hals, ließ sich von ihrer Herrin füttern und unter dem Kinn kraulen.

»Minou ist mir zugelaufen. Sie war ganz abgemagert und hinkte mit der rechten Vorderpfote. Ich habe sie gepflegt, und seither sind wir unzertrennlich.«

Giorgioli rümpfte die Nase, als Johanna der Katze einen weiteren Bissen gab, und zog verächtlich die Mundwinkel nach unten.

»Ich liebe Süßes, besonders Kuchen«, gestand Johanna lachend. »Manchmal esse ich auch zu viel davon. Früher, bei den Nonnen, da war Naschen verboten. Wahrscheinlich ist das der Grund, weshalb ich mich heute so schwer beherrschen kann.«

Giorgioli löste sich aus ihrer Umarmung und blickte hinüber zu dem Stuhl, auf dem er seine Kleider abgelegt hatte. Er überlegte, wie er es anstellen sollte, sich anzuziehen, ohne seine Blöße zu zeigen.

»Was ist denn mit deinem Rücken geschehen, Antonio? Zeig her, du bist ja ganz rot!« Mit einem Finger zeichnete Johanna sachte die Striemen nach, blies sanft gegen die Schürfungen.

»Ich ... ich wäre heute beinahe die Leiter hinuntergefallen und konnte mich erst im letzten Moment festhalten. Da muss es wohl passiert sein«, stotterte Giorgioli und versuchte gleichzeitig, mit dem ausgestreckten Fuß den Stuhl zu sich heranzuziehen.

»Du Ärmster.« Sie schob sich hinter seinen Rücken und hauchte Luftküsse auf die geschundenen Stellen. »Warte, ich habe einen Balsam, der kühlt die Haut und lässt sie schneller abheilen.«

Johanna stieg aus dem Bett und trat ans Fenster, öffnete die hölzernen Blenden und stand da, umgeben von einem Kranz von Sonnenstrahlen, der einer Aureole glich. Schamhaft hielt sich Giorgioli die Hände vor die Augen. Sie beobachtete es mit Verwunderung und einem sanften Lächeln. Giorgioli blinzelte zwischen seinen Fingern hindurch und betrachtete die schöne Wirtsfrau. Nackt, füllig, verführerisch, mit elfenbeinfarbener Haut und gelöstem Haar, das sich über den Brüsten teilte. Sie öffnete ein Eckschränkchen und nahm einen blütenverzierten Emailletiegel heraus.

»Leg dich auf den Bauch!«, befahl sie ruhig und setzte sich zu ihm auf die Bettkante. Behutsam tupfte sie die Salbe auf die Striemen. Giorgioli ließ es geschehen, spürte Linderung allein schon durch die zärtliche Berührung ihrer Fingerspitzen, versank in Traumnebel, aus dem er nie wieder erwachen wollte.

Der Geruch von Erde, Gras und Sommerblumen vermischte sich mit der feuchten Morgenluft. Giorgioli lehnte sich gegen die halbhohe Umfassungsmauer der Bergkirche und beobachtete eine Weile den Roten Milan, der seine Kreise über den Weinbergen zog. Sein Blick schweifte hinüber zur Insel. Das flirrende Sonnenlicht verlieh den hellen Gebäuden den Anschein, als wären sie mit einer Goldlasur überzogen. Er verspürte einen eigenartigen Druck in der Magengegend. Mit dem Handrücken wischte er sich den Schweiß von der Stirn. Die Umgebung erschien mit einem Mal wie hinter einem Nebelschleier. Er suchte Halt an der Ziegelmauer, lehnte sich gegen die Brüstung.

Wie hatte geschehen können, was geschehen war? Er, Francesco Antonio Giorgioli, hatte gefehlt, bereut und gebüßt – und dennoch ein zweites Mal gesündigt. Was war aus dem Menschen geworden, der an die Worte des Evangeliums glaubte, der Aufrichtigkeit, Ehre und Demut hoch schätzte und seiner Frau ewige Treue geschworen hatte? Ein Heuchler, Lügner und Ehebrecher. Er empfand Verachtung für diesen ihm so fremden und doch so vertrauten Menschen. Übelkeit befiel ihn bei dem Gedanken an die Momente der Verzückung, die er in der letzten Nacht erlebt und die er diesmal in allen Einzelheiten im Gedächtnis bewahrt hatte wie einen kostbaren Schatz.

Er würde Pater Mauritius aufsuchen und diesmal vollends seine Schuld gestehen. Und er würde Buße tun, jede Strafe dankbar annehmen, die man ihm auftrug. Doch halt, was hatte der Pater gesagt? *Allein schon der Gedanke an eine frevelhafte Tat wiegt so schwer, als hätte man sie bereits began-*

gen. Wenn das stimmte, dann wog die Tat so viel wie – ein Gedanke. Und im Unkehrschluss war sein schändliches Tun in den letzten beiden Nächten demnach nichts anderes, als ... als wenn er es gedacht hätte. Giorgioli atmete durch, tief und befreit. Also brauchte er dem Pater auch nicht mehr zu gestehen, dass aus Gedanken Wirklichkeit geworden war, ein Rausch aus Umarmungen, Seufzern und Glückseligkeit. Es bedurfte gar keiner weiteren Geständnisse, denn er hatte tags zuvor im Beichtstuhl bereits alles gesagt.

Aber ... musste er seine Verfehlung nicht dennoch mit seinem Schöpfer ausmachen? Und wie konnte Giorgioli annehmen, dass Gott ihm ein zweites Mal vergäbe? Warum sollte der Herr sein Versprechen einhalten, wenn er, der Mensch, seines gebrochen hatte? Er war ein Unwürdiger, ein Nichts, ein Wurm, den im Staub zu zertreten jeder das Recht gehabt hätte ... Nein, er konnte keine Absolution erwarten. Vielleicht war das seine Strafe. Weiterzuleben und irgendwann zu sterben als ein Gottloser.

Das Jüngste Gericht fiel ihm ein, Michelangelo hatte es, prachtvoll und überlebensgroß, auf die Stirnwand der Sixtinischen Kapelle gemalt. Bei seiner Enthüllung packte es seine Betrachter mit der Gewalt eines Sturmes. Sogar der Papst war auf die Knie gefallen, um zu beten. In heroischer Größe, mit den Armen die Geste des Verdammens vollführend, bildete der Weltenrichter den Angelpunkt der Komposition. An seiner rechten Seite Heilige und Märtyrer sowie die Seelen der Auferstandenen. Ganz unten die Toten, die aus den Gräbern auferstanden. Und daneben teufelsgleich Charon, der die Verdammten über den Styx beförderte. Genau dort wäre einmal der Platz des Francesco Antonio Giorgioli. Unter den Bestien, den Gestalten der Finsternis.

Er löste sich von der Mauer und schritt in die Unterstadt. Plötzlich hatte er es eilig, auf die Insel zu kommen. Wollte vergessen und in seiner Arbeit versinken, an nichts anderes mehr denken als an sein Himmelfahrtsfresko, an Figuren, Konturen und Farben und dabei den säuerlichen Geruch des frisch angeworfenen Putzes in sich aufnehmen.

»Da schau her, der Schöpfer dieser prachtvollen Deckengemälde über unseren Häuptern schreitet, ganz wie es seine Art ist, flinken Fußes daher. Fühl dich gegrüßt, Kollege, und geschmeichelt obendrein, denn frohe Kunde drang an mein Ohr. Abt Adalbert der Dritte, ebenjener Kirchenfürst des Klosters Disentis, weilt zu Gast in Rheinau und möchte am Nachmittag das Innere dieses Gotteshauses in Augenschein nehmen. Also, was sagt dir dieses?« Franz Schmuzer hatte die Hände in den Hosentaschen vergraben und wippte mit den Fersen auf und ab. Dabei spitzte er die Lippen und wirkte äußerst vergnügt.

Giorgioli runzelte die Stirn. Doch ihm fiel kein Grund ein, der die fröhliche Stimmung des Stuckateurs hätte erklären können.

»Du ruhst in Gedanken wohl noch in Morpheus' Armen. Dann erbitte ich deine geschätzte Aufmerksamkeit für folgende Hypothese. Unser hochwürdiger Gast hat gewiss nicht der puren Lustbarkeit wegen seine Reise angetreten, zumal er sich in fortgeschrittenem Alter befindet, und er sucht bestimmt auch nicht das Kloster auf, um mit seinem Abtsbruder Gerold stilvolle Konversation zu pflegen. Ich gehe jede Wette ein, der gute Adalbert trägt sich mit dem Gedanken, seine eigene Klosterkirche zu verschönern. Und wenn ihm das gefällt, was er heute zu sehen bekommt, dann ... Nun, dämmert's dir endlich?«

Giorgioli kratzte sich am Ohr und trat unschlüssig von einem Fuß auf den anderen. »Ich ... ich kann dir nicht folgen, Franz. Du musst schon etwas deutlicher werden.«

Schmuzer grinste, hob eine Hand in die Luft und schnippte fröhlich mit dem Finger. »Uns könnte ein neuer Auftrag winken, mein Lieber. Nächstes Jahr in Disentis …«

Erst jetzt begriff Giorgioli und erschrak zugleich. Weil er in den vergangenen beiden Tagen überhaupt nicht mehr an den toten Mönch und an den Auftrag des Abtes gedacht hatte. Allzu sehr war er mit sich selbst beschäftigt gewesen, hatte sich in Sünde und Selbstmitleid verfangen. Doch vom Erfolg seiner Recherchen hing sein nächster Auftrag ab. Ihm war, als lege sich eine bleierne Platte auf seine Stirn.

Gleichzeitig stieg Wut in ihm auf, und zornig ballte er die Hand in der Kitteltasche. Warum sollte ausgerechnet er dem Mord an einem Klosterbruder nachgehen? Er hatte Wichtigeres zu tun. Seine Fresken mussten in weniger als zwei Wochen fertig werden. Außerdem waren da noch sein persönlicher Frevel und – Johanna. Allerdings … wenn dem fremden Abt seine Fresken gefielen, wäre er dann überhaupt noch auf eine Empfehlung Abt Gerolds angewiesen? Giorgioli schöpfte neue Hoffnung und bemerkte, wie auch ihn plötzlich eine heitere Stimmung überkam.

»Leider kann ich an deiner Kirchenführung nicht teilnehmen«, fuhr der Stuckateur fort. »Einer meiner Männer hat sich einen Nagel in die Hand geschlagen. Die Wunde eitert und will einfach nicht heilen. Ich werde ihn zu einem Chirurgicus nach Schaffhausen begleiten. Aber ich hoffe natürlich, dass du dich für mich verwendest, geschätzter Kollege. Ich persönlich hätte nichts dagegen, wenn wir ein weiteres Mal zusammenarbeiten könnten. Auch wenn du manchmal ziemlich garstig bist. Sag einmal, Francesco, du Meister der herabhängenden Mundwinkel, wann hast du eigentlich das letzte Mal gelacht?«

»Ich werde nicht fürs Lachen, sondern fürs Malen bezahlt«, wehrte Giorgioli unwirsch ab und beeilte sich, in seine Bauhütte zu gelangen, damit Schmuzer seine Verlegenheit nicht sah. Denn das letzte Mal hatte er in der Nacht gelacht. Als Johanna ihm erzählt hatte, wie sie sich einmal bei den Nonnen heimlich in die Vorratskammer geschlichen hatte, um von einer Nachspeise zu naschen, und dabei feststellen musste, dass ihr der Hund des Kellermeisters zuvorgekommen war.

Giorgioli begutachtete die Arbeit, die er am Vortag geschaffen hatte. Die Farben hatten sich makellos mit dem Malgrund verbunden, und er musste nur noch einige Gewandfalten der Gottesmutter mit einem dunkleren Blauton verstärken. Er streckte die Hand mit dem farbfeuchten Pinsel aus und erstarrte vor Schreck. Die Gesichtszüge, die er der Begleiterin Maria Magdalenas gegeben hatte, waren unverkennbar die von – Johanna.

Das Blut stieg ihm in den Kopf. Mit zittrigen Händen mischte er in Windeseile neue Farben an und übermalte das Profil, setzte eine leicht gebogene, lange Nase an die Stelle der schmalen, geraden, verlängerte die Linie der Augenbrauen und modellierte das offen herabfallende kastanienbraune Haar zu einem Schleier, unter dem sich weizenfarbene Locken über der Stirn hervorkräuselten.

Giorgioli trat einige Schritte zur Seite, um seine Korrekturen aus größerer Entfernung zu prüfen. Dabei fiel sein Blick auf die Farbtöpfe und Pinsel, die er tags zuvor an der Schmalseite des Podestes, direkt neben dem Pfeiler, aufgereiht hatte. Er war sicher, dass er dabei eine ganz bestimmte Anordnung gewählt hatte. Links die dunklen und rechts daneben die hellen Farbpigmente. Darunter auf einem Tablett die Pinsel der Größe nach von links nach rechts geordnet, wobei die Stielenden eine waagerechte Linie gebildet hatten.

Doch jetzt lag ein Töpfchen ockerfarbene Erde neben dunkler Smalte, die Enden der kleinen Pinsel zeigten nach rechts, ganz so, als sei jemand gegen das Tablett getreten.

Jemand, der unbefugt auf dem Podest gewesen war und die Fresken betrachtet hatte? Und dabei in der Frau neben Maria Magdalena die Lindenwirtin erkannt hatte und nunmehr Bescheid wusste – über ihn und Johanna?

Schmuzer konnte es nicht gewesen sein, er hantierte bei seinen Putzarbeiten viel zu versiert und zu vorsichtig. Und zum Glück kannte er Johanna Binder nicht. Zumindest konnte Giorgioli sich nicht daran erinnern, den Stuckateur jemals in ihrem Gasthaus gesehen zu haben. Außerdem hätte Schmuzer längst schon lautstark die körperlichen Vorzüge der Lindenwirtin gepriesen. Konnte es Giovan Pietro gewesen sein oder einer der Mönche? Etwa jemand, der ihn heimlich beobachtete, so wie auch er Erkundungen einzog? Vielleicht der Mörder des Sakristans, der nun auch ihm auf den Fersen war?

Mit Mühe drängte Giorgioli alle bedrohlichen Gedanken beiseite. Erst nach einer Weile gelang es ihm, in die Szene des Neuen Testamentes einzutauchen. Er stellte sich vor, einer der Zuschauer zu sein, die das Wunder der Himmelfahrt mit eigenen Augen sehen durften. Schließlich vergaß er, wo er war und wer er war.

Er solle sich nach der Mittagsmahlzeit in der Sakristei einfinden, der hochwürdige Vater Abt aus Disentis wolle sich die Fresken erläutern lassen, hatte man ihm mitgeteilt. Nun wartete Giorgioli mit Herzklopfen auf das Erscheinen des fremden Abtes, betete inständig, dass dieser Gefallen an seinem Werk finden möge. Aber – würde Gott die Bitten eines so tief gefallenen Sünders überhaupt erhören?

Die Tür zur Sakristei öffnete sich, und Abt Adalbert trat ein, in seiner Begleitung der Novize Frater Martin. Der Abt war ein Mann mittlerer Größe, von kräftiger Statur und mit schlohweißem Haar. Er ging langsam und stützte sich mit der Linken auf einen Stock, dessen Knauf an den Schlüssel des Apostels Petrus erinnerte, wie er auf vielen Heiligendarstellungen zu sehen war. Mit der Rechten machte der Abt die Geste des Segnens. »Dominus vobiscum.«

»Et cum spiritu sancto.« Giorgioli blickte in ein fahles, aufgedunsenes Gesicht mit schweren Lidern und wulstigen Lippen. Tief liegende helle Augen über dicken Tränensäcken musterten Giorgioli unverhohlen neugierig. »Meister Giorgioli, man sagte mir, Ihr hättet einige Jahre in Rom verbracht. Nun, so sähe ich mir gern an, was Ihr von den großen Italienern gelernt habt. Mein Abtsbruder Gerold erwähnte lobend Eure Manier, Figuren zu gruppieren. Leider ist es ihm nicht möglich, an unserem Rundgang teilzunehmen. Er hat dringende Bittbriefe zu beantworten.«

Auf ein Zeichen hin entfernte sich der Novize. Giorgioli hielt die Tür auf und ließ dem Abt den Vortritt. Sie gingen bis zu der Stelle, an der sich der Mittelpunkt des Kirchengrundrisses befand, und blickten zur Decke empor. Unmittelbar über ihnen, im Langhaus, war in einem Oval die Heimsuchung Mariens zu sehen, direkt daneben zwei Szenen aus dem Leben ihres göttlichen Sohnes. Im südlichen Joch die Geißelung Christi und im nördlichen Jesus am Ölberg.

Abt Adalbert III. legte den Kopf in den Nacken und drehte sich langsam einmal um die eigene Achse, verschaffte sich so einen Überblick über die Gesamtheit der Deckenfresken. Dabei stützte er sich schnaufend auf seinen Stock. »Sagt, werter Meister, welches war Euer Plan bei der Anordnung der Bilder?«

Giorgioli begann zu erklären, bemühte sich, persönliche Begeisterung und Demut vor der gewaltigen Aufgabe miteinander in Einklang zu bringen. »Hochwürdiger Vater Abt, Eure ehrwürdigen Rheinauer Brüder haben mir die Aufgabe erteilt, zwei Malzyklen zu schaffen. Von der Verehrung der Gottesmutter Maria sollte der eine handeln, vom Leben und Leiden Christi der andere. Das Marienleben habe ich in das Hauptschiff verlegt, das Leben ihres göttlichen Sohnes in die Seitenschiffe. In der Vorhalle, dem Eintrittsort der Gläubigen, seht Ihr die Tempelreinigung sowie Petrus und Magdalena als Büßende.«

Giorgioli geleitete den Abt einige Schritte weiter zum Mönchschor. »Und dort, an der Schnittstelle zwischen Hauptschiff und Querhaus, befindet sich die Darstellung Gloria Omnium Sanctuorum, unmittelbar über den Häuptern der Ordensbrüder, die hier ihre Gebete verrichten. Dieses Bild habe ich zum Ruhm aller Heiligen gemalt.«

Francesco Antonio Giorgioli beobachtete genau jede Regung des Abtes, versuchte herauszufinden, welche Wirkung seine Erläuterungen auf den Besucher ausübten. Der Abt nickte anerkennend und blinzelte zur Decke hinauf.

»Ein vortreffliches Sinnbild der Ecclesia triumphans, der jubelnden, siegreichen Kirche. Wenn ich es recht überblicke, so nimmt dieses Fresko inmitten der vielen anderen eine Sonderstellung ein. Durch seine Größe, die Vielzahl seiner Figuren und auch dadurch, dass Ihr nur in diesem die Illusion von Architektur erzeugt habt.«

»Sehr wohl, hochwürdigster Vater, genau das war meine Absicht. Auf diesem einen Bild befinden sich mehr als sechzig Heilige.«

Abt Adalbert hielt seine Hand waagerecht gegen die Stirn, legte den Kopf in den Nacken und kniff ein Auge zu. Die Unterkante der Handinnenfläche diente ihm als Orientierung, um die gesamte Malfläche zu erkunden. Plötzlich stutzte er. »Wurden Euch sämtliche Figuren vom Benediktinerkonvent vorgegeben?«

Giorgioli errötete und trat verlegen von einem Fuß auf den anderen. »Alle ... bis auf eine Gestalt ... «

»… nämlich die des halb nackten Bettlers, der neben dem heiligen Martin kniet. Der Heilige teilt mit ihm den Mantel und weist mit dem Zeigefinger – auf Euch, den Schöpfer dieser Fresken. Es war durchaus rechtens, dass Ihr Euch dort oben in der Kirchenkuppel verewigt habt, Meister Giorgioli, als eine erbarmungswürdige, tugendhafte Gestalt inmitten einer Schar von Heiligen. Damit steht Ihr in der Tradition mittelalterlicher Malerei, wo Stifter und Maler am Bildrand klein und bescheiden niederknien in Szenen voller Andacht und Inbrunst«, erklärte der Abt, und seine Stimme bekam einen traurigen, sehnsuchtsvollen Klang. »Auch ich bin als junger Mann in Italien gewesen und habe die Alten Meister studiert. Wie gern wäre ich selbst Maler geworden… Doch Gott hat mir einen anderen Weg gewiesen.«

Giorgioli atmete tief durch. Er hatte schon befürchtet, Abt Adalbert verüble ihm sein heimlich eingefügtes Selbstporträt. Jetzt galt es, den Abt vollends für sich einzunehmen. »Sicher wäret Ihr ein großer Künstler geworden, hochwürdigster Vater, einer, den man in einem Atemzug genannt hätte mit Namen wie… Leonardo oder Tizian«, wagte er einen Vorstoß.

Der Abt lächelte geschmeichelt und geriet in ein ungezwungenes Plaudern. »Nun ja, Talent habe ich sehr wohl gehabt… Ich habe übrigens mit Genugtuung festgestellt, dass Ihr in Euren Darstellungen auf große Vorbilder zurückgegriffen habt. Dort drüben in der Anbetung der Könige beispielsweise…« Er deutete mit dem Stock auf das Geschehen rechts neben dem Vierungsfresko. »… erkenne ich Veronese mit seiner Freude am Exotischen. Und gleich dahinter, im zweiten Joch, die Verklärung auf Tabor… diese Szene atmet den Geist Raffaels.« Er wandte sich um und schritt bis zum sechsten Joch. Dort wies er auf das Oval über ihren Köpfen. »Der Tempelgang Mariens ist eine wunderbare Reminiszenz an den großen Tizian. Die Frauengestalt mit dem Kind im Schoß wiederum verweist auf Domenichino … «

»Ihr seid ein wahrer Kenner der italienischen Kunst«, beeilte Giorgioli sich zu sagen und hoffte inständig, den Abt von seinen Fähigkeiten überzeugt zu haben.

»Und erst das Kolorit …«, fuhr Abt Adalbert sinnend fort, ging mit bedächtigen Schritten im Langschiff auf und ab und blickte hinauf zu den Fresken. »… hell, transparent, pastellhaft … Alle Farben haben etwas … Zartes.«

Giorgioli vernahm dankbar das Lob, schwieg, um in diesem entscheidenden Augenblick nichts Falsches zu sagen. Der Abt war bei seinem Rundgang ins Schwitzen geraten. Er zog ein Taschentuch aus seiner Kutte und tupfte sich die Stirn ab. Dabei schnaufte er schwer und rang pfeifend nach Atem. Erneut sah er sich um, und diesmal blieb sein Blick auf halber Höhe an den Pfeilern mit den kunstvollen Stuckaturen hängen. »Eine hervorragende Arbeit. Wer ist der Stuckmeister?«

»Franz Schmuzer. Er stammt aus Wessobrunn, und man kann ihn, obwohl er noch verhältnismäßig jung ist, mit Recht zu den erfahrensten und besten seines Faches rechnen.« Giorgioli stellte überrascht fest, um wie viel leichter es ihm fiel, die Arbeit seines Kollegen zu loben, als sich selbst herauszustellen. Doch gleichzeitig war er zuversichtlich. Er hatte offensichtlich in einem ersten Schritt die Aufmerksamkeit seines Gesprächspartners geweckt, nun musste er auch noch sein Wohlwollen erringen.

Der Abt nickte. »In der Tat. Stuckatur und Freskomalerei halten sich qualitativ die Waage, ohne jedoch die Dominanz der Architektur anzutasten, beide bilden ein harmonisches Ganzes.« Er schwieg für eine Weile, bevor er in vertrauensvollem Ton weitersprach. »Meine Brüder und ich tragen uns mit der Absicht, im nächsten Jahr die Kirche unseres Klosters in Disentis mit Deckengemälden und Stuckaturen ausschmücken zu lassen. Ich bin auf der Suche nach Künstlern, die dieser Aufgabe gewachsen sind. Und die einen Leumund haben, der bestätigt, dass sie die hohen moralischen Ansprüche an einen solch ehrenvollen Auftrag erfüllen.«

Giorgiolis eben noch hoffnungsvolle Stimmung schlug um in Resignation. Für den untadeligen Stuckateur würde Abt Gerold II. sich jederzeit verwenden. Doch was ihn persönlich betraf, konnte er erst dann mit einer Fürsprache rechnen, wenn der Tod des Sakristans aufgeklärt war. Aber womöglich wäre das die gerechte Strafe für seine Sünden: an dieser Aufgabe zu scheitern und ohne Empfehlung abreisen zu müssen.

Seine Arbeit an der Himmelfahrtsszene machte kontinuierliche Fortschritte, Giorgioli musste nur noch eine einzige Figur einfügen. Einen alten Mann, der in kniender Haltung, die gefalteten Hände nach oben gestreckt, auf die Wolke mit dem emporschwebenden Jesus blicken sollte. Er blätterte in seinen Skizzenbüchern, fand aber keine geeignete Vorlage. Vielleicht sollte er am nächsten Tag den Kornmarkt besuchen, um unter den Händlern nach einem geeigneten Modell Ausschau zu halten.

Als er während der Mittagsmahlzeit im Refektorium saß und von seinem Platz aus die Patres und Fratres am Nachbartisch beobachtete, fiel ihm auf, dass der Platz neben dem Prior frei war. Dort saß gewöhnlich Pater Agatho. Unter dem Vorwand, einen Waschzuber skizzieren zu wollen, begab er sich nach dem Essen in die Kleiderkammer. Von den dort anwesenden Mönchen erfuhr er, dass ihr Bruder zur Begutachtung einer neu erworbenen Handschrift aus dem 14. Jahrhundert in das Kloster Fischingen gereist sei und dass Pater Bonifatius ihn in der Zwischenzeit vertrete.

Giorgioli merkte, wie sein Herz schneller schlug. Er zwang sich zur Ruhe, ordnete seine Gedanken. Jetzt hieß es, besonnen zu bleiben. Er wollte die unerwartete Gelegenheit nutzen und die Bibliothek aufsuchen. Und dort nach der Abhandlung über das Leben und Werk des Philosophen Sokrates verlangen. Ein einziges Mal noch wollte er einen Blick auf den Papyrus werfen. Vielleicht würden ihm diesmal die Augen aufgehen, und er würde den Inhalt als Teufelswerk erkennen und sein ungezügeltes Verlangen für immer überwinden. Dann könnte er wieder zu dem Menschen werden, der er einmal gewesen war.

Giorgioli öffnete die Tür zur Bibliothek. Doch anstelle von Pater Bonifatius traf er den Sekretär Abt Gerolds an. Pater Desiderius, der auch das Amt des Archivars innehatte, saß an einem der Schreibpulte. Der Mönch war noch jung, kaum älter als Giovan Pietro, ein schlanker, zierlicher Mann mit haselnussfarbenen Locken, jadefarbenen Augen und einem verschmitzten Lächeln.

»Seid gegrüßt, Meister Giorgioli. Wobei ich allerdings vermute, dass Euer Besuch nicht mir gilt. Bruder Bonifatius, der heute unseren Bibliothekar vertritt, wurde zu einer Besprechung in den Kapitelsaal gerufen. Er wird binnen Kurzem zurück sein.«

»Ihr habt es erraten, ehrwürdiger Vater, ich wollte Euren Mitbruder sprechen.«

Der Archivar hatte ein prachtvoll illustriertes Buch aufgeschlagen zu seiner Linken liegen. Rechts daneben befanden sich ein Stück Pergament sowie eine Reihe von Gänsefedern, Federmessern, Farbtöpfchen und Pinseln. Eine Ansammlung, die Giorgiolis Aufmerksamkeit erregte. Pater Desiderius bemerkte seine Neugierde und winkte ihn zu sich heran.

»Wollt Ihr mir über die Schulter schauen? Ich bin dabei, die Kopie eines mittelalterlichen Evangeliars anzufertigen.«

Das Pergament, das auf die Größe einer Buchseite zurechtgeschnitten war, wurde an den Rändern von zwei senkrechten und zwei waagerechten Linien begrenzt, die das Textfeld markierten. Oben links war der Buchstabe D zu sehen, der den Beginn der ersten Zeile markierte. Er unterschied sich durch seine Größe und seine schmuckvolle Gestaltung von den übrigen Textzeilen, die mit schlichten, schnörkellosen Strichen ausgeführt waren.

Das D bildete den Rahmen für eine Szene im Innern des Buchstabens. Pater Desiderius nahm einen Pinsel und tauchte ihn in ein Gefäß mit gelblicher Farbe. Damit füllte er, mit behutsamen, tupfenden Bewegungen, den Leib eines Löwen aus. »Diese Technik, Bücher zu vervielfältigen, ist mittlerweile aus der Mode gekommen, eigentlich schon seit der Zeit, da der Buchdruck erfunden wurde«, erklärte der Archivar und strichelte den filigranen Stiel einer Rose, die die Senkrechte des D bildete und deren schwerer, leuchtend roter Blütenkopf sich nach links zum Seitenrand neigte.

»Ihr habt eine bewundernswert ruhige Hand, ehrwürdiger Vater. Es braucht ein gutes Augenmaß, um derartige Miniaturen anzufertigen. Dagegen erschließt sich dem Betrachter bei der Freskenmalerei die Wirkung der Bilder erst aus der Entfernung.«

»Für mich ist Kopieren wie Beten und Gottespreis. Schreibarbeit ist ein frommer Dienst. Dem Schreiber werden so viele Strafen im Fegefeuer erlassen, wie Buchstaben, Wörter und Zeilen in dem von ihm abgeschriebenen Buch vorkommen.«

Giorgioli überlegte, ob diese Worte wohl auch auf ihn zutrafen, ob jeder Pinselstrich, den er gesetzt hatte, eine Stunde Fegefeuer weniger ausmachte …

»Die Originalhandschrift stammt aus der Zeit Karls des Großen«, fuhr der Pater mit seinen Erläuterungen fort. »Sie gehört dem Kloster Sankt Gallen. Die Brüder dort haben sie mir zur Verfügung gestellt. Die fertige Abschrift wird in alter Manier in Leder eingebunden und mit Gold, Edelsteinen, Emaille und Elfenbein verziert. Die Kopie soll in Rheinau verbleiben und unsere Bibliothek um einen weiteren Schatz bereichern.«

Giorgioli hatte schon seit einer Weile beobachtet, wie der Pater den Handballen beim Malen auf einem Holzbrett abstützte, das er über die untere Hälfte der Seite gelegt hatte. »Erlaubt mir eine Frage, ehrwürdiger Vater: Warum verwendet Ihr dieses Brett?«

»Die Seite, die ich soeben beschreibe, besteht – wie auch das Original – aus Pergament. Der Schreiber muss auf jeden Fall verhindern, dass er Fingerabdrücke auf dem Pergament hinterlässt. Die Tinte, deren Hauptbestandteil Eisengallus ist, würde an dieser Stelle auf dem Hautfett nicht mehr haften.«

Pater Desiderius wechselte den Pinsel aus und trug mit haarfeinen Strichen eine braunschwarze Mähne auf Kopf und Hals des Löwen auf. Er kniff die Augen zusammen und schien zufrieden zu sein. »Als Kopist bin ich nur ein bescheidener Handwerker, denn die Texte stammen nicht aus meiner eigenen Feder. Andere Brüder in unserem Konvent sind weitaus gelehrter. Pater Anselm beispielsweise, unser Subprior, hat eine Abfassung über das Pentateuch verfasst, die ersten sieben Bücher des Alten Testamentes. Und Pater Agatho übersetzt die Briefe des Apostels Paulus aus dem Griechischen in unsere zeitgenössische Sprache.«

Auf dieses Stichwort hin blinzelte Giorgioli verstohlen zu dem Bücherbord hinüber, auf dem er Tage zuvor den rot eingebundenen Folianten entdeckt hatte, doch zu seiner Enttäuschung entdeckte er an der fraglichen Stelle nur die bräunlichen Schuber. In diesem Augenblick betrat Pater Bonifatius die Bibliothek. Der Mönch war etwa im gleichen Alter wie der verstorbene Basilius. Er hatte große, abstehende Ohren, ein schmales, ernstes Gesicht. In den stechenden Augen lag ein lauernder Ausdruck. Giorgioli erinnerte sich, was sein Sohn über den unglücklichen Oblaten und dessen Rhetoriklehrer erzählt hatte. Demnach war Pater Bonifatius ein gestrenger Mann, was Giorgioli sofort für ihn einnahm.

»Der Herr sei mit Euch, Meister Giorgioli. Man hat Euch sicher schon darüber unterrichtet, dass ich unseren Bibliothekar vertrete. Ich hoffe, ich kann Euch dienlich sein.«

Giorgioli wählte seine Worte mit Sorgfalt und in einem betont beiläufigen Tonfall. »Ehrwürdiger Vater, es handelt sich um eine kleine Bitte. Für meine Himmelfahrtsszene benötige ich eine Vorlage für einen alten, bärtigen Mann. Dazu würde ich gern die illustrierte Abhandlung über das Leben des Sokrates studieren.«

»Sokrates war ein Freidenker, der wegen seiner unbeugsamen Haltung zu Recht zum Tod verurteilt wurde. Nein, Meister Giorgioli, derartige Texte sucht Ihr in unserer Bibliothek vergeblich«, entgegnete der Pater unerwartet heftig und zog die Brauen hoch. »Auch wenn es den einen oder anderen allzu liberalen Bruder in unseren Reihen gibt«, fügte er abschätzig hinzu, »welcher diese Vorschrift am liebsten lockern würde, wie beispielsweise unser Prior … Doch glücklicherweise bestimmt immer noch unser hochwürdiger Vater Gerold der Zweite darüber, welcher Geist in unserem Kloster herrscht.«

Mit allem hatte Giorgioli gerechnet, nur nicht mit einer solchen Antwort. Er versuchte sich seine Verwirrung nicht anmerken lassen. »Aber ich bin mir ganz sicher … Das Buch war in einem großen Format gebunden, hatte einen roten Einband und war in lateinischer Sprache verfasst … «

Angesichts der steilen Zornesfalte über dem Nasenrücken des Paters und seines eisigen, stechenden Blickes lenkte

Giorgioli rasch ein. »Hm, so muss ich mich wohl geirrt haben…«

»In der Tat, Meister Giorgioli. Die einzigen Schriften in unserer Bibliothek, die aus vorchristlicher Zeit stammen, sind wissenschaftliche Abhandlungen, die sich auf Astronomie oder Pflanzenheilkunde beziehen, und von denen wiederum befindet sich ein Teil in der Privatbibliothek unseres hochwürdigen Vater Abtes und wartet darauf, nach den Regeln der Wissenschaft erfasst zu werden.«

Giorgioli kratzte sich am Ohrläppchen und stand unschlüssig herum. Gleichzeitig schalt er sich wegen seiner Einfalt. Wie hatte er annehmen können, den verräterischen Fund ungehindert ein zweites Mal in Augenschein nehmen zu können? Ganz sicher hatte der Betreffende in der Zwischenzeit das Buch mit dem Papyrus an einem geheimen Ort versteckt, wo niemand außer ihm es fände. Ob der Unbekannte ahnte, dass Giorgioli etwas gesehen hatte, das er niemals hätte sehen dürfen? Die scharfe, durchdringende Stimme des Rhetoriklehrers riss ihn aus seinen Gedanken. Mahnend und mit erhobenem Zeigefinger stand Pater Bonifatius da, das Gesicht vor Eifer gerötet.

»…dann seid Ihr vermutlich einer dieser Agnostiker, die die Existenz Gottes infrage stellen und dafür die Begrenztheit menschlichen Wissens anführen! Die behaupten, die Existenz oder Nichtexistenz eines höheren Wesens sei entweder ungeklärt, nicht zu erklären oder für das Leben irrelevant. Gebt ruhig zu, dass Eurer Meinung nach das ausschweifende Leben im alten Athen gutzuheißen sei, als Männer, selbst wenn sie verheiratet waren, bei ihren Zusammenkünften die sündhaftesten Handlungen zuließen. Und sich sogar noch damit brüsteten!«

»Aber nein, ehrwürdiger Pater Bonifatius! Ich bin nur ein einfacher Maler, kein studierter Rhetoriker. Bitte verzeiht mir, mein Gedächtnis… ich habe wohl etwas verwechselt.«

Er verbeugte sich und ging rückwärts und in gebeugter Haltung zur Tür hinaus, während Pater Desiderius von seinem Schreibpult aus die Szene schweigend und mit gerunzelter Stirn beobachtete.

Draußen im Flur lehnte Giorgioli sich gegen einen Pfeiler, hoffte, dass in diesen Moment keiner der Mönche kam, um in seine Zelle zu gehen. Ob Pater Bonifatius etwas von seinem Sündenfall ahnte? War er vielleicht der Unbekannte auf dem Gerüst gewesen, an jenem Tag, als er unbewusst einer Frauenfigur Johannas Gesichtszüge verliehen hatte? Und der gegen das Tablett mit den Pinseln gestoßen war? Konnte Pater Bonifatius etwas mit dem Tod des Sakristans zu tun haben?

Von nun an blieben ihm noch zehn Tage Zeit, dies herauszufinden. Bisher hatte Giorgioli insgeheim auf einen Zufall gehofft, der ihm den Schuldigen zugespielt hätte. Hatte, weil ihm derartige Nachforschungen lästig waren, diese nur halbherzig betrieben. Anstatt seine Verdächtigungen gegen Pater Wolferad und Frater Gallus zu überprüfen, hatte er sich durch die Übermacht der Fantasie und des sündigen Verlangens auf Irrwege leiten lassen. Die Zeit drängte. Wenn er nicht an seiner Aufgabe scheitern wollte, musste er sein ganzes Wissen und Können einsetzen und unverzüglich einen strikten Plan erstellen.

Bevor er die Klosterkirche verließ, ging Giorgioli in den Kreuzgarten, wo er einige Mönche in angeregter Diskussion antraf. Mitten unter ihnen saß sein Sohn. Frater Martin erhob sich und deutete auf die frisch fertiggestellte Sonnenuhr.

»Wir sind sehr glücklich über diese wunderbare Uhr. Demnächst können wir vom Garten aus mit einem Blick erkennen, ob wir schon bald zum Stundengebet aufbrechen müssen oder ob noch Zeit für einen Disput ist. Ich möchte auch einmal so gut malen können wie Euer Sohn ... und natürlich auch wie Ihr«, fügte er eilig und verlegen hinzu.

Giorgioli kniff die Augen zusammen und prüfte das Werk seines Sohnes, fand nichts daran auszusetzen. Er machte Giovan Pietro ein Zeichen, ihm in die Bauhütte zu folgen.

»Du musst dich sogleich um die Darstellung der fünf Wundmale über der Tür zum Kapitelsaal kümmern. Die Mönche wünschen ein Symbol der Herrschaft des Geistes über dem Körper zu sehen«, erklärte Giorgioli.

»Gut, Vater, ich werde einen Entwurf anfertigen.«

»Aber für morgen früh brauche ich blaue Smalte und schwarze Erde. Fang am besten gleich jetzt mit dem Reiben an. Und sieh zu, dass das Pulver auch fein genug ist!«

Der Torwächter Josef Oschwald hielt Giorgioli am Ärmel fest. »Einen Augenblick noch, Meiser Giorgioli! Jetzt fällt es mir wieder ein – ich sollte Euch etwas ausrichten. Eine Landstreicherin hat nach Euch gefragt. Am Dienstag war das ... vielleicht aber auch am Montag.«

Elisabeth! Er hatte überhaupt nicht mehr an sie gedacht. Er sah ihr schmales, blasses Gesicht wieder vor sich, ihren flehentlichen Blick, als sie vor ihm auf der Straße niederkniete. Sie war auf der Suche nach ihrem Vater gewesen, und Giorgioli hatte eher durch Zufall herausgefunden, wer er war und wo er sich aufhielt. Doch was sollte er ihr sagen, wenn er ihr das nächste Mal begegnete? Dass ihr Vater ein nach Rheinau strafversetzter Benediktinermönch war, der seinen Mitbrüdern wegen seiner Sittenstrenge und Unbeugsamkeit als Vorbild galt? Oder sollte er ihr besser die Wahrheit verheimlichen und behaupten, er habe nichts herausgefunden? Es wäre nicht seine erste Lüge in diesen Tagen gewesen, aber die einzige, bei der er auf die Nachsicht des Allmächtigen hoffen durfte.

»Was wollte sie von mir?«, fragte er möglichst beiläufig.

»Gesagt hat sie nichts, sie konnte nicht sprechen. Aber sie hat mir etwas aufgeschrieben. Wartet … wo habe ich denn nur die Notiz gelassen?« Der Torwächter betrat seine Loge und kehrte mit einem zerknüllten Stückchen Papier zurück. »Hier, lest selbst!«

Giorgioli erkannte sofort die krakeligen, nach links geneigten Buchstaben. *Ich suche den Maler. Bringt mich zu ihm,* las er. Sie hatte also auf ihn gewartet, vergeblich gewartet, weil er an jenem Morgen in der Bergkirche seine nächtlichen Sünden gebeichtet hatte und später als gewöhnlich auf die Insel gekommen war. Und danach hatte er sie nicht wieder getroffen. Mit einem flüchtigen Zeichen des Dankes machte er sich auf den Heimweg.

Es war bereits dunkel geworden. Francesco Antonio Giorgioli saß in seiner Stube und übertrug die Notizen, die er sich während seiner Nachforschungen gemacht hatte, auf einzelne Blätter. Ungewöhnliche Beobachtungen, verdächtige Äußerungen, mögliche Motive für einen Mord. Er breitete die Zettel auf der Tischplatte aus, zuerst in Reihen, dann kreisförmig, danach in Form eines Dreiecks. Verschob die Papiere, ordnete sie neu, suchte nach Übereinstimmungen, Widersprüchen, Gegensätzen. Verband sie in Gedanken mit Linien, als ob er ein Bild komponierte, das aus einer Vielzahl von Einzelteilen zu einem Ganzen wurde. Er schenkte sich ein Glas Wein ein und trank in kleinen Schlucken. Unerbittlich verdrängte er den Gedanken an Johanna, die ihm wie jeden Tag die Karaffe mit Wein gefüllt hatte, und zwang seine Aufmerksamkeit auf die Notizen.

Es gab folgende Möglichkeiten. Erstens: Der Anschlag galt Pater Basilius persönlich. In hohem Maß verdächtig war Frater Gallus. Er war vom Sakristan wegen eines Vergehens angezeigt und bestraft worden und hätte Grund gehabt, sich an dem Mitbruder zu rächen. Dann war da noch Pater Bonifatius. Der Mönch hatte einige seltsame Andeutungen über ausschweifendes Leben und sündhafte Begegnungen gemacht. Weil er womöglich auf das Gerüst gestiegen war, um Giorgioli nachzuspionieren? Doch Giorgiolis Verdacht gegen Pater Bonifatius stand auf äußerst tönernen Füßen und war eher durch sein schlechtes Gewissen und durch die Befürchtung bedingt, dass jemand von seinem Verhältnis mit Johanna wusste.

Zweitens: Der Anschlag galt dem Abt, und Basilius wurde nur durch ein Versehen, eine Verwechslung vielleicht, zum Opfer. Unter den Mönchen hatte der Prior das stärkste Motiv, denn er wäre selbst gern Abt geworden. So hatte es Frater Martin ihm berichtet, und auch Bruder Gabriel Weiniger hatte von Querelen der Mönche untereinander erzählt. Als Dritter schließlich hatte Pater Bonifatius einige merkwürdige Äußerungen über die allzu liberale Geisteshaltung des Priors gemacht …

Den Gedanken, dass jemand aus der Bevölkerung es auf den Vorsteher des Klosters abgesehen haben könnte, hatte Giorgioli zwar schon vor längerer Zeit verworfen, wollte ihn aber trotzdem noch einmal ins Spiel bringen, um keine Möglichkeit außer Acht zu lassen. Mit dem Boot während der Nacht unbemerkt auf die Insel zu kommen war einfach. Dort brauchte der Mörder nur noch seinem Opfer aufzulauern. Allerdings kam für diese Hypothese nahezu jeder erwachsene Rheinauer als Täter infrage.

Ebenso gut hätte es sein können, dass ein oder auch mehrere Bürger einen Mönch bestochen hatten, den Abt zu beseitigen. Aus Verärgerung über jahrlanges Drangsalieren und finanzielle Ausbeutung. Und wieder einmal sah Giorgioli ein Hindernis vor sich, das aus den Wörtern *einerseits – anderseits* bestand. Denn mit welchen Versprechungen hätte man einen Menschen locken sollen, der zwar kein Eigentum besitzen durfte, dafür aber in der sicheren Obhut eines Klosters lebte und sich um seinen Lebensunterhalt keine Gedanken machen musste?

Giorgioli nahm einen Schluck aus dem Glas, spürte dem blumig erdigen Geschmack auf der Zunge nach. Für einen Moment erwog er eine dritte Möglichkeit, dass nämlich der Sakristan doch Selbstmord begangen haben könnte. Weil ihm etwas den Geist verwirrt hatte und er den Chimären seiner Fantasie entfliehen wollte. Aber dann wies er diesen Gedanken zurück, denn niemand hatte irgendeine Auffälligkeit bei Pater Basilius bemerkt, auch Giorgioli selbst nicht. Und wenn der Pater aus Unwissenheit etwas gegessen oder getrunken hatte? Etwas, das er sich selbst oder ein anderer ihm zubereitet hatte? Das allerdings wäre vermutlich noch schwieriger zu beweisen als ein Mord …

Erneut schob der Maler die Zettel hin und her und konnte immer noch keinen Zusammenhang erkennen. Nichts fügte sich zu einem logischen Ganzen. Die Lampe auf dem Tisch flackerte, und Giorgioli füllte Öl nach. Er wandte den Kopf und lauschte – war da ein Geräusch zu hören gewesen? Tatsächlich, jemand klopfte! Hastig warf er die Blätter zusammen und versteckte sie unter dem aufgeschlagenen Notizbuch. Dann stand er auf und öffnete.

»Ich habe noch Licht unter deiner Tür gesehen. Darf ich hineinkommen?«

Johanna stand vor ihm, lächelnd, verführerisch, schön, in einem duftigen weißen Hemd mit zarter Blütenstickerei am Ausschnitt und an den Ärmeln. Die Konturen ihres Körpers zeichneten sich unter dem dünnen, fast durchsichtigen Stoff ab. Die dunklen, rötlich schimmernden Haare fielen offen bis zur Taille herab. Sie hielt einen Kerzenleuchter in der Hand, und er sah im Gegenlicht die sanfte Beuge ihres Halses, erinnerte sich augenblicklich an das erregende Gefühl, als seine Fingerspitzen über ihre samtene Haut gestrichen hatten, von den Schultern abwärts über die vollen, schweren Brüste bis hinunter zum Bauch und zu den Hüften, die breit und weich waren, immer weiter hinab bis ans Ende dessen, was er bisher kaum erahnt, geschweige denn erkundet hatte …

Er fühlte ein glühendes Verlangen in sich aufsteigen, wollte sie umfassen und seinen Leib an ihren Körper pressen, die Sanftheit ihrer Lippen und die Kraft ihrer Arme und Schenkel spüren. Sehnte sich nach ewigem Versinken, Vergehen und Vergessen.

Er lehnte den Kopf gegen den Türrahmen, zwang seinen keuchenden Atem zu einem langsamen, gleichmäßigen Rhythmus. »Ich muss … ich muss noch arbeiten«, presste er schließlich hervor.

Johanna zog bedauernd die Schultern hoch und nickte, stellte sich auf die Zehenspitzen und bot ihm ihren Mund dar. Giorgioli beugte sich vor und küsste sie auf die Stirn. Mit geschlossenen Augen sog er ihren Duft ein, kämpfte einen bitteren, hitzigen Kampf. Brüsk löste er sich von ihr und trat ins Zimmer zurück.

Johanna legte ihm eine Hand auf den Arm und ließ sie für kurze Zeit dort ruhen. »Ich bin noch eine Weile wach.« Dann wandte sie sich zum Gehen. In ihren Augen lag Sehnsucht.

Giorgioli war viel zu aufgewühlt, um Schlaf zu finden. Er lag in seinem Bett und blätterte, um sich von aufkeimenden sündigen Gedanken abzulenken, in den Seiten des abgegriffenen Buches, ließ sich fallen in die Zeit und in die Welt Michelangelos.

Die Skulptur des David fiel ihm ein, diese beeindruckende marmorne Figur, die er in Florenz auf der Piazza della Signoria gesehen hatte, unmittelbar vor dem Palazzo Vecchio, wo man auch den Mönch Savonarola gehängt und verbrannt hatte. David, der mit nicht mehr als einer Steinschleuder den übermächtigen Gegner besiegt hatte. Ein wenig ähnelte seine eigene Situation der des David. Auch Giorgioli hatte es mit einer machtvollen Gegenseite zu tun, den Benediktinern, von deren Wohlwollen seine Zukunft abhing. Doch mit dem Unterschied, dass er niemanden töten, sondern einen Tod aufklären sollte.

Michelangelo, so wusste Giorgioli, hatte sich häufig an antiken Vorbildern orientiert. Viele seiner Skulpturen, aber auch die Figuren in seinen Fresken, erinnerten in ihrer Harmonie und Ausdruckskraft an griechische Marmorplastiken. Ebenso ihre Gesichter mit den ebenmäßigen Zügen … Giorgioli richtete sich ruckartig auf. Sein Herz schlug rascher. Die Skulptur des Heiligen Paulus am Piccolominialtar im Dom von Siena …

Hatte Pater Bonifatius nicht erwähnt, dass Pater Agatho Briefe des Apostels aus dem Griechischen ins Deutsche übersetzte? Mit seinem Bart und den kräftigen, vollen Zügen ähnelte der Heilige auf verblüffende Weise dem Griechen Sokrates. Sollte dies für ihn, Giorgioli, vielleicht ein Fingerzeig des Schicksals sein? Zumal es irgendwo in der Klosterbibliothek ein Buch über das Leben des nämlichen Philosophen gab. Ein in rotes Leder gebundenes Buch, in dem sich ein Papyrus mit gewagten Zeichnungen verbarg. Wovon möglicherweise – außer ihm selbst – nur ein einziger Mensch wusste: jener, der diesen Band, nachdem Giorgioli ihn zufällig in Händen gehalten hatte, an einen anderen Ort gebracht hatte …

Vielleicht hatte er bisher in eine völlig falsche Richtung ermittelt. So wie Michelangelo sich mit der Welt der griechischen Antike auseinandergesetzt und diese für seine Arbeit genutzt hatte, musste auch er, Giorgioli, sich nachdrücklicher damit befassen und dem Beispiel seines großen Vorbildes folgen. Das war die Lösung! Er würde alles bereits Gedachte vergessen und noch einmal ganz von vorn beginnen …

Giorgioli schwang sich aus dem Bett. Ein heftiger Schmerz fuhr ihm in den Rücken. Mit einer Hand stützte er sich am Nachtschränkchen ab und richtete sich langsam auf, mit der anderen griff er nach der Öllampe. Er stellte sie auf den Tisch. Beschrieb neue Zettel, breitete sie vor sich aus, ordnete sie immer wieder neu, von links nach rechts, von oben nach unten: Briefe, Paulus, Sokrates, Athen, Philosophie, Disput, Freidenker, Verurteilung, griechische Sprache, Übersetzung, Papyrus … Irgendetwas fehlte, aber er wusste nicht, was es war. Die Augenlider wurden ihm schwer. Er löschte die Lampe und fiel in einen tiefen, traumlosen Schlaf.

An Francesco Antonio Giorgioli,
Maler aus Meride, derzeitig in
Rheinau bei Zürich wohnhaft

Francesco, mein alter Freund, ich grüße Dich aus der Ferne. Rat einmal, wo ich mich zurzeit aufhalte! In Rom! Ich wohne in einem Gästehaus ganz in der Nähe unserer alten Herberge in der Via Pastini. Erinnerst Du Dich noch an unser winziges Zimmer unterm Dach? Die Fenster waren undicht, der Mieter im Erdgeschoss zankte sich den ganzen Tag mit seiner Frau, und unten auf der Straße versammelten sich des Nachts alle Katzen Roms … Das Haus der alten Rosaria sieht noch genau so aus wie früher. Ich habe eine ihrer Töchter wiedergetroffen, Isabella. Sie ist fett und schwerfällig geworden und watschelt einher wie eine Gans, ich hätte sie beinahe nicht wiedererkannt. Dabei war sie einmal die Hübscheste von den drei Mädchen. Sie hat nie geheiratet, aber fünf Kinder von verschiedenen Männern bekommen.

Von unseren beiden Mitbewohnern soll ich Dich grüßen, ich habe sie auf dem Weg nach Rom besucht. Alfredo hat vor drei Jahren die Malerei aufgegeben. Das Geschäft war ihm nicht einträglich genug. Deswegen hat er in Mailand einen Kunsthandel aufgemacht und zählt dort mittlerweile zu den einflussreichsten Bürgern. Jetzt will er sich ganz aus dem Geschäft zurückziehen. Unser Freund hat eine Frau kennengelernt, die zwanzig Jahre jünger ist, irgendeine Marchesa, und die beiden wollen auf ihr Gut in der Nähe von Siena ziehen und dort Wein und Oliven anbauen. Man muss wohl neidlos zugeben, dass er es am weitesten von uns vieren gebracht hat.

Emanuele hat es nach Monza verschlagen, wie

Du sicher weißt. Der Haudegen ist alt geworden, Du erschräkst, wenn Du ihm begegnen würdest. Er sieht nur noch schlecht und musste das Malen aufgeben. Seine Frau ist krank, und ihre Mutter, die sich selbst kaum noch auf den Beinen halten kann, versorgt mehr schlecht als recht die vier kleinen Kinder. Ich habe Alfredo die Lage geschildert und ihn gefragt, ob er Emanuele und der Familie um der alten Freundschaft willen etwas zukommen lassen kann.

Leider bin ich selbst nicht dazu in der Lage. Mein Verdienst wird von Jahr zu Jahr weniger. Ich kann wahrscheinlich von Glück sagen, dass weder Frau noch Kinder mein Elend teilen müssen, obwohl ich mir immer eine große Familie gewünscht habe. Und leider ist die Zahlungsmoral der Leute schlecht geworden. Erst lassen sie sich ihre Villen mit Stuck aufwendig verzieren, und dann drücken sie sich vor dem Bezahlen und feilschen sogar um die Materialkosten. Ich sage Dir, mein Freund, die Zeiten sind hart, und die Konkurrenz ist groß. Es gibt eine Menge jüngere, ehrgeizige Stuckateure, denen es zwar an Erfahrung mangelt, die aber bereit sind, sich auch mit einem geringeren Lohn zufriedenzugeben. Bei Euch Malern ist die Lage nicht besser, wie ich von den Freunden weiß.

Ach ja, was ist aus unseren Träumen von damals geworden! Mir will es so gar nicht in den Sinn, dass diese Zeit schon über dreißig Jahre zurückliegen soll. Du warst der Ehrgeizigste aus unserer Gruppe. Wenn wir uns am Wochenende vergnügen wollten, dann bist Du als Einziger zu Hause geblieben und hast skizziert. Oder Du bist in die Kirchen gegangen und hast Fresken kopiert. Du wolltest zeitlebens ungebunden bleiben und Dich ganz Deiner Malerei widmen. Michelangelo hat seine Zeit auch nicht mit Frauen verschwendet, *hast Du immer gesagt. Ich erinnere mich noch gut an den Sommer 1677. Eines Abends konnten Alfredo, Emanuele und ich Dich doch überreden, mit uns einen Streifzug durch die Stadt zu unternehmen. Zu später Stunde suchten wir ein Weinlokal in der Nähe des Kolosseums auf. Am Nachbartisch saßen vornehm gekleidete Geschäftsleute, einer redete und lachte sehr viel und laut. Ich konnte nicht verstehen, wovon die Rede war, aber Du hast wie erstarrt dagesessen und kein Wort geredet. Irgendwann bist Du aufgesprungen und nach Hause gelaufen. Du hast nie erzählt, was Dich in diesem Moment so erschreckt oder verärgert hat, und ich habe Dich auch nie danach fragen wollen. Einen Monat nach diesem Ereignis bist Du Hals über Kopf aus Rom abgereist und hast kurz darauf Margherita, die Tochter Deines Lehrmeisters, geheiratet und mit ihr und später mit Deiner zweiten Frau viele Kinder bekommen …*

Ja, das Leben ist ein wunderliches Spiel. Sag, Francesco, wollen wir vier uns nicht wieder einmal treffen und von alten Zeiten reden? Vielleicht im Winter, wenn wir alle zu Hause sind und keiner von uns auf Wanderschaft muss. Lass es mich wissen, wie Du dazu stehst. Sei für heute gegrüßt und umarmt von Deinem Freund Gerolamo

Gerolamo Rossi, Stuckateur aus Bergamo, derzeit in Rom wohnhaft, am 10. August 1709

DRITTES BUCH

»Gruessech, immer frisch und munter, der Herr Maler ... Ja, ja, es wird langsam herbstlich. Bald werdet Ihr unser schönes Rheinau verlassen. Schade eigentlich, es ist immer so kurzweilig, mit Euch zu plaudern.«

Der Torwächter Josef Oschwald tauchte seine Feder in ein Tintenfass und schrieb in säuberlichen Buchstaben Datum, Uhrzeit und Namen des Passanten in das dicke Registrierbuch. Giorgioli nickte ihm wortlos zu und wollte schon davoneilen, als der Wächter ihm hinterherrief. »Habt Ihr von der Bettlerin gehört, die vor ein paar Tagen nach Euch gefragt hat?«

Giorgioli verlangsamte seinen Schritt und blieb verdutzt stehen. »Nein. Was ist mit ihr?«

»Ich habe gestern mit dem Schultheiß gesprochen, er ist mein Nachbar. Er erzählte mir, dass man die junge Frau davongejagt hat. Lumpengesindel schadet dem Ansehen unserer Stadt. Und es beleidigt das Auge rechtschaffener Bürger, die Tag für Tag redlich arbeiten.«

»Davongejagt ... und wohin ist sie gegangen?«

Josef Oschwald zuckte mit den Schultern und schaute hinüber zur Kellerei, wo gerade eine Ladung Weinfässer ausgeladen wurde. »Ihr entschuldigt mich, die Pflicht ruft.

Ich muss die Fässer nachzählen. Beim letzten Mal hat der Händler doch tatsächlich versucht, zwei zu unterschlagen. Aber da hat er mich unterschätzt ... Seit sechsunddreißig Jahren tue ich auf diesem Posten meinen Dienst, und noch nie hat der Cellerar etwas auszusetzen gehabt ... Wünsche dem Herrn Maler noch einen angenehmen Tag.«

Nachdenklich überquerte Giorgioli den Klosterplatz. Er musste an die Bettlerin denken. Wo hielt sie sich auf, und welches weitere Schicksal mochte ihr bevorstehen? Zumindest würde sie in Gestalt der Maria Magdalena auf dem Deckenbild in der Klosterkirche die Zeiten überdauern.

Bruder Gabriel Weininger saß auf einer Bank unter dem Dach eines mächtigen Birnbaumes, legte seinen Strohhut ab und wischte sich mit einem leinenen Taschentuch den Schweiß von der Stirn. »Gott sei mit Euch, Meister Giorgioli. Soll ich Euch verraten, welchen Nachtisch es heute Mittag geben wird? Birnenkompott.«

Er deutete auf einen Korb, randvoll mit dickfleischigen gelbgrünen Birnen gefüllt, und schnalzte in genießerischer Vorfreude mit der Zunge. »Pater Plazidus ist ein Meister des Desserts. So wie ich den Küchenmeister kenne, wird er die Früchte in Rotwein dünsten und mit Zimt und Nelken anrichten. Es gibt niemanden unter uns, für den das Dessert nicht der Höhepunkt des Tages wäre. Doch, es gibt eine Ausnahme ... Pater Agatho, unser Bibliothekar. Der äße nie etwas Süßes und von den anderen Speisen auch nie mehr, als zum Leben unbedingt notwendig.«

Giorgioli setzte sich neben den Mönch und griff den Gesprächsfaden auf, hoffte er doch, irgendwelche nützlichen Informationen zu erhalten, ohne dass er bislang wusste, in welche Richtung er die Unterredung lenken sollte. »Ich war gestern in der Bibliothek und habe Pater Desiderius zugesehen, wie er ein altes Evangeliar kopierte. Eine bewundernswerte Arbeit, die viel Feingefühl verlangt. Wenn er damit fertig ist, wird Eure Bibliothek um einen Prachtband reicher sein.«

»Oh, da solltet Ihr einmal unsere alten Botanikbücher sehen! Natürlich kann man deren Inhalt nicht mit dem der Heiligen Schrift vergleichen. Aber auch die Beschäftigung mit Blumen und Kräutern geschieht zum Lob Gottes. Ich liebe besonders den *Gart der Gesundheit* von Adam Lonitzer. Dieses Buch wurde im sechzehnten Jahrhundert geschrieben und hat zahlreiche naturgetreue Abbildungen in höchster künstlerischer Ausführung. Oder die Pflanzensammlung, die dem Schriftsteller Apuleius von Madaura aus dem zweiten Jahrhundert zugeschrieben wird. Etwa hundert Pflanzen sind in diesem Buch zu finden, teilweise mit Illustrationen, außerdem Hinweise zu den Standorten und Rezepturen. Und sogar Gebete und Zaubersprüche«, erklärte der Hortulanus eifrig und mit glänzenden Augen.

Ein Marienkäfer landete auf dem Ärmel des Gärtners. Bruder Weininger beobachtete lächelnd, wie das Insekt gleich einem winzigen roten Leuchtpunkt auf der schwarzen Kutte bis zum Ellbogen hinunterkrabbelte. Dann hob der Käfer seine Schmuckflügel an und flog davon.

Der Mönch fuhr fort zu erzählen. »Es gibt vielfältige Bücher über die Heilkräfte der Natur. Von den bedeutendsten wurden zahlreiche Abschriften verfasst. Allerdings kam es des Öfteren vor, dass die Kopisten zwar wunderschön schreiben, aber nicht lesen konnten. So entstanden immer wieder Fehler durch verdrehte Buchstaben und Zahlen oder auch durch fehlende Wörter.«

Giorgioli schwieg und ließ die Worte des Gärtners in sich nachklingen, wählte behutsam seine Worte. »Also wäre es möglich, dass jemand, der nicht weiß, dass er eine fehlerhafte Abschrift eines Lehrbuches vor sich hat, eine falsche niedrige oder hohe Menge eines Heilmittels verabreicht …

Sagtet Ihr nicht kürzlich, dass gerade in der Arzneikunde die Dosierung von besonderer Bedeutung sei?«

»So sagte es Paracelsus. *Ob ein Stoff heilend oder giftig ist, hängt von der Dosis ab*. Ihr habt gut aufgepasst, Meister Giorgioli.«

Dann wäre Pater Basilius also doch durch ein Versehen vergiftet worden, sinnierte Giorgioli. Jemand wollte ihm einen Heiltrank zubereiten, hatte aber eine fehlerhafte Rezeptur in einem der Bücher gefunden. Oder Basilius hatte sich selbst einen Trank zubereitet und dabei irrtümlich eine tödliche Menge Gift zu sich genommen... Er seufzte leise. Warum musste es immer mehrere Möglichkeiten geben, und warum fand sich nirgends eine eindeutige, folgerichtige Spur?

Bruder Gabriel Weininger setzte seinen Strohhut auf und schickte sich an aufzustehen. Angestrengt überlegte Giorgioli, wie er dem Mönch weitere Fakten entlocken konnte.

»Ich möchte keinesfalls Eure Zeit stehlen, ehrwürdiger Bruder, aber für jemanden wie mich, der sich ausschließlich mit Farbpigmenten befasst, ist es äußerst anregend, von so mannigfaltigen Substanzen zu hören. Könntet Ihr einige Arzneien benennen, die eine so gegensätzliche Wirkung zeigen?«

Bruder Gabriel Weininger lächelte geschmeichelt und lehnte sich mit dem Rücken gegen den Baumstamm, verschränkte die Arme vor der Brust. »Oh, da könnte ich Euch verschiedene Beispiele nennen... Mit einem Sud aus Eisenhut kann man Nervenschmerzen und Erkältungen heilen. Doch ein Zuviel bedeutet den Tod. Vorsicht geboten ist auch beim Wasserschierling, *cicuta virosa*. Dieser Vertreter der Doldengewächse gedeiht auch in unserer Alpenregion, vorzugsweise in feuchten Gebieten. Alle Pflanzenteile, besonders die Wurzeln junger Sprösslinge, sind stark giftig.«

»Was geschieht, wenn jemand aus Unkenntnis ein solches

Gift zu sich nimmt?«, fragte Giorgioli und verschränkte die Hände hinter dem Rücken, damit der Mönch nicht merkte, wie sehr sie zitterten.

»Ihm steht ein fürchterliches Ende bevor ... Etwa fünfzehn bis zwanzig Minuten, nachdem das Gift in den Magen gelangt ist, befallen den Betreffenden Übelkeit und Brechreiz. Er muss sich übergeben. Danach beginnt er zu frieren und mit den Zähnen zu klappern. Die Haut wird taub, der ganze Körper fühlt sich schwer an. Ihm wird schwindelig, die Pupillen weiten sich. Danach befallen ihn Krämpfe, die Schleimhäute schwellen an, er kann nicht mehr atmen – was schließlich zum Tod führt. Übrigens war der Extrakt dieser Pflanze ein gebräuchliches Hinrichtungsmittel im Altertum. Einer der bekanntesten Fälle ist der griechische Philosoph Sokrates. Er wurde mit dem Schierlingsbecher hingerichtet.«

Nur langsam löste Giorgioli sich aus seiner Starre, hoffte, dass der Gärtner nichts von seiner Verwirrung bemerkt hatte. »Bruder Gabriel, ich danke Euch. Es war überaus lehrreich, mit Euch zu plaudern. Bei meinem nächsten Besuch werde ich Pater Agatho bitten, mir die Bücher zu zeigen, von denen Ihr soeben gesprochen habt.«

»Vermutlich werdet Ihr nicht alle zu Gesicht bekommen. Unser hochwürdiger Vater Abt ist ein Fachmann auf dem Gebiet der Botanik und betreibt wissenschaftliche Studien. Er hat es sich zur Aufgabe gemacht, alle im Kloster vorhandenen Pflanzenbücher auf die Richtigkeit ihrer Abschriften und Rezepturen zu überprüfen. Nur die Bände, deren Korrektheit erwiesen ist, könnt Ihr in der Bibliothek bei Pater Agatho einsehen. Die anderen, die noch überarbeitet werden müssen, befinden sich einstweilen in der privaten Büchersammlung unseres hochwürdigsten Vaters.«

Giorgioli verabschiedete sich von dem Gärtner und suchte seine Bauhütte auf. Wenn die Mönche nur Zugriff auf die vom Abt geprüften Bücher hatten, dann konnte niemand ein Gericht oder einen Trank nach einer fehlerhaften Rezeptur für den Sakristan zubereiten. Folglich schied eine versehentliche Tötung oder ein versehentlicher Selbstmord aus. Außerdem hatte Giorgioli das Gefühl, dass Bruder Gabriel Weininger ihm einen wichtigen Hinweis geliefert hatte, der sich auf eigentümliche Art in die Sammlung seiner Stichwörter einfügte. Das Wort *Schierlingsbecher*.

Giorgioli hockte auf seinem Podest und starrte nach oben an die Decke, wo die Gestalt Christi von einer Wolke in den Himmel emporgehoben wurde, fühlte eine Mischung aus Verwirrung und Hoffnung. Dann zog er das Skizzenbuch hervor, in dem er am Abend zuvor seine Überlegungen zum Tod des Sakristans festgehalten hatte. Nun musste er alle Spekulationen beiseiteschieben und sich auf die Fakten konzentrieren, die er zusammengetragen hatte, sie ergänzen und in die richtige Reihenfolge bringen. Ähnlich einem Fresko, bei dem er mit wenigen Punkten aus Kohlenstaub begann und wonach allmählich ein ganzes Bild entstand. Aus dem Zusammenspiel von Fantasie und Malerei. Endlich wusste er, wie er den Mörder überführen konnte. Doch dazu brauchte er einen Mitspieler, jemanden, der ihm vertraute. Und dem auch er trauen konnte.

»Ihr bringt mir Neuigkeiten, werter Meister?«

Abt Gerold II. rückte die Kette mit dem goldenen Kreuz zurecht und hieß seinen Gast auf dem Besucherstuhl Platz zu nehmen. Seine Gesten wirkten unruhig, das Gesicht war faltig und fahl. Giorgioli betrachtete das Porträt Papst Clemens' XI., der mit gönnerhaftem Lächeln und erhobener Hand die Geste des Segnens machte. Ein freundlicher älterer

Mann in rotem Gewand und mit roter Samtkappe und schmalen Gesichtszügen. Eher väterlich als majestätisch. Giorgioli sprach langsam, wog jedes seiner Worte sorgfältig ab.

»Nur eine Vermutung, hochwürdigster Vater ... Ich habe mich an unser letztes Gespräch erinnert. Ihr sagtet, um einen Mörder zu überführen, bedarf es der Fantasie. So wie ein Maler sie braucht, um ein Bild zu komponieren. Bitte erlaubt mir, dass ich Euch einige Fragen stelle, selbst wenn Ihr zunächst keinen Zusammenhang erkennen mögt. Auch ein Bild besteht aus vielen Einzelteilen, die erst in ihrem Zusammenspiel einen tieferen Sinn ergeben.«

»Was habt Ihr bisher herausgefunden, Meister Giorgioli? Ihr könnt Euch gewiss vorstellen, dass ich seit dem Ableben unseres Bruders keine Nacht mehr ruhig geschlafen habe.« Abt Gerold klopfte mit den Fingern auf die intarsienverzierte Platte seines Schreibtisches, seine Augen flackerten.

Eine solche Frage hatte Giorgioli geahnt und befürchtet. Nunmehr galt es, einen kühlen Kopf zu wahren. »Hochwürdiger Vater Abt, ich würde gern mehr Gewissheit erlangen, bevor ich meine endgültigen Schlüsse ziehe. Womöglich würde ich zum jetzigen Zeitpunkt den Falschen beschuldigen, ihn durch einen ungerechtfertigten Verdacht in ein schlechtes Licht setzen. Eine solche Fahrlässigkeit möchte ich unter allen Umständen vermeiden. Eines kann ich jedoch mit Gewissheit sagen: Euer Leben ist nicht in Gefahr.«

Giorgioli wunderte sich, wie leicht ihm diese Behauptung über die Lippen gekommen war. Fast so, als hätte ein anderer sie ausgesprochen. Doch an den entspannten Gesichtszügen des Abtes und dem erleichterten Lächeln erkannte er, dass er die richtigen Worte gewählt hatte. »Meine erste Frage, hochwürdigster Vater, lautet: Wisst Ihr, ob es in der Bibliothek einen Band über den griechischen Philosophen Sokrates gibt?«

Abt Gerold straffte die Schultern und reckte das Kinn, er sah aus wie die Empörung in Person. »Ich bitte Euch, wo denkt Ihr hin? In unserem Kloster werden ausschließlich Bücher aufbewahrt, deren Inhalte mit der christlichen Glaubenslehre übereinstimmen. Und Sokrates war beileibe kein demutsvoller Mann. Er verblendete die Jugend und wurde zu Recht wegen Unbelehrbarkeit in den Tod geschickt. Außerdem stehen seine Werke auf der schwarzen Liste des Vatikans, dem *Index Librorum Prohibitorum*. Und Pater Agatho wacht strengstens darüber, dass weder eigene Aufzeichnungen noch Traktate anderer über diese Verfemten Eingang in unsere Bibliothek finden.«

Giorgioli seufzte. Auch mit dieser Antwort hatte er gerechnet. Der Abt wusste somit nichts von dem Buch und von seinem Verschwinden. »Man erzählte mir, Pater Agatho übersetze Briefe des Apostels Paulus in unsere moderne Sprache der Gegenwart. Meine nächste Frage lautet: Wer von den Mönchen, außer ihm, beherrscht die altgriechische Sprache?«

Gerold II. dachte einen Augenblick lang nach. »Für den Bibliothekar ist das Griechische natürlich eine notwendige Voraussetzung für diesen Posten... Außer ihm beherrscht Pater Anselm, der Subprior, diese Sprache... er hat übrigens mehrere wissenschaftliche Traktate über die Bücher des Alten Testamentes verfasst und gilt als Koryphäe auf diesem Gebiet... Des Weiteren Pater Konrad, unser Chorleiter und Dirigent. Also insgesamt drei... Dennoch frage ich mich, Meister Giorgioli, wozu Ihr diese Informationen benötigt.«

Der Abt hob überrascht den Kopf, weil er ein Klopfen an der Tür vernommen hatte. »Herein!«

Durch den Türspalt wurde der rotblonde Schopf Frater Gallus' sichtbar. Der Novize wirkte erschrocken, als er Giorgioli sah. Seine Hand, die auf der Klinke lag, zitterte.

»Verzeiht, ehrwürdigster Vater Abt, ich sollte … ich wollte … Man brachte soeben eine Spende für unsere Abtei von den Erben des Grafen von Bern. Zwei goldene Monstranzen und ein mit Edelsteinen verziertes Kreuz, in dem sich eine Armreliquie des heiligen Fintan befindet … «

»Sagt Pater Edmund, dem neuen Sakristan, ich werde nach meiner Unterredung mit Meister Giorgioli zu ihm kommen und die milden Gaben segnen. Und Ihr, mein Sohn, dürft heute nach der Komplet an der Gesprächsrunde von Pater Desiderius über die Jungfrauengeburt Mariens in der Bibliothek teilnehmen.«

Der Novize verneigte sich mit einem dankbaren Lächeln und schloss die Tür hinter sich. Abt Gerold glättete die Falten seines Gewandes und rieb sich zufrieden die Hände.

»Auf diese Lieferung warte ich schon seit Wochen. Es handelt sich um Werke von höchster kunsthandwerklicher Qualität. Ich weiß, dass meine Abtsbrüder aus Mariastein, Engelberg und Disentis ebenfalls auf diese Donation spekulierten … Aber – wo waren wir stehen geblieben?«

Francesco Antonio achtete nicht auf den harten, unbequemen Stuhl und seinen schmerzenden Rücken. Er sprach langsam, formte währenddessen seine Gedanken. »Ihr sagtet unlängst, hochwürdigster Vater, Pater Basilius sei durch Gift ums Leben gekommen. Gift, das er möglicherweise getrunken hat? So wie Sokrates, dem ein Schierlingsbecher gereicht wurde … «

»Ihr sprecht in Rätseln, Meister Giorgioli. Was hat das alles mit dem Tod unseres Mitbruders zu tun?«

»Hochwürdiger Vater Abt, ich brauche Eure Unterstützung.«

Giorgioli fasste zusammen, was er bisher herausgefunden hatte, und erklärte, er sei zu der Überzeugung gelangt, dass der Mörder Kenntnisse der griechischen Sprache gehabt habe. Und dann erklärte er dem Abt seinen Plan. Er wollte eine Zeichnung des Philosophen Sokrates anfertigen, wie dieser im Kreis seiner Freunde und Schüler den Schierlingsbecher empfing. Dreimal wollte er dieselbe Szene malen, jedoch anstelle des Athener Ratsvertreters, der den Giftbecher überreichte, das Porträt des jeweiligen Paters einfügen.

»Wenn einer von den dreien der Mörder ist«, fuhr Giorgioli voller Eifer und Überzeugung fort, »so wird er sich in jenem Augenblick entlarvt fühlen, da er sein Porträt in der Abschiedsszene erkennt. Und er wird sich verraten – durch seine Miene, ein Zittern, eine unbedachte Äußerung oder durch das Zucken eines Augenlides. Wenn Ihr erlaubt, hochwürdigster Vater, so würde ich diese Skizze am liebsten in der Sakristei anfertigen, dem ehemaligen Wirkungskreis Pater Basilius'.«

Abt Gerold II. hatte Giorgioli ausreden lassen, ohne ihn ein einziges Mal zu unterbrechen, hob nur hin und wieder erstaunt die Brauen. Schließlich nickte der Abt und faltete die Hände. »Gebe Gott, dass Euer Vorschlag von Erfolg gekrönt sein möge.«

Pater Mauritius, der Pfarrer der Bergkirche, trat auf die Kanzel und las aus dem Brief des Apostels Paulus an die Epheser: »Brüder! Die Frauen sollen ihren Männern untertan sein, als ob es der Herr wäre. Denn der Mann ist das Haupt der Frau, wie Christus das Haupt der Kirche ist, des Leibes, den er erlöst hat. Wie aber die Kirche Christus untertan ist, so sollen es die Frauen in allem ihren Männern sein.«

Einige Männer in den Kirchenbänken sahen sich an und nickten beifällig, während ihre Frauen ihnen die Ellbogen in die Rippen stießen. Francesco Antonio Giorgioli stand im hinteren Teil der Bergkirche an einen Pfeiler gelehnt und beobachtete die Trauungszeremonie aus der Entfernung. Schon oftmals hatte er diese Bibelstelle vernommen, hatte seit seiner Ehezeit nach dieser Regel gelebt.

Allerdings kamen ihm an diesem Tag die Worte befremdlich vor, denn er musste an Johanna denken, die nicht mit zur Brautmesse gekommen war und die nie eine Heilige Messe besuchte. Denn ihr war, wie sie sagte, von den gebieterischen Nonnen jede Gottesfurcht ausgetrieben worden. Johanna, die gerade das Hochzeitsmahl für die Gäste vorbereitete und niemandem untertan sein wollte …

»Wir singen immerdar mit seiner heilgen Schar: sancte, sancte, sancte Domine Jesu Christe!«, jubilierten die Gläubigen, wobei fast nur Frauenstimmen zu hören waren. Die Männer bewegten zumeist tonlos die Lippen oder setzten vereinzelt ihren misstönenden, brummigen Bass ein.

Pater Mauritius fuhr mit dem Brautsegen fort. »O Herr, du hast dem Mann als unzertrennliche Gefährtin das Weib an die Seite gegeben. Wir bitten dich, sieh gnädig herab auf diese deine Dienerin, die heute ihre Hand zum ehelichen Bunde reicht. Auf ihren Schultern ruhe das Joch der Liebe und des Friedens. In der Treue harre sie aus und in Gottes Gebot. Sittsamkeit sei ihre Würde, Züchtigkeit ihre Ehre, Gottes Lehre ihre Weisheit … «

Giorgioli merkte, wie seine Gedanken aus dem von Feierlichkeit erfüllten Kirchenraum in das Zimmer von Johanna abschweiften, welches mit seinen sanften Farben und den grazilen französischen Möbeln etwas Heiteres, Unbeschwertes ausstrahlte. Er spürte eine Sehnsucht nach ihrem Lachen, ihren zielstrebigen Händen, die er nach anfänglicher Scham hatte gewähren lassen, ihrem warmen, lebendigen Leib. Nur undeutlich drang Pater Mauritius' Fürbitte an sein Ohr.

»… beide aber sollen einst schauen die Kinder ihrer Kinder bis ins dritte und vierte Geschlecht, und ein gesegnetes Alter lass ihnen beschieden sein. Dazu verhelfe euch unser

Herr Jesus Christus, der mit dem Vater und dem Heiligen Geiste lebt und herrscht, von Ewigkeit zu Ewigkeit.«

»Amen!«, ertönte es laut und erleichtert von den Sitzen, und die Gläubigen erhoben sich so eilig, als wollten sie fliehen, um zum angenehmeren Teil des Festtages zu schreiten.

Die Hochzeitsgesellschaft hatte sich im Hinterzimmer des Gasthauses *Zur Linde* eingefunden. Sie saßen an einer langen Tafel, die Johanna in der Tischmitte mit Honigkerzen und frischen Brombeerranken dekoriert hatte. Die Früchte leuchteten in allen Schattierungen von Grün über ein helles Rot bis Dunkelviolett. Dazwischen hatte sie vereinzelt weiße und graue Steine gelegt, alle etwa handtellergroß und mit einer gemaserten, glatten Oberfläche, als seien sie poliert. Der Bräutigam Sebastian Kempf trug einen schwarzen Anzug, dessen Hose unterhalb der Taille saß und sich spannte. Seine Mundwinkel hingen herunter, mit glasigen Augen stierte er auf ein Gemälde an der gegenüberliegenden Wand, das eine herbstliche Gebirgslandschaft mit Wasserfall zeigte.

Ihm zur Seite saß Sophia Moser, die Braut, in einem Kleid mit Stickereien an Kragen und Ärmeln und einem Blütenkranz im walnussfarbenen Haar. Immer wieder blickte sie zu ihrem frisch angetrauten Ehemann auf, lehnte den Kopf an seine Schulter. Er ließ es dumpf geschehen und griff zu einem randvoll gefüllten Schnapsglas, kippte es in einem Zug hinunter, ohne eine Miene zu verziehen. Neben dem Brautpaar saßen deren Eltern, Geschwister und sonstige Verwandte, an einem zweiten Tisch Freunde und Nachbarn.

»Auf die schönste Braut des Tages!«, kicherte der Zahnlose und hob sein Glas derartig schwungvoll, dass er einen Teil des Inhaltes verschüttete. Der Schnaps ergoss sich über die blank gescheuerte Tischplatte und tropfte auf den Boden. Zwei etwa zehn Jahre alte Mädchen, die unter dem Tisch Verstecken spielten, tauchten kichernd ihre Finger in die Flüssigkeit und leckten daran.

»Ja, ja, Sebastian, schön und rund ist dieses gefüllte Täubchen«, feixte ein Tischnachbar des Alten und strich sich grinsend mit der Hand über den Bauch. Augenblicklich wurde er von den Umsitzenden mit zornigen Blicken zum Schweigen gebracht.

»Nach der Suppe hat immer der Brautvater das Wort. Los, Fridolin, du bist an der Reihe!«, forderte der Zahnlose.

Fridolin Moser, der Krämer, stand auf und wischte sich zuerst den Mund, dann die Stirn mit einer Leinenserviette ab. Sein gerötetes Gesicht glänzte fettig, sein grauer Schnurrbart zitterte.

»Liebes Brautpaar, liebe Gäste, heute ist ein Tag der Freude, denn unsere geliebte Sophia ... unser einziges Kind ... ist vor den Traualtar getreten ...« Der Krämer geriet ins Stottern, die Augen wurden ihm feucht. Er schnäuzte sich mit der Serviette und fuhr stockend fort. »Und neben ihr sitzt Sebastian Kempf, ihr Ehemann, unser Schwiegersohn ... Ich und meine Frau Gertrud wünschen den beiden Gottes Segen und uns viele Enkel. Auf das Brautpaar und unser aller Wohl!«

Die Gäste erhoben ihre Gläser, nur die Brautmutter nicht, die sich schluchzend die Augen wischte. Der Bräutigam saß stumm und unbeteiligt da, schüttelte nur hin und wieder den Kopf.

»Ein Hoch auf die Köchin!«, rief jemand in den Saal. »Die Käsesuppe war köstlich! Jetzt wollen wir aber wissen, was uns die Wirtin noch zu bieten hat.«

Johanna und ihre Dienstmagd Judith kamen mit großen Terrinen und trugen das Hauptgericht auf. Rinderschmorbraten in Rotweinsauce mit Kartoffel-Spinat-Auflauf und Morchelschnitten. Die Gäste fielen sogleich über die Speisen her. Von allen Plätzen war wohlgefälliges Schlürfen und Schmatzen zu hören.

»Hm, köstlich, ich wette, nicht einmal die Mönche im Kloster bekommen heute ein so gutes Essen wie wir«, merkte der rotgesichtige, dickliche Fischer an und füllte sich den Teller zum dritten Mal auf.

Giorgioli, der vom Krämer den Auftrag erhalten hatte, das Brautpaar und die übrige Hochzeitsgesellschaft zu zeichnen, hatte Skizzenblock und Stift neben dem Teller liegen. Doch seine Aufmerksamkeit galt viel eher Johanna. Er beobachtete, wie sie mit raschen und geschmeidigen Bewegungen umherging, fing ab und zu einen Blick oder ein Lächeln von ihr auf. Sie trug ein leuchtend gelbes Mieder und einen smaragdgrünen Rock, dazu eine himbeerfarbene Schürze. Nie hätte er gewagt, solche Farben nebeneinanderzusetzen, und doch wirkten sie an ihr harmonisch und vollkommen.

Die Gäste verzehrten alles bis auf den letzten Bissen. Die beiden Frauen raumten das Geschirr ab und trugen Wein, Bier und Schnaps auf.

»Der Bräutigam muss eine Rede halten!«, forderten einige Männer und klopften mit den Fingerknöcheln auf die Tischplatte. Sebastian Kempf öffnete den obersten Knopf seines Hemdes und erhob sich, den Blick starr auf die Wand mit dem Landschaftsbild geheftet. Mit der einen Hand stützte er sich auf der Stuhllehne ab, mit der anderen gestikulierte er in der Luft.

»Liebe Gemeinde … die Ehe ist ein … ein Wasserfall …« Ein Schluckauf überkam ihn, den er vergeblich mit Wacholderschnaps zu bekämpfen suchte. Dann sank er auf seinen Stuhl zurück.

Beifall brauste auf, als Johanna und Judith auf großen Speisetabletts den Nachtisch servierten: Rahmäpfel und

Rüblitorte. Die Kinder stritten sich um die Marzipanmöhren, mit denen die drei Etagen hohe Torte verziert war. Sie zogen sich gegenseitig an den Haaren und stachen sich mit den Gabeln in die Arme. Das Geräusch von Ohrfeigen war zu hören, in das sich wütendes Geplärr mischte.

»Musik!«, rief der Brautvater. Die Gäste sprangen von ihren Sitzen auf, Männer krempelten die Ärmel hoch. In Windeseile waren Tische und Stühle an die Wand gerückt. Judith öffnete den Deckel einer Eichentruhe und holte Sackpfeife, Schalmei und ein Hackbrett heraus.

Drei Männer griffen zu den Instrumenten, und die Hochzeitsgesellschaft stellte sich im Kreis auf. Giorgioli, der dem Tanzen nie etwas hatte abgewinnen können, war froh, sich mit Skizzenblock und Stift in eine Ecke des Saales zurückziehen zu können.

»Halt, einer von euch muss vor die Tür und auf den Spitzel achtgeben!«, mahnte Johanna.

»Ich gehe freiwillig«, meldete sich Matthias Erb, der ehemalige Schuhmacher, zu Wort. »Meine Beine machen das Gehopse eh nicht mehr mit.«

Jemand steckte zwei Finger in den Mund und stieß einen gellenden Pfiff aus. Dies war das Zeichen für die Musiker, dass sie aufspielen sollten. Die Gäste tanzten im wechselnden Rhythmus, brachten einen Fuß in Ausfallstellung und zogen den anderen nach, stampften auf, klatschten in die Hände, drehten sich im Kreis, taten zwei Schritte auf dem rechten, dann auf dem linken Fuß, hüpften umeinander, sangen, jauchzten.

Giorgioli hielt die Darbietungen fest und war schon bald in seine Arbeit vertieft. Plötzlich riss ihm jemand das Skizzenbuch aus der Hand und zerrte ihn auf die Tanzfläche. Es war Johanna, die ihm die Hände auf die Hüften legte, sich im Takt der Musik wiegte, zwischendrin den Kopf an seine Schulter lehnte. Nur widerwillig beugte er sich dem sanften, aber bestimmenden Druck ihrer Arme, stolperte, trat ihr auf die Füße und suchte nach einer Fluchtmöglichkeit. Sie lächelte, nachsichtig und ermunternd, erschien ihm über alle Maßen verführerisch und schön. Er spähte um sich, wollte sich vergewissern, dass niemand ihren Tanz missbilligend beobachtete und etwas argwöhnte.

Mit ihrem Haar berührte Johanna seine Wange, drückte ihre Hüfte gegen seinen Leib, erst sanft, dann fest und fordernd. Giorgioli zuckte zusammen, als hätte ihn ein Insekt gestochen. Er riss sich von ihr los und kehrte zurück in seine Ecke, suchte Schutz hinter dem Skizzenblock. Johanna steckte sich eine Haarsträhne hinter das Ohr und musterte ihn nachdenklich und mit gerunzelter Stirn.

Giorgioli blickte angestrengt über sie hinweg, lenkte seine Aufmerksamkeit auf das Brautpaar und seinen Kreidestift, um das Lodern in seinem Innern zu bekämpfen. Als sein Atem wieder ruhig und gleichmäßig ging, bemerkte er, wie Johanna mit einem jungen Mann über die Tanzfläche wirbelte, dessen Wams dieselbe Farbe hatte wie Johannas Mieder. In der Entfernung schienen die beiden Oberkörper miteinander zu verschmelzen. Von einem Tanzpartner zum nächsten wanderte sie. Manchmal musste sie eine dreiste Hand vom Busen wegschlagen oder einen allzu festen Arm um ihre Taille mit energischem Griff lösen. Sie lachte, ließ sich im Kreis herumdrehen und versetzte die Männer in Verzückung. Giorgioli sah es und spürte, wie ihm ein Messer mitten ins Herz fuhr.

»Achtung, er kommt!«, rief eine aufgeregte Stimme. Matthias Erb stand in der Tür und fuchtelte mit den Armen. Blitzschnell ließen die Musiker ihre Instrumente in der Truhe verschwinden. Die Hochzeitsgäste sanken auf die Knie, falteten die Hände und murmelten vor sich hin.

»Was ist denn hier los?«, war eine donnernde Stimme zu hören, die die Knienden nur wenig beeindruckte.

»... jetzt und immerdar und von Ewigkeit zu Ewigkeit. Amen«, deklamierten alle laut und wie aus einem Mund. Dann erhoben sich die Betenden.

»Sieh an, der Herr Nachtwächter persönlich!« Der Vater der Braut klopfte einem etwa fünfzig Jahre alten, drahtigen Mann in blauer Uniform auf die Schulter. »Bist du eigens hier vorbeigekommen, Jacob, um dem Brautpaar zu gratulieren? Komm, trink einen Schnaps mit uns auf das junge Glück!«

Verdutzt blickte der Nachtwächter in die Runde. »Erstens bin ich im Dienst, also trinke ich nicht. Und zweitens bin ich mir sicher, dass ich von draußen Musik gehört habe.«

»Musik? An einem Sonntag?« Der zahnlose Alte verdrehte die Augen und verlieh seiner Stimme einen empörten Klang. »Wir haben nur gebetet und Gott um seinen Segen für die Jungvermählten angerufen.« Die Gäste nickten einvernehmlich.

Der Nachtwächter nahm seine Kappe ab und kratzte sich am Kopf. »Das glaube ich euch nicht. Ihr wollt mich doch nur hinters Licht führen ...« Er griff in seine lederne Gürteltasche und zog eine Schriftrolle heraus. »Hier steht es schwarz auf weiß: *Mandatum, welches am siebten Mai siebzehnhundertneun der Rheinauerischen Bürgerschaft und anderen diesseitigen Untertanen zu deren Seel- und des Leibs Wohlfahrt publiziert worden ...* und so weiter und so weiter ... *wird hiermit verboten, dass an Sonn- und Feiertagen bei Taufen oder Hochzeiten musizieret wird, um den Tag des Herrn nicht zu entheiligen. Was bei Zuwiderhandlung der klösterlichen Obrigkeit angezeigt und von einer diktierten Buße geahndet werden solle.*«

»Wir alle kennen und respektieren dieses Dekret, werter Herr. Und als Hausherrin versichere ich Euch: In diesem Raum ist lediglich gespeist und gebetet worden. Und um Eurer nächsten Frage zuvorzukommen: Selbstverständlich habe ich eine Schankgenehmigung für diese Feier beantragt. Möchtet Ihr die Bewilligung persönlich in Augenschein nehmen?« Johanna, die den Nachtwächter um einen Kopf überragte, griff in ihr Mieder und zog ein zusammengefaltetes Stück Papier so weit heraus, dass ein schmales Dreieck hervorschaute. Sie stemmte die Hände in die Hüften und nahm eine herausfordernde Haltung ein.

Der Nachtwächter blickte errötend zu ihr auf und geriet ins Stottern. »Nein … danke … nicht nötig, ich glaube Euch. Nichts für ungut, Frau Wirtin, aber bei diesen widerspenstigen Bürgern muss man jederzeit Augen und Ohren offen halten.«

»Wir wissen Eure Aufmerksamkeit sehr zu schätzen, werter Herr. Nachdem Ihr Euch vergewissert habt, dass hier alles seine Ordnung hat, könnt Ihr beruhigt nach Hause gehen und Euch schlafen legen.« Mit einem liebenswürdigen Lächeln komplimentierte Johanna den Nachtwächter zur Tür hinaus.

Hinter ihr prustete die Gesellschaft vor Lachen. »… was bei Zuwiderhandlung der klösterlichen Obrigkeit angezeigt werden solle …«, äffte der zahnlose Alte den Tonfall des Nachtwächters nach. »Den Spitzel sind wir los. Sieh aber zur Vorsicht noch einmal nach, ob er auch wirklich verschwunden ist, Matthias! Damit wir endlich weitermachen können.«

Giorgioli löste sich aus seiner Ecke, in der er die ganze Zeit wie angewurzelt gestanden hatte, und ging hinaus in die Diele. Vor der Küche kam ihm Johanna entgegen, mit geröteten Wangen, unbekümmert, begehrenswert. Sein Herz hämmerte, in seinen Ohren hörte er ein Rauschen. »Warum musst du eigentlich mit allen Männern da drinnen tanzen?«

Sie sah ihn aus schmalen, ernsten Augen an. »Der Erste, mit dem ich tanzen wollte, gab mir einen Korb.«

Giorgioli hielt sie am Arm fest, atmete schwer. »Ich will nur nicht, dass man uns so eng zusammen sieht. Stell dir vor, es schöpft jemand Verdacht. Was dann?«

»Und wenn schon ... ich habe nichts zu verbergen.« Johanna entzog ihm ruhig ihren Arm und wollte gehen.

Giorgioli packte sie grob an der Schulter und drückte sie gegen die Wand, fuhr ihr keuchend mit den Lippen über die Wangen und den Hals. Dann versuchte er, sie auf den Mund zu küssen, doch sie tauchte blitzschnell unter seinem Arm hindurch und verschwand im Festsaal.

Wutschnaubend griff Giorgioli nach dem Treppengeländer und taumelte die Stiege nach oben, ließ sich, ohne sich auszukleiden, aufs Bett fallen. Bis tief in die Nacht wurde gefeiert. Er hörte die fröhlichen Stimmen von unten und fand keinen Schlaf, stellte sich vor, wie Johanna lachend und nachgiebig in den Armen der anderen tanzte und sie entflammte. Aufstöhnend presste er das Gesicht ins Kissen und verfluchte den Tag, an dem er nach Rheinau gekommen war.

Das Dachreiterglöckchen über dem Konventgebäude verkündete das Ende der Terz, des Gebetes zur dritten Stunde nach Sonnenaufgang. Der Abt und die übrigen Mönche schritten würdevoll und der Reihe nach in den Kapitelsaal, vor dessen Eingang Giorgioli bereits auf sie wartete.

»Meine lieben Mitbrüder«, begann Abt Gerold II. seine Ansprache und blinzelte Giorgioli kaum merklich zu, »Ihr alle kennt Meister Giorgioli aus Meride. Ihm verdanken wir die prachtvolle Ausschmückung unseres Gotteshauses. In wenigen Tagen wird der Meister seine Arbeit beendet haben und mit seinem Sohn in die Heimat zurückkehren. Deswegen habe ich ihn gebeten, zur bevorstehenden Jubelfeier unseres verehrten Landesherrn, dessen Familie unserer

Abtei seit Jahrhunderten verbunden ist und sie immer hochherzig unterstützt hat, ein Bild anzufertigen.«

Die Mönche nickten einmütig.

»Da der Fürst eine besondere Hinwendung zur Historie und Altertumskunde zeigt, habe ich Meister Giorgioli mit einer Darstellung des Sokrates beauftragt, wie er im Kreis seiner Vertrauten den Schierlingsbecher nimmt …«

Giorgioli beobachtete aufmerksam die Reaktion der Mönche, die jedoch bei allen die gleiche war: Ratlosigkeit.

»… als ständige Erinnerung an die Strafe, die diejenigen erwartet, die den Pfad der Tugend verlassen«, fügte der Abt hinzu und hob mahnend den Zeigefinger.

Die Mönche atmeten auf und nickten erleichtert.

»Damit diese Aufgabe in der verbleibenden Zeit möglichst rasch vonstatten geht, habe ich dem Meister vorgeschlagen, einige aus unseren Reihen als Modell für die Darstellung des Geschehens zu verwenden.«

Die Mönche raunten einander zu und blickten den Maler erwartungsvoll an.

»Meiner Ansicht nach eignen sich vor allem diejenigen für diese Aufgabe, die mit der griechischen Historie und Kultur vertraut sind. Sie vermögen dem dramatischen Geschehen die notwendige Eindringlichkeit und Lebenskraft zu verleihen. Ich bitte nunmehr die Patres Anselm, Agatho und Konrad, sich Meister Giorgioli zur Verfügung zu stellen. Die übrigen Brüder kehren an ihre Arbeit zurück.«

In der Sakristei war bereits alles vorbereitet. Giorgioli hatte einen mit Samt und Brokat verzierten Armlehnsessel neben eins der Fenster gestellt. Mildes Morgenlicht fiel von der Seite her auf den Sessel, auf dem die Patres nacheinander Modell sitzen sollten. Außerdem hatte er eine Staffelei aufgetan, auf die er anstelle eines mit Leinwand bespannten Keilrahmens eine Holzplatte deponiert hatte. Darauf war ein Bogen Papier befestigt, etwa zwei Ellen in der Breite und anderthalb Ellen in der Höhe.

Die Szene zeigte in der linken Bildhälfte die Schüler des Philosophen, die sich in seinem Haus versammelt hatten, um gemeinsam von ihrem Lehrer Abschied zu nehmen. Sie alle erschienen bestürzt. Einer reckte flehentlich die Hände empor, ein anderer verdeckte das Gesicht mit dem Zipfel seiner Toga, wieder ein anderer streckte den Arm vor, als wolle er Sokrates im letzten Moment daran hindern, aus dem Becher zu trinken. In der rechten Bildhälfte war der Philosoph zu sehen, dem er eine gewisse Ähnlichkeit mit dem verstorbenen Pater Basilius gegeben hatte. Sokrates ruhte auf einer Liege. Mit der einen Hand stützte er sich ab, mit der anderen griff er nach dem Becher.

Dreimal hatte Giorgioli mit dem Kreidestift dieselbe Szene gezeichnet, und jedes Mal hatte er bei der Figur des Athener Ratsvertreters, der dem Philosophen den Giftbecher reichte, die Gesichtszüge ausgespart. An dieser Stelle wollte er das Porträt des jeweiligen Paters einfügen und ihm danach das fertige Bild zeigen. Unruhig wanderte Giorgioli in der Sakristei auf und ab. In dieser Stunde würde sich sein Schicksal entscheiden, der Ausgang der Sitzung seine weitere Zukunft bestimmen.

Pater Anselm war ein etwa vierzig Jahre alter Mann. Er hatte eine kurze, schmale Oberlippe, unter der gelbliche, schief stehende Zähne hervorschauten. Sein Leib war gedrungen und massig mit viel zu kurzen Armen. Die hellen, klaren Augen verrieten einen wachen Geist. »Stört es Euch in Eurer Konzentration, wenn wir uns ein wenig unterhalten?«, wollte der Ordensmann wissen.

Giorgioli war froh, dass die Staffelei, an der vorbei er das Gesicht des Paters studierte, seine zitternden Hände verbarg. Er schüttelte den Kopf.

»Ich sah kürzlich, dass Eure Deckengemälde sich einzig und allein auf das Neue Testament beziehen. Natürlich entspricht dies Eurem Auftrag, und ich will auch keineswegs die Entscheidung unseres ehrwürdigen Bruders Abt infrage stellen. Dennoch meine ich, auch dem Alten Testament hätte Raum zugestanden. Ihr müsst wissen, dass ich mit allen theologischen Größen in ganz Europa in regem brieflichem Kontakt stehe. In meinen wissenschaftlichen Traktaten befasse ich mich ausführlich mit dem Pentateuch und den Büchern der Könige. Bereits in diesem ersten Teil der Heiligen Schrift werden Jesus Christus und sein Erlösungswerk am Kreuz vorweggenommen. Nehmt nur einmal den Psalm zweiundzwanzig oder Jesaja dreiundfünfzig …«

Giorgioli hörte nicht auf die Worte des Paters. Er konzentrierte sich auf die Wangenpartie, fügte einige Schraffuren an Nase und Kinn hinzu, verstärkte den Schwung der Augenbrauen. Er hatte lange darüber nachgedacht, ob er den Namen des verstorbenen Basilius während der Sitzung erwähnen sollte. Doch dann hatte er sich dagegen entschieden, weil die Mönche unvoreingenommen der fertigen Zeichnung gegenübertreten sollten.

»… denn wie sagte schon Augustinus von Hippo: *Das Neue Testament liegt im Alten verborgen, das Alte wird im Neuen offenbar*«, dozierte Pater Anselm.

»Ihr habt mit Euren lehrreichen Ausführungen meinen Geist und meine Hand beflügelt. Die Zeichnung ist fertig.« Giorgioli trat von der Staffelei zurück und wischte sich die vor Aufregung feuchten Handinnenflächen am Kittel ab.

Pater Anselm erhob sich aus dem Sessel, trat neugierig auf das Bild zu und nickte anerkennend. »Oh, Ihr habt der Figur im Zentrum der Komposition mein Aussehen verliehen. Wie schmeichelhaft. Und in dem Philosophen ist unzweifelhaft unser seliger Bruder Basilius zu erkennen. Allerdings … habe ich wirklich ein solches Doppelkinn? Natürlich muss das

Auge eines Malers unbestechlich sein, aber … könntet Ihr diese Partie« – er legte den Finger auf das Papier – »vielleicht ein wenig … gefälliger machen?«

Giorgioli war so erstaunt, dass ihm die Worte fehlten. Er nahm einen Pinsel mit kurzen, harten Borsten und wischte zart über die Konturen, die der Ordensbruder beanstandet hatte. Pater Anselm begutachtete die Änderung und lächelte selbstzufrieden. Dann rief er Pater Agatho herein, während Giorgioli rasch die fertige Zeichnung gegen eine zweite, noch unvollständige austauschte.

Der Bibliothekar setzte sich aufrecht in den Sessel und blickte zum Fenster hinaus. Seine hagere Gestalt wirkte verloren in dem prunkvollen Lehnstuhl. »Die Sitzung wird hoffentlich nicht allzu lange dauern. Ich muss noch das Thema für unseren heutigen abendlichen Gesprächskreis vorbereiten. Es geht um die moralische Festigkeit von Priestern und Ordensleuten durch die Gnade des Zölibats.«

Giorgioli blickte in das bleiche, hohlwangige Gesicht des Paters, sah die frappierende Ähnlichkeit mit der Bettlerin, die man verjagt hatte und deren Schicksal niemanden kümmerte. Nein, er zweifelte nicht länger daran, dass Pater Agatho ihr Vater war. Der Mönch hatte seine Tochter verleugnet, wie er auch die Mutter des Mädchens verleugnet hatte. Weil man es von ihm verlangt hatte? Weil er sich seines Fehltrittes geschämt hatte? Giorgioli zwang seine Aufmerksamkeit auf das Bild, um nicht über seine eigenen, nicht minder sündhaften Lebensumstände nachzudenken.

In die Stille hinein begann Pater Agatho plötzlich zu husten, erst schwach, dann immer heftiger. Er schlug sich mit der Hand auf die Brust und rang nach Luft. Verzweifelt griff er nach einem Taschentuch und spuckte röchelnd hinein. Dann legte er den Kopf erschöpft gegen die Rückenlehne des Sessels. Schweißperlen standen ihm auf der Stirn.

Giorgioli kam hinter seiner Staffelei hervor und trat an

den Sessel. »Ihr seid krank, Pater Agatho. Habt Ihr schon den Infirmarius aufgesucht?«

Der Bibliothekar machte eine abwehrende Handbewegung. »Solange ich in diesem Kloster lebe, habe ich noch keinen einzigen Tag auf der Krankenstation verbracht. Krankheit ist ein Gnadengeschenk Gottes, das den Blick des Menschen auf das Wesentliche richtet. Es schickt sich nicht, über die Unpässlichkeiten des Körpers zu lamentieren. In Wahrheit ist es die Seele, die der Heilung bedarf.«

Giorgioli trat wieder an die Staffelei, fügte die letzten Strichelungen und Schattierungen ein. »Ich danke Euch, Pater Agatho. Das Werk ist fertig, und Ihr könnt in die Bibliothek zurückkehren.«

Der Pater erhob sich und schickte sich an, geradewegs zur Tür zu gehen. Giorgioli kam ihm zuvor und stellte sich ihm in den Weg. »Möchtet Ihr nicht einen Blick auf die Zeichnung werfen? Es würde mich beruhigen, wenn die Darstellung Eure Zustimmung fände.«

Der Bibliothekar zuckte gleichgültig mit den Schultern und griff zur Türklinke.

»Bitte, ehrwürdiger Vater, das Urteil eines so gebildeten Mannes, wie Ihr es seid, ist mir sehr wichtig.«

Missmutig stellte sich der Bibliothekar vor die Staffelei, starrte lange auf die Szene und wandte sich schließlich gleichgültig ab. »Ich verstehe nichts von Malerei und von Zeichnungen, schätze sie auch nicht besonders. Bilder sind zweidimensional, sie besitzen keine Tiefe. Ein schöner Schein, der abzielt auf die Eitelkeit des Menschen. Wahrheit und Erkenntnis werden allein durch das Wort Gottes errungen.«

Der Pater faltete die Hände und verließ mit gesenktem Kopf die Sakristei. Mit raschen Handgriffen tauschte Giorgioli ein weiteres Mal die Zeichnung aus. Bisher hatte er zweimal falschgelegen, und es gab nur noch eine letzte Möglichkeit, dass der Mörder sich durch sein verdächtiges Verhalten selbst verriet.

Pater Konrad war ein fröhlicher junger Mönch, nur wenig älter als Giovan Pietro. Er setzte sich seitwärts in den Sessel, schlug kokett die Beine übereinander und legte die eine Hand auf die Hüfte, die andere in den Nacken. »Ist es recht so?«, fragte er lachend.

»Mir kommt es ausschließlich auf den Gesichtsausdruck an, ehrwürdiger Vater. Wenn Ihr vielleicht den Kopf ein wenig nach rechts drehen könntet, damit ich Euch im Profil sehe?«

»Es ist das erste Mal, dass ich einem Maler Modell sitze... Ihr habt einen wunderbaren Beruf, Meister Giorgioli. Ich bin übrigens der Ansicht, dass wir beide etwas ganz Ähnliches tun, auch wenn Eure Hand den Pinsel und meine den Taktstock führt. Malerei und Musik sind hervorragend geeignet, das Herz und die Seele der Menschen zu erfreuen und zugleich Gott zu preisen.«

»Ich höre immer Eure Gesänge, wenn Ihr mit Euren Mitbrüdern die Heilige Messe in der Klosterkirche abhaltet. Das sind für mich die Momente, in denen mir die besten Einfälle kommen... Wenn Ihr das Kinn ein wenig höher nehmen könntet...«

»Schade, dass nicht mehr Menschen unseren Gesang vernehmen können. Wenngleich ich sagen muss, dass die Qualität unseres Chores in letzter Zeit etwas gelitten hat. Seit dem Tod von Pater Basilius. Er hatte eine herrliche Bassstimme, die uns sehr fehlt.«

Vor Aufregung drückte Giorgioli so fest auf die papierne Unterlage, dass der Kreidestift zerbrach. Beim Bücken machte er eine unbeabsichtigte Bewegung seitwärts und presste rasch eine Faust in den Rücken, um den aufkommenden Schmerz zu mildern. »War Pater Basilius bei seinen Mitbrüdern... beliebt?«

»Er war keiner von denen, die gelehrte Abhandlungen verfassen oder sich in theologischen Diskussionen als besonders gebildet hervortun ... Aber mit seiner lebensfrohen und unbeschwerten Art hat er uns manches Mal zum Lachen gebracht.«

Giorgioli achtete genau auf Pater Konrads Tonfall, ob seine Worte auch aufrichtig klangen. Doch er durfte sich nicht allein auf sein Gehör und sein Gefühl verlassen, er brauchte die letzte, die endgültige Gewissheit.

»Ihr braucht nicht länger stocksteif dazusitzen, ehrwürdiger Vater, die Zeichnung ist fertig«, verkündete er und spürte das Blut in den Schläfen pochen.

»Nun bin ich auf das Ergebnis gespannt.« Pater Konrad eilte zur Staffelei und starrte auf das Blatt Papier mit der Zeichnung. Blieb für einen Moment stumm. »Einfach großartig! Eine Szene voller Dramatik und Mitgefühl, ergreifend und würdig ... gleich einer Kantate, einer Symphonie ... Und wie treffend Ihr mich dargestellt habt ... Meister Giorgioli, Ihr seid ein wahrhaftiger Künstler.«

Francesco Antonio Giorgioli saß mit angewinkelten Beinen auf den Bodenbrettern seines Podestes und stützte das Kinn in die Hände. Er fühlt sich elend. Elend und nichtig. Keiner der Mönche, die er in der Figur des Athener Ratsvertreters dargestellt hatte, hatte eine verdächtige Reaktion gezeigt. Selbstverliebt hatte er, Giorgioli, sich in seinen Plan verrannt. Der Tod des Sakristans hatte nichts mit dem verschwundenen Sokratesbuch zu tun, in dem der Papyrus verborgen gewesen war, und ebenfalls nichts mit der Kenntnis der griechischen Sprache. Alles war eine zufällige Verkettung von Umständen, und in seiner Vermessenheit hatte er angenommen, den Mörder mithilfe seiner Malerei überführen zu können. Der Plan war gescheitert. Er selbst war gescheitert.

Während seine Hand sich langsam und schleppend über den Malgrund bewegte, drängte sich von irgendwoher ein Fünkchen Hoffnung in seine Verzweiflung. Noch war er in Rheinau, und vielleicht gab es doch eine letzte, wenn auch geringe Aussicht, zum Ziel zu gelangen. Er musste noch einmal alles rekapitulieren und von vorn beginnen. Musste seine ganze Aufmerksamkeit auf das Kloster und seine Bewohner richten und durfte sich nicht noch einmal von seinen Gefühlen irreleiten lassen. Musste sich endlich um die beiden Ordensbrüder kümmern, die er schon seit Längerem im Verdacht hatte. Frater Gallus, der durch Stockhiebe auf die Fußsohlen gedemütigt worden war, und Pater Wolferad, der Prior und Neider um das Amt des Abtes. Bei seiner fehlgeschlagenen Suche nach einem Mönch mit Griechischkenntnissen hatte Giorgioli diese wichtige Spur viel zu früh aus dem Blick verloren.

Selten hatte es ihm so viel Mühe bereitet, sein Tagewerk zu vollenden. Giorgioli fühlte sich müde und kraftlos, hätte am liebsten den Pinsel aus der Hand gelegt, sich irgendwohin verkrochen und geschlafen. Er ging zu Giovan Pietro, der an einem Tisch in der hintersten Ecke der Sakristei saß, wo er ungestört an seinem Entwurf für die fünf Wundmale Christi arbeiten konnte. Im oberen Teil der Zeichnung waren zwei Hände zu sehen, deren Handgelenke von Nägeln durchbohrt waren, in der Mitte ein Herz mit einer Lanzenspitze und im unteren Teil zwei Füße, auf deren Spann zwei kreisförmige kleine Wunden zu sehen waren.

Giorgioli warf einen flüchtigen Blick auf die Skizze und nickte. »Du kannst morgen mit dem Fresko anfangen, Giovan Pietro. Hast du schon mit dem Stuckateur gesprochen, damit er Bescheid weiß? Er hat schließlich noch anderes zu tun.«

»Das habe ich, Vater, und Franz Schmuzer will mir sogar zeigen, wie man den Putz mischt und anwirft. Ein sehr hilfsbereiter und liebenswürdiger Mensch, findest du nicht?«

Giorgioli murmelte etwas Unverständliches. Dann wurde seine Miene säuerlich, die Stimme scharf. »Wo bist du eigentlich gestern zwischen Non und Vesper gewesen? Ich habe überall nach dir gesucht, weil ich frisches Umbra und schwarze Erde brauchte. Aber da mein Herr Sohn durch Abwesenheit glänzte, durfte ich die Farben selbst anmischen.«

Die Hand, die den Kreidestift hielt, zitterte ein wenig. »Ich war mit meiner Arbeit schon fertig und bin ... bin ins Städtchen gegangen«, stotterte Giovan Pietro. Eine leichte Röte überzog sein Gesicht. »Ich hatte etwas Wichtiges zu erledigen.« Er senkte den Kopf und vertiefte sich augenblicklich in seine Zeichnung. Dabei lächelte er verträumt.

Wutschnaubend wandte Giorgioli sich zum Gehen und kehrte zu seiner Arbeit zurück.

Als er am späten Nachmittag vor das Kirchenportal trat, waren die Handwerker bereits seit einer Stunde mit ihrer Arbeit fertig. Ruhig und verlassen lag der Inselhof vor ihm, und in der frühherbstlichen Sonne warfen die Gebäude lange Schatten. Giorgioli sah sich um. Er mochte die Insel am liebsten, wenn sie so still war wie jetzt. Keine menschliche Stimme, kein Hämmern oder Sägen waren zu hören. Nur das Gezwitscher der Vögel in den Bäumen.

Fast ein ganzes Lebensjahr hatte er hier verbracht, fünf Monate im Vorjahr und fünf Monate in diesem Jahr. Die Stätte war ihm vertraut geworden, doch gleichzeitig sehnte er sich nach Meride, seinem Heimatdorf in den Bergen, wo das Leben geordnet, klar und einfach war, wo es keine unvorhersehbaren Ereignisse gab, keine Konfrontationen oder sinnlichen Versuchungen, wo er morgens aufstand, Holz,

Steine oder Schindeln besorgte, um das Haus in Ordnung zu bringen, während Jacoba Wäsche wusch, kochte und sich um die Kinder kümmerte und er abends ein Glas Wein trank und müde und zufrieden ins Bett fiel.

In sechs Tagen würde er aufbrechen. Was seine Arbeit anging, so hatte er sein Bestes gegeben. Hatte handwerklich untadelige Qualität abgeliefert und sich bei der Wahl der Motive an den großen Italienern orientiert, weil er wusste, dass ihm dies einen guten Ruf verschaffte. Aber wenn er ginge, wäre er ein anderer als bei seiner Ankunft. Er schloss die Augen und roch den Duft von Zitronenmelisse, meinte Hände zu fühlen, die seinen Körper so zärtlich und so ungeniert berührten, wie er es nie zuvor erlebt hatte.

Etwas trieb ihn über den Inselhof. Er schritt vorbei an der alten Felix-und-Regula-Kirche bis an das lang gezogene Westufer der Insel. Dort setzte er sich inmitten von Brombeergestrüpp auf einen Baumstumpf und starrte auf den Fluss. Die Wasserräder am benachbarten Mühlengebäude erzeugten ein gleichförmiges Surren. Und noch etwas war zu hören. Schritte. Unmittelbar hinter ihm. Giorgioli wagte nicht, sich umzudrehen. Er bat den Allmächtigen, ihm seine Sünden zu vergeben, und schwor, nie wieder den geringsten Frevel zu begehen.

»Verzeiht, wenn ich Euch erschreckt haben sollte, Meister Giorgioli! Aber ich habe gesehen, dass Ihr den Weg hierher eingeschlagen habt. Deshalb bin ich Euch gefolgt. Darf ich mich zu Euch setzen?«

Giorgioli rieb sich fassungslos die Augen, als er Frater Gallus neben sich bemerkte. Erleichtert rutschte er auf dem Baumstamm ein wenig seitwärts und machte dem Novizen Platz.

»Ich muss mit Euch reden … weil ich nicht länger vor Euch davonlaufen will – und vor mir selbst auch nicht«, erklärte der Novize mit heiserer, schwacher Stimme.

»Worum geht es denn?«

»Es … es handelt sich um etwas, das ich nicht einmal meinem Beichtvater sagen kann. Versprecht Ihr mir, dass Ihr niemandem etwas verratet?«, fragte der Junge und blickte sich ängstlich nach allen Seiten um.

Giorgioli nickte und reichte ihm die Hand. Der Frater schlug ein und begann stockend zu sprechen. »Wisst Ihr noch, was an dem Tag geschah, an dem Pater Basilius starb? Ihr habt in der Felix-und-Regula-Kirche den toten Bruder gezeichnet.«

Giorgioli hatte sogleich die Szene mit dem aufgebahrten Sakristan vor Augen, erinnerte sich daran, wie er das Fallen eines Schlüsselbundes gehört hatte und wie jemand auf den Kirchturm gerannt war und die Tür zum Treppenaufgang hinter sich zugesperrt hatte.

»Wenn ich geahnt hätte, dass Ihr auch dort wart … Ich bin an diesem Tag gekommen, weil ich heimlich auf den Glockenturm steigen wollte. Von dort hat man einen guten Blick auf die Untere Steig. In dem weißen Haus mit dem schiefen Dach und den rostroten Fensterläden wohnt ein Mädchen …«

»Richtig, ich habe sie einige Male gesehen, wie sie die Straße fegte oder zum Wasserholen ging«, erinnerte sich Giorgioli.

Der Novize knetete seine Hände und erzählte stockend weiter. »Ich beobachte sie oft, weil … sie ist wunderschön. Meist trägt sie ein Kopftuch. Und manchmal steht sie in ihrem Zimmer am Fenster. Dann löst sie ihr Haar und lässt es offen herunterfallen, und es hüllt sie ein wie ein Mantel. Wir machen uns gegenseitig Zeichen. Und manchmal gehe ich auch im Dunkeln auf den Turm, und wir schwenken unsere Laternen … Sie liebt mich, so wie ich sie liebe …«

Der Novize begann zu schluchzen, vergrub den Kopf zwischen den Knien. Seine ganze Haltung drückte Verzweiflung aus. »Einmal, da bin ich erwischt worden, wie ich in der Nacht in meine Zelle zurückkehren wollte ... Pater Basilius musste mich dafür bestrafen, weil es die Ordensregel so vorsieht. Wir beide waren enge Freunde ... Ich glaube, die Stockschläge haben ihn mehr geschmerzt als mich.«

Giorgioli atmete auf. Unverhofft hatte er eine Antwort erhalten, obwohl er keine Frage gestellt hatte. Denn jetzt hatte er Gewissheit, dass Frater Gallus nicht der Mörder des Sakristans war. »Ihr seid Novize, lieber Frater. Ihr habt Euch noch nicht endgültig an den Orden gebunden und könnt jederzeit ins weltliche Leben zurückkehren.«

Der Novize hob das tränenüberströmte Gesicht. »Nein, ich kann nicht zurück, ich habe es meinen Eltern versprechen müssen.« Ein erneuter Weinkrampf schüttelte seinen schmalen, mageren Körper. Giorgioli griff in sein Wams und zog ein Taschentuch heraus. Der Frater nahm es und schnäuzte sich, wischte die Tränen am Ärmel seiner Kutte ab.

»Meine kleine Schwester war damals sechs Jahre alt. Sie hatte trockenes Brot von zu Hause mitgenommen und wollte die Enten füttern. Dabei geschah es dann. Sie fiel in den Teich und ertrank. Meine Eltern waren untröstlich, sie war das einzige Mädchen unter vier Knaben und ihr Sonnenschein. Sie machten sich Vorwürfe, dass sie nicht besser aufgepasst hatten. Und dann versprachen sie mich, ihren ältesten Sohn, dem Kloster. Als Sühne und um Gott um Vergebung zu bitten.«

Giorgioli blickte auf das sacht dahinfließende Wasser. Eine Libelle schwebte dicht über der Oberfläche, wechselte blitzschnell die Richtung, ließ ihre durchsichtigen, blaugrünen Flügel im Sonnenlicht schimmern. Wusste nichts von dem Unglück, das die beiden am Ufer bewegte.

»Pater Agatho ist mein Beichtvater. Er hat mir geraten, mich zu züchtigen und häufig zu fasten, damit ich Gefügigkeit lerne und mein Wille gebrochen wird. Aber ich will nicht eingesperrt leben, ich will frei sein ... wie diese Libelle da vorn.« Die Schultern des Novizen zuckten. »Wisst Ihr überhaupt, wie das ist, wenn man sich nach jemandem so sehr sehnt, dass man zerspringen könnte? Einmal, da bin ich heimlich auf Euer Podest geklettert und habe an der Decke eine Frau gesehen, sie stand neben Maria Magdalena und der Gottesmutter. Sie war schön, und sie sah meinem Mädchen ähnlich.

Aber am nächsten Tag habt Ihr die Figur verschwinden lassen, und an ihrer Stelle war eine Person, die ganz anders aussah ...«

»Ich ... ich hatte das Gefühl, dass die ursprüngliche Person zu hübsch war und von der ... Ernsthaftigkeit des Geschehens abgelenkt hätte. Und so habe ich sie ... verändert«, gab Giorgioli stotternd vor und spürte ein unbändiges Verlangen nach Johannas samtener Haut.

»Ihr habt doch auch einen Sohn, Meister Giorgioli. Könnt Ihr mir einen Rat geben? Was soll ich nur tun?«

Giorgioli presste die Lippen zusammen. Er hatte Giovan Pietro nie gefragt, ob er Freskenmaler werden wolle. Ob der Junge sich auch zu etwas gedrängt fühlte, wozu er sich aus freien Stücken niemals entschieden hätte? War er deshalb neulich so aufsässig gewesen? Und war nicht auch er, Francesco Antonio, traurig gewesen, damals, vor langer Zeit? Mit knapp neunzehn Jahren war er nach Rom gegangen, um den väterlichen Forderungen zu entfliehen. Weil er als Ältester die Notarskanzlei in Meride übernehmen sollte, er sich hingegen zur Malerei hingezogen fühlte. Noch immer hatte er das Bild vor Augen, als er eines Abends mit seinen Freunden ein Weinlokal beim Kolosseum aufsuchte und an einem der Nachbartische seinen Vater erkannte. Dieser war, ohne den Sohn zu benachrichtigen, nach Rom gekommen, um einen wichtigen Abschluss zu tätigen. Der Vater war so sehr in das Gespräch mit seinem Geschäftsfreund vertieft, dass er Francesco Antonio hinter sich gar nicht wahrnahm und seinem Gegenüber zurief: »Ich beneide Euch, lieber Freund. Ihr habt einen Sohn, der in die Fußstapfen seines Vaters tritt. Mein Ältester sollte einmal mein Nachfolger werden, so hatte ich es bei seiner Geburt beschlossen. Doch der Jüngling fühlt sich zum Maler berufen.« Dabei lachte der Vater verächtlich. »Jetzt wohnt er irgendwo in dieser Stadt in einem schäbigen, heruntergekommenen Loch und bettelt um Aufträge. Er wird es nicht weit bringen. Ihm fehlt die Begabung.«

Giorgioli drängte die schmerzlichen Bilder der Vergangenheit in die Tiefe seines Herzens zurück und schluckte schwer. »Tja, Frater Gallus, ich weiß nicht recht... Vielleicht solltet Ihr mit Eurem Beichtvater sprechen und ihn bitten, mit Euren Eltern zu reden. Es gibt doch sicher noch eine andere Art der Buße, als sein Kind dem Kloster zu schenken.«

Der Novize stand auf und beugte sich plötzlich zu Giorgioli herunter. Er legte ihm beide Arme um den Hals, drückte sich fest an ihn und war schon im nächsten Moment auf und davon. Giorgioli sah ihm betreten hinterher. Das Rätsel um die verschobenen Malutensilien auf dem Podest war gelöst. Er war erleichtert, dass es Frater Gallus gewesen war, der die Gesichtszüge Johannas gesehen hatte. Von dem Novizen drohte ihm keine Gefahr. Von nun an musste er alles daransetzen, mehr über den Prior herauszufinden.

Francesco Antonio Giorgioli drehte sich auf den Rücken und deckte seinen schweißnassen, ermatteten Körper mit einem Leintuch zu. Nach und nach kehrte sein Bewusstsein zurück, und er begriff, was er soeben getan hatte. Fiebrig, trunken, sündhaft getan hatte. Hätte er denn nicht wenigstens diesmal widerstehen können? Warum hatte er zugelassen, dass die Begierde ein weiteres Mal sein Gewissen überwältigte, obwohl er doch Besserung gelobt hatte? Er suchte nach einer Erklärung für seine Machtlosigkeit, fand jedoch nichts, was diese entschuldigt hätte. Bisher war er immer mit sich im Reinen gewesen, wusste um seine Beherrschung und Verlässlichkeit. Aber inzwischen kannte er sich selbst nicht mehr. Was hatte ihn gespalten, was zu einem Tier gemacht?

Johanna legte den Kopf an seine Schulter und seufzte leise. In sanften Kreisen strich sie über seine Brust und vergrub ihre Finger in dem weichen, gelockten Haar. Spielerisch knabberte sie an seinem Ohrläppchen. Giorgioli ließ es reglos geschehen.

»Vorhin hattest du mehr Energie als jetzt.«

Er schwieg. Dachte an den Unbekannten, der vor langer Zeit in Griechenland auf einem Papyrusbogen Handlungen festgehalten hatte, die ihn, Francesco Antonio Giorgioli, zunächst verwirrt, verstört und abgestoßen hatten und die ihm dann auf beinahe gleiche Weise widerfahren waren und ihn zum Sünder gemacht hatten.

»Ich hätte nicht kommen dürfen«, murmelte er bedrückt. »Kannst du mir verzeihen?«

Johanna strich sich die Haare aus der Stirn und blickte Giorgioli überrascht an. Als sie sich aufrichtete, rutschte ihr das Laken von der Schulter und legte ihre schwere, weiche, elfenbeinfarbene Brust frei. Giorgioli zog ihr das Leintuch bis zum Hals hoch und stopfte die Ecken hinter ihren Rücken. Sie griff zu einem goldgeränderten Teller auf dem Nachtschränkchen und nahm sich eine Scheibe Nusskuchen, biss ein Stück davon ab. »Es ist nichts geschehen, was ich verzeihen müsste. Und ich habe nichts getan, was ich bereuen würde.«

»Ich ... ich habe eine Familie zu Hause.«

»Ich weiß. Sei ganz beruhigt, ich erhebe keinen Anspruch auf dich. Deine Frau erhält dich in demselben Zustand zurück wie vor deiner Abreise.« Sie wirkte unbekümmert, hielt ihm das Kuchenstück vor den Mund. Giorgioli schüttelte den Kopf, dachte über ihre Worte nach, ohne sie zu verstehen.

»Warum bist du allein geblieben, nachdem dein Mann – gestorben war?«

Minou sprang aufs Bett, miauend, schmeichlerisch, forderte von ihrer Herrin zuerst ihren Anteil am Kuchen ein und danach ausgiebige Liebkosungen. Johanna ließ sich Zeit mit der Antwort, kaute genussvoll an ihrem Kuchen.

»Weil ich frei bleiben wollte. Durch meine Ehe bin ich dem Kloster entkommen. Auch wenn ich von da an nicht mehr eingesperrt war, so fühlte ich mich doch eingeengt. Mein Mann war kein schlechter Mensch, aber er hat mich bevormundet – und war rasend eifersüchtig. Doch ich brauche niemanden, der mir sagt, was ich zu tun und zu lassen habe. Ich möchte selbst über mein Leben bestimmen.«

Giorgioli zog die Beine an, umfasste mit den Armen die Knie. »Ich hätte nicht herkommen dürfen. Ich ... ich schäme mich.«

»Was bist du nur für ein Heuchler, Antonio! Erst kommst du in das Bett einer Frau, und dann sagst du ihr, dass es dir leidtut. Hast du das allen Frauen erzählt, die du gehabt hast?«

»Ich habe nie eine andere Frau gehabt. Schließlich bin ich verheiratet«, empörte sich Giorgioli und stellte im selben Augenblick fest, wie absurd seine Begründung klang. Er war verärgert, über sich, über Johanna, über den Zustand seines Lebens.

»Warum hast du mich nicht weggeschickt?«, fragte er vorwurfsvoll und niedergeschlagen.

Sie biss in ihren Kuchen, steckte sich eine Haarsträhne hinter das Ohr und lächelte versonnen. »Mir gefällt es, wenn ich begehrt werde ...«

Giorgioli lehnte den Rücken gegen das Kopfende des Bettes und starrte mit gequältem Gesichtsausdruck zur Decke hinauf. Johanna fuhr ihm mit dem Zeigefinger über Lider und Lippen, berührte sanft seine Nase.

»Hör zu, du Tugendbold, seit geraumer Zeit werde ich sehr beharrlich umworben. Ich weiß noch nicht, was ich davon halten soll ... und ob ich auf seine Absichten eingehen soll ... Er ist so ernsthaft und dabei so ... unschuldig.«

Giorgioli packte Johanna bei den Schultern und riss ihr das Laken herunter. Er warf sie quer über das Bett auf den Rücken und stürzte sich auf sie, hielt ihre Handgelenke umfasst und begrub sie keuchend unter sich.

Johanna versuchte sich aus der Umklammerung zu lösen. Giorgioli verstärkte seinen Griff, presste den Kopf gegen ihren Hals.

»Hör auf, Antonio, du tust mir weh ... « Sie hämmerte ihm mit den Fäusten auf den Rücken, stieß ihm die Knie gegen die Hüfte und wand sich unter ihm hindurch. Dann schwang sie sich auf die Bettkante, warf sich ein Laken über und rannte wortlos aus dem Zimmer.

Giorgioli hörte das Blut in den Ohren rauschen, und in dieses Rauschen mischte sich der Klang der mitternächtlichen Kirchenglocke. Er hasste sich für das, was er soeben getan hatte.

»Gott zum Gruße, Kollege Francesco. Du siehst heute so finster aus. Ist es der Kummer darüber, dass wir bald voneinander Abschied nehmen müssen? In diesem Fall kann ich deine Trauermiene verstehen. Wir beide waren schließlich ein unschlagbares Paar.«

Franz Schmuzer hatte schon seinen Arbeitskittel angelegt und war dabei, gipserne Puttenköpfe in eine Schubkarre zu laden. Einer seiner Gesellen, ein etwa fünfzehn Jahre alter Junge, kam zu ihm und hielt wimmernd den blutenden Daumen hoch.

»Jesusmariaundjosef ... hat der Hammer wieder einmal sein Ziel verfehlt?« Schmuzer griff in ein Holzkästchen und zog einen sauberen Lappen heraus, wickelte ihn um den verletzten Finger und knotete die Enden fest. »Ich habe dir schon so oft gezeigt, wie man einen Nagel einschlägt ... « Er strich dem Gesellen über den Kopf und gab ihm einen leichten Klaps auf die Schulter. »Jetzt geh, mein Junge, und sei demnächst ein bisschen vorsichtiger. Der Schmerz wird bald vergehen.«

Der Lehrling hob die Schubkarre an und trottete davon. Schmuzer blickte ihm nachsichtig hinterher. »Ein lieber Kerl, wenn auch nicht allzu hell. Die Familie wohnt auch bei mir in Wessobrunn, nur zwei Straßen weiter. Ludwig ist das älteste von zehn Kindern. Bisher hat er immer nur Hilfsarbeiten verrichtet. Schafe gehütet, Steine geklopft, Getreidesäcke geschleppt ... Ich habe seinen Eltern gesagt, dass er etwas Vernünftiges lernen muss. Aber eigentlich kümmert sie das gar nicht. Sie sind einzig und allein froh, dass sie einen Esser weniger im Hause haben.«

Giorgioli hörte Schmuzers Ausführungen nur flüchtig zu. Er sortierte Pinsel und Farben in seine Holzkiste, schwankte, ob er Ultramarin oder Smalte nehmen sollte, und packte schließlich beide Pigmente ein.

»Ich habe vorhin zusammen mit deinen Sohn den Putz über der Tür zum Kapitelsaal angeworfen, wertester Kollege. Für die Wundmale Christi. Ich sage dir, dieser Bursche ist außergewöhnlich begabt ... Pfleg und hätschle dieses zarte Pflänzchen, damit einmal ein stolzer, mächtiger Baum daraus wird.«

Giorgioli runzelte die Stirn und presste die Lippen aufeinander. »Ein bisschen weniger Lobhudelei würde auch reichen.«

»Warum? Ich sag's halt so, wie ich denke.« Schmuzer strich sich das Wams glatt, fuhr sich mit der Hand durch das zerzauste Haar und lächelte kokett. »Habe ich dir eigentlich schon erzählt, dass ich ein Mädchen in Andelfingen kennengelernt habe? Das Haar wie Ebenholz, der Mund wie Kirschen, die Haut gleich einem Pfirsich ... Schon gut, ich sag nichts mehr ... So etwas langweilt dich. Du bist eben ein ehrbarer Ehemann. Sag mal, hast du eigentlich ein Bild deiner Frau dabei? Ein Medaillon oder eine Zeichnung?«

Giorgioli blickte ihn verblüfft an. »Wozu? Ich weiß doch, wie sie aussieht.« Er versuchte, sich Jacobas Augenfarbe vorzustellen, ihre Haartracht, ihr Sonntagskleid. Doch es gelang ihm nicht. Ihre Gestalt blieb ein Schemen, verborgen hinter einem dichten Nebelschleier.

»Das ist wirklich nicht zu fassen.« Der Stuckateur fasste sich an die Stirn und verließ eilig die Bauhütte. »Spießer, vermaledeiter.«

Giorgioli setzte seinen Strohhut auf und klemmte sich die Holzkiste mit den Malutensilien unter den Arm. Als er den Schuppen gerade verlassen wollte, um in die Sakristei zu gehen, hörte er ein knarrendes Geräusch, als ob sich jemand von draußen gegen die Holzbretter lehnte. Dann war ein Flüstern zu vernehmen. Auf Zehenspitzen schlich er zu der betreffenden Stelle und legte das Ohr gegen die Wand.

»Manchmal weiß ich nicht, wie ich das alles aushalten soll ... Ich habe solche Angst, dass die anderen mir etwas ansehen ... Stell dir vor, man ertappt uns ...«

Giorgioli erkannte die Stimme von Pater Desiderius, dem Archivar, der das Evangeliar in der Bibliothek kopiert hatte. Er schloss die Augen, um besser lauschen zu können. Ein zweiter Mann sprach, leise und beruhigend.

»Scht … ruhig, ganz ruhig, niemand weiß etwas … Diese Mauern schützen uns, hier sind wir sicherer als anderswo draußen in der Welt … Doch wir müssen vorsichtig sein, dürfen uns nicht so oft zusammen blicken lassen … «

Die nächsten Worte waren ein unverständliches Gemurmel, dem ein Seufzen folgte. Das Knarren der Holzwand verstärkte sich. Dann verstand Giorgioli einige Wortfetzen. Es war wieder die zweite, unbekannte Stimme. » … Gerold ist ein alter Mann. Und krank obendrein. Wer weiß, wie lange er noch im Amt ist … Aber wir beide werden für immer und ewig … «

Erschrocken trat Giorgioli einen Schritt zurück und stieß dabei an das Regal mit den Vorzeichnungen, Pinseln und Pigmenten. Ein Tonschälchen zum Anmischen der Farben fiel zu Boden und zersprang. Vor der Bauhütte waren Schritte zu hören, die sich eilig entfernten. Dann war alles still.

Wer war der zweite Mann gewesen, der gesprochen hatte? Was hatte er damit gemeint, dass der Abt alt und krank und vielleicht nicht mehr lange im Amt sei? Giorgioli war überzeugt, die Stimme schon einmal gehört zu haben, aber er wusste nicht, wem er sie zuordnen sollte. Er war mit seinen Überlegungen am gleichen Punkt angekommen wie schon einmal am Anfang seiner Nachforschungen. Doch plötzlich schien ihm alles so klar und so folgerichtig. Der Mordanschlag hatte nicht dem Sakristan gegolten, der keiner Menschenseele etwas Böses angetan hatte, sondern dem Abt. Und Pater Basilius hatte nichts ahnend das Gift zu sich genommen, das in Wirklichkeit für Gerold II. vorgesehen gewesen war. Giorgioli musste schnellstens herausfinden, wer der zweite Mann vor der Bauhütte gewesen war. Der Mordfall Pater Basilius stand unmittelbar vor seiner Aufklärung, stellte Giorgioli zu seiner großen Erleichterung fest.

»Frau Wirtin, eine Runde Schnaps für alle. Ich habe Geburtstag, das muss gefeiert werden. Aber schreib es an, meine Frau hat vorhin die Geldschatulle versteckt.« Der zahnlose Alte schwenkte sein leeres Glas in der Luft. Zur Feier des Tages trug er ein frisch gebügeltes Hemd und ein neues Wams aus dunkelbraunem Wollstoff. Johanna und ihre Dienstmagd brachten die Gläser, stießen zusammen mit den Gästen an.

»Zum Wohlsein! So jung wie heute kommen wir nicht mehr zusammen. Auf dass du uns noch viele Jahre erhalten bleibst!«, rief der rotgesichtige Fischer und klopfte dem Jubilar freundschaftlich auf die Schulter.

Giorgioli beobachtete die Gäste voller Argwohn. Ihm gingen Johannas Andeutungen nicht aus dem Sinn. Sie hatte von einem Mann gesprochen, der sie umwarb. Vergeblich versuchte er, Johannas Blick aufzufangen, doch sie sah geflissentlich an ihm vorbei. Er musste unbedingt herausfinden, wer dieser Kerl war. Vielleicht der großmäulige Dachdecker? Doch der befand sich an diesem Abend gar nicht unter den Gästen.

»Nun, Sebastian, wie bekommt dir das Eheleben?«, wollte der Bäcker wissen. Gedankenverloren drehte der Glaser an seinem Siegelring und blickte traurig in die Runde. »Mein einziger Trost ist die Mitgift. Und das hier.« Er hob sein Bierglas an die Lippen und trank es in einem Zug leer.

»Wisst ihr eigentlich schon, was unseren ach so frommen Beschützern an neuen Gemeinheiten eingefallen ist?«, ereiferte sich ein Mann, dem drei Fingerkuppen an der linken Hand fehlten. »Jetzt haben sie auch noch das Waldnutzungsrecht eingeschränkt. Mit anderen Worten, ich darf demnächst auf die Hälfte von dem, was ich für meine Schreinerei abholzen muss, Abgaben zahlen. Und warum? Weil das Holz in der Umgebung knapp geworden ist. Und warum? Weil diese hochfahrenden Diener Gottes ihre Abtei vergrößern und dafür Unmengen an Bäumen fällen – für Dachgiebel, Chorgestühl, Innenvertäfelungen und was weiß ich noch alles.« Der Schreiner zückte ein Taschentuch und wischte sich über die Stirn, auf der sich tiefe Zornesfalten zeigten.

»Sie führen sich auf wie die Fürsten. Seit Jahrhunderten wollen sie uns weismachen, dass ihnen die Stadt mit Grund und Boden gehört. Das Schlimmste aber ist die Vorschrift, dass wir jedem neuen Abt bei seinem Amtsantritt Gehorsam schwören müssen. Und brav und dumm werden wir unsere Steuern zahlen. Das ist doch die reinste Schikane«, schimpfte der dickliche Fischer und bestellte eine neue Karaffe Wein.

»Ich habe nicht geschworen!«, rief jemand vom Tisch der Kartenspieler herüber. »Ich habe bei dem Eid nur die Lippen bewegt.«

»Und ich habe die Hände in den Hosentaschen gehabt und die Finger überkreuzt. Ich fühle mich an keinen Schwur gebunden«, empörte sich sein Nachbar und schlug mit der Faust auf den Tisch.

»Regt euch doch nicht immer über das Kloster auf! Jeder von uns muss zahlen. Die Tavernensteuer wurde übrigens im letzten Monat auch erhöht. Die Mönche geben vielen Menschen in Rheinau Arbeit. Und außerdem leben wir hier vergleichsweise sicher«, wandte Johanna ein. Sie hatte aus den Augenwinkeln bemerkt, dass Giorgioli unruhig auf seinem Platz hin und her rutschte und sie mit Blicken durchbohrte. Wie zufällig drehte sie ihm den Rücken zu und bediente die Gäste.

»Also, ich würde niemals von Rheinau wegziehen. Ich bin hier geboren und will hier sterben«, bekundete der Bäcker und erhob sein Glas.

»Vielleicht wird ja einiges anders, wenn wir einen neuen Abt bekommen«, spekulierte der Fischer.

Giorgioli wurde hellhörig. Er starrte auf Johannas fliederfarbenes Mieder und mischte sich so beiläufig wie möglich in das Gespräch ein. »Was geschieht eigentlich, wenn Abt Gerold der Zweite stirbt?«

»Dann wird umgehend ein neuer Abt gewählt«, erklärte der Alte lispelnd und fuhr mit der Zunge durch den zahnlosen Gaumen.

»Und ... wer wählt den Abt?«

»Nun, wir Bürger ganz sicher nicht. Der Konvent wählt ihn. Alle Patres, Fratres und Laienbrüder. Es wird diesmal vermutlich der Prior werden. Er hatte sich schon beim letzten Mal zur Wahl gestellt. Damals gewann Gerold der Zweite ganz knapp mit nur einer Stimme Mehrheit. Pater Wolferad ist zwar noch keine vierzig Jahre alt, genießt aber hohes Ansehen unter den Konventualen, besonders unter den jüngeren. Obwohl ... so genau kann das niemand voraussehen. Die Mönche sind sich untereinander nämlich nicht immer grün.«

Im vorderen Teil der Gaststube, nahe der Tür, kam Unruhe auf. Einigen Männern war offensichtlich der Alkohol zu Kopf gestiegen. Ein Dachdecker meinte, sein Nachbar habe sich beleidigend über seine Ehefrau und seine drei Töchter geäußert. Daraufhin gerieten die Trunkenbolde in Streit. Ein Stuhl fiel um, Fäuste wirbelten durch die Luft. Die übrigen Gäste gingen in Deckung und beobachteten das Szenario aus größerer Entfernung. Sie feuerten die beiden Kampfhähne an und schlossen Wetten ab, wer von ihnen der bessere Schläger sei. Johanna trat mit ihrem Tablett zwischen die beiden Rasenden und konnte sie nur im letzten Moment daran hindern, mit Messern aufeinander loszugehen.

Schwerfällig erhob sich Giorgioli von seinem Stuhl, hatte das Gefühl, als steige Fieber in ihm auf. Er öffnete den Hemdkragen und ging nach draußen vor die Tür, sog die frische, klare Abendluft ein. Die Turmuhr der Bergkirche schlug die neunte Abendstunde. Um diese Zeit hatte kein Außenstehender mehr Zutritt zur Insel. Und so konnte er erst am nächsten Morgen in aller Herrgottsfrühe den Abt aufsuchen und ihn um ein dringendes Gespräch unter vier Augen bitten. Denn Giorgioli wusste mit einem Mal, wer der zweite Mann vor seiner Bauhütte gewesen war. Pater Wolferad, der Prior, der nach der Trauerfeier für Pater Basilius dem Archivar heimlich etwas Briefähnliches in die Hand gedrückt hatte.

Mit hastigen Schlucken trank Giorgioli seinen Frühstückstee, verbrannte sich dabei die Zunge und rannte fluchend aus dem Wirtshaus. Im Laufen knöpfte er sich Wams und Jacke zu. Einige Bewohner, die auf dem Weg zum Kornmarkt waren, blieben stehen und schüttelten verwundert die Köpfe, als sie den Maler davoneilen sahen. Der Pförtner ließ ihn das Klostertor passieren, rief ihm etwas zu, doch Giorgioli hörte nicht hin. Im oberen Stockwerk der Küferei wurde ein Fenster geöffnet. Ein Arbeiter blickte verschlafen auf den Klosterplatz hinunter, gähnte lauthals und streckte die Arme vor, machte ein paar Kniebeugen. Ein Stalljunge war gerade dabei, eine volle Mistkarre zum Gemüsegarten zu schieben. Zwei Pferde steckten die Köpfe aus dem Fenster und sahen ihm neugierig hinterher.

Neben dem großen Scheunentor lehnte ein junger Mann an dem Mauerwerk, das mit wildem Wein fast bis unter das Dach überwuchert war. Der Junge schien auf jemanden zu warten. Langsam kam er auf Giorgioli zu.

»Was willst du, Giovan Pietro? Du siehst doch, ich bin in Eile.«

»Ich muss mit dir reden, Vater, es ist wichtig.«

Giorgioli bemerkte den Ernst in der Stimme seines Sohnes und blieb verärgert stehen. »Was sollte es Bedeutendes geben, dass du mich deswegen von der Arbeit abhalten musst?«

Giovan Pietro blickte unsicher zu Boden. Plötzlich straffte er die Schultern, in seinem Gesicht leuchtete Entschlossenheit auf. »Ich werde am Freitag nicht mit dir nach Hause reisen, Vater.«

»Ich habe mich wohl verhört. Was wirst du nicht ...?«

»Doch, du hast richtig gehört. Ich bleibe hier, in Rheinau.«

Giorgioli erstarrte, schüttelte den Kopf, zwang sich zu einem spöttischen Lächeln. »Welch ein Unsinn. Wie stellst du dir das vor? Und was soll aus deiner Ausbildung werden? Du musst doch irgendwann deine Meisterprüfung machen.«

Giovan Pietro presste die Lippen aufeinander, blickte hinüber zur Klosterinsel, zögerte und gab sich schließlich einen Ruck. »Ich will kein Maler werden.«

Giorgiolis Miene wurde zu Stein. Er tat einen Schritt zurück, wankte zu einer Bank vor der Einfassung des Gemüsegartens und ließ sich darauf niedersinken. Giovan Pietro folgte seinem Vater, setzte sich auf den äußersten Rand, hielt Abstand. Giorgioli griff sich an die Brust, atmete schwer. »Dieser Junge bringt mich noch vorzeitig ins Grab. Womit habe ich das verdient?«

Giovan Pietro schwieg, zeichnete mit der Schuhspitze Kreise in den sandigen Boden. »Versteh doch, Vater ... Ich habe mich gefragt, was ich in den beiden letzten Jahren überhaupt an Eigenem geschaffen habe. Ein paar unbedeutende Außenmalereien an der Kirche – ein Kreuz, ein Wetterzeichen und eine Sonnenuhr. Dann zuletzt ein winzig kleines Symbolbild über einem Türrahmen. Glaubst du wirklich, das genügt mir?«

»Ich habe es dir schon Hunderte Male erklärt. Du musst erst einmal die Grundlagen der Malerei kennen und üben. Immer wieder üben, bis du dein Handwerk beherrschst. Es wäre ein Fehler, sein Talent schon vorzeitig zu verschwenden. Man muss langsam an die Dinge herangehen, seine Energie aufsparen, bis der richtige Augenblick gekommen ist. Und wenn du erst einmal Meister bist ...«

»Wie oft habe ich diesen Spruch schon gehört ... Auf der einen Seite soll ich ein Freskenmaler werden. Du hast große Pläne mit mir. Ja, ich soll sogar der Nachfolger Michelangelos werden, hast du einmal gesagt ... Auf der anderen Seite darf ich keine eigenen Einfälle haben, sondern bin gerade gut genug für Handlangerarbeiten und muss wie ein dummer Lehrling Farben reiben oder Konturen stechen. Niemals habe ich ein Lob von dir gehört. Nie. Ich kann und will so nicht weitermachen. Ich werde mir eine andere Arbeit suchen.«

Giorgioli stierte ratlos vor sich hin. Er schüttelte sich, als wolle er einen üblen Gedanken abstreifen. »Du weißt nicht, was du redest. Komm erst einmal mit nach Hause, dann sehen wir weiter. Du könntest bei deinem Onkel Alfredo in Bologna als Vergolder arbeiten oder bei meinem Freund Gerolamo Rossi in Bergamo das Stuckhandwerk lernen.«

»Nein, Vater, begreifst du denn nicht, worum es mir geht? Ich will selbst über mein Leben bestimmen, und deshalb werde ich nicht nach Meride zurückkehren.«

»Aber was willst du ausgerechnet in Rheinau? Du kennst hier doch niemanden«, wandte Giorgioli hilflos ein.

»He, Giovan Pietro, Zeit für die Morgenmahlzeit! Kommst du mit uns?« Eine Gruppe junger Handwerker überquerte den Klosterplatz auf dem Weg von ihren Schlafquartieren zur Abtei.

»Wartet nicht auf mich!«, lehnte Giovan Pietro ab. »Ich komme später.«

Die Männer winkten und zogen weiter. Versonnen betrachtete Giovan Pietro einen Schmetterling, der auf seinem Ärmel gelandet war. Das Insekt spreizte die Flügel, zeigte sein farbenfrohes Muster. Viel zu schnell flog es wieder davon. Flüsternd und stockend sprach er weiter. »Doch, ich kenne jemanden. Eine Frau. Ich habe mich in sie verliebt und will bei ihr bleiben. Sie mag mich so, wie ich bin.«

Giorgioli schlug sich mit der flachen Hand gegen die Stirn und pfiff leise durch die Zähne. »Also daher weht der Wind... Das schlag dir nur gleich aus dem Kopf! Dazu bist du noch viel zu jung. Wir kehren zusammen nach Hause zurück, und dann sehen wir weiter.«

»Zu jung wofür? Wir alt warst du eigentlich, als du das erste Mal geheiratet hast? Warst du nicht genau so alt wie ich – zweiundzwanzig?«

»Das war doch etwas völlig anderes... Ich hatte einen Lehrer, der viel für mich getan hatte. Ich war ihm zu Dank verpflichtet. Und ich brauchte jemanden, der mich weiterhin unterstützte, weil mein eigener Va ...« Giorgioli schluckte schwer und machte eine wegwerfende Handbewegung. »Aber das tut hier überhaupt nichts zur Sache ... Mein Meister hatte vier Töchter, und die drei jüngeren sollten erst dann heiraten, nachdem die älteste unter die Haube gekommen war. Margherita war nicht gerade eine Schönheit, aber sie hatte ein gutes Herz.«

»Du solltest meine Mutter nicht beleidigen. Wenn sie noch am Leben wäre, dann sähe heute alles anders aus für mich... Dann hast du sie also gar nicht aus Liebe geheiratet.«

»Liebe... das ist doch nur sentimentales Geschwätz und lange kein Grund für eine Heirat.«

»Und wie war das mit Jacoba? Mutter war noch kein halbes Jahr unter der Erde, da hattest du schon eine neue Frau ins Haus geholt.«

»Was hätte ich denn tun sollen? Mit fünf kleinen Kindern? Irgendjemand musste doch auf sie aufpassen, während ich über Monate auf Reisen war.«

Ein Pferdegespann rollte auf den Hof und hielt vor der Kellerei. Noch bevor der Kutscher abgestiegen war, kamen zwei Burschen und luden Weinfässer von dem Karren, rollten sie bis zur Ladeluke, wo zwei weitere Kollegen die Fässer in Empfang nahmen und in den Kellern stapelten.

Zutiefst befremdet rutschte Giovan Pietro zur Seite und hielt sich an der Rückenlehne fest, um nicht von der Bank zu fallen. »Dann hast du also zweimal nur deswegen geheiratet ... weil es für dich am praktischsten war?«

»Ich verbitte mir solche Äußerungen. Was weißt du schon vom Leben?«

»Nicht weniger, als du mit zweiundzwanzig wusstest.«

Giorgiolis Gesicht wurde krebsrot. Sein Mund zitterte, die Stimme überschlug sich. »Aufgehetzt hat sie dich! Gegen deinen eigenen Vater! Wer ist diese Person, die deine Karriere und mein Leben zerstören will? Los, sag schon!«

»Das tut nichts zur Sache. Außerdem will nicht sie, dass ich bleibe, sondern ich will es.«

Giorgioli sprang auf, richtete sich zu voller Größe auf und holte mit dem Arm aus. Im letzten Moment hielt er inne. Giovan Pietro blieb sitzen, hielt dem Vater die Wange hin, erwartete ruhig und gelassen den Schlag.

»Was ist? Fehlt dir plötzlich der Mut zu etwas jahrelang Erprobtem? Mich zu schlagen, wenn ich nicht so handelte, wie du es von mir erwartest hattest?«

Giorgioli sank wieder auf die Bank, hielt sich eine Hand vor die Augen, schluchzte auf. »Ich habe immer nur dein Bestes gewollt. Es ist meine Schuld, ich war zu nachsichtig mit dir ... Jetzt bekomme ich die Quittung für meine Gutmütigkeit.«

»Weißt du, Vater, was ich mir gewünscht habe, seit ich denken kann? Ich wollte von dir geliebt werden.«

Giovan Pietro sprang auf und rannte seinen Kameraden hinterher.

Giorgioli fühlte einen Stich im Herzen. Natürlich liebte er seinen Sohn, hätte er ihn sonst zum Malergesellen ausgebildet? Und hatte er nicht alles für ihn getan? Was war nur plötzlich in den Jungen gefahren? Bestimmt steckte diese Frau dahinter … Eine Hure vermutlich. Aus Schaffhausen. Aber jetzt war nicht der Zeitpunkt, darüber nachzudenken. Es gab Wichtigeres zu tun.

»Bruder Anton, ich muss dringend mit Abt Gerold sprechen. Wo finde ich ihn?«

Der Pfortenbruder kratzte sich an seinem grauen Spitzbart und dachte eine Weile nach. »Ja, wo mag er wohl gerade sein, unser hochwürdigster Vater? Gespeist hat er schon, in einer halben Stunde beginnt die Non … Bestimmt sitzt er in seinem Arbeitszimmer und beantwortet Bittbriefe oder verfasst einen neuen Gesetzestext. Aber wie kommt Ihr dorthin? Ich selbst kann Euch leider nicht begleiten, Meister Giorgioli, meine Pflicht hält mich hier fest, und ich kann das Tor nicht einfach zusperren …«

»Bitte, Bruder Anton, gibt es sonst jemanden, der mich zu ihm führen kann?«

»Hm, lasst mich überlegen … Ihr müsst wissen, ich bin nicht mehr der Jüngste, meine Aufgabe ist es, die Pforte zu bewachen, und nicht, über den Aufenthaltsort meiner Mitbrüder Bescheid zu wissen … Also, Ihr könntet es drüben in der Klosterschule versuchen. Wenn mich meine Ohren nicht täuschen, dann unterrichtet Pater Konrad dort gerade gregorianischen Choral. Auch wenn das Unterrichtsfach eher Katzengeschrei heißen sollte. Er kann Euch sicher weiterhelfen.«

Francesco Antonio Giorgioli eilte über den Inselhof auf das Gästehaus zu. Gleich rechts neben dem Eingang lag das

Klassenzimmer, aus dem die mehr inbrünstigen als wohlklingenden Stimmen der Oblaten drangen. Giorgioli klopfte an, aber niemand schien ihn zu hören. Er klopfte ein zweites Mal, diesmal kräftiger. Drinnen wurde es still. Dann öffnete sich die Tür, und Pater Konrad erschien fröhlich lächelnd und mit einem Taktstock in der Hand.

»Der Herr sei mit Euch, Meister Giorgioli. Was führt Euch zu mir? Braucht Ihr wieder ein Modell für eine Zeichnung, diesmal vielleicht einen meiner Schüler?«

»Nein, Pater Konrad, ich muss dringend mit dem hochwürdigen Vater Abt sprechen. Die Angelegenheit duldet keinen Aufschub, und da Bruder Anton Meyer an seiner Pforte unabkömmlich ist ...«

»Nun, wenn das so ist, dann bringe ich Euch zu ihm.« Der Pater wandte sich um. »Wer von euch ist der Älteste?«, rief er in den Klassenraum hinein.

Einer der Oblaten trat vor, ein großer, dicker Junge mit kurz geschorenen Haaren und pickeligem Gesicht. »Ich, ehrwürdiger Vater.«

»Gut, Michael, dann wirst du für mich weitermachen. Ihr anderen tut, was euer Mitschüler sagt. Und immer schön im Takt bleiben.«

Pater Konrad lauschte noch einen Augenblick lang an der Tür, bis die Schüler ihren Gesang anstimmten. Lachend hielt er sich die Ohren zu. »Manchmal tut es weh, ihnen zuzuhören. Und trotzdem gibt es nichts Schöneres, als mit Kindern singend Gott zu preisen.«

Sie gingen über den Inselhof zum Abtshaus. Pater Konrad schloss das nussbaumfarbene Eichentor auf, über dessen Portal das Wappen Abt Gerolds II. prangte. Eine hölzerne Wendeltreppe führte geradewegs in den Wohntrakt des Abtes.

Der Pater legte einen Finger an die Lippen, klopfte an die Tür des Empfangszimmers und verschwand darin.

Es kam Giorgioli wie eine Ewigkeit vor, bis der Chorleiter wieder heraustrat. »Der hochwürdigste Vater bittet Euch einzutreten.«

Abt Gerold unterschrieb gerade mit der einen Hand ein Dokument, mit der anderen machte er das Zeichen des Segnens und wies seinen Besucher an, Platz zu nehmen. Giorgioli musste an das erste Mal denken, als er auf diesem Stuhl gesessen hatte. Sein Blick fiel auf die Bäume am gegenüberliegenden Rheinufer. In das Grün der Blätter hatten sich mittlerweile auch Gelb- und Rottöne gemischt. Der Abt blickte erwartungsvoll auf.

»Euer unerwarteter Besuch legt die Vermutung nahe, dass Ihr mir etwas mitzuteilen habt. Sind es – gute Nachrichten, Meister Giorgioli?«

»Je nachdem, hochwürdiger Vater Abt. Ich glaube, ich weiß jetzt, wer Pater Basilius umgebracht hat.«

»Nun, ich bin sehr gespannt ...«

»Wenn Ihr erlaubt, fasse ich mich kurz. Ich bin zu der Überzeugung gelangt, dass Pater Basilius durch eine Verkettung unglücklicher Umstände zum Opfer wurde. Entgegen meiner bisherigen Annahme gehe ich nun davon aus, dass der Anschlag in Wirklichkeit gegen Euch gerichtet war, hochwürdigster Vater, und dahinter steckt – Pater Wolferad.«

Abt Gerold lehnte sich in seinem Sessel zurück und rückte das goldziselierte Kreuz auf seiner Brust gerade. »Ihr seht mich recht gelassen, lieber Meister. Denn eine solche Mutmaßung ist irrwitzig. Ich könnte mir keinen besseren und loyaleren Stellvertreter vorstellen als ihn.«

Giorgioli zwang sich zu einem ruhigen Tonfall. »Auch ich glaubte zunächst nicht an eine solche Möglichkeit. Doch dann erfuhr ich von Eurer Abtswahl. Pater Wolferad war Euch mit nur einer Stimme unterlegen.«

»Das ist richtig. Und ich erinnere mich noch genau, wie demütig Pater Wolferad dieses Urteil annahm. Seitdem hat er mit Hingabe und Frömmigkeit das Amt des Priors ausgeübt und mich in allen Angelegenheiten unseres Klosters unterstützt. Wenngleich ich sagen muss, dass er eine etwas – mildere Art hat, Angelegenheiten zu beurteilen. Nein, ich kann mir nicht vorstellen, dass seine Ergebenheit nur eine Strategie gewesen sein soll, um mich in Sicherheit zu wiegen. Oder etwa doch?«, murmelte der Abt leise in sich hinein.

»Hochwürdigster Vater«, Giorgioli fasste die Löwentatzen an den Schreibtischbeinen ins Auge und legte so viel Überzeugskraft wie möglich in seine Worte, »mir ist einiges zu Ohren gekommen ... Ich erfuhr von Intrigen, Missgunst und Neid, die sich hinter diesen Mauern abspielen sollen ...«

Gerold II. seufzte und schickte einen demütigen Blick zur Decke hinauf, schien von dort göttlichen Beistand zu erhoffen. »Es ist manchmal nicht einfach, die Selbstsucht aus den Köpfen und Herzen der Menschen zu bekommen. Das gilt leider auch für Mönche. Doch für meinen Stellvertreter kann ich mich verbürgen. Warum sollte ausgerechnet er die Hand gegen mich erheben? Er ist noch so jung, über zwanzig Jahre jünger als ich. Und ich werde nicht ewig auf dieser Erde leben. Er hat alle Möglichkeiten, mich in meinem Amt zu beerben – und für lange Jahre selbst Abt zu sein.«

Giorgioli seufzte und rang sich ein demütiges Lächeln ab. »Aber ... wenn Pater Wolferad vielleicht nicht mehr so lange warten will, hochwürdigster Vater? Ich hörte nämlich zufällig ein Gespräch, als ich mich in meiner Bauhütte umzog. Der Prior erwähnte in einem vertraulichen Gespräch ... ich habe zwar nicht jedes Wort verstehen können ... doch er sprach davon, dass Ihr ein alter Mann seid und niemand weiß, wie lange Ihr noch im Amt sein werdet.«

Gerold wurde bleich. Nur langsam schien er die Tragweite dessen zu begreifen, was ihm soeben zu Ohren gekommen war. »Ich kann und will es einfach nicht glauben. Das würde ja bedeuten, dass ... dass wir einen Judas an der Klosterspitze haben, jemanden, der seine Seele dem Dämon der Eitelkeit verkauft hat ... Und dabei habe ich gerade ihm, meinem Stellvertreter, ganz und gar vertraut ... Aber so kann man sich in einem Menschen täuschen, selbst wenn man meint, ihn durch und durch zu kennen. Ich danke Gott, dass er seine schützende Hand über mich gehalten hat und mich nicht zu seinem zweiten Opfer werden ließ. Kommt, Giorgioli, wir werden Pater Wolferad gemeinsam in seiner Zelle aufsuchen und zur Rede stellen.«

Abt Gerold schritt voran, so schnell es seine gichtgeplagten Beine zuließen. Sie erreichten einen Flur, an dem sich zu beiden Seiten Zellentür an Zellentür reihte. Als sie etwa in der Mitte angekommen waren, blieb der Abt stehen, bekreuzigte sich und klopfte an eine Tür. Drinnen blieb alles still. Als auch nach dem dritten Klopfen niemand antwortete, öffnete der Abt die Tür.

Giorgioli spähte ihm über die Schulter. Das Domizil des Priors war leer. Die Unterkunft war mehr als doppelt so groß wie eine gewöhnliche Mönchszelle. Auf dem Schreibtisch unter dem Fenster lag aufgeschlagen eine Bibel. Das Mauerstück zwischen den beiden Fenstern schmückte in einem reich verzierten Ebenholzrahmen ein Gemälde mit der Darstellung Johannes des Täufers. Der Heilige saß vor einem Baum, links im Hintergrund war in der Ferne die Silhouette einer Stadt zu sehen. Johannes war nackt, lediglich ein Stückchen Stoff bedeckte seinen Schoß. Feine dunkle Locken fielen in sanftem Schwung bis über seine Schultern. Der Täufer saß auf einem Erdhügel, die Beine übereinandergeschlagen. Sein linker Arm umschlang einen Wanderstab. Die rechte Hand mit dem ausgestreckten Zeigefinger wies schräg nach oben zum Himmel. Von dem Bild ging etwas Bezwingendes, Rätselhaftes aus. Es erinnerte Giorgioli an

Leonardo da Vincis Gemälde des heiligen Johannes in der Wüste. Möglicherweise war dies die Kopie eines seiner Schüler.

Doch Giorgiolis Aufmerksamkeit wurde noch von einem anderen Werk gefesselt, einer Bronzeskulptur des heiligen Sebastian, die auf dem Schreibtisch links neben der Bibel stand. Der Heilige lehnte an einem Baumstumpf, die Hände hinter dem Rücken zusammengebunden. Sein makelloser athletischer Körper, den nur ein Lendenschurz verhüllte, wurde von Pfeilspitzen durchbohrt. Auch diese Figur kam dem Maler seltsam vertraut vor, sie musste nach einem Bild von Tizian geschaffen worden sein.

Abt Gerold musterte die beiden Heiligen mit unbewegter Miene, nur eine Augenbraue zuckte kaum merklich. Dann machte er Giorgioli das Zeichen einzutreten. Vorsichtig öffnete der Abt eine weitere Tür zur Linken, die in einen zweiten Raum führte, das Schlafzimmer des Priors. Aber auch dieser Raum war leer.

»Pater Wolferad hat sich vermutlich schon zum Stundengebet begeben. Ich schlage vor, wir ziehen uns in meine Privatkapelle zurück, in der ich mich auf die Heilige Messe vorzubereiten pflege. Dort wollen wir das Ende der Non abwarten und Gottes Beistand für die uns bevorstehende Aufgabe erflehen.«

Abt Gerold öffnete die Zellentür einen Spaltbreit und überzeugte sich, dass draußen niemand zu sehen war. Die beiden Männer schritten weiter an Türen vorbei, die alle aus dem gleichen kassettierten Eichenholz gefertigt waren. Kurz bevor sie das Ende des Traktes erreicht hatten, bemerkte Giorgioli auf dem grauen Steinfußboden ein feucht schimmerndes bräunliches Rinnsal. Es führte von einer der Zellentüren bis fast zur Mitte des Flures. Er wunderte sich, denn sonst war im Konventbau immer alles blitzsauber, nirgendwo eine Spur von Schmutz.

Auch dem Abt fiel die Spur auf. »Eigenartig, was könnte das sein?«, murmelte er vor sich hin.

Giorgioli beugte sich hinunter. »Es sieht aus wie ein Kräuteraufguss, der verschüttet wurde … oder wie Tinte.«

»Ich werde den Bruder Circator fragen, wer in dieser Woche Putzdienst hat. Obgleich … wir sollten selbst in der Zelle nachsehen, was die Ursache sein könnte.« Abt Gerold sah sich prüfend nach allen Seiten um, dann drückte er die Klinke nach unten. Doch die Tür ließ sich nur einen winzigen Spalt öffnen. Er versuchte es erneut. »Merkwürdig«, murmelte er vor sich hin, »unsere Zellentüren werden doch regelmäßig geölt, damit sie nicht quietschen. Wenn Ihr es einmal versuchen würdet …«

Giorgioli lehnte sich mit der Schulter gegen die Tür und schob sie Zoll um Zoll auf. Dabei spürte er, wie er im Innern einen Widerstand beiseitedrängte. Schließlich war die Öffnung so groß, dass sie eintreten konnten.

Ein Pulttisch war umgefallen und hatte ihnen den Weg versperrt. Ein Tintenglas lag zerbrochen am Boden, die Flüssigkeit lief unter der Tür hindurch bis in den Flur. Ungefähr in der Mitte des Raumes schwebte ein Mönch. Er hing an einem Seil. Das Seil war an einem Holzbalken befestigt, der etwa zwei Handbreit unterhalb der Decke quer durch das Zimmer verlief. Augen und Mund des Mönches waren weit aufgerissen, die Zunge hing heraus, das bleiche Gesicht glich einer Fratze. Der Mönch war Pater Agatho, der Bibliothekar.

Abt Gerold stöhnte auf und riss die Arme hoch. »Herr, erbarme dich unser … der zweite Tote innerhalb weniger Wochen.«

Giorgioli beugte ein Knie zum Boden und bekreuzigte sich. Dann ging er um den Tisch herum und rüttelte an den Fenstern. »Hochwürdigster Vater, wenn mich nicht alles täuscht, so hielt sich kein anderer zu dem Zeitpunkt in dieser

Zelle auf, als Pater Agatho ... starb. Die Fenster sind verriegelt, und der umgefallene Tisch hat die Tür von innen versperrt. Niemand hätte diesen Raum verlassen können. Ein Mord ist hier mit Sicherheit nicht geschehen.«

»Dann starb er also ... von eigener Hand ... Das ist ... eine Sünde, eine Todsünde ... Wie konnte er uns so etwas antun?«, stammelte der Abt. »Wir müssen ihn herunterholen, bevor die anderen Brüder etwas merken. Aber wie?«

»Am besten mit einem Messer.«

»Woher sollen wir ...? Wartet, ich hole eins aus meinem Arbeitszimmer. Sperrt die Tür von innen ab und öffnet niemandem! Wenn ich zurückkomme, werde ich dreimal klopfen.«

Giorgioli bemerkte plötzlich, dass der Abt neben einer Tintenpfütze stand. »Halt, hochwürdigster Vater! Bleibt stehen und bewegt Euch nicht!« Er zog ein Laken vom Bett und wischte damit die Flüssigkeit auf, schrubbte auch im Flur die Tintenreste weg.

Der Abt eilte davon, und Giorgioli kehrte in die Zelle zurück. Er öffnete ein Fenster und warf das Laken in die Tiefe, in den Rhein, der an dieser Stelle die Klostermauern umspülte. Der Fluss würde alle Spuren von Tinte reinwaschen. Und sollte jemand das Tuch zufällig finden, nähme er an, dass der Wind es von einer Trockenleine geweht hatte.

Giorgioli setzte sich auf einen wackeligen Holzschemel, die einzige Sitzgelegenheit in dem karg eingerichteten Raum. Erschöpft ließ er den Kopf auf die Brust sinken. Warum musste ihm ausgerechnet jetzt der Tod des Bibliothekars dazwischenkommen, kurz bevor er am Ziel war und den Mörder des Sakristans hätte stellen können? Das Schicksal hatte sich wieder einmal gegen ihn gewandt.

Wahrscheinlich war das die gerechte Strafe für seine Sünden. Er versuchte zu beten. »Herr, vergib mir, denn ich wusste nicht, was ich tat.« Aber war das nicht schon wieder ein Frevel? Er hatte Unrecht getan, im vollen Besitz seiner geistigen Fähigkeiten. Es gab nichts zu beschönigen oder zu entschuldigen, er war ein Schuldiger, ein Verdammter.

Giorgioli hob den Kopf und starrte auf den reglosen Körper des Bibliothekars, sah die nackten Füße in den Sandalen und die mageren Fesseln vor seinen Augen hängen ... Mutlos wendete er den Blick ab und entdeckte plötzlich etwas Weißes unter dem Bett des toten Bruders. Er bückte sich und hob ein Blatt Papier auf. Giorgioli streckte den Arm aus und kniff die Augen zusammen, um die eng beschriebenen Zeilen mit den kleinen Buchstaben besser lesen zu können.

Bekenntnis: Ich, Pater Agatho, vormals Eberhard Schweizer, habe meinen Mitbruder, Pater Basilius, vormals Joachim Münzer, umgebracht. Im Folgenden will ich ohne Beschönigung darlegen, wie die Dinge sich zugetragen haben ...

Giorgioli stockte der Atem. Mit klopfendem Herzen las er weiter, folgte mit der Fingerspitze den Worten. Der Sakristan hatte Agatho dabei überrascht, wie dieser heimlich einen bisher unbekannten Briefwechsel zwischen dem griechischen Philosophen Sokrates und seinem Schüler Platon übersetzte. In einem dieser Briefe zeichnete Sokrates sehr freizügig Formen der Liebe zwischen Mann und Frau auf. Basilius erpresste daraufhin Agatho. Der Bibliothekar sollte ihm die zwölf ältesten Flaschen Wein aus dem Weinkeller des Abtes beschaffen. Nur dann würde er davon absehen, seine heikle Entdeckung dem Konvent zu melden. Doch Agatho scheitert bereits bei dem Versuch, den Schlüssel des Cellerars zu stehlen ...

Giorgiolis Hand zitterte, als er die nachfolgenden Erläuterungen las ... *Nunmehr musste ich befürchten, Basilius werde mich beim Abt anzeigen. Ich musste unter allen Umständen verhindern, dass man mich, der ich als Vorbild an Sittenstrenge und Gottesfurcht galt, als Bibliothekar absetzen und in ein anderes Kloster strafversetzen würde. Zum zweiten Mal, wobei ich meine frühere Verfehlung, als ich das Keuschheitsgelübde missachtet hatte, mittlerweile gesühnt habe.* Giorgioli ließ den Brief sinken, sah die junge Bettlerin vor sich, ihren traurigen, flehentlichen Blick, und spürte, wie ihm die Kehle eng wurde. *Am nämlichen Abend schlich ich in die Zelle meines Mitbruders und füllte einen Gifttrank in den Kräuterlikör, den Basilius bei Magendrücken zu sich zu nehmen pflegte. Die todbringenden Tropfen entwendete ich bei einem meiner Besuche im Kloster Fischingen aus dem Giftschrank des dortigen Infirmarius, nachdem ich ihn dringlich zu einem Mitbruder geschickt hatte, der sich aber lediglich den Fuß vertreten hatte …*

Da hörte Giorgioli ein Geräusch hinter sich und zuckte zusammen. Der Wind hatte einen Fensterflügel aufgestoßen, den er zuvor offenbar nicht richtig verschlossen hatte. Kühle Morgenluft wehte in die Zelle. Giorgioli schloss das Fenster so leise wie möglich. Sein Blick hastete über die Zeilen, insgeheim meinte er die raue Stimme dessen zu hören, der vor ihm am Seil hing … *Wäre doch nur dieser Tessiner Maler nicht gekommen und hätte Zeichnungen von uns angefertigt. In dem Moment, da ich mich in der Gestalt dessen wiederfand, der Sokrates den Giftbecher reicht, wusste ich, dass Giorgioli die Lage durchschaut hatte. Nur mit äußerster Willenskraft konnte ich mein Erschrecken verbergen. Es wäre lediglich eine Frage der Zeit gewesen, bis er mich überführt hätte. So bleibt mir nur dieser Weg, um weiterer Schmach zu entgehen. Und dennoch kann ich nicht bereuen. Denn dieser eine, beseligende Brief war mir Licht in der Finsternis, Trost in der Einsamkeit. Ich erwarte keine Milde und keine Gnade, ich bin bereit, einzugehen in das ewige Reich der Hölle. Pater Agatho Rheinau 18. September Anno Domini 1709.*

Giorgioli wusste nicht, wie oft es schon geklopft hatte. Eilig schob er das Schreiben unter das Bett zurück und öffnete die Tür. Abt Gerold zog ein Messer aus seiner Kutte. Giorgioli stieg auf den Pulttisch und durchtrennte das Seil. Der Körper war leichter, als er vermutet hatte, die Temperatur bereits abgekühlt. Gemeinsam legten sie den Toten auf das Bett. An der Stelle, wo sich das Seil befunden hatte, wies der Hals eine bläuliche Einschnürung auf.

Gerold II. schloss dem Verstorbenen die Augen und faltete die Hände zum Gebet. In diesem Moment bemerkte er den Brief unter dem Bett. Ächzend beugte er sich hinunter, nahm das Blatt Papier auf und las. Giorgioli beobachtete die Szene aus den Augenwinkeln, sah, wie die Miene des Abtes immer verschlossener wurde. Sein Herz schlug rasch und laut. Wie würde der hochwürdige Vater reagieren? Und vor allem – was würde das Bekenntnis Agathos für ihn, Giorgioli, bedeuten, nachdem er vor wenigen Minuten noch den Falschen beschuldigt hatte?

Da faltete der Abt den Brief kurzerhand zusammen und ließ ihn in seiner Kutte verschwinden. Er hüstelte einige Male. »Hier steht alles niedergeschrieben. Unser Mitbruder war krank ... sehr krank«, stammelte er, um eine Erklärung bemüht und ohne Giorgioli anzuschauen. »Er suchte wiederholt den ... den Infirmarius auf und wusste, dass er bald sterben würde. Bruder Agatho sehnte sich so sehr nach der Nähe Gottes, dass er es nicht länger erwarten konnte, zu seinem Schöpfer zurückzukehren und ... und legte Hand an sich.« Die Mundwinkel des Abtes zuckten, die durchscheinenden, geröteten Augenlider flatterten. Mit der linken Hand stützte er die Rechte, die den Segen ausführte. In seinen wässrig blauen Augen schwammen Tränen. »Dass er ausgerechnet diesen so schweren Weg wählte, zeigt nur, welch tapferer Mönch er war ... O Herr, führe den Verstorbenen heim in dein Reich und sei gnädig seiner Seele. Amen.«

Giorgioli bekreuzigte sich und dachte daran, was der Bibliothekar ihm bei der Sitzung in der Sakristei erzählt hatte. Dass er keinen einzigen Tag auf der Krankenstation verbracht habe und dass er Schmerzen als ein Gottesgeschenk empfinde. Warum also sprach der Abt die Unwahrheit? Doch wie von selbst kamen ihm die Worte über die Lippen. »Pater Agatho war ein Vorbild für uns alle. Ich werde ihm ein ewiges Andenken in meinem Herzen bewahren.«

Der Abt schien sichtlich erleichtert über Giorgiolis Worte. »Ich danke Euch für Euer Mitempfinden. Es wäre sicher im Sinn unseres geliebten Bruders, wenn wir verkündeten, sein Herz habe versagt. Was in gewisser Weise ja auch der Fall ist... Ich werde jetzt den Konvent darüber informieren, dass Pater Agatho friedlich eingeschlafen ist.« Gerold II. beugte sich zu dem Toten hinunter und zog den Ausschnitt der Kutte bis zum Kinn hoch, sodass die Einblutung am Hals verdeckt war. »Pater Peter wird den Verstorbenen waschen und neu einkleiden. Der Bruder ist schon über siebzig und halb blind. Er wird keine Auffälligkeiten an dem Toten feststellen.«

Nun wurde der Abt unruhig und drängte Giorgioli zur Tür hinaus. »Eine Totenfeier und ein Begräbnis müssen vorbereitet sein. Ich werde mich persönlich darum kümmern. Kommt morgen zwischen Non und Vesper zu mir, lieber Meister, dann können wir alles für Eure Abreise Notwendige besprechen.«

Zusammen eilten sie den Flur entlang. Plötzlich verlangsamte der Abt seinen Schritt und räusperte sich. »Ich... also, einstweilen danke ich Euch für die Gründlichkeit Eurer Nachforschungen, die Ihr in meinem Auftrag durchgeführt habt, werter Meister. Wenngleich ich Euch bitten möchte, Stillschweigen über Eure Recherchen zu bewahren. Wir Brüder befinden uns nach so kurzer Dauer wiederum in einer Phase tiefer Trauer. Sobald diese vorüber ist, werde ich die

Gesinnung meines Stellvertreters einer sorgfältigen Prüfung unterziehen. Es wird sicher eine Weile dauern, bis das endgültige Ergebnis vorliegt. Bis dahin sollte die Devise *In dubio pro reo* lauten. Im Zweifel für den Angeklagten.«

Giorgioli nickte eifrig und war froh über diese für ihn günstige Wendung des Gespräches. »Ihr könnt Euch auf meine Verschwiegenheit verlassen, hochwürdigster Vater.«

Ziellos lief Giorgioli im Konventgebäude umher, versuchte Klarheit in das Chaos seiner Gedanken und Gefühle zu bringen. Er hatte sich geirrt, ein weiteres Mal geirrt. Keine der Theorien, die er so fein ersonnen hatte, traf zu. Der Tod des Sakristans war aufgeklärt, wenn auch nicht durch sein Mitwirken. Oder doch? Irgendetwas musste seine Sokrateszeichnung in dem Bibliothekar ausgelöst haben, weswegen die Geschichte einen solch tragischen Verlauf genommen hatte...

Er stieg eine Treppe hinunter und stand plötzlich in einem Flur, in dem sich zu beiden Seiten Mönchszellen befanden, in derselben Art wie im Stockwerk darüber. Eine Tür zu seiner Rechten öffnete sich, und Pater Desiderius trat heraus, der junge Archivar. Sein Gesicht war gerötet, die Haare standen ihm wirr vom Kopf ab. Der Mönch grüßte verlegen, als er Giorgioli erblickte, und stülpte seine Kapuze über. Mit fahrigen Bewegungen strich er sich die Kutte glatt und knotete den Gürtel zu. Seine Schritte hallten in dem kahlen, hohen Gang wider.

Giorgioli sah sich plötzlich am Ende des Flures. Er hatte irrtümlich vermutet, dass von hier aus ein Weg in die Sakristei führe. Verärgert machte er kehrt und ging denselben Weg zurück. Eine Tür zu seiner Linken öffnete sich, und Pater Wolferad kam heraus.

»Der Herr sei mit Euch, Meister Giorgioli. Kann ich Euch helfen?« Der Prior sprach mit kraftvoller und zugleich weicher Stimme. Ein sanftes Lächeln umspielte Augen und Mund. Giorgioli musste an das Bildnis Johannes des Täufers von Leonardo da Vinci denken, das er am Morgen im Zimmer des Priors bewundert hatte und von dem etwas ähnlich Geheimnisvolles ausgegangen war. Aber hatte sich dieser Raum nicht in einem anderen Stockwerk und an völlig anderer Stelle befunden?

»Ich ... ich komme gerade von einer Unterredung mit dem Abt und ... habe mich wohl verlaufen. Ich wollte in die Sakristei«, stotterte Giorgioli.

Pater Wolferad legte ihm die Hand auf den Arm. »Dann haben wir beide denselben Weg. Aber gestattet mir eine sehr persönliche Frage, da ich unseren hochwürdigsten Vater heute noch nicht gesehen habe. Welchen Eindruck hattet Ihr von ihm? In letzter Zeit mache ich mir Sorgen um seine Gesundheit. Er ist nicht mehr der Jüngste und arbeitet viel zu viel. Trotzdem will er sich keinesfalls etwas abnehmen lassen.«

»Er schien mir guter Dinge und wohlauf«, antwortete Giorgioli mit fester Stimme und entdeckte aufrichtige Erleichterung im Gesicht des Priors.

»Dann bin ich beruhigt. Ihr habt ein geschultes Auge, Meister Giorgioli. Euch wäre eine etwaige Unpässlichkeit als Erstem aufgefallen. Wenn Ihr jetzt mit mir kommen wollt, ich bringe Euch zum Ausgang.«

Giorgioli folgte dem Prior und schämte sich dafür, dass er diesen liebenswerten Mönch für einen Mörder gehalten hatte. Er hatte den abfälligen Worten über diesen Pater Glauben geschenkt. Hatte sich wegen einiger undeutlicher Wortfetzen zu einer Anklage verstiegen, weil er endlich seinen unangenehmen Auftrag zu Ende bringen wollte. Nicht Pater Wolferad neidete Gerold II. sein Amt, sondern offensichtlich waren andere eifersüchtig auf seinen Posten und das gute Verhältnis, das zwischen Abt und Prior herrschte.

Giorgioli dankte Gott, dass sie Pater Wolferad nicht in seiner Zelle angetroffen hatten und ihm somit eine Blamage erspart geblieben war.

Giorgioli stand wieder auf dem Inselhof. Kraftlos lehnte er sich gegen das raue Mauerwerk und blickte hinauf in den grau verhangenen Himmel, der sich über der Insel wölbte. Er versuchte tief durchzuatmen, doch etwas drückte ihm den Brustkorb zusammen. Die Rufe der Handwerker, ihr Hämmern, Sägen und Klopfen schallten über den Hof. Und mit einem Mal wurde ihm etwas klar, wovon er am liebsten nichts erfahren hätte und über dessen tiefere Bedeutung er nicht im Mindesten nachdenken wollte. Hatte er sich nicht schon viel zu tief in die klösterlichen Angelegenheiten verstrickt? Denn eins stand fest: Pater Desiderius und Pater Wolferad waren aus ein und derselben Zelle gekommen.

Francesco Antonio Giorgioli saß am Fenster seiner Kammer, die Arme ruhten auf der Tischplatte. Er legte die Stirn auf die Handrücken, fühlte sich leer und ausgebrannt.

Die Erinnerungen quälten ihn – das Bild des erhängten Bibliothekars und das des unterm Bett aufgefundenen Papierbogens. Die zunächst ungläubige Miene des Abtes, als er die eng beschriebenen Zeilen las, die plötzlich undurchdringliche Maske seines Gesichts, hinter der er seine wahren Gedanken verbarg, sein Umschwenken, als er Pater Agathos Bekenntnisbrief eine völlig andere Deutung gab …

Wie hatte das alles geschehen können und warum? Er musste an Pater Basilius denken, der den Sinn seines Mönchsdaseins in kulinarischen Genüssen gefunden hatte – was ihm schließlich zum Verhängnis geworden war. Pater Agatho war aus Angst zum Mörder geworden. Aus Angst vor den

Konsequenzen für sein sündhaftes Verhalten. Für seine Empfindungen, die er nicht unterdrücken konnte. Dieser abgemagerte, stinkende, vergrämte Mann hatte einmal geliebt. Doch er hatte seine Liebe aufgeben und die eigene Tochter verleugnen müssen. Was ihn am Leben erhalten hatte, war die Macht der Bilder, erregender, tröstender Zeichnungen auf einem Brief, der vor Jahrhunderten verfasst worden war von Sokrates, dem griechischen Philosophen. Zeichnungen, die auch ihn, Giorgioli, erschüttert und ihm die Sinne verwirrt hatten. Der unglückliche Frater Gallus fiel ihm ein, der für den Tod seiner Schwester sühnen und auf ein eigenes Leben, eine eigene Liebe verzichten musste. Er sah den Prior und den Archivar, die ihre Gefühle verleugneten und sich vor den Mitbrüdern versteckten, damit ihre gegenseitige Zuneigung im Verborgenen blieb.

Warum war das Leben plötzlich so anders als noch vor Kurzem? So schwierig? Was war gut, was war böse? Noch vor wenigen Wochen hatte er geglaubt, dies genau zu wissen. Er griff sich an den Kopf, fühlte Schwere und ein Brennen. In sechsunddreißig Stunden würde er abreisen, ohne seinen Sohn, den er durch zu viel Ehrgeiz und Härte verloren hatte, und er würde nie wieder an diesen Ort zurückkehren.

Er stemmte sich hoch, füllte seine Waschschüssel, tauchte ein Handtuch hinein und kühlte die glühende Stirn. Dann nahm er sein Skizzenbuch und einen Stift und verließ die Kammer, ging den Flur entlang bis zu dessen Ende. Mit den Fingerknöcheln klopfte er zaghaft gegen die Tür. Als keine Antwort kam, drückte er die Klinke herunter. Die Tür war verschlossen. Er versuchte es erneut, trommelte, hämmerte. Schließlich hörte er, wie von innen ein Schlüssel umgedreht wurde.

Die Tür öffnete sich einen Spaltbreit. Johanna hatte sich eins ihrer malvenfarbenen Laken übergeworfen, das lockige

Haar fiel ihr bis zur Hüfte. Giorgioli roch Zitronenmelisse. Etwas Heiteres, Leuchtendes ging von ihr aus. Nie war sie ihm schöner vorgekommen, nie begehrenswerter.

»Was willst du, Antonio?«

Anstelle einer Antwort hielt er das Skizzenbuch hoch.

Sie runzelte die Stirn. »Ich verstehe nicht.«

»Ich ... ich will dich zeichnen. Nackt.«

»Nein.«

»Wieso nicht, ich ... ich reise übermorgen ab, und ich dachte, ich könnte ...«

Lächelnd schüttelte sie den Kopf.

»Aber warum nicht?«

»Ich möchte nicht, dass du dich meinetwegen schämst.« Johanna schickte sich an, die Tür zu schließen.

»Warte ... kann ich nicht wenigstens hineinkommen? Nur für einen Augenblick? Bitte ...«

»Geh jetzt, Antonio, geh!«

Giorgioli hörte, wie von innen der Schlüssel umgedreht wurde.

Das Fresko maß kaum mehr als anderthalb Ellen in der Höhe und in der Breite. Und doch sprachen aus der Darstellung der fünf Wundmale Christi mehr Sinnfälligkeit und Leidenschaft als aus mancher seiner riesigen Figurenszenen. Giorgioli schaute und staunte – über ein Meisterwerk im Kleinformat. Geschaffen in nur zwei Tagen von seinem Sohn Giovan Pietro.

Die beiden Hände Christi erhoben sich zum Himmel, gestikulierten auf unterschiedliche Art, die Linke verhalten, die Rechte lebhaft und mit leicht gekrümmtem, nach schräg oben weisendem Zeigefinger. Trotz der Blutspur, die die Nägel an den Handwurzelknochen hinterlassen hatten, wirkten diese Hände wie die eines lebenden Menschen.

In der Bildmitte das Herz, dunkelrot, kraftvoll pulsierend, körperlich greifbar, ein Gebilde, so schön und so vollkommen wie eine Rosenblüte, durchbohrt von der Spitze einer rostigen Lanze. Auch die Füße waren die eines Lebenden, beschwingt voranschreitend, mit festem Tritt, der eine Fuß eine kleine Nuance nach außen abgewinkelt und vor den anderen gesetzt. Der Spann zeigte die blutigen Male, die der Nagel beim Durchstoßen hinterlassen hatte.

Ganz still stand Giorgioli da, während in seinem Herzen Erschütterung und Stolz miteinander kämpften. Er musste mehrmals schlucken, griff sich an die Kehle und stürzte in die Bauhütte, war dankbar, dass er niemandem begegnete, dass niemand ihn so aufgewühlt sah.

Den Vormittag hatte er damit verbracht, zarte Schlagschatten auf die Gesichter der Personen zu setzen und die Gewandfalten mit kräftigen Schraffuren hervorzuheben. Jetzt stand er mit hängenden Schultern auf seinem Podest, ließ die Hand mit dem Pinsel sinken. Sein Werk war vollendet.

Müde kauerte sich Francesco Antonio Giorgioli auf die Holzbretter, zog das Buch mit dem abgegriffenen Einband aus seinem Kittel und schlug die Stelle auf, die er sich mit einem Lesezeichen markiert hatte. Im Nachwort von Michelangelos Lebenserinnerungen schrieb der Herausgeber: *Als die Künstler und Würdenträger Roms in die Sixtinische Kapelle kamen, um zu sehen, was Michelangelo geschaffen hatte, erblickten sie eine Lichtquelle für unsere Kunst, die genügend Helligkeit brachte, um die ganze Welt zu erleuchten.*

Giorgioli schlug das Buch zu, packte seine Malutensilien in die Holzkiste und stieg vom Gerüst hinunter. Ein letztes Mal. Langsam schritt er durch das Langhaus, blickte nach oben zur Decke. Er sah Fresken, die auf den ersten Blick an die großen italienischen Meister erinnerten. Und auf einmal war es, als werde ein Schleier von seinen Augen genommen. Er erkannte dicht aneinandergedrängt Figuren, die wie durch eine unsichtbare Last beschwert nach vorn fielen und in die Knie gezwungen wurden, ohne logische Einbindung in Landschaft oder Raum. Pathetische Gesten und aufgesetzte Frömmigkeit, eine eigenartig blasse Farbigkeit, Dekor ohne schöpferische Kraft. Nichts war zu erkennen, was die Welt hätte erleuchten können. Michelangelos Genie hatte Giorgioli durch harte Arbeit, durch Fleiß und Konsequenz ersetzen wollen. Aber er reichte nicht im Mindesten an sein Vorbild heran.

Er stöhnte auf, als ihm ein innerer Schmerz die Brust durchbohrte. Denn ein anderer hätte das Talent dazu gehabt: Giovan Pietro, sein Sohn. Ihn hatte er mit harter Hand zum Nachfolger des großen Meisters machen wollen – und ihn gleichzeitig daran gehindert, es tatsächlich zu werden. Weil er sich insgeheim davor fürchtete, dass der Sohn den Vater übertrumpfen, ihn als Dilettanten entlarven würde. Giorgioli war gescheitert, er hatte versagt. Nicht nur als Lehrer, auch als Vater.

Schluchzend schloss er die Augen, konnte nicht länger die Tränen zurückhalten. Eine Hand legte sich auf seinen Arm, drückte fest zu.

»Nicht doch ... Sonst muss ich beim Abschied auch noch weinen ... Zumindest bleibt uns die Erinnerung an eine wunderbare Zusammenarbeit.«

Giorgioli zog ein Taschentuch aus dem Kittel und schnäuzte sich. Verdutzt erkannte er seinen Kollegen Franz Schmuzer, der in bester Laune mit einer Leiter über der Schulter vor ihm stand. »Ich habe mich erkältet. Das Klima hier bekommt mir nicht. Es wird Zeit, dass ich wieder ins Tessin zurückkehre«, erklärte Giorgioli gereizt und griff ein weiteres Mal zum Taschentuch.

»Das sagst du doch nur, weil du nicht zugeben willst, dass du mich in Wirklichkeit schmerzlich vermissen wirst.« Schmuzer lehnte die Leiter gegen einen Pfeiler und stellte sich auf die untere Sprosse, sodass er sich fast in Augenhöhe mit Giorgioli befand. »Frag mich nicht nach dem Grund, aber ich glaube, du alter Sauertopf wirst mir fehlen. Ich habe mich mittlerweile an dich gewöhnt.«

Giorgioli suchte nach einer passenden Antwort, wechselte lieber das Thema. »Weißt du schon, wo du im nächsten Jahr arbeiten wirst?«

»Ach, darüber zerbreche ich mir noch nicht den Kopf. Es wird sich schon etwas finden. Eine Kirche in Bayern oder auch ein hochherrschaftliches Schloss im Elsass ... Jedenfalls werden meine Gesellen und ich den Winter über damit beschäftigt sein, Gipsformen herzustellen: Kapitelle, Muscheln, Kelchblätter, Lorbeerranken, Rosenblüten und dergleichen mehr ... was unsereins so alles braucht, wenn er im Frühjahr zu seinem nächsten Einsatzort zieht. In zwei Wochen sind wir hier fertig, dann heißt es auch für uns die Koffer packen. Und was wirst du in der Zwischenzeit so treiben, carissimo collega?«

»Ich werde einiges an meinem Haus ausbessern. Es ist in die Jahre gekommen.« Er drückte die Faust gegen die schmerzenden Lendenwirbel, zuckte ergeben mit den Schultern. »So wie ich auch.«

»Eigentlich bist du für dein Alter noch recht rüstig. Dein Sohn erzählte mir übrigens, dass er hierbleiben will.«

»Darüber ist noch nicht das letzte Wort gesprochen«, entfuhr es Giorgioli heftiger, als ihm lieb war.

»Francesco, warum immer dieser Starrsinn? Du solltest ihn stärker unterstützen. Sofern ich dir ungefragt diesen Rat geben darf. Der Junge muss selbst über sein Leben bestimmen. Als mein Vater starb, war ich etwa so alt wie Giovan Pietro heute. Von einem Tag auf den anderen habe ich die

Werkstatt übernommen und war verantwortlich für ein halbes Dutzend Lehrlinge und Gesellen. Der Anfang war schwer, und glaub mir, ich habe manches Mal gezweifelt, ob ich es schaffe. Trotzdem möchte ich diese Erfahrung nicht missen.«

Giorgioli tat, als hätte er den Einwand nicht gehört. »Gib mir deine Leiter!«, forderte er schroff.

Der Stuckateur stieg von der unteren Sprosse herunter. Giorgioli nahm die Leiter, lehnte sie gegen die Wand, wo sich über dem Eingang eine Darstellung mit der Vertreibung der Händler aus dem Tempel befand. Gleich beim Eintritt in das Gotteshaus sollte Christus dem Gläubigen als unerbittlicher Tempelreiniger begegnen. Petrus und Maria Magdalena als zerknirschte Büßerin rahmten links und rechts davon die Szene ein. Giorgioli nahm ein Töpfchen braunschwarzer Erde und einen feinen Pinsel und erklomm die Leiter. Dann tauchte er den Pinsel in die Farbe und signierte das Werk, an dem er zwei Jahre lang gearbeitet hatte: *Fran. Antonio Giorgioli, pitore italiano, 1709.*

Langsam stieg er wieder nach unten, stand ein wenig verlegen da und vermied es, Schmuzer anzusehen. »Tja, ich habe es eilig, der Abt erwartet mich. Ich breche morgen in aller Frühe auf.«

»Dann will ich dich nicht länger aufhalten. Wer weiß, vielleicht führt uns das Schicksal noch einmal zusammen. Arrivederci, collega, halt dich wacker!« Schmuzer ballte die Hand zur Faust und stieß Giorgioli spielerisch gegen die Brust. Sein Lächeln war schief und wehmütig.

Mit seiner Holzkiste unter dem Arm eilte Giorgioli in die Bauhütte, reinigte Pinsel und Palette. Dann streifte er den Malerkittel ab und legte alles der Reihe nach und in gleichmäßigen Abständen auf einen Regalboden. Die Rheinauer Mönche hatten für das Material bezahlt. Mochten sie mit den Resten nach eigenem Gutdünken verfahren. Lediglich seinen Strohhut und die ausgetretenen, farbverschmierten Schuhe nahm er mit, packte sie in einen Leinenbeutel. Mit einem Ruck zog er die Tür hinter sich zu.

»Dominus vobiscum, Meister Giorgioli. Ihr seht blass aus. Ist Euch nicht wohl?« Abt Gerold II. beugte den Oberkörper über den Schreibtisch und blickte Giorgioli aus zusammengekniffenen Augen und mit ernster Miene an.

»Mir geht es gut, hochwürdigster Vater, wenngleich ich zugeben muss, dass ich mich ein wenig müde fühle, jetzt, da meine Arbeit beendet ist.«

»Die übrigens vortrefflich geraten ist, werter Meister. Gestern bin ich nach der Vesper noch einmal allein durch das Kirchenschiff gegangen und habe Euer Werk begutachtet. Ihr habt Euch in Rheinau ein ewiges Denkmal gesetzt.«

Giorgioli verbarg die zitternden Hände hinter dem Rücken und verneigte sich. Die Worte des Abtes taten ihm wohl. Energisch vertrieb er den Gedanken an die Selbstzweifel, die ihn erst wenige Minuten zuvor bei einem letzten Blick auf seine Fresken überfallen hatten. »Ich danke Euch für Euren Zuspruch, hochwürdiger Vater Abt. Wenngleich ich um Vergebung bitten möchte für eine Anschuldigung, die ich fälschlich und voreilig gegen einen Eurer Brüder erhoben habe. Was das Gespräch angeht, das ich zufällig von meiner Bauhütte aus hörte …« Giorgioli räusperte sich, sprach aus, was er sich nach langer Überlegung mühsam als Erklärung zurechtgelegt hatte. »… im Nachhinein meine ich, der Prior sprach vielmehr davon, dass Eure Gesundheit ihm Sorgen bereite und er sich wünsche, Ihr möget Euch angesichts Eures Alters mehr schonen.«

Gerold II. lächelte wohlwollend und fuhr mit dem Finger über das Kreuz an der goldenen Kette. »Mein lieber Meister

Giorgioli, wir müssen gar nicht über Pater Wolferad sprechen. Ich habe nie den geringsten Zweifel an der Ehrlichkeit und Aufrichtigkeit meines Stellvertreters gehegt ... «

Giorgioli atmete auf, war dankbar für den bisherigen Verlauf des Gesprächs.

»Im Übrigen seht Ihr mich heute hochzufrieden«, fuhr Abt Gerold II. fort und legte die gespreizten Fingerspitzen aneinander. »Doch lasst mich zunächst ein wenig ausholen. Schon vor meinem Amtsantritt galt meine besondere Neigung den Fragen der Botanik und der Medizin. Gerade auf dem Gebiet der Naturwissenschaften haben in den vergangenen Jahren in ganz Europa intensive Forschungen stattgefunden. Dabei ist man zu teilweise überraschenden Erkenntnissen gelangt, die einiges, was seit der Antike als gesichert galt, infrage stellen. Und so kann ich Euch heute mit Gewissheit verkünden: Der Tod unseres geliebten Bruders Basilius ist aufgeklärt.«

Giorgioli gelang ein erstaunter Gesichtsausdruck. Wollte der Abt nun offenbaren, was er, Giorgioli, durch das Bekenntnisschreiben des Bibliothekars bereits wusste? Während der Abt nicht ahnte, dass er es wusste? Allerdings konnte Giorgioli keinen Zusammenhang zwischen dem Tod des Sakristans und naturwissenschaftlichen Studien erkennen.

»Mein leiblicher Bruder, Abt Plazidus Zurlauben aus Muri, den Ihr aufgrund persönlicher Zusammenarbeit kennengelernt habt, schickte mir zufälligerweise heute Morgen ein neu erschienenes Kompendium, ein Pflanzenheilkundebuch. Der Verfasser ist übrigens ein Schüler des berühmten Amsterdamer Anatomen Andreas Tulp, den Euer bewundernswerter Malerkollege Rembrandt van Rijn auf einem seiner Bilder verewigt hat ... « Unruhig trommelte er mit den Fingern auf die Schreibtischplatte. »Ihr könnt Euch denken«, fuhr er hastig fort, »dass ich sofort darin zu lesen begann. Dabei bin ich auf etwas Bemerkenswertes gestoßen. Auf die Schilderung einer Lungenerkrankung, verursacht durch Würmer, bei der die Mundschleimhäute anschwellen und der Patient Blut spuckt, während sich gleichzeitig die Halsvenen binnen Sekunden verengen und es zu einer Erstickung kommt.« Abt Gerold faltete die knochigen, altersfleckigen Hände und warf – wie um Vergebung bittend – einen Blick auf die Skulptur des segnenden Christus in einer Wandnische neben der Tür. Er senkte die flatternden Lider und sprach die folgenden Worte so überdeutlich aus, als hätte er sie zuvor einstudiert. »Aus diesen Forschungen ergibt sich, dass Pater Basilius eines natürlichen Todes gestorben ist.« Er holte tief Atem. »Gepriesen sei der Herr«, fügte er erleichtert hinzu. »Weder auf unser Kloster noch auf meine Person fällt somit der geringste Schatten.«

Giorgioli verzog keine Miene bei den vordergründigen Ausführungen des Abtes und starrte auf seine Hände. An einem Daumen entdeckte er Reste von grüner Farbe. Giorgioli rieb die Finger aneinander, ohne dass der Farbklecks sich entfernen ließ. Ihm fiel keine passende Antwort ein, und so wartete er angstvoll auf die Worte, die über sein weiteres Schicksal entscheiden würden.

»Sagt, werter Meister, an welchen kirchlichen Orten habt Ihr bereits in früheren Zeiten Fresken gemalt?«

Giorgioli räusperte sich, seine Kehle war trocken, die Zunge klebte ihm am Gaumen. »Als Erstes im Jahr sechzehnhundertdreiundneunzig in der Klosterkirche in Pfäfers. Von sechzehnhundertsechsundneunzig bis sechzehnhundertsiebenundneunzig in Muri, in der Abtei Eures verehrten Bruders Plazidus. Und acht Jahre später war ich in Sankt Blasien.«

»Dieser Liste wäre im vergangenen und diesem Jahr unsere wundervolle Klosterkirche in Rheinau hinzuzufügen ... Mir scheint, Ihr steht unter dem Protektorat der Benediktiner, mein lieber Giorgioli. Seit sechzehn Jahren halten sie die Hand schützend über Euch.« Der Abt machte eine Pause, musterte Giorgioli durchdringend. »Was würdet Ihr dazu sagen, wenn Ihr demnächst eine neue Aufgabe für unseren Orden übernehmen könntet?«

Diesmal war Giorgiolis Erstaunen echt. Er zupfte sich am Ohrläppchen, wollte etwas sagen, doch es gelangen ihm nur unverständliche, stammelnde Worte.

»Nun, so will ich Euch wissen lassen, dass ich Euch meinem Abtsbruder Adalbert in Disentis weiterempfohlen habe. Im nächsten Sommer werdet Ihr nach Vorgaben, die noch abzustimmen sind, die dortige Abteikirche ausmalen. Hier ist ein Schreiben, das den Auftrag bestätigt. Abt Adalbert wird in den nächsten Tagen einen Vertrag an den Notar Alfonso Oldelli in Eurer Heimatstadt senden und bittet Euch, den Kontrakt unterzeichnet bis zum Nikolaustag dieses Jahres zurückzuschicken.«

Giorgioli griff nach dem Brief, las stumm die Zeilen, wusste nicht, wem er für diese unerwartete Wendung seines Schicksals danken sollte. Er stotterte. »Ich bin zutiefst... bewegt, hochwürdigster Vater... und ich werde alles in meinen Kräften Stehende tun, um Euer Vertrauen... und das Eures Abtsbruders zu rechtfertigen.«

»Davon bin ich überzeugt... Kommen wir nun zu einem anderen Thema.« Abt Gerold II. erhob sich und öffnete ein mit Elfenbeinintarsien verziertes Kabinettschränkchen. Er entnahm ihm einen faustgroßen Lederbeutel, in dem Münzen verheißungsvoll klimperten, und ein silbernes Gefäß, das die Form eines menschlichen Fußes hatte. Auf dem Fußspann befand sich ein quadratisches Glasstückchen, das einen Blick ins Innere des Behältnisses gewährte. Der Abt legte beides auf seinen Schreibtisch und nahm wieder Platz. Er deutete auf den silbernen Fuß und blickte seinen Besucher fragend an. »Ihr wisst sicher, was das ist.«

»Ich vermute, es handelt sich um ein Reliquiengefäß.«

»Sehr richtig, lieber Meister. Ich schätze mich glücklich, Euch einen Knochensplitter aus dem Fuß des heiligen Papstes Silvester des Ersten mitgeben zu können. Als ein Zeichen unserer Verbundenheit mit Eurer Heimat und der Tessiner Bevölkerung. Die Reliquie soll in der Pfarrkirche San Silvestro in Meride zur allgemeinen Anbetung aufgestellt werden.«

»Ich danke Euch, hochwürdiger Vater Abt. Künftig werde ich bei jedem Gottesdienst an die Rheinauer Klosterinsel und an Eure Großmut erinnert werden.«

»Wann werdet Ihr und Euer Sohn aufbrechen?«

»Ich ... wir fahren morgen in aller Frühe mit einem Schmied aus Rheinau nach Winterthur und werden von dort mit der Postkutsche weiterreisen. Mein Sohn ... er wird demnächst seine Meisterprüfung ablegen und für einige Jahre nach Rom gehen ... und dort die Alten Meister studieren«, erklärte Giorgioli mit fester Stimme und achtete nicht darauf, dass ihm das Herz dabei bis zum Hals schlug.

Abt Gerold hob die Hand und formte das Kreuzeszeichen in der Luft. »So lebt denn wohl, Meister Giorgioli. Benedicat vos Dominus et custodiat in omnibus viis.«

»Amen.«

Die Insel lag still und verlassen da. Der helle Klang des Konventglöckchens, das zur Vesper rief, schallte über das Wasser. Francesco Antonio Giorgioli stand am Ufer des Kleinen Rheins, unterhalb des Gemüsegartens. Er blickte hinüber auf die majestätischen weißen Klostergebäude, die in der Abendsonne glänzten. Vor Jahrhunderten begonnen und für weitere Jahrhunderte geplant. Nur einen Steinwurf weit weg und doch so fern.

Er, der Tessiner Freskenmaler, war angereist, um das Leben des Gottessohnes und seiner irdischen Mutter Maria in bewegenden Bildern festzuhalten. Dies und nichts anderes hatte er tun wollen. Doch er hatte ungewollt einen Blick hinter die Fassade des Klosters und seiner Bewohner getan, hatte unter dem schwarzen Habit der Mönche Männer gesehen, die beteten, arbeiteten, litten, logen, kämpften, zweifelten und töteten – wie andere Menschen auch. Die auf der Suche nach dem Sinn des Lebens, nach sich selbst und nach Gott waren. Irrende, Flüchtende, Verzweifelte. Von denen manche an den starren Regeln des Klosterlebens zerbrachen. Giorgioli hatte tragische Schicksale erlebt, aber auch Zeichen der Gelassenheit, der Fröhlichkeit und Hoffnung.

Er selbst würde nicht als der gehen, als der er gekommen war. Die Zeit in Rheinau hatte ihn zu einem anderen gemacht, einem Sünder und Skeptiker. Woran sollte er künftig glauben? War Gott wirklich der Allmächtige, der alles lenkte, ohne dessen Willen nichts geschehen konnte? Folglich auch die Ereignisse in der Abtei ... Und machte ER einen Unterschied zwischen der Sünde, die ein einfacher Mensch beging, und der eines Ordensbruders? Aber vielleicht war das in den zurückliegenden Wochen Beobachtete und Erlebte nichts anderes als eine Prüfung, die Gott ihm auferlegt hatte, um zu ermessen, wie stark er in seinem Glauben war, wie aufrichtig ...

Fragen, die Giorgioli sich früher, als sein Leben unaufgeregt und geradlinig verlaufen war, nie gestellt hatte. Und noch etwas bewegte ihn. Wie würde einmal die Nachwelt über seine Deckengemälde urteilen, die immer noch zu sehen wären, wenn er selbst schon von dieser Welt gegangen war? Was mochte man über ihn als Maler denken?

Ein braun gefiederter Jungschwan näherte sich, reckte neugierig den Hals, wohl in der Hoffnung auf einige Brotbrocken. Dann schwammen seine Geschwister und die schneeweißen Eltern heran. Acht Schwanenjunge waren es, genauso viele, wie Giorgioli zurzeit Kinder hatte. Eins der Jungtiere blieb im Abseits. Während die anderen die langen Hälse ins Wasser steckten und nach Essbarem gründelten, ging der junge Schwan an Land, watschelte am gegenüberliegenden Ufer entlang und steckte den Kopf in das saftige Grün.

Giovan Pietro, sein zweitältester Sohn, würde nicht mit ihm ziehen. Auch er würde die Familie verlassen und eigene Wege gehen. Der Älteste hatte es bereits getan, Luca, der als Steinmetz in Bologna lebte und im nächsten Jahr heiraten wollte. Vier Mädchen und zwei Jungen lebten noch zu Hause in Meride, ein weiteres Kind würde schon bald dazukommen. Er würde dafür Sorge tragen, dass die beiden jüngeren Söhne selbst entscheiden konnten, was sie lernen wollten. Wahrscheinlich wäre es sogar das Beste, wenn keiner von ihnen später einmal die Malerei erlernte. Sie sollten ein anderes Handwerk ausüben, eins, von dem er selbst nichts verstand.

Im nächsten Frühjahr würde er sich wieder auf den Weg nach Norden machen und in der Klosterkirche von Disentis Deckenfresken malen. Würde noch einmal alle Kräfte aufbieten, um seine Auftraggeber zufriedenzustellen. Danach sollte er lieber nicht mehr umherziehen und über Monate von zu Hause fort sein, sondern sich kleinere Arbeiten suchen, die er von seinem Heimatort aus erledigen konnte. Sich um die Familie kümmern und erleben, wie seine Jüngsten aufwuchsen.

Giorgioli fühlte, wie sein Körper von bleierner Müdigkeit erfasst wurde. Der Rücken schmerzte ihm, als er über den Klosterplatz schritt, vorbei an der Loge von Josef Oschwald, der ihn wortreich verabschiedete und ihm sogar die Hand schüttelte. Kurz bevor er das Haus mit den rostbraunen Schlagläden passierte, blickte er hinauf und sah am offenen

Fenster unter dem Dach das Mädchen mit dem Kopftuch stehen. Sie lehnte sich heraus und winkte zum Glockenturm der Felix-und-Regula-Kirche hinüber.

Der Weg hinauf in die Oberstadt war ihm noch nie so steil und mühsam vorgekommen. An der Bergkirche machte er halt, blinzelte zurück auf die Insel im Fluss, die ihm plötzlich fremd erschien.

Beim Abendessen saß er schweigend an seinem Stammplatz nahe der Theke. Die Gäste ringsum spielten Karten, disputierten und linderten ihre Alltagssorgen mit Bier, Wein und Schnaps. Giorgioli nahm gar nicht wahr, was er aß und trank. Er war viel zu sehr damit befasst, Johannas Blick einzufangen. Sie trug ein kirschrotes Mieder und einen Rock in der Farbe von Kornblumen. Das Haar hatte sie im Nacken zu einem Knoten geschlungen. Giorgioli betrachtete die sanft geschwungene Linie ihrer Stirn, die bogenförmigen Brauen, den vollen Mund, das ein wenig vorstehende und doch weiche Kinn. Er stellte sich ihren warmen, nackten Körper unter den Leinenstoffen vor, dachte daran, wie gut es sich anfühlte, ihre samtene Haut unter seinen zitternden Fingerkuppen zu spüren, ihren heißen Atem an seinem Hals, ihre kraftvollen Umarmungen … Irgendwann wandte sie sich zu ihm um, und er blickte ihr unverwandt ins Gesicht. Sie schien durch ihn hindurchzuschauen.

Dann kehrte sie ihm den Rücken zu und trat an den Tisch, an dem der junge Dachdecker saß. Er hatte Giorgioli vor Wochen auf dem Inselhof angesprochen und kam seither fast jeden Abend hierher. Giorgioli erkannte an dem Beben der Nasenflügel und dem Flattern der Hände, wie den Handwerker dieselbe schamlose Begierde überkam, wie sie auch ihn in diesem Moment befiel. Johanna kümmerte sich um die anderen Gäste, plauderte mit ihnen, lachte hier über einen Scherz, wich dort geschickt einer zudringlichen Hand aus.

Mit einem Ruck schob Giorgioli den Stuhl zurück, verließ wortlos die Gaststube und zog sich in seine Kammer zurück. Den braunen Lederkoffer hatte er bereits am Morgen unter dem Bett hervorgeholt und neben die Truhe gestellt. Dieser Koffer hatte ihn auf all seinen Reisen begleitet; die Kanten waren mittlerweile abgestoßen, der Deckel war zerkratzt. Als er ihn öffnete und das stockfleckige Innenfutter betrachtete, schien er der Heimat ein Stück näher zu kommen.

Er klappte den Deckel der Holztruhe auf, aus der ihm der Duft von Lavendelblüten entgegenschlug. Johanna hatte ihm bei seiner Ankunft ein Säckchen mit getrockneten Blüten als Mottenschutz überreicht. Er nahm Kleider und Wäsche heraus, faltete sie zu kleinen Paketen zusammen und legte sie in den Koffer. Außerdem zwei Paar Schuhe, einen Mantel, den er auf der Herreise in der kühleren Jahreszeit getragen hatte, und seinen Strohhut, der mittlerweile etliche Farbsprenkel mehr bekommen hatte. Danach das Zeichenmaterial und zum Schluss seine beiden Bücher.

Die Bibel steckte er zwischen die Hemden, wo sie sicher und vor Stößen geschützt lag. Als er den Band mit Michelangelos Erinnerungen und Schriften in die Hände nahm, fiel ihm ein Lesezeichen vor die Füße. Er hob es auf und setzte sich an den Tisch am Fenster, begann zu lesen. Sonette von wunderbarem Klang und Ausdruck, Verse voller Kraft und Innigkeit. Mit derselben Lebendigkeit wie auch die Fresken, die der große Maler geschaffen hatte.

Plötzlich tat Giorgiolis Herz einen Satz. Nach kurzem Innehalten nahm er einen Bogen Papier, zog einen Stift aus dem Wams und begann zu schreiben. Noch nie hatte er ein Gedicht verfasst, und doch war es, als drängten Sätze aus ihm heraus, die er lange schon in sich getragen hatte.

Du edles Wesen, wie im Spiegel findet / in deiner Schön-

heit lieb und unversehrt / man, was Natur und Himmel uns beschert, / da sie ein unvergleichlich Werk gegründet. Seine Hand flog über das Papier, konnte kaum mit der Eile seiner Gedanken Schritt halten. *Du holdes Wesen, glaubensvoll empfindet / man, dass zutiefst du, wie's dein Antlitz lehrt, / voll Lieb und Mitleid bist; solch seltner Wert / hat nie so treu mit Schönheit sich verbündet.*

Ohne den Blick von den Zeilen zu wenden, griff er nach der Karaffe mit dem Wein, schenkte sich ein und trank in vollen Zügen. Er wiederholte die Verse zuerst flüsternd, dann deklamierte er sie laut, schrieb weiter, wie im Rausch. *Doch mehr scheint sich zu freu'n und inniglich / dies Band mit goldnen Enden beim Berühren / der Brust, die eng es strebet zu umringen.* Er blinzelte in das flackernde Licht der Öllampe in der Fensterlaibung, hinter der die Nacht sich schwarz ausbreitete. Sein Geist war hellwach und klar, sein Körper in wohliger Anspannung, in der Vorfreude auf baldige, erregende Genüsse. *Und der geknüpfte Gürtel scheint zu sich / zu sagen: Hier möchte stets ich dich umschnüren! / Wie würde da dich erst mein Arm umschlingen!*

Das Glockengeläut der Bergkirche kündigte die Stunde vor Mitternacht an. Und noch ein Glas trank Giorgioli in einem Zug leer. Er würde Johanna das Gedicht zum Abschied schenken. Ein letztes Mal wollte er ihr nahe sein, verbotene Wonnen auskosten und danach nie wieder in seinem Leben der Sünde verfallen. Ein Schauer lief ihm über den Rücken, als er sich ihre Überraschung ausmalte, schon ahnte er ihr Verlangen und ihre Nachgiebigkeit. Dann stand er auf, nahm die Öllampe und das Sonett und trat hinaus auf den Flur.

Leise näherte er sich ihrer Zimmertür, hob die Hand, um anzuklopfen – und ließ sie wieder sinken. Aus dem Zimmer drangen Stimmen. Leise, zärtliche, undeutliche Stimmen. Er legte das Ohr an die Tür, lauschte mit angehaltenem Atem, doch er hätte nicht sagen können, wer dort flüsterte. Einen Augenblick lang war er versucht, die Tür einzutreten. Ein eiserner Ring schnürte ihm die Brust zusammen. Er machte auf dem Absatz kehrt und rannte röchelnd in seine Kammer zurück, warf die Tür ins Schloss.

Eine Faust hieb ihm in die Magengrube, er krümmte sich und sank auf den Stuhl. Wer war bei ihr im Zimmer? Etwa der, von dem sie einmal gesprochen hatte? Der sie umwarb und der ihr schmeichelte? Warum durfte ein anderer in diesem Augenblick bei ihr sein, und welches Recht hatte der Unbekannte überhaupt ...? Giorgioli mochte sich nicht ausmalen, was soeben in diesem Zimmer geschah. Doch die Bilder, die er hatte unterdrücken wollen, ergriffen umso machtvoller Besitz von ihm.

Er nahm das Blatt mit dem Gedicht und zerriss es in unzählige Fetzen. Dann legte er die Papierstückchen in eine längliche Tonschale, in der er Kamm und Lederhaarband aufzubewahren pflegte, und entzündete sie an der Ölleuchte, verspürte Befriedigung, als die Flamme das Papier erfasste und es zuerst rot, dann schwarz verfärbte, kräuselte und zu Asche verbrannte. Er öffnete das Fenster und blies die verkohlten Reste in die Nacht hinaus.

Ihm war heiß geworden, er spürte Tausende züngelnder Flammen auf der Haut. Er zog Jacke, Wams und Hemd aus, tauchte ein Tuch in die Waschschüssel und rieb sich damit Arme und Oberkörper ab. Dann stellte er sich vor die Fensteröffnung und wartete darauf, dass ihm die kalte Abendluft Leib und Sinne kühlte. Mehrmals drückte er das feuchte Tuch auf Brust und Nacken aus, bis er schließlich eine Gänsehaut spürte. Er schloss das Fenster und warf sich rücklings aufs Bett.

Francesco Antonio Giorgioli litt, wie er noch niemals gelitten hatte. Doch er nahm den Schmerz an, dankbar nahezu, denn er war überzeugt, dass seine Qualen die Strafe für seine

Verfehlungen waren. Er wusste nicht, wie lange er so dalag. Als er plötzlich eine Bewegung an den Füßen spürte, schrak er auf. Minou war auf das Laken gesprungen und wollte sich dort zusammenrollen. Die Katze hatte sich vermutlich ins Zimmer geschlichen, als er auf den Flur hinausgegangen war, und sich unter der Kommode versteckt.

Wütend wollte er das Tier mit einem Fußtritt vom Bett befördern, da hielt er inne. Er richtete sich auf, beugte sich nach vorn und liebkoste vorsichtig den zarten, sehnigen Katzenkörper. Minou rekelte sich, ihr Schnurren war ein einziges Vibrieren. Er vergrub die Finger in dem seidenweichen Fell. Etwas Feuchtes rann auf seine Hand, tropfte herab wie Tränen.

Die Nacht verbrachte er in einem Dämmerzustand, ohne zu wissen, ob er wachte oder schlief. Das Morgenläuten der Bergkirche empfand er als Erlösung. Minou hatte zu seinen Füßen genächtigt. Nun lag sie mit ausgestreckten Läufen auf der Seite und leckte sich das Fell, putzte sich mit der Pfote das Ohr. Dann richtete sie sich auf und streckte sich ausgiebig, machte einen Buckel und sprang lautlos auf die Dielen. Sie setzte sich vor die Tür, schaute sehnsüchtig nach oben und miaute leise. Giorgioli öffnete und entließ die Katze in den Flur, sah ihr nach, wie sie tänzelnd und mit hoch erhobenem Schwanz zur Treppe stolzierte.

Er wusch sich und zog seinen Reiseanzug an, band die Haare im Nacken straff zusammen und betrachtete sich in dem tellergroßen Spiegel über der Waschschüssel. Beim Einzug hatte er ihn zwei Handbreit höher gehängt, weil er sich sonst hätte bücken müssen, um sich darin zu sehen. Er erblickte ein Gesicht mit scharfen Konturen, Falten um die Augenwinkel und tiefen Furchen neben den Nasenflügeln. Seine Haut war blass, in dem gekräuselten dunklen Haar schimmerten silberweiße Strähnen. Sie mussten sich im letzten halben Jahr vermehrt haben. Doch seine innere Veränderung war ihm äußerlich nicht anzusehen, stellte er fest und war erleichtert.

Das Pferdefuhrwerk sollte ihn um acht Uhr abholen. Ein Schmied aus der Unterstadt musste Tür- und Fenstergitter nach Winterthur liefern, und so hatte Pater Desiderius, der für die Organisation seiner Unterkunft sowie An- und Abreise zuständig war, alles so vereinbart, dass Giorgioli bis zu dieser Poststation mitreisen konnte. Aber vorher musste er noch ein letztes Mal Johanna sehen, ihre Stimme hören, ihre Lippen spüren ... Sollte er sie auf die letzte Nacht ansprechen? Es war schließlich sein gutes Recht ... Er musste ihr doch etwas bedeuten, sehr viel sogar.

Und was bedeutete sie ihm, die fast zwanzig Jahre Jüngere? Er hatte bisher nie darüber nachgedacht, hatte sich lieber hinter seinen Fresken verschanzt und sich halbherzig auf die Suche nach einem Mörder gemacht, der sich am Ende selbst enttarnte. Wer war er überhaupt? Nichts weiter als ein Schwächling, ein Feigling, ein Versager. Doch nur ein einziges Wort von Johanna, und er wäre von seinen Selbstzweifeln erlöst ...

Er klappte den Kofferdeckel zu und verriegelte das Schloss, nahm Mantel und Reisehut und ging zur Tür. Dann wandte er sich noch einmal um und warf einen letzten Blick in das Zimmer, das für Monate sein Zuhause gewesen war. Hier hatte er gezeichnet, gebetet, gelitten und geschlafen, innerhalb dieser Wände hatte er sich geborgen gefühlt. Ganz fest prägte er sich diesen Anblick ein, um ihn für immer in seinem Gedächtnis zu bewahren.

In der Wirtsstube standen schon sein Kräutertee und daneben der Zwieback in dem blumenverzierten Schälchen bereit. Hinter der Theke war Judith damit beschäftigt, Geschirr zu spülen und Gläser zu polieren. Er wurde unruhig.

Wo blieb Johanna nur? Sie war doch jeden Morgen hier gewesen, hatte die Tische abgewischt, einen Krug mit frischen Blumen dekoriert oder mit ihm geplaudert. Er nahm einen Bissen von dem Zwieback, würgte ihn hinunter, spülte mit einem großen Schluck Tee nach. Irgendwann hielt er es nicht mehr aus. »Wo ist denn Eure Herrin, Judith?«, brach die Frage aus ihm heraus.

»Ich weiß es nicht. Vielleicht schläft sie noch.« Die Magd stopfte den Zipfel eines Geschirrtuches in ein Weinglas, rieb es von innen trocken und hielt das Glas prüfend gegen das Licht, hauchte gegen das Äußere, polierte mit langsamen Bewegungen.

»Aber sie wird doch noch kommen, oder?«

»Ich weiß es nicht. Sie hat mir nichts gesagt.« Judith griff nach einem feuchten Lappen und wischte über die Theke. »Noch etwas Tee?«

»Nein danke, ich … ich wollte mich von Eurer Herrin verabschieden. Und ihr danken, für … für alles.«

»Ich richte es ihr aus.«

Unruhig rutschte Giorgioli auf seinem Stuhl hin und her. »Hat Eure Herrin Euch aufgetragen, mir etwas auszurichten?«

»Nein, hat sie nicht.« Judith nahm ein Tuch und rieb die Theke trocken. Verwundert blickte sie zu Giorgioli herüber. »Warum fragt Ihr?«

In diesem Augenblick war draußen vor dem Fenster Pferdegetrappel zu hören. Giorgioli erhob sich, zog den Mantel an und setzte den Hut auf. Er zögerte, dann nickte er Judith kurz zu, nahm seinen Koffer und ging vor die Tür. Der Kutscher war ein kräftiger kleiner Mann mit fettigen Haarfransen unter einer grauen Kappe und einer schmutzigen, abgeschabten Jacke.

»Ihr seid der Maler aus dem Tessin? Dann fahren wir also zusammen nach Winterthur. Gebt mir Euren Koffer.«

Während der Schmied das Gepäck auf der Ladefläche verstaute, bemerkte Giorgioli aus den Augenwinkeln eine Silhouette, die ihm vertraut vorkam. Er lächelte vor Erleichterung und Genugtuung.

»Hast du es dir doch überlegt, mein Sohn ... Ich wusste von Anfang an, dass du mitkommst. Beeil dich! Wo ist dein Koffer?«

Giovan Pietro schlenderte zu dem Pferd hinüber und tätschelte ihm den weichen Hals. Das Tier stellte die Ohren auf, blähte die Nüstern und wieherte leise. Dann wandte sich der Sohn langsam um. »Nein, Vater, ich bleibe hier. Ich bin gekommen, um mich von dir zu verabschieden.«

Giorgiolis Lächeln gefror. Die schwache Hoffnung, er könne sich verhört habe, verflog, als er sah, wie entschlossen und stark Giovan Pietro wirkte. Sein Sohn war erwachsen, stellte er verblüfft fest.

»Welcher ... welcher Beschäftigung wirst du nachgehen ... hier in Rheinau?«

»Ich möchte den Weinbau erlernen, mich jeden Tag draußen aufhalten, in der Natur. Mich frei fühlen, nicht mehr eingeengt sein durch dicke, hohe Kirchenmauern.«

Giorgioli nickte schwach, fühlte einen Schmerz in der Brust und versuchte zu verstehen. »Vielleicht wirst du dir manchmal einsam vorkommen ... Ich werde dich besuchen, wenn ich nächstes Jahr nach Disentis reise.«

»Ja, wenn du magst, sehen wir uns im Frühjahr. Aber ich werde nicht einsam sein. Niemand ist einsam, der eine Frau an seiner Seite hat, die er liebt. Warte noch eine kurze Weile, Vater!«

Giovan Pietro verschwand im Gasthaus. Der Schmied hatte in der Zwischenzeit den Pferden zu trinken gegeben. Er machte das Zeichen zum Aufbruch.

»Ich komme sofort!«, rief Giorgioli ihm zu, und dann versagte ihm die Stimme. Giovan Pietro stand in der offenen

Tür des Gasthauses, lächelnd, glücklich, gelöst. Seinen Arm hatte er fest um die Taille einer Frau gelegt, die den Kopf an seine Schulter lehnte. Sie trug ein meerblaues Mieder und einen sonnengelben Rock. Johanna!

Giorgioli geriet ins Stolpern und prallte gegen das Fuhrwerk. Dort wartete er darauf, dass der Himmel über ihm einstürzte. Nach einer Weile merkte er, dass er immer noch so dastand. Fassungslos starrte er Johanna an. Sie legte den Zeigefinger an die Lippen und schüttelte kaum merklich den Kopf. Nein, sie würde nichts verraten. Giovan Pietro würde nichts von der Schande seines Vaters erfahren. Erleichtert schloss Giorgioli die Augen. Der Schmied stieg auf den Kutschbock und machte es sich auf dem Sitz bequem.

»Ich wünsche dir Glück, mein Sohn«, hörte Giorgioli sich sagen.

»Ich dir auch, Vater. Grüß die Stiefmutter von mir und auch die anderen, ganz besonders Roberta. Gib ihr einen dicken Kuss von mir. Sie soll mir noch einmal einen Baum malen oder eine Blume, wenn sie mag. Sag ihr, dass ich immer an sie denke und dass sie bald Post von mir bekommt.« Giovan Pietro schluckte einige Male, wischte sich mit dem Handrücken über die Augen. Dann löste er sich von Johanna und stieg die drei Stufen der Vortreppe hinunter.

»Ich muss los …« Giorgioli zitterte, als Giovan Pietro und er sich gegenüberstanden. Dann breitete er die Arme aus und drückte den Sohn an die Brust, hielt ihn für einen Augenblick fest umklammert. Tränenblind wandte er sich ab, machte ein Handzeichen zu Johanna hinüber und stieg auf den Bock. »Fahrt los, Kutscher, schnell!«, rief er und biss auf die Zähne, damit sie nicht gegeneinanderschlugen.

Das Fuhrwerk setzte sich langsam in Bewegung und holperte zum Ortsausgang, zuerst über einen schmalen Feldweg Richtung Marthalen und von da weiter nach Süden.

Giorgioli stierte vor sich hin, nahm weder die Landschaft noch die Orte wahr, durch die sie fuhren, sah die Menschen auf den Feldern nicht, die dem Gefährt zuwinkten, hatte kein Empfinden dafür, ob es kalt oder warm, Tag oder Nacht war. Er wollte vergessen. Die letzten Wochen vergessen und zu jenem Seelenfrieden zurückfinden, den er empfunden hatte, bevor er einen toten Mönch unter einem Wacholderstrauch am Ufer des Rheins entdeckt hatte. Doch es gelang ihm nicht. Allzu mächtig waren die Bilder, die seinen Willen niederzwangen. Er sah Johanna vor sich, wie sie nackt am Fenster stand und nach einem Balsam für seinen zerschundenen Rücken suchte. Johanna, wie sie eine Haarsträhne um den Finger wickelte und seine Wange damit streichelte. Sah, wie ihr das Laken von der Schulter glitt und ihre Blöße freilegte. Er wünschte sich, den Spuk endlich zu vertreiben, stellte sich Jacoba vor, seine Ehefrau, ihr Gesicht und ihre Gestalt, aber sie blieb nichts als ein Schemen.

Die Sonne stand hoch am Himmel, als sie an ein Waldstück gelangten, das mit seinem Blätterfarbenspiel den nahenden Herbst verkündete.

»Da vorn liegt ein Fluss. Wir legen hier eine Rast ein, das Tier muss saufen. Und Ihr könnt Euch die Beine vertreten«, erklärte der Schmied. Hinter der nächsten Weggabelung ließ er das Pferd anhalten. Aus der Ferne war ein Rauschen zu hören, lauter als das Rauschen von Baumwipfeln. Während der Schmied einen Eimer mit Wasser aus dem Fluss schöpfte, stieg Giorgioli vom Kutschbock und ging ein Stück am Ufer entlang. Eine Felswand türmte sich im Fluss auf, über die ein Wasserfall in die Tiefe stürzte.

Giorgioli blickte fasziniert in die schäumende Gischt. Plötzlich kam Bewegung in seine Hände. Er zog Kleider und Schuhe aus, ließ sie zu Boden fallen und stieg in den Fluss, arbeitete sich mit steifen Schritten über den steinigen Untergrund bis zur Flussmitte vor. Dann stellte er sich breitbeinig unter den tosenden Wasserfall, stützte sich mit beiden Händen an der Felswand ab, um das Gleichgewicht nicht zu verlieren. Er hielt das Gesicht in den Schwall und ließ die Wassermassen auf seinen Körper niederprasseln. Die Haut schmerzte, wurde allmählich taub. Er fühlte sich eins mit den Elementen der Natur, hätte am liebsten auf ewig in dieser Stellung und an diesem Platz verharrt.

Irgendwann löste er sich widerstrebend von dem Felsen und kehrte frierend und zähneklappernd zurück ans Ufer. Der Schmied hielt ihm eine Decke entgegen, mit der Giorgioli sich abtrocknete. Er zog sich an und rieb das nasse Haar so lange, bis es fast trocken war.

Hinter einem Baumstamm löste sich eine Gestalt aus dem Schatten, schritt langsam auf ihn zu. Giorgioli blinzelte. Es war die junge Bettlerin, die kürzlich aus Rheinau verjagt worden war. Er winkte sie zu sich heran, war überrascht und froh, sie wiederzusehen, weil ihrer beider Schicksal auf seltsame Weise miteinander verbunden war.

Sie lächelte, als sie Giorgioli erkannte, formte mit den Fingern das Wort Vater und sah ihn voller Hoffnung an.

»Es ist gut, dass wir uns hier begegnen, Signorina. Ich hätte nicht gewusst, wo ich Euch suchen sollte«, bekannte er und suchte nach den richtigen Worten. »Ja, ich bin Eurem Vater begegnet, und ich habe mit ihm gesprochen. Doch er war bereits sehr krank und ist kurz darauf leider ... gestorben.«

Die anfängliche Freude der jungen Frau schlug in Verzweiflung um. Sie hielt sich die Schürze vor die Augen und schluchzte. Giorgioli zog ein Taschentuch aus seinem Wams und hielt es der Bettlerin hin. Sie nahm es, nässte es mit ihren Tränen.

»Euer Vater war ein frommer und angesehener Mann, und er sagte ... er erzählte mir, er bedaure zutiefst, dass es ihm nicht vergönnt gewesen sei, seine Tochter kennenzulernen«, log Giorgioli und verspürte nicht das geringste Schuldgefühl dabei. »Hier, dies gab er mir für Euch mit.« Er griff in die Jackentasche, in der sich noch immer die Münzen befanden, die der Bankier aus Sankt Gallen ihm für sein Porträt gezahlt hatte.

Das Schluchzen der Bettlerin wurde stärker und nahm kein Ende. Der Schmied räusperte sich, bestieg gestenreich den Kutschbock und griff nach den Zügeln.

»Wie sieht es aus, Kutscher, können wir die Signorina ein Stück mitnehmen?«, fragte Giorgioli.

»Von mir aus«, brummte der Schmied, »aber sie muss aufhören zu flennen. Weinende Frauen kann ich nicht ertragen.«

»Wir fahren nach Winterthur. Wollt Ihr uns bis dahin begleiten?« Giorgioli reichte ihr den Arm.

Die Bettlerin trocknete sich die Tränen, verstaute die Münzen unter ihrer Schürze und ließ sich auf den Karren helfen. Gleich darauf setzte das Fuhrwerk seine Fahrt fort.

»Kennt Ihr jemanden in Winterthur?«, fragte Giorgioli.

Sie schüttelte den Kopf und schien gleich wieder weinen zu wollen.

»Hm, das junge Ding sieht nicht sonderlich kräftig aus, aber die mageren sind oft die zähesten«, brummte nach einer Weile der Schmied. »Meine Tochter wohnt in der Nähe vom großen Stadttor. Ich weiß, dass sie eine Magd sucht, die kocht und Wäsche flickt und nach den Kindern schaut. Wenn die junge Frau sich geschickt anstellt, kann sie vielleicht bei ihr anfangen.«

Mit ungläubigen Kinderaugen starrte die Bettlerin den Schmied an und nickte heftig. Dann legte sie Giorgioli die Hand auf den Arm und lächelte sanft und selig. Ganz fest prägte er sich diesen Gesichtsausdruck ein, damit er ihn am

Abend, wenn er die erste Station seiner Reise erreicht hatte, in seinem Skizzenheft festhalten konnte.

Der Schmied lenkte das Gefährt zwischen Stoppelfeldern hindurch, auf denen Kinder jauchzend einen Drachen steigen ließen. Giorgioli sah der tanzenden bunten Raute am Himmel hinterher. Plötzlich fühlte er sich ganz ruhig. Der Drachen wurde größer und nahm die Form eines menschlichen Gesichtes an. Eines Gesichtes mit vollen roten Wangen, freundlichen blauen Augen und einer bestickten weißen Haube, unter der honigfarbenes Haar hervorlugte. Jacoba öffnete den Mund und flüsterte einige Worte. Giorgioli lehnte sich auf dem harten Holzsitz zurück, blinzelte in die Sonne und lächelte seiner Ehefrau zu.

NACHWORT

Francesco Antonio Giorgioli, der Protagonist dieses Romans, hat tatsächlich gelebt. Er wurde 1655 in oder in der Nähe von Meride geboren. Die Familie war bereits seit mehreren Generationen in dem Tessiner Bergdorf ansässig. Über die Kinder- und Jugendjahre gibt es nur wenige Belege. Nach seiner Ausbildung zum Maler heiratete Giorgioli 1677 Margherita Roncati, die aus einer ebenfalls in Meride beheimateten Künstlerfamilie stammte. Die frühen Berufsjahre verbrachte Giorgioli in Rom, Mailand und Florenz. Dort kam er in Kontakt mit den Werken der großen italienischen Renaissancemaler, die seinen künftigen Stil beeinflussten.

Eine etwa vierzigjährige Wandertätigkeit schloss sich an, die ihn in verschiedene Länder und Städte führte. Das Umherziehen war unumgänglich für einen Maler, der vorzugsweise Kirchen und Klöster ausschmückte. Giorgiolis Fresken sind an insgesamt 45 Standorten in der Schweiz, in Deutschland, Italien und Polen zu finden. 1695 starb Margherita, und noch im gleichen Jahr heiratete der Maler Jacoba Vassalli. Von den insgesamt dreizehn Kindern, die Giorgioli mit seinen beiden Ehefrauen hatte, erreichte nur die Hälfte das Erwachsenenalter. Sein Sohn Giovan Pietro taucht bei mehreren Aufträgen als sein Gehilfe auf, zuletzt in der Klosterkirche Rheinau (Kanton Zürich) in den Jahren 1708 und 1709.

Die Anfänge dieser Benediktinerabtei auf einer kleinen Insel mitten im Rhein liegen irgendwo im frühen Mittelalter. Während der Gegenreformation, Ende des 16. Jahrhunderts, stieg die Anzahl der Mönche kräftig an. Aus Platzmangel wurden die Konventgebäude auf der Insel erweitert und der Ökonomiebereich aufs Festland verlegt. Seit dem Ende des 17. Jahrhunderts umschloss eine Mauer den zu einem großen Wirtschaftshof herangewachsenen Klosterbezirk.

Zwischen 1706 und 1710 wurden Gebäude im Bereich der Klausur sowie die Kirche erweitert. In den Jahren 1708 und 1709, in denen Francesco Antonio Giorgioli jeweils von Ende April bis Ende September die Deckenfresken der Abteikirche schuf, stand Abt Gerold II. Zurlauben dem Kloster vor. Sein leiblicher Bruder Plazidus Zurlauben, der als Abt in Muri (Kanton Aargau) amtierte, hatte ihm den Maler weiterempfohlen. Giorgioli hatte elf Jahre zuvor die dortige Klosterkirche ausgestaltet.

Auch Gerold II. schien mit der Leistung Giorgiolis zufrieden gewesen zu sein. Bei seiner Abreise am 20. September 1709 erhielt der Maler für die Heimatkirche in Meride eine Reliquie des heiliggesprochenen Papstes Silvester I. Den Chroniken zufolge beliefen sich die Ausgaben für die Kirchenmalereien in Rheinau auf insgesamt 1092 Gulden, inklusive der Kosten für Materialien wie Farben und Pinsel, für die das Kloster aufkam. Giorgioli erhielt für seine Arbeit 975 Gulden, sein Sohn Giovan Pietro 102 Gulden.

Das Stuckwerk in Rheinau schuf Franz Schmuzer aus dem bayerischen Wessobrunn. Er entstammte einer Familie bedeutender Architekten und Stuckateure. Mit vierundzwanzig Jahren übernahm er zusammen mit seinem Bruder die Werkstatt des verstorbenen Vaters. Auch Schmuzer war zuvor in Muri tätig gewesen; 1707 hatte er den Kapitelsaal des

Klosters gestaltet. Zu den Aufgaben Schmuzers und seiner Gehilfen gehörten auch der Auf- und Abbau der Gerüste und der tägliche Putzanwurf für seinen Malerkollegen Giorgioli. Die Einweihung der Rheinauer Klosterkirche erfolgte am 3. Oktober 1710 durch Abt Gerold II.

Giorgiolis Mitarbeit an der Klosterkirche in Disentis (Kanton Graubünden) im selben Jahr ist nur indirekt nachweisbar. 1799 wurde das Kloster durch französische Invasoren in Brand gesetzt; viele Akten gingen verloren. Allerdings befindet sich im Stadtarchiv Aarau (Kanton Aargau) ein Rechnungsbeleg für Giorgiolis Bilder. Auch in den Folgejahren, bis kurz vor seinem Tod, war Giorgioli als Freskenmaler tätig, so in der ehemaligen Benediktinerklosterkirche St. Trudpert im Schwarzwald, in der ehemaligen Frauenstiftskirche sowie im Schloss im badischen Säckingen. Francesco Antonio Giorgioli starb 1725 in Meride.

Über den Menschen Giorgioli sind nur wenige Äußerungen von Zeitgenossen überliefert. Aussagekräftiger sind seine Briefe, besonders die zwischen ihm und seinem besten Freund, dem Stuckateur Gerolamo Rossi. Aus dem Schriftwechsel ergibt sich das Bild eines tief religiösen, zurückgezogenen Mannes, der sich um die kinderreiche Familie sorgt und für sie betet, der über mangelnde oder auch ausbleibende Entlohnung klagt sowie über unlautere Konkurrenten, die ihn preislich unterbieten und ihm das Leben schwer machen. (Siehe Elisabeth Keller-Schweizer in *Tipps zum Weiterlesen* am Ende des Buches.)

Das Äußere Giorgiolis ist aus seinen Selbstporträts im Haus seiner Schwiegereltern in Meride und aus mehreren seiner Fresken bekannt. Dort begegnet uns ein hagerer Mann mit im Nacken zusammengefassten Haaren und einer prägnanten Nase. Die vornübergebeugte Kopfhaltung und die schmalen, langen Gliedmaßen lassen auf eine beachtliche Körpergröße schließen.

Das Kloster Rheinau wurde im Zuge der Säkularisierung 1862 aufgelöst und fünf Jahre später in eine Pflegeanstalt für psychisch Kranke umgewandelt. Diese Phase dauerte bis zum Jahr 2000, dann zog die Klinik wenige Kilometer weiter südwestlich nach Neurheinau um. Über eine künftige Nutzung der leer stehenden Inselgebäude wird derzeitig (im Jahr 2010) verhandelt.

Vieles in diesem Buch ist wahr, einiges ist erfunden. Zu den Tatsachen zählt auch die höchst zwiespältige Haltung der Bevölkerung dem Kloster gegenüber. Über die Jahrhunderte hinweg gab es wiederholt Unruhen und Prozesse; die Bürger fühlten sich durch zahlreiche Dekrete, die das Alltagsleben regelten, sowie durch Steuern, Zölle und Abgaben in Form von Naturalien bevormundet. Sehr anschaulich schildert dies Stephan Aregger, dessen Forschungsarbeit in der Literaturliste am Schluss des Buches aufgeführt ist. Frauen war es untersagt, ein Gasthaus zu führen. Das Tavernenrecht erteilte die Obrigkeit, und das war in Rheinau der Abt. Der Gasthof *Zur Linde* ist fiktiv; um 1709 gab es in Rheinau das klösterliche Gasthaus *Zum Salmen* und das Wirtshaus *Zum Ochsen,* beide mit der Lizenz, Bier zu brauen und Schnaps zu brennen. Die Wirte durften warme Mahlzeiten und Wein servieren, Gesellschaften beköstigen und Gäste beherbergen.

Die Registrierung von Bestechungsgeldern ist keine Erfindung, sondern nachzulesen in den klösterlichen Dokumenten. Meister wie Giorgioli, der Baumeister Beer und der Stuckateur Schmuzer nahmen an der Hoftafel des Abtes teil; auch darüber führten die Benediktiner Buch. Den Künstlern standen zwei Mahlzeiten pro Tag zu, mittags und abends, dazu gab es jeweils »eine Maaß Wein«, das sind 1,17 Liter.

Die meisten Namen der beteiligten Personen finden sich in den Annalen der Stadt Rheinau, ihre Charaktere sind jedoch Fiktion, ebenso die Handlung.

Die Altphilologen mögen es mir nachsehen, wenn sie im Werkverzeichnis vergeblich nach einem Brief des Sokrates mit erotischen Zeichnungen suchen. Dieser entstammt meiner Fantasie.

DANK

Diesen Roman hätte ich nicht schreiben können ohne die Zusammenarbeit mit Menschen, die mich bei meinen Aufzeichnungen unterstützt haben.

Ein spezieller Dank gilt meinen Schweizer Gewährsleuten, allen voran Stefan V. Keller von der Dokumentationsstelle Rheinau. Ihn möchte ich als das historische Gewissen dieser Stadt bezeichnen. Auf meine unzähligen Fragen ist er mir keine einzige Antwort schuldig geblieben. Mit großem Einfühlungsvermögen hat er das Rheinau des Jahres 1709 vor meinen Augen wiederaufleben lassen und mich in die verborgenen Winkel der Abtei geführt. Dabei ist ihm eine erstaunliche Leistung gelungen. Er konnte mich auf den Glockenturm der Klosterkirche locken – ich leide unter Höhenangst! Weiterhin danke ich Stephan Aregger für seine umfassenden Erklärungen zu Sitten, Sorgen und Gebräuchen der Rheinauer im 18. Jahrhundert. Seine Lizenziatsarbeit hat mir vielfältige Anregungen gegeben und mich mit der Mentalität der Bürger vertraut gemacht. Dank auch an Ellinor von Kauffungen und Marcel Naegler, die mich während meiner Aufenthalte in Rheinau aufs Beste umsorgt haben.

Was wäre eine Autorin, die über Monate einsam an ihrem Schreibtisch sitzt, ohne den Gedankenaustausch mit Geistesverwandten? Urte danke ich für die langjährige Freundschaft und ihre moralische Unterstützung nicht nur mit Worten, sondern auch mit Tee und Schokolade. Erwähnen möchte ich außerdem eine Freundin und Kollegin, die immer ein offenes Herz für meine Figuren und ein offenes Ohr für deren Kümmernisse hatte. Danke, Marlies. Nicht zu vergessen meine Lieblingskolleginnen unter den *Mörderischen Schwestern* sowie Renate, die Spezialistin für seelische Abgründe. Zu danken ist auch meiner Familie, die ein weiteres Mal meine Ausflüge in die Vergangenheit mit Nachsicht ertragen und keine Mühe gescheut hat, mich in die Gegenwart zurückzuführen.

Friedel Wahren vom Piper Verlag gilt mein Dank für die feinfühlige redaktionelle Betreuung. Sie hat maßgeblich dazu beigetragen, dass dieses Buch zu einem besseren wurde. Und schließlich ein Dankeschön an Barbara Grieshaber von der Stadtbücherei Singen, die meine Neugierde auf die geschichtsträchtige Region rund um den Bodensee geweckt hat.

Hamburg, August 2010

GLOSSAR

Abt – Vorsteher einer Mönchsgemeinschaft
Abtei – siehe Kloster
al fresco – Technik der Wandmalerei, bei der mit Wasser vermischte Pigmente auf feuchten Kalkgrund aufgetragen werden
al secco – Technik der Wandmalerei, bei der mit Wasser vermischte Pigmente auf trockenen Kalkgrund aufgetragen werden
Archivar – sichert, sichtet und bewertet Schriftgut
Benediktiner – ältester katholischer Mönchsorden, im 6. Jahrhundert von Benedikt von Nursia in Italien gegründet
Brevier – Buch mit Texten für das tägliche Stundengebet (siehe dort)
Cellerar – Wirtschaftsverwalter eines Klosters (siehe dort)
Chor – abgegrenzter Bezirk vor dem Hochaltar einer Kirche, in der das Chorgebet abgehalten wird
Circator – Mönch, überprüft die Einhaltung der Klosterregeln
Frater – Titel und Anrede eines katholischen Mönches ohne Priesterweihe
Fresko – auf den frischen Putz einer Wand gemaltes Bild
Giornata – Tagewerk. Fläche, die ein Freskomaler an einem Tag auf den frischen Putz malt

Hortulanus – Gärtner
Hortus – Garten
Infirmarius – Mönch, zuständig für die Versorgung der Kranken
Kapitelsaal – Versammlungsraum der Mönche
Kloster – Gebäudekomplex mit Wohn- und Arbeitsstätten von Mönchen oder Nonnen/im Kloster lebende religiöse Gemeinschaft (siehe Konvent)
Komplet – Abendgebet, gegen 20:00 Uhr
Konvent – Kloster (siehe dort)/Gesamtheit der Mitglieder eines Klosters/Versammlung aller stimmberechtigten Mitglieder eines Klosters
Konventuale – Angehöriger einer Klostergemeinschaft
Laudes – Morgenlob, gegen 4:30 Uhr
Matutin – Nachtgebet, gegen 1:00 Uhr
Mönch – Mitglied eines Ordens (siehe dort)
Non – Gebet zur neunten Tagesstunde, gegen 15:00 Uhr
Novize – angehender Mönch in der Probezeit (siehe Noviziat), kann jederzeit aus dem Kloster austreten
Noviziat – Vorbereitungs- und Probezeit eines angehenden Mönches vor der Profess (siehe dort)
Oblate – Kind, das von den Eltern für den Klosterstand bestimmt ist/Laienbruder in einer katholischen Ordensgemeinschaft
Orden – christliche Gemeinschaft, die sich der Armut, Ehelosigkeit und dem Gehorsam verpflichtet
Pater – Titel und Anrede für katholische Ordenspriester
Prim – Gebet zur ersten Tagestunde, gegen 6:00 Uhr
Prior – erster Stellvertreter eines Abtes
Profess – Gelübde, das ein Mönch in mehreren Stufen ablegt. Nach dem Noviziat (siehe dort) folgt die »zeitliche Profess«, nach einigen Jahren die »ewige Profess«, mit der sich ein Mönch für immer an sein Kloster bindet

Refektorium – Speisesaal in einem Kloster, die Mahlzeiten werden schweigend eingenommen

Sakristan – Mönch, zuständig für die Betreuung von Altar- und Kirchenschmuck, Pflege der liturgischen Gewänder und Geräte, Glockenläuten

Sakristei – Nebenraum einer Kirche, in dem liturgische Gewänder und Geräte aufbewahrt werden

Sext – Gebet zur sechsten Tagesstunde, gegen 12:00 Uhr

Subprior – zweiter Stellvertreter eines Abtes

Stundengebet – das im Brevier (siehe dort) festgelegte Gebet zu bestimmten Tageszeiten, bestehend aus Psalmen, Lesungen und Gesang, für alle Ordensmitglieder verpflichtend

Terz – Gebet zur dritten Tagesstunde, gegen 9:00 Uhr

Tonsur – kreisförmiges Scheren des Haupthaares am Hinterkopf als Zeichen der Absage an alle weltliche Eitelkeit und der Hingabe an Gott

Vesper – Abendgebet, gegen 17:30 Uhr

Visitation – Besuch eines kirchlichen Oberen zur Begutachtung eines Klosters

ZUM WEITERLESEN – EINE AUSWAHL

Adelmeyer, Annette: Das Leben im Kloster. Ein Benediktinermönch im Mittelalter, Michael Imhof Verlag, Petersberg 2007.

Aregger, Stephan: Städtchen, Kloster und Eidgenossen im 18. Jahrhundert – Das Leben in Rheinau unter dem Krummstab, Dokumentationsstelle Rheinau, Rheinau 2004.

Beha, Bruder Longinus: Ab morgen Mönch. Pattloch Verlag München 2009.

Both, Annette: Im Garten des Klosters im Mittelalter, Michael Imhof Verlag, Petersberg 2007.

Both, Siegfried: Die Schreibstube im Kloster des Mittelalters, Michael Imhof Verlag, Petersberg 2007.

Buttinger, Sabine: Hinter Klostermauern. Alltag im mittelalterlichen Kloster, Primus Verlag, Darmstadt 2007.

Eco, Umberto: Der Name der Rose, Carl Hanser Verlag, München – Wien 1982.

Fietz, Hermann: Der Bau der Klosterkirche Rheinau, Hochbauamt des Kantons Zürich, Zürich 1932.

Figal, Günter: Sokrates, Beck Verlag, München 2006.

Keller, Stefan V.: Rheinau Buch 2000, Dokumentationsstelle Rheinau, Rheinau 2000.

Keller-Schweizer, Elisabeth: Francesco Antonio Giorgioli

(1655–1725). Ein Beitrag zur Geschichte der schweizerischen Barockmalerei, Atlantis Verlag, Zürich – Freiburg i. Breisgau 1972.

King, Ross: Michelangelo und die Fresken des Papstes, Pantheon Verlag, München 2009.

Michelangelo: Lebensberichte, Briefe, Gespräche, Gedichte, Deutscher Taschenbuch Verlag, München 1996.

Platon: Das Gastmahl, Reclam Verlag, Stuttgart 2008.

Schwaiger, Georg (Hrsg.): Mönchtum, Orden, Klöster. Von den Anfängen bis zur Gegenwart. Ein Lexikon, Verlag C. H. Beck, München 2003.

Steidle, Basilius: Die Benediktus-Regel, Beuroner Kunstverlag, Beuron 1978.

Vasari, Giorgio: Künstler der Renaissance, Parkland Verlag, Köln 2002.

Winkler, John J.: Der Gefesselte Eros. Sexualität und Geschlechterverhältnis im antiken Griechenland, Magnus Verlag, Essen 2002.